Thea

PRIMER SECRETO

‣ **Dirección editorial:** Marcela Aguilar
‣ **Edición:** Melisa Corbetto con Stefany Pereyra Bravo
‣ **Coordinación de arte:** Valeria Brudny
‣ **Coordinación gráfica:** Leticia Lepera
‣ **Armado de interior:** Cecilia Aranda
‣ **Arte de tapa:** Ariel Escalante

un sello de
V&R Editoras

© 2023 Anabella Franco
© 2023 VR Editoras, S. A. de C. V.
www.vreditoras.com

MÉXICO: Dakota 274, colonia Nápoles,
C. P. 03810, alcaldía Benito Juárez, Ciudad de México.
Tel.: 55 5220-6620 · 800-543-4995
e-mail: editoras@vreditoras.com.mx

ARGENTINA: Florida 833, piso 2, oficina 203
(C1005AAQ), Buenos Aires.
Tel.: (54-11) 5352-9444
e-mail: editorial@vreditoras.com

Primera edición: marzo de 2023

ISBN: 978-607-8828-48-7

Impreso en México en Litográfica Ingramex, S. A. de C. V.
Centeno No. 195, colonia Valle del Sur, C. P. 09819,
alcaldía Iztapalapa, Ciudad de México.

Anna K. Franco

Thea

PRIMER SECRETO

"Solo cuando dejamos de estar asustados comenzamos a vivir".

Dorothy Thompson

1

Cam

La primera vez que la vi, en realidad no la vi.

Lo primero que noté fue su risa. Resonó con fuerza desde otra habitación en un intervalo sin música. Era despreocupada y fresca, como la ciudad en primavera. Libre.

Abandoné el tonto juego que estaba haciendo con mis amigos: intentar embocar una pelotita en los vasos plásticos que se hallaban sobre la mesa de la cocina, y me dirigí a la sala, de donde creí que provenía la risa. La música había vuelto a sonar y resultaba imposible oír cualquier cosa que no fueran los acordes de *Friendships (Lost My Love)*, de Pascal Letoublon y Leony.

Había mucha gente. La casa del amigo de mi compañero de la universidad parecía un crucero en plenas vacaciones. No sé por qué, mientras buscaba la risa que acababa de oír entre la gente, imaginé eso. Tonterías que se me cruzaban a veces cuando no tenía algo más interesante en qué pensar. Además, esa noche no había llevado el automóvil y, como volvería a casa en taxi, había bebido un poco.

De repente, mi sentido de la audición se aguzó y volví a escuchar la risa a lo lejos, acompañada por la música. Aunque estaba más cerca, el ambiente ruidoso la hacía parecer lejana. Oí otras risas, voces e incluso alguna exclamación divertida, pero nada como ese sonido atrayente y único. Su dueña era una sirena en el mar, y yo, su marinero.

Dos amigos se separaron con un empujón brusco. Detrás de ellos, al fin reapareció la risa. Le pertenecía a una chica que se inclinó hacia adelante para arrojar un *snack* a la boca abierta de un muchacho que estaba del otro lado de una mesa con un tapete rojo. Por la camiseta de él, supuse que se trataba de un deportista universitario.

Cuando los amigos volvieron a juntarse, me moví hacia un costado para continuar observándola. Era imposible no reparar en ella. Había algo demasiado atractivo en su figura, una fuerza magnética que me atrapaba aun sin quererlo. Era como si de su interior manara una luz intensa y envolvente. Desprendía una energía que desbordaba la habitación.

Llevaba puesto un vestido verde brillante con unas extrañas gemas colgando, corto y muy ajustado, y sandalias de tacón del mismo color. Tenía un poco de flequillo; el pelo rubio con algunas ondas pasaba sus omóplatos. Se lo echó hacia atrás en un movimiento rápido. Alcancé a ver que unos aretes torneados recorrían su oreja desde el lóbulo hasta la parte superior. También algunos tatuajes pequeños en sus brazos. El que divisé en su muñeca, entre varios brazaletes, parecía un símbolo. Lo había visto antes: era un signo del zodíaco, pero no sabía precisar cuál.

Alguien me empujó por la espalda. Me di la vuelta y encontré a mi amigo Harry aferrado a mi hombro.

—¡Me plantaste en el juego! —protestó.

—Lo siento. ¿Volvemos?

—Tarde: otros nos arrebataron el lugar. ¿Qué hacías? —Miró al frente—. Ah, ya entiendo. Te quieres tirar a la del vestido verde.

—No.

—¿Qué esperas? ¿Por qué no te acercas?

—No quiero tirármela, basta. Volvamos al juego.

—Ya te dije que nos quitaron el puesto.

—Entonces hagamos otra cosa.

Me di la vuelta y hui de la sala antes de que mi amigo, que había bebido bastante más que yo, decidiera hacerme pasar vergüenza con la chica de la risa atractiva.

No volví a verla durante el resto de la madrugada. Tampoco la oí. Supuse que, quizás, se había ido con el deportista o con alguna amiga. Había notado que, junto a la mesa, la acompañaba una chica.

Pedimos un taxi cuando comenzaban a retirarse los primeros invitados. En cuanto subimos al auto, mi amigo comenzó a reír sin razón.

—Dime la verdad: ¿hace cuánto que no tienes acción? —preguntó.

—Cállate —ordené, mirando por la ventanilla.

—Te la pasas encerrado con los libros. Lo entiendo: estudiar

Medicina no ha de ser fácil, pero estamos de vacaciones. ¿Por qué no te acercaste a la chica del vestido verde?

—Porque no tenía ganas —repliqué encogiéndome de hombros.

—¡No te creo!

—¿Para qué iba a hacerlo? —Lo miré—. Estaba ocupada con ese chico y con sus amigas. Seguro se fue con él.

—Yo creo que te dio vergüenza.

—También. ¿Y qué?

—¡Lo sabía!

—¿Cómo querías que me acercara? ¡La viste!

—Sí. Estaba arrojada sobre la mesa, diciendo con su pose: "tengo ganas de una noche salvaje", y tú te echaste atrás.

—¡No es cierto! Tan solo… Era demasiado para mí. Una chica como ella jamás se fijaría en alguien como yo.

—Nunca lo sabrás si no te acercas.

—No hablemos más de esto, y menos en público.

—¿Por qué? Sexo, sexo, sexo. Señor, ¿le molesta que diga "sexo"? —consultó al taxista, apoyando una mano en el panel transparente que nos dividía.

El conductor, un hombre canoso de unos sesenta años, rio, dejando entrever unos dientes muy blancos.

—No, muchacho. Y espero que acepten un consejo de este viejo sabio: si una mujer se cree demasiado para ti, simplemente le haces saber que no lo es —afirmó, apuntando el volante con el dedo.

—¡Bien dicho! —exclamó Harry, más para llevarme la contraria que porque creyera en esa teoría absurda y machista.

Suspiré y dirigí mi atención otra vez a la ventanilla. Entre los consejos del taxista y los de mi amigo, no lograba hacer uno que valiera la pena.

Era tímido, sí. Y prefería mil veces perderme la oportunidad de tener sexo que ser rechazado. Además, había pensado en muchas cuestiones mientras miraba a esa chica pero, curiosamente, no en eso. Solo en que me atraía y en que me hubiera gustado ser más valiente para acercarme a ella. También más llamativo, como ese deportista con el que jugaba a arrojarle *snacks* dentro de la boca.

Yo no era tan atlético como él, ni tan divertido. Hacía años que no practicaba el único deporte que había aprendido alguna vez: natación. Ahora era un estudiante a tiempo completo que casi no tenía vida personal. Con suerte, a veces podía jugar al fútbol con Harry.

En cuanto entramos a casa, mi amigo se internó en el baño de la planta baja, y yo, en mi dormitorio. Cambié la camisa y el jean por un atuendo deportivo. Encontré algunos mensajes de mis padres en el móvil. Ya era muy tarde para contestar; los habían enviado la noche anterior. Querían saber si me encontraba bien, si todo estaba en orden en la casa y si había recordado alimentar al perro y regar las plantas.

Era la primera vez que me quedaba en casa en lugar de viajar con ellos y que se iban de vacaciones sin mí. Estaba intentando separarme un poco de la vida familiar. Por ejemplo, tampoco concurría ya a la casa de mis abuelos todos los fines de semana. Unos vivían en Birmingham y los otros, en Norwich, a unas dos horas y media de Londres en direcciones opuestas, por eso pasábamos la noche del sábado en la casa de los que visitáramos.

El hecho de estudiar tanto me servía como excusa para obtener un poco de libertad. Por suerte, como papá era médico, entendía las horas que conllevaba convertirse en uno y convencía a mamá de que yo necesitaba tiempo a solas.

A decir verdad, desde los diecisiete estaba cansado de que nos moviéramos en bloque. Teniendo veinte, era hora de que respetaran mis decisiones. Iba a la casa de mis abuelos, por supuesto, porque quería y, además, no podía romper las tradiciones familiares tan bruscamente. Sin embargo, no concurría tantas veces como a mis padres les hubiera gustado.

Me dirigí al sanitario del primer piso. Cuando regresé a mi dormitorio, Harry estaba sobre la cama. Me pidió que jugáramos a la PlayStation. Terminamos en la sala en penumbras, frente al televisor.

Al encender la consola, apareció un juego de mi hermanita. En lugar de buscar el *FIFA*, *Call of Duty* o *Assassin's Creed*, nos quedamos en *Minecraft* como si todavía fuéramos niños.

Nos conocíamos desde la escuela primaria. Aunque ahora estudiábamos distintas carreras y ya no podíamos pasar juntos tanto tiempo, nuestra amistad era un oasis en el que nos permitíamos retroceder en el tiempo y escapar de las responsabilidades cotidianas.

Harry se durmió antes que yo. Como él ocupaba el sofá de dos cuerpos, me instalé en uno simple. Apoyé un antebrazo sobre mi frente, recordando a la chica del vestido verde y su risa contagiosa.

Busqué los símbolos de los signos del zodíaco en el móvil pensando en su tatuaje.

Sagitario.

2

Cam

—Sí, MAMÁ —DIJE AL TELÉFONO MIENTRAS ME MOVÍA POR LA CASA CON UNA toalla alrededor de la cintura en busca de qué ponerme.

—¿Te estás acordando de alimentar a Lucky?

—Sí. El perro está bien, come mejor que yo.

Debí saber que decir eso ocasionaría una nueva preocupación para ella.

—¿Entonces no estás alimentándote? ¡Lo sabía! Si yo no estoy en casa, todo se desmorona. Para colmo, Mary también está de vacaciones. —Mary era nuestra mucama y la niñera de mi hermana.

—No te preocupes, también estoy comiendo. De hecho el

13

alimento balanceado sabe de maravillas –bromeé. Tenía que poner fin a esa conversación. De lo contrario, Harry tendría que esperarme otra media hora–. Noah viene a pasar la noche para estudiar. Queremos adelantar algunas lecturas del año siguiente. ¿Te molesta si colgamos para que termine de vestirme? Recién salí de la ducha y él ya debe estar a punto de tocar el timbre.

–Claro. Cuídate, por favor. En unos días estaremos en casa.

–Excelente. ¡Que lo pasen bien!

Corté la llamada, arrojé el móvil sobre la cama y terminé de escoger mi atuendo: un pantalón de jean negro, una camiseta gris de manga corta y calzado deportivo blanco.

Regresé al baño y me puse un poco de perfume y gel en el cabello, sin esmerarme demasiado con el peinado. Tenía mucho sueño, pero también ganas de volver a la casa donde había visto a la chica de la risa contagiosa.

No era muy aficionado a las reuniones multitudinarias. En mi escaso tiempo libre prefería ir al cine, invitar a Harry a dormir o pasar el rato con los juegos electrónicos.

Resultaba evidente que los padres del amigo de mi compañero tampoco estaban, por eso él podía dar otra fiesta en la misma semana, y que yo quería volver a ver a esa chica. Quizás ella estuviera allí y, esta vez, me atreviera a acercarme. Solo si la veía sola y aburrida. De lo contrario, no creía que le interesara conversar conmigo. Con suerte me daría la oportunidad de decirle alguna cosa y, en cuanto comprobara que me costaba entrar en confianza, pondría alguna excusa para alejarse. No me gustaba sentirme intimidado y, al mismo tiempo, la insolencia que había percibido en ella me atraía demasiado.

Le había prometido a Harry que esa noche iríamos en mi

auto, por eso no podía beber. Tampoco me interesaba, así que estaba bien.

Todas las fiestas se parecían: personas por doquier, música, juegos, bebidas y algo para comer. Estábamos en una casa grande en las afueras de Londres, así que podíamos sumar gente besándose en los pasillos y camas ocupadas, aprovechando que contaba con muchas habitaciones. Oliver, el dueño, era un pequeño rico con más ganas de divertirse que de estudiar.

En menos de lo que esperaba, Harry se convirtió en uno de esos chicos que se besaban con una desconocida y yo me encontré solo, cerca de un par de estudiantes de otras carreras.

Aunque conversaban de asuntos que yo no entendía, me quedé con ellos. Reían de los dichos extraños de un profesor cuando giré la cabeza con mi vaso de refresco en la mano y la vi. Ella estaba ahí, corriendo de la mano con la misma chica de la vez anterior por entre la gente en dirección a otra sala.

Les avisé a los chicos que regresaba enseguida y fui tras de ella, temiendo perderla de vista. Llevaba un vestido corto y ajustado, de color dorado, con un escote muy pronunciado en la espalda unido por cadenas. Aunque me esforcé por seguirle el paso, pronto desapareció entre la gente. Caminé un poco por la casa, pero no logré hallarla. Era como si se escurriera de mí, aunque ni siquiera supiera de mi existencia.

Me senté en un sofá junto a un chico que bebía una lata de cerveza. Me preguntó si era pariente de un tal Steve. Respondí que no. "Eres idéntico", contestó, y así comenzamos una conversación.

Media hora después, otra vez me hallé solo en el sofá. Le envié un mensaje a Harry. Las tildes no cambiaron de color. Sospeché que estaría ocupado con la chica que había conocido en la fiesta y que, en caso de irse con ella, me avisaría. Mientras eso no ocurriera, tenía que esperarlo en honor a los buenos compañeros que solíamos ser.

Como estaba cansado de la música que se reproducía desde el enorme parlante de esa sala, me dirigí a un pasillo que conducía a un sector más tranquilo. Seguí alejándome del tumulto hasta que quedé frente a un vidrio desde el que se podía ver el área de la piscina climatizada.

Se trataba de una habitación con estilo griego. Las columnas corintias ascendían hasta el techo y el decorado de color marfil tenía, además, algunos detalles dorados. Había varias reposeras, muebles con toallas de tono ocre y enormes cuadros en las paredes que reproducían escenas de la mitología.

La puerta estaba abierta. Del otro lado, volví a ver a la chica de la risa contagiosa, solo que, esta vez, no reía. Estaba con un chico que intentó dar un paso hacia ella.

—¡Te dije que no! —gritó.

Su voz era intensa y profunda. Escucharla por primera vez me erizó la piel. Había una gran energía contenida en ella, mucho poder.

Aunque siguió hablando, no alcancé a oírla. Tampoco la respuesta de él.

El chico se volvió hacia donde estaba yo. Intenté ocultarme en una zona de la pared que tenía un empapelado oscuro en lugar de vidrio, pero fue inevitable que me viera.

—Maldita perra —susurró al pasar. Se dirigía a mí, refiriéndose a la chica. No supe qué responder.

Cuando se alejó, me quedé detrás del empapelado, observándola a través de la pared vidriada. Dio algunos pasos erráticos por el borde de la piscina, llevándose el pelo desordenado hacia atrás. Sus dedos estaban repletos de sortijas con piedras enormes, tenía aretes colgantes y algunos brazaletes. Divisé una vez más los tatuajes en sus antebrazos. Me atraía como nadie, pero seguía sin atreverme a acercarme para intentar conversar con ella. Maldita timidez. La gente decía que, cuando entraba en confianza, era simpático y divertido. ¿Por qué no podía serlo desde el comienzo y dejar de parecer un espía?

Mis reflexiones se detuvieron de golpe en cuanto ella dirigió el pie al vacío sin darse cuenta y cayó a la piscina. Me quedé atónito, sin saber qué hacer. Habría sido ridículo aparecer de la nada y ofrecerle mi mano para que saliera del agua como un superhéroe de Marvel. Lo más probable era que ella se sintiera patética por haberse caído y que yo solo estorbara.

Esperé. No salía. Mi corazón comenzó a latir muy rápido. Tenía miedo de equivocarme, pero tampoco podía quedarme ahí como si nada. ¿Y si necesitaba ayuda? Cuando quería, podía ser muy decidido. De lo contrario, jamás hubiera pensado en convertirme en médico.

Dejé de cuestionarme si hacía bien en entrometerme, ingresé en el solárium y corrí a la piscina.

Ella flotaba boca abajo.

—¡Ey! —exclamé. No hubo respuesta—. ¿Me escuchas? —Ni siquiera se movió.

Miré por sobre el hombro: estábamos solos. Corría el riesgo de quedar como un tonto arrojándome a la piscina pero a la vez no podía librarla a su suerte. Lo más probable era que solo estuviera divirtiéndose. En ese caso, ¿por qué no se movía? Algo no iba bien.

Me arrojé al agua sin siquiera quitarme las zapatillas. La sujeté de la cintura, la impulsé hacia arriba e intenté ver su rostro. Tenía los ojos cerrados y el cabello adherido a la frente y a las mejillas. No estaba consciente. Lo más escalofriante sobrevino cuando percibí que no respiraba.

Si bien sabía nadar, incluso había competido en ese deporte cuando era niño, jamás había cargado con otra persona. Me resultó difícil alcanzar la orilla. Cuando lo conseguí, la cargué sobre el suelo. Luego me impulsé con las manos para salir yo y la arrastré para dejarla boca arriba.

—¿Me oyes? —bramé, apretándole la mandíbula—. ¡Por favor, contesta! —Me incliné sobre su nariz. Tal como sospeché, no respiraba. Miré la puerta que estaba en la pared vidriada y grité con desesperación—: ¡Ayuda! ¡Alguien llame a una ambulancia!

Era evidente que nadie oiría con la música a todo volumen y la casa llena de voces. Había pasado a tercer año de Medicina y mi padre era médico. Tenía que hacer algo aunque me faltara mucho para convertirme en doctor.

Inicié el procedimiento de emergencia. Dado que estábamos solos, extraje el móvil para llamar yo a la ambulancia. No servía: el agua lo había arruinado. Comencé entonces con la maniobra de reanimación cardiopulmonar sin llamar al servicio de urgencias. Coloqué la palma de mi mano sobre la parte inferior de su esternón y realicé treinta compresiones rápidas con la suficiente fuerza para que el pecho se hundiera y la sangre fluyera hacia su cerebro y demás órganos vitales.

Volví a poner la nariz cerca de su boca. Nada.

Apoyé una mano en su frente, puse dos dedos en su barbilla e incliné su cuello hacia atrás para abrir sus vías respiratorias. Le apreté la nariz y coloqué mi boca sobre la de ella. Respiré en su interior dos veces. Si el agua había entrado, tenía que hacerla salir. Su pecho se levantó cuando le inflé aire y, en ese instante, ella se movió.

Me aparté y volví a hacer algunas compresiones. El agua comenzó a fluir de su boca. La incliné de costado para colocarla en la posición de recuperación y le masajeé la espalda mientras tosía y terminaba de escupir el líquido que había tragado.

En ese momento, mis emociones se dispararon. Dentro de mí, todavía latía el miedo. Sin embargo, de algún modo extraño disfruté la erupción de adrenalina y sentí un enorme alivio de que ella estuviera a salvo. También, cierto orgullo: era la primera persona a la que lograba estabilizar durante una crisis. Tal vez el día de mañana no fuera tan mal médico, después de todo, aunque solo me hubiera involucrado en la carrera para hacerme cargo de la clínica de mi padre.

Me dejé caer a su lado, sentado con las rodillas dobladas, y la observé apoyar una mano en el suelo en un intento por levantarse.

—Espera —le sugerí, agitado. No podía moverme.

No me hizo caso. Se quedó inclinada, con las palmas apoyadas en la orilla de la piscina; su cabello rozando los cerámicos de color crema.

Un sonido extraño escapó de su garganta. Creí que vomitaría, como muchas personas después de recibir RCP, pero solo rio.

—¡Qué viaje! —exclamó.

Me pareció muy raro. Yo todavía estaba asustado, y ella, en cambio, reía. Sin dudas no se hallaba en sus cabales. Algo alteraba su percepción y le impedía ser coherente.

Me incliné hacia su rostro, le aparté el cabello de las mejillas e intenté mirarla a los ojos. Seguía viendo el suelo a la vez que reía y tosía escupiendo agua. Apreté los párpados y negué con la cabeza.

Pasamos un rato así, como si los dos acabáramos de regresar a la vida.

—¡Oye! —exclamé en cuanto me pareció que comenzaba a quedarse inconsciente de nuevo.

La puse boca arriba y acerqué el oído a su nariz. Respiraba.

Presentí que su estado de confusión perduraría un buen rato, así que intenté pensar con calma. Tenía que conseguir ayuda. No podía tan solo dejarla junto a la piscina, con el riesgo de que volviera a despertar, intentara caminar y cayera una vez más dentro del agua. No llevaba un bolso consigo, ni el vestido tenía bolsillos. ¿Dónde habría dejado su móvil y su identificación?

Intenté despertarla. No hubo caso. Observé alrededor; lo mejor por el momento sería acomodarla en una reposera. La alcé y la llevé a una. Busqué toallas en un mueble y la cubrí con ellas. Después me sequé lo mejor que pude y salí del solárium en busca del dueño de la casa o de alguien que la conociera.

Les pregunté a los primeros que me crucé en el camino dónde estaba Oliver, el chico que había organizado la fiesta, pero no supieron decirme. Solo gané miradas extrañadas porque, aunque ya no chorreara agua por todas partes, se notaba que estaba mojado.

En mi recorrido no encontré a Harry. Si me había escrito para avisarme que se iba con la chica que había conocido allí, jamás me enteraría, porque ya no tenía móvil.

Intenté hallar a la joven que había visto con la desconocida, convencido de que eran amigas. Como tampoco pude dar con ella, me dediqué a buscar de nuevo al dueño de la casa.

Lo hallé en una habitación, desnudo, a punto de tener sexo con una invitada.

–Disculpa…

–¡Vete! –rugió, y arrojó un almohadón hacia la puerta. La chica continuaba besándolo en las mejillas, sentada sobre sus piernas.

–Alguien casi se ahogó en tu piscina –bramé, ofuscado.

–¡Cierra la maldita puerta!

La cerré haciendo el mayor escándalo posible y le pregunté a cualquiera que encontré si conocía a una chica rubia que llevaba puesto un vestido dorado. Nadie sabía de quién hablaba. A algunos les importaba poco. Otros solo me miraban como si estuviera loco.

Harto de esa situación ridícula, regresé al área de la piscina. Por suerte, ella no se había movido.

Me aproximé y le acaricié el rostro en un intento para reanimarla.

–¿Dónde dejaste tus cosas? ¿Con quién viniste? ¿Trajiste un móvil?

Solo obtuve como respuesta su risa. Su bella risa, que en ese momento procedía de la inconsciencia.

Es suficiente, pensé. Me dirigí a la pared vidriada desde la que se veía el jardín y abrí la puerta. Regresé, hice a un lado las toallas y la tomé en brazos. Salí del solárium, atravesé el parque por el costado de la casa y llegué a la calle, donde había dejado mi auto.

–¿Me escuchas? ¿Podrías despertar y caminar un poco? –pregunté, agitado. Llevar a alguien en andas solo era sencillo en las películas.

Debí imaginar que tampoco respondería, así que seguí ingeniándomelas para alcanzar mi coche, abrir la puerta y depositarla en el asiento del acompañante sin ayuda.

Cuando me senté frente al volante, me di un respiro con los ojos cerrados antes de tomar la siguiente determinación. La miré girando la cabeza, sin apartarme del respaldo. No sé si era la chica más linda del mundo, pero a mí me parecía muy hermosa. Contemplé su rostro de facciones poderosas, sus labios seductores, los tatuajes aislados en sus antebrazos, sus piernas largas y contorneadas estiradas delante del asiento... Sus sortijas, sus aretes, su ropa peculiar y su aire sensual. ¿Necesitaría ir al hospital? ¿A dónde debía llevarla? Ni siquiera conocía su nombre, mucho menos su dirección.

Volví a asegurarme de que respirara: lo hacía con serenidad. Dormía de manera profunda, quizás solo necesitaba descansar.

Estaba a punto de cometer una locura. Si mis padres se enteraban de que llevaría a casa a una desconocida en ese estado después de una fiesta, me prohibirían quedarme solo por lo menos hasta que me mudara y me ganara el sustento por mis propios medios.

Suspiré, meditando una vez más mi decisión. No tenía alternativa. Era eso o dejarla en la casa de Oliver, expuesta a quién sabe qué riesgos. Pensé en mi hermanita. La imaginé de mi edad, en la misma situación que esa chica. No me hubiera gustado que alguien que podía ayudarla la abandonara a su suerte, así que ya no tuve dudas de qué era lo correcto.

Conduje despacio, con la esperanza de que recuperara la conciencia en medio del trayecto para indicarme a dónde quería que la llevara. Prefería explicarle cómo había llegado a mi coche que cómo había terminado en mi casa. Por supuesto, no sucedió.

Entré al garaje, volví a ingeniármelas para extraerla del auto y la llevé en brazos hasta mi dormitorio. La senté con la espalda apoyada en el guardarropa y cubrí la cama con toallas. Ya habíamos dejado dos enormes manchas de humedad en los asientos del automóvil, no quería que ocurriera lo mismo con el colchón. Además, si ella continuaba mojada, enfermaría; necesitaba que se secara en el transcurso de la noche. Ni siquiera se me cruzó por la mente desnudarla para mudarla de ropa sin su consentimiento.

La recosté, le quité los zapatos y la cubrí con la sábana y el cobertor. Se suponía que mi parte del trabajo ya estaba terminada, pero no pude alejarme tan rápido. Durante unos segundos, tan solo la contemplé, absorbido por su belleza peculiar y por ese magnetismo que parecía irradiar.

—Adiós, Sirenita —le dije, y me fui dejando la puerta arrimada.

3

Thea

Sentí humedad en mi mejilla. Una humedad que coincidía con una caricia cálida. ¿Qué maldito loco me estaba lamiendo el rostro?

Abrí los ojos de golpe. Me encontré con unas enormes pupilas negras y una cabeza marrón muy peluda. Un perro. ¡Un lindo perro que casi me obligó a gritar!

Aunque mi corazón seguía latiendo rápido, enfurecido por la confusión, mi temperamento se ablandó con su presencia. Me gustaban los animales y, al parecer, yo le agradaba a ese también.

Saqué una mano de debajo del cobertor y le hice una caricia para que dejara de lamerme. Tenía una cadena en su cuello. De ella pendía un hueso de metal con el nombre "Lucky" y un número de teléfono.

—Hola, amiguito —murmuré. Me costaba hablar, era como si mi voz continuara adormecida, más ronca y profunda que de costumbre.

Una sola pregunta ocupó mi mente: *¿Dónde estoy?* En una cama, era obvio. En una cama mullida con un cobertor azul con estampado cuadrillé.

Observé alrededor casi sin moverme: me hallaba sola con el perro. Las paredes tenían un empapelado bonito, tradicionalmente masculino. Alcancé a ver un ordenador portátil sobre un escritorio, unos retratos en un muro y pilas de libros. Leí la letra grande y roja de un lomo blanco: *Anatomía*.

Aunque me dolía la cabeza, sentí hambre. Aparté un poco el cobertor y miré mi cuerpo: llevaba el mismo vestido que me había colocado la noche anterior en mi casa, antes de concurrir a la fiesta con mi amiga Ivy.

Entonces, ¿no me había desnudado? ¿Por qué estaba en una cama, en un dormitorio que, suponía, le pertenecía a un varón, si no había tenido sexo con uno?

Llevé una mano a mi entrepierna: tenía la ropa interior. A veces no la utilizaba, pero recordaba habérmela puesto. Creí que, tal vez, había tenido sexo sin quitarme el vestido. ¿Me la habría colocado de nuevo después?

Intenté recordar qué me había llevado a esa habitación, a quién le pertenecía, por qué me hallaba allí. Era horrible sentirme tan perdida. Algunos recuerdos de la fiesta se amontonaron en mi mente: el automóvil del amigo de Ivy en el que llegamos, la bebida que me serví, la forma sensual en la que bailé con un chico… La píldora. Tenía que haber sido eso lo que me hizo olvidar el resto de la noche, ¡la píldora que acepté de alguien y el alcohol!

Suspiré, intentando contener un manantial de insultos contra mí misma, y volví a mirar al perro. Estaba sentado junto a la cama, como el guardián de un castillo. Uno infernal, en este caso, pero él no lo sabía. Era un Collie de pelo largo con cara de tierno y de estar aburrido, pero muy hermoso. No había en él un solo rastro de mugre; lucía más limpio que mi apartamento y parecía mejor alimentado que yo. Sin dudas era más saludable.

Me senté y miré otra vez alrededor. Descubrí que, detrás de la cama, había una estantería con algunos trofeos de natación.

Otro recuerdo se coló en mi mente. Me vi en aguas profundas, incapaz de respirar. Sabía que me estaba ahogando, pero no podía moverme para evitarlo. En aquel momento, esa sensación me asustó como nada en el mundo. Sin embargo, luego una poderosa luz me atrajo. Entonces, solo hubo paz. La más hermosa que había experimentado jamás.

Tenía que ser un sueño. Por lo vívido, tal vez se había tratado de un viaje astral o de una regresión involuntaria a una vida pasada. También cabía la posibilidad de que hubiera sido una mera fantasía inducida por la píldora.

Bajé la cabeza y olí el vestido. El cloro casi me destrozó las fosas nasales.

En ese momento, reparé en que había toallas debajo de mí y que la sábana estaba húmeda. De modo que era cierto: había estado en el agua.

Lo que primero imaginé como un océano, de pronto tomó la forma de una piscina. Todo se hallaba borroso en mi mente, reino del caos.

Me levanté y me puse mis zapatos, los que encontré junto a la cama. Me aproximé a la pared de la que colgaban las fotografías. Encontré en ellas un montón de rostros desconocidos. Los que más llamaron mi atención fueron los de la familia de quien debía ser el dueño de esa habitación; lo supuse porque su figura se repetía en todas las imágenes. Un hombre, una mujer, un chico de mi edad y una niña sonreían junto a un árbol de Navidad y al perro.

Me concentré en el chico: tenía la piel blanca, el cabello castaño y los ojos color café. Era atractivo a su modo, con ese aire de bondad que también poseía su mascota. Algo no encajaba: los chicos como ese no se fijaban en mí, ni yo en ellos. Tenía la mala costumbre de escoger siempre a los inapropiados.

Me aproximé al escritorio, abrí un poco el cortinado y espié por la ventana. Reconocí el barrio por sus hermosas casas: Kensington. Definitivamente, yo no entraba en el radar de los chicos buenos y, además, adinerados, ni ellos en el mío. ¿Por qué ese sí?

No interesaba. Lo importante era que no recordaba nada después de haber consumido esa píldora y me odiaba a mí misma por eso.

Busqué mi bolso por toda la habitación sin éxito. Solo me faltaba haber perdido el móvil, el poco dinero que tenía y mi identificación. Tendría que regresar a la casa de la fiesta rogando que nadie se hubiera hecho con él.

Salí al pasillo y observé a ambos lados: el lugar parecía despejado. Divisé la escalera a la derecha. Me pareció que el baño debía de estar al final del corredor, hacia la izquierda. Me encaminé allí antes de que el olor a cloro se mezclara con pis.

Cerré la puerta con cuidado, oriné y me lavé las manos y la mejilla lamida por el perro sin mirarme al espejo. Hice todo lo más rápido posible con la intención de huir. Incluso bajé las escaleras corriendo.

Al llegar a la puerta, mi plan se frustró. No pude abrirla: estaba cerrada con llave.

—Buen día. —Giré de golpe, como si un resorte me hubiera impulsado hacia la voz que acababa de oír—. Hola —dijo el chico de las fotografías, alzando una mano en forma de saludo.

Me pareció tan tierno que terminó de confundirme.

—¿Quién eres? —pregunté.

—Alguien de la fiesta a la que fuiste anoche. ¿No lo recuerdas?

—¿Recordar qué?

—Casi te ahogas. Te rescaté de la piscina.

—¿Me rescataste de la piscina y me trajiste a tu casa así sin más? —Reí.

—Dicho de esa manera, parece una locura, pero tiene una explicación. Verás… Estoy preparando el desayuno. Creo que te haría bien comer algo para terminar con la resaca. ¿Aceptas? El baño está por ahí. —Señaló en una dirección.

Permanecí un instante en silencio, cuestionándome por qué me enviaba al sanitario si ya había pasado por uno. Acepté la oferta por si acaso y me encaminé hacia donde había indicado.

En el baño de la planta baja descubrí que, si hubiera querido disfrazarme de payaso, el maquillaje no me habría quedado mejor que esa mañana. Abrí el grifo y me limpié el rostro con agua. Me costó quitarme la máscara para pestañas y el delineador; las zonas inferiores de mis ojos se habían transformado en dos pantanos más oscuros que mi corazón.

Entonces, ¿lo había hecho con un chico bueno? ¡Imposible!

Salí del baño y me dirigí a la cocina, atraída por descubrir qué ocultaba ese desconocido. Tenía que haber algo detrás de esas fotografías impecables que decoraban su habitación y de ese perro hermoso que ahora hacía guardia junto a uno de los taburetes del desayunador.

El aroma del té me transportó. Contemplé la espalda del chico mientras él calentaba un plato en el microondas, sin idea de todo lo que se cruzaba por mi mente en ese momento. Algunos instantes del pasado me pusieron triste y feliz al mismo tiempo. Eran, quizás, los únicos en los que me había sentido amada.

—Esa ropa te queda grande —solté para olvidar el resto.

—Es de mi padre. La mía estaba empapada, pero cuando me di cuenta de que no había recogido nada de mi habitación, tú ya estabas instalada ahí y no quise volver a entrar.

La extensa explicación me dijo mucho más de él que lo que él imaginaba.

Giró para dejar una caja de cereales sobre el desayunador. No alcanzó a depositarla; los dos nos quedamos pendientes el uno del otro, mirándonos a los ojos.

Sí, era un chico bueno.

Rompí el contacto visual para mover mi tazón de lugar. Nunca hacía lo que los demás querían, así que acomodé eso y un taburete en la punta del desayunador y dejé de estar frente a él para ubicarme en su costado. Me senté y llené el recipiente con leche. Él dejó la caja y fue por los huevos revueltos.

Creo que introduje más cereales en ese tazón que puntadas en el vestido que llevaba puesto.

—¿Tienes alguna fruta para agregarle a esto? —pregunté, señalando mi desayuno, y lo miré.

Él me observaba de una manera peculiar. No parecía molesto

por mi descaro, sino impresionado. Tal vez un poco confundido, pero no enojado. Era raro. Sentí que nos conocíamos desde hacía mucho aunque nunca lo hubiera visto en mi vida y, en apariencia, no nos pareciéramos en nada.

—Sí, creo que hay una banana en el refrigerador, no mucho más.

—¿Una banana? —Reí—. Bueno, dámela. Es mejor que lo que hay siempre en mi casa.

—¿Y qué es eso que no puede faltar en tu casa?

—Limones. A veces, naranjas. Mi madre es fanática de los cítricos.

Me alcanzó lo que le pedí junto con un cuchillo.

—Entonces eres de las que ponen la leche antes que el cereal en el tazón —comentó.

La extraña reflexión me hizo reír. Seguí hablando mientras pelaba la fruta y cortaba algunos trozos que comenzaron a caer sobre los cereales.

—No sigo un orden específico. ¿Tú sí? —respondí.

—Coloco primero el cereal.

—Ah... Tal como sospechaba, no nos parecemos en nada. ¿Tuvimos sexo?

Él rio; me dio la impresión de que se había puesto un poco nervioso.

—No —contestó con un tono creíble, hasta inocente. Lo miré.

—¿"No"? —repetí, enarcando las cejas.

—Estabas inconsciente. Solo me acuesto con chicas despiertas y vivas.

—Eso que acabas de decir es horrible —protesté, dejando el cuchillo sobre el desayunador de manera ruidosa.

—¿Que quiero que las chicas estén en sus cabales cuando tenemos sexo?

—Que estén vivas. ¡Yo no estaba muerta, maldita sea!

—Bueno, a decir verdad…

—Olvídalo. ¿Por qué tienes solo una banana en tu refrigerador?

—Mis padres están de vacaciones y no me dan muchas ganas de hacer las compras.

—Ah. Entiendo: prefieres gastarte el dinero que te dejaron para vivir en alcohol.

—¡No!

Su risa me provocó mucha ternura. Parecía sincero.

—¿Entonces tengo que creer que simplemente me trajiste a tu casa y me dejaste dormir en tu habitación sin conocerme ni estar ebrio? —indagué.

—Sí. Es más o menos la verdad.

—¿Y cómo sé que no eres un asesino serial o algo así?

—Tal vez porque, si lo fuera, ya te habría asesinado. Tuve varias horas para hacerlo mientras dormías. ¿Cómo compruebo que tú no lo eres? Ahora que sabes que mis padres están de vacaciones, quizás regreses esta noche para matarme y hacerte de mi PlayStation.

Me hizo reír.

—Sí, no lo dudes. ¿Cuál es tu género de juegos favorito?

—El fútbol, supongo. ¿Y el tuyo?

—El terror —dije con expresión sombría. Se quedó mirándome en silencio. Yo estallé en una carcajada—. ¡Estoy bromeando! Tranquilo: no te mataré.

—No estaba pensando en eso.

—¿Y en qué pensabas?

—En que estás sentada en mi cocina, desayunando conmigo, devorando los Frosties de mi hermanita y la única fruta que me quedaba en el refrigerador.

—Te la pagaré —prometí con la boca llena.

—No es eso. No importa, no sé explicarme bien. No soy muy bueno con las palabras.

—Okey. ¿Y qué haces de tu vida, chico de pocas palabras?

—Estudio Medicina.

—¡Guau! —exclamé, inclinándome hacia atrás mientras me cruzaba de brazos—. ¿En qué año estás?

—Pasé a tercero.

—¡Felicitaciones! —dije, y me llevé a la boca otra cucharada de leche con cereales y banana.

—¿Y tú? ¿Estudias o trabajas? ¿Tal vez ambas?

Me encogí de hombros.

—Algo así.

—¿Qué significa "algo así"?

—Para ser un chico de pocas palabras haces muchas preguntas. —Lo miré y sonreí con la cuchara apoyada sobre los labios—. No puedo tener un trabajo normal, no sirvo para eso —confesé, regresando a mi desayuno—. Jamás podría cumplir un horario y obedecer las órdenes de un jefe. Por el momento, hago muchas cosas. Ropa, joyas, canciones… amanecer en las casas de estudiantes de Medicina que me preparen el desayuno. Es una pena que ya deba irme; necesito recuperar mi bolso. Ojalá que mi amiga lo haya recogido de donde sea que lo dejé en la fiesta, aunque lo dudo. Solo me resta rogar que se encuentre ahí, perdido por alguna parte, y que no se lo haya llevado cualquiera.

—Yo también perdí mi móvil anoche.

—¿Entonces es cierto? ¿Casi me ahogué y te arrojaste a la piscina para salvarme? Solo recuerdo un par de cosas que pueden sonar increíbles.

—Dejaste de respirar.

—Casi morí. Supongo que eso explica la luz brillante y la sensación de paz —reflexioné en voz alta.

—Todavía no soy un doctor, pero si aceptas la sugerencia de un simple estudiante del University College de Londres, la próxima vez deberías tener más cuidado. No sé si habías bebido o qué, pero...

—Lo intentaré. Por cierto, ¿cómo te llamas? No puedo llamarte "estudiante de Medicina" para siempre.

—Soy Camden.

—Como el barrio —señalé.

—Sí —contestó y rio bajando la cabeza—. ¡Vaya! Me siento en la escuela de nuevo; mis compañeros solían bromear con eso. Soy Camden Andrews, para ser más preciso.

—Lo siento, no quise traerte un mal recuerdo. Soy Thea.

—Thea. Como un personaje de la mitología.

—Thea Jones. Supongo que el "Jones" rompe con lo mitológico. Bueno, Cam. Me voy. Gracias por el desayuno y por ofrecerme la última fruta de tu refrigerador.

Me puse de pie junto al taburete.

—Espera —pidió él, estirando una mano por sobre el desayunador—. ¿Quieres que te lleve a la casa de la fiesta para que puedas buscar tu bolso? Si esperas a que me ponga mi ropa, podemos ir en mi auto.

Lo miré sin alzar la cabeza.

—Ya te debo un móvil y una fruta. Tal vez también un calzado, si no te lo quitaste para arrojarte a la piscina. No quiero acumular más deudas contigo.

—Se sintió bien ayudarte. Lo demás no importa.

—Serás un buen doctor si te gusta salvar vidas —concluí con una sonrisa. Me despertaba simpatía y admiración.

—Ojalá lo sea. Mi padre lo es.

Debía decirle que no, que ya había hecho mucho por mí. Pero estar a su lado me agradaba… Me hacía bien.

—¿Estás seguro de que quieres perder el tiempo llevándome a esa casa? —consulté.

—Sí.

4

Cam

Por un instante pensé que lo había imaginado todo, que nada de eso estaba ocurriendo. La chica de mis sueños se hallaba a mi lado, en mi automóvil, con un pie sobre el asiento y el codo apoyado en la rodilla, mirando por la ventanilla. Incluso había desayunado conmigo y me había preguntado si habíamos tenido sexo. ¿En serio le parecía que podría haberlo hecho conmigo? Me sentía contento solo por eso.

—Lindo barrio —murmuró, enredando un mechón de pelo rubio en un dedo—. Tus asientos están húmedos. Siguen apareciendo evidencias de que lo de la piscina es cierto.

De pronto recordé que mis labios habían rozado los suyos cuando le hice RCP y me sonrojé. Para colmo, me miró de repente, como solía hacer todas las cosas desde que la había visto por primera vez, y eso empeoró mi timidez. Volví a concentrarme en la carretera de inmediato.

—Tu auto está muy silencioso, Cam —comentó—. ¿No te agrada la música?

—Sí, claro.

—¿Entonces por qué no enciendes el estéreo?

—Pon lo que quieras.

—Ahora que lo pienso, ninguno de los dos tiene un móvil para conectar al sistema del vehículo, solo podemos escuchar la radio.

—Busquemos una radio como dos ancianos, entonces —propuse, y estiré el brazo para activar la pantalla.

Thea soltó otra de esas risas frescas y naturales que brotaban de su interior como llamaradas llenas de energía cautivante. Parecía muy inteligente, era increíble que no se hubiera dado cuenta de que podíamos llamar a su móvil para intentar averiguar quién lo tenía en lugar de aceptar que la llevara a la casa de la fiesta de nuevo. Aunque había tenido la idea, no había querido proponérsela. No sabía si volvería a verla; llevarla a esa casa era la excusa perfecta para pasar un rato más con ella.

Dejé una radio en la que sonaba *Runaway*, de AURORA.

—¿Eres amiga de Oliver? —indagué.

—¿Oliver?

—El chico que organizó la fiesta.

—Ah. No, ni siquiera conocía su nombre. Me llevó una amiga a la que invitó uno de sus amigos. ¿Y tú? ¿Eres amigo de... Oliver?

Dijo el nombre después de una pausa, encogiéndose de

hombros como si conociéramos al aludido de toda la vida, y eso me hizo reír.

—No. Pero lo conozco a través de un compañero de la universidad.

—Así que Oliver es insignificante para cualquiera de los dos. Solo espero que tenga mi bolso. —Volví a reír.

—También espero que lo tenga, así recuperas tu móvil y puedes darme tu número. Si quieres, claro.

¡Guau! No tenía idea de dónde había obtenido el valor para decir eso.

Por suerte, Thea rio, y no hallé en su reacción signo alguno de burla o un despectivo "ni lo sueñes" camuflado en su actitud.

—Podrías conformarte con mis redes sociales. Pero no: tú pides más. Eres ambicioso o quizás un poco anticuado. Me gusta. Te daré mi número. No todos los días conozco a alguien capaz de salvarme la vida y prepararme el desayuno.

Con pena reconocí que ya estábamos llegando a la casa, pero al menos había conseguido vencer la timidez para pedirle su teléfono. Quizás, si todo marchaba bien, pudiéramos salir alguna vez.

Me detuve frente a la verja e hice sonar el timbre. Tuve que repetir el llamado tres veces hasta que Oliver contestó por el portero eléctrico.

—Estoy con una amiga que anoche extravió su bolso en tu casa y necesita recuperarlo —expliqué.

—Pasen y busquen —contestó, malhumorado, y colgó. Sin dudas lo habíamos despertado.

Enseguida se oyó una señal y la abertura para peatones que estaba junto a la verja para los vehículos se abrió de forma automática. Bajamos del auto e ingresamos al parque. Intenté abrir la puerta principal de la casa, pero estaba cerrada con llave.

—No sé nada de ese tal Oliver, pero parece bastante idiota —murmuró Thea, devolviéndome las ganas de reír.

—No te preocupes, conozco otra forma de entrar: la misma en la que salí.

La guie hasta la pared vidriada donde se hallaba el acceso exterior al área de la piscina. Tal como sospechaba, nadie lo había cerrado. Incluso seguían allí las toallas que había utilizado para cubrirla en la madrugada.

—Oliver todavía debe de estar bastante ebrio para haber dejado entrar a cualquiera con tanta facilidad —continuó Thea mientras atravesábamos el solárium en dirección al pasillo—. Casi tanto como tú cuando me llevaste a tu casa sin conocerme.

—No había bebido porque tenía que conducir para regresar. Y sí te conocía. Bueno, no en realidad, pero ya te había visto en otra fiesta de Oliver.

—¡Ah! —exclamó con una sonrisa intrépida, y me tocó el pecho de manera fugaz—. ¿Me recordabas de entre tanta gente? Eres todo un observador.

No podía confesarle que era imposible no reparar en ella. Supuse que debía saberlo y solo se estaba haciendo la desentendida.

Recorrimos la casa en busca de su bolso. Los ambientes olían a cigarrillo y alcohol. Había vasos tirados, comida desperdiciada e incluso vómito junto a una mesa. Era un caos. Todo estaba tan desordenado que, si hubiera hecho algo así en mi casa y mis padres lo hubieran descubierto, habría recibido una reprimenda tan grande que no me hubieran quedado ganas de brindar una fiesta nunca más.

—¡Ahí está! —exclamó Thea, recostada en el suelo boca abajo. Estiró el brazo debajo de un sofá, recogió un pequeño bolso dorado y lo abrió. Extrajo el móvil, su identificación, la tarjeta del transporte público, un par de libras y un labial rojo–. Está intacto –me informó, regresando las pertenencias a su lugar.

Nos dirigimos al mismo sitio por el que ingresamos.

Una vez allí, en lugar de avanzar hacia la salida, Thea se puso en cuclillas junto a la piscina. Dejó su bolso en el suelo e introdujo algunos dedos en la parte honda.

–¿Así que tú eres la que casi me asesina? –preguntó, y se puso de pie. Miró el agua con insolencia–. No te tengo miedo.

De pronto alzó los brazos y comenzó a deslizar el vestido hacia su cabeza.

–¿Qué haces? –pregunté, sorprendido.

Dejó caer la prenda a un costado y me miró por sobre el hombro.

–Me daré un chapuzón –explicó en ropa interior, con una simpleza que removió todo en mi interior.

–¿Sabes nadar?

–No, pero tú sí. Vi los trofeos en tu dormitorio. Me rescatarás como ayer, lo sé.

–Espera. ¡No!

Ella rio y se arrojó al agua como si yo no hubiera hablado.

Casi nunca insultaba. En ese momento, me asombré de mí mismo al murmurar una grosería que nadie oyó. Me quité el calzado, el pantalón y la camiseta a la velocidad de la luz y me lancé a la piscina en ropa interior.

Encontré a Thea en el fondo, con los ojos abiertos y una sonrisa enorme, esperando sentada y con los brazos extendidos que yo apareciera. La tomé de la cintura y la llevé hasta la superficie. Ni bien la alcanzamos, ella rio y me rodeó el cuello con los brazos.

—¡Eres increíble! —exclamó.

—¡No vuelvas a hacer eso! —reproché.

—¿Por qué no? Es divertido.

—No fue divertido anoche cuando no podías respirar.

—Lo sé. Lo siento, no te enojes. Lo de anoche fue un accidente. No tengo trofeos, así que sin dudas no sé nadar tan bien como tú, pero puedo arreglármelas en una piscina.

—¿Entonces por qué me dijiste recién que no sabías?

—Porque intuí que, si tan solo te invitaba a nadar, dirías que no. ¿Me equivoco?

No podía negarlo. Si me hubiera invitado a nadar, mi razón me lo hubiera impedido con un montón de argumentos lógicos: que estábamos en casa ajena, que no correspondía introducirnos en la piscina en ropa interior, que teníamos que irnos… En cambio, ahora estaba allí, abrazado a la cintura de Thea en un solárium con decoración griega que no hubiera disfrutado ni en mis mejores sueños.

Mi tensión se esfumó en la intensidad de su mirada.

—Tienes razón —admití, agitado—. Aun así, no vuelvas a hacerlo.

—Prometido —dijo con una mano en alto, como haciendo un juramento—. Eres un doctor antes de tiempo, chico que estudia Medicina —añadió, y se deslizó entre mis brazos para hundirse otra vez como una verdadera sirena.

La observé nadar por debajo del agua. Le faltaba técnica, pero para ser una aficionada, lo hacía muy bien. Reapareció en la superficie del otro lado. Se pasó las manos por el rostro para apartarse el cabello mojado, y yo me dejé eclipsar por sus movimientos. Su respiración elevaba sus pechos y los hacía caer como si siguieran el ritmo de una música que solo sonaba en mi imaginación.

Fui hacia ella y la encerré entre mis brazos, apoyando las manos en la orilla de la piscina. Me moría por besarla, pero a cambio solo me quedé mirando sus labios. Thea se mordió el inferior, sensualmente más grueso que el superior, y apoyó las manos sobre mis hombros.

No tuvimos tiempo para más. Oímos el portón de la entrada. Nuestras miradas lo dijeron todo.

—¡Mierda! —exclamó, y se alejó con la misma desesperación con que yo abandoné el agua.

Estiré un brazo para ayudarla a salir más rápido. Thea tomó mi mano y se impulsó hacia afuera. Se colocó el vestido a la velocidad de la luz mientras que yo hacía lo mismo con mi ropa. Comenzamos a correr de la mano, pero ella se volvió para recoger su bolso. Salimos al jardín justo cuando los padres de Oliver ingresaban al solárium por el pasillo de la casa.

—¡Oigan! —gritó el hombre.

Atravesamos el jardín tan rápido que ni siquiera nos dimos cuenta de que habían soltado los perros de seguridad hasta que llegamos a la verja. Logramos salir a la calle por la puerta para peatones por la que habíamos ingresado y subimos al automóvil en una fracción de segundo. Me eché a andar con las manos temblorosas. Por suerte, el matrimonio no había cruzado su coche detrás del mío, impidiéndome la huida.

La risa de Thea llenó el ambiente de destellos de colores, provocando también la mía. Jamás había hecho algo como eso. Era terrorífico para mí, pero a la vez excitante y llamativo.

Salí de mis pensamientos en cuanto la vi inclinarse sobre el parabrisas. No pude creer lo que hacía: estaba escribiendo allí con el labial rojo.

—Te dejo mi número —explicó—. Detente en la esquina.

—¿Qué? ¿Por qué? —indagué. Acababa de sorprenderme de nuevo.

—Tomaré el metro hasta mi casa. Gracias por todo, Cam. Eres mi doctor favorito. Nos vemos.

Casi se arrojó del automóvil ni bien me detuve.

Desapareció entre la gente como un fantasma.

Mi corazón todavía latía acelerado. ¿Qué había sido todo eso? Solo sabía que mi coche estaba otra vez empapado y que en unas pocas horas con Thea había vivido más que en veinte años sin ella.

5

Thea

CAMINÉ HASTA LA ESTACIÓN DEL METRO ROGANDO QUE NO LLOVIERA. AMABA Londres, pero la lluvia y la neblina eran una constante. En ese momento, no quería seguir arruinando mi vestido con agua. Por extraño que pareciera, llevábamos cinco días de sol, y las nubes grises se alejaron del mismo modo repentino como aparecieron.

Una vez en el tren, me quedé de pie, sujetándome de un tubo vertical mientras revisaba el móvil. Después de leer y escuchar los mensajes de mi amiga Ivy, le envié un audio.

Hola. Recién veo tus mensajes. Perdona por haberme ido de la fiesta sin avisar, no estaba muy cuerda que digamos. No te preocupes, no me fui con el idiota con el que me viste primero, sino con otro. Con uno que no es estúpido, ¿puedes creerlo? Bueno, debes estar durmiendo o en alguna parte. Hablamos luego.

Guardé el teléfono y esperé a que el metro saliera de la estación anterior a la que yo tenía que bajar para comenzar a cantar en voz alta. Hacerlo en ese momento era la mejor manera de evitar que los guardas o que la policía me atraparan. Elegí una de las últimas canciones que había compuesto y usé el tubo vertical para bailar un poco.

No había una sola persona que no me viera en ese momento. Todas me transmitían con su expresión algún sentimiento: reproche, simpatía, compasión, envidia, deseo… No podía culpar a los que experimentaban alguna emoción negativa. Nadie imaginaba que ese día le tocaría viajar con una desvergonzada de vestido raro y con el cabello húmedo que se pondría a cantar y bailar como si nada. Mi actitud podía resultar desagradable para algunas personas, por eso no reparaba en ellas. Tenía un objetivo y lo demás no me interesaba.

Terminé cuando calculé que estábamos por llegar a la estación en la que debía bajar. Sonreí y abrí mi bolso.

—Hola a todos. Agradeceré cualquier colaboración que puedan darme para pagar las facturas del mes. Los quiero, que tengan un buen día. Sean felices, porque llorar es una porquería —dije, y comencé a caminar por el pasillo ofreciéndoles mi bolso.

Algunos depositaron allí un par de libras. Un chico vestido con un traje me dio la colaboración más generosa del mes.

—¡Gracias! —exclamé, sonriente—. Que tengas un buen día en tu aburrido trabajo.

—¡Sí que es aburrido! —admitió, sonriendo cabizbajo.

Le acaricié el pelo que rozaba su frente y me miró.

—Tú puedes cambiar eso —respondí, y bajé ni bien se abrieron las puertas, después de arrojarles un beso a los pasajeros.

Del otro lado de la estación, mis amigos los guardas se acercaban; sin dudas me habían visto por las cámaras de seguridad. Los tenía hasta la coronilla, así que evitaba sus sermones y que llamaran a la policía cada vez que podía. Logré salir mezclándome entre la gente antes de que me alcanzaran.

Tenía que caminar algunas manzanas y adentrarme en un condominio para llegar a mi casa, un pequeño apartamento que compartíamos con mi madre en el barrio de Tower Hamlets.

Mientras caminaba y movía el bolso sosteniendo la tira con un dedo, recordé la bella casa de Camden, su puerta negra y su blanca fachada. Las ventanas de vidrios repartidos, los pisos de madera cálida, la escalera de roble…

No me interesaba el nivel económico que representaba esa vivienda, sino la paz que se respiraba en ella. Rebalsaba de luz y de tranquilidad. Debía de ser bonito amanecer todos los días en un lugar como ese.

Me espabilé rápido para alejar la fantasía. Esa no era mi realidad, ni lo sería por más que vendiera mi alma al sistema. No podía dejar mi casa, pero sí debía generar más dinero. Si no encontraba una manera pronto, tendría que limpiar para otros, cuidar niños o convertirme en mesera, como la mayoría de mis amigas.

Estudiar era imposible; no había nacido en una familia que me apoyara mientras yo obtenía un título universitario. Además, ¿de qué carrera? No entendía de ciencias ni de matemática, solo de arte y de filosofía, lo cual implicaba una gran inversión para ganar poco luego. La música también me agradaba. Sin embargo, aunque cantaba bien y tocaba la guitarra, no creía que pudiera existir un futuro para mí relacionado con eso. Lamentablemente, la sociedad no valoraba nada de lo que yo sabía hacer.

Por otra parte, disfrutaba fabricar ropa y accesorios. El problema era obtener un título que certificara que podía hacerlo. ¿Quién pagaría mis estudios? ¿Quién mantendría la casa mientras yo me dedicaba a mí misma? Aunque consiguiera una beca, como una vez me habían ofrecido para perfeccionarme en la música, ¿quién cuidaría de mi madre las horas que tuviera que pasar afuera? ¿Cómo estudiaría en medio del caos que poblaba mi casa y con el desorden que era mi cabeza? Me resultaba imposible estudiar de manera metódica, como se necesitaba para seguir una carrera universitaria, y más aún respetar las reglas de un trabajo convencional.

Nunca había sido una buena empleada. Aunque me había esforzado por soportar jefes, mis intentos siempre habían fracasado. Me había ido de mi último trabajo insultando al encargado porque le había dicho a una compañera inmigrante que era una inútil. Ella seguía trabajando allí, soportando maltratos, en cambio yo había sido despedida. ¡Excelente negocio!

Varios bocinazos me arrancaron de mis pensamientos. A continuación, oí algunos gritos: "Ven aquí, bebé. ¿Quieres que te enseñe a gozar? Muéstrame ese culo, nena". Giré la cabeza: se trataba de un par de imbéciles asomados por la ventanilla de un coche. Seguro no tenían los testículos lo suficientemente grandes como para bajar y decirme todas esas groserías de frente.

Puse mi mejor expresión de perra y les hice *fuck you* sin dejar de caminar. Tal como sospechaba, comenzaron a reír como si fueran los reyes del planeta. Ojalá se estrellaran en la siguiente esquina.

No, me reprendí a mí misma. *Recuerda la ley del karma: atraes lo que deseas. No les desees el mal, cúbrelos de luz y la luz te cubrirá.*

Con algunas personas era un poco difícil respetar esas creencias.

Para cumplir con mi círculo kármico del día intenté resolver mi falta dándole una parte de mi recaudación del metro a Jim, el vagabundo que siempre se instalaba en la esquina de mi casa. En realidad no sabía su nombre, lo llamaba así para no pensarlo como "el mendigo".

Me puse en cuchillas frente a él y dejé algunas libras en su sombrero.

—¿Comiste hoy? —pregunté. No contestó. Nunca lo hacía. Sospechaba que era mudo o retrasado—. Bueno, cualquier cosa ya sabes: vivo en el apartamento B del segundo piso de aquel edificio que ves allá —señalé. Él miró. Me despedí con una sonrisa.

Llegué al condominio, abrí la puerta azul y subí las escaleras hasta el segundo piso. Arranqué del tendedero las sábanas que había colgado allí hacía dos días y abrí la puerta del apartamento. Olía a cigarrillo, alcohol y quién sabe qué más. Intenté encender la luz, pero mover el interruptor no sirvió. Miré la lámpara del techo con algunas manchas de humedad y la pintura resquebrajada. Ojalá se tratara solo de un foco quemado. Avancé e intenté moviendo la llave que encendía la luz del pasillo. Tampoco hubo caso.

Yo no había pagado la factura de la electricidad, supuse que tampoco lo habría hecho mi madre. Ella tenía que haberse deshecho de los avisos de la compañía y ellos debían de habernos cortado el servicio. Ya podíamos darle la bienvenida al 1800. Thea, la titánide de la luz, vivía en plena oscuridad: metafórica y, ahora, literalmente.

La cocina estaba desolada. También la habitación de mi madre y, por supuesto, el refrigerador. Cero alimento. Tan solo dos limones y un paquete de galletas un poco rancias en la alacena. El baño, vacío. Me hallaba sola. Se sentía un poco perturbador y, a la vez, me dejaba tranquila, porque eso significaba que, al menos por un rato, no habría problemas.

Entré en mi dormitorio y apoyé el bolso sobre la cama. Me aproximé a un pequeño altar que había fabricado amurando un estante a la pared detrás de la puerta y encendí una vela y un sahumerio hechos por mí misma. Observé la fotografía de mi abuela, puse los dedos sobre la repisa, bajé la cabeza y cerré los ojos para concentrarme en mis pensamientos.

Hola, abuela. Quiero empezar pidiéndote perdón. Ayer me pasé de la raya. Ya sé que lo sabes. Lo viste todo desde donde sea que estés en este universo, convertida en energía. No entiendo qué me ocurrió, te consta que siempre intento controlarlo. Casi siempre lo consigo. Ayer fue un caso especial, te prometo que procuraré que no se repita.

También quiero agradecerte por haberme protegido. Sé que estuviste ahí y que enviaste un alma buena para rescatarme. Eso es algo positivo de lo que ocurrió anoche: conocí a un chico que no es un idiota de los que suelo atraer como moscas. Te agradaría. No sé para qué te cuento esto, si seguro tú me lo enviaste y, si lo hiciste, fue porque te agrada.

En conclusión, solo quiero que sepas que lo lamento y que intentaré comportarme mejor. Cuando sienta ese deseo horrible otra vez, llamaré a tu enviado. Siento que él puede llevarme a la luz. Si me llama, claro. Lo dejé en sus manos y en las del universo.

Lo de anoche fue una mierda, te prometo de nuevo que haré todo lo posible para que no se repita. Perdón también por la grosería. Sabes que me esfuerzo para controlar mi vocabulario, pero a veces no me sale. Casi nunca puedo. Lo trabajaré con más fuerza.

No me abandones. Te amo.

Me incliné para manifestarle mi respeto como despedida y fui hasta el armario. Recogí un vestido blanco largo bastante suelto y me quité el que llevaba desde la noche anterior. Lo arrojé en un rincón donde amontonaba la ropa que tenía que lavar. La pequeña montaña estaba junto a la máquina de coser que había heredado de mi abuela, quien también me había enseñado a utilizarla. Confeccionaba mi propia ropa desde los quince años.

Dejé mis alhajas en un cajón de la cómoda y fui al baño. Me duché recordando algunas vivencias de ese día. A diferencia de la noche y la madrugada, desde que había despertado en la casa de ese chico, todo había sido bueno. El perro tierno lamiéndome el rostro, el desayuno que me recordó cuando me lo preparaba mi abuela, mi corazón latiendo con fuerza al tener a Cam tan cerca en la piscina… Escenas tan comunes y a la vez entrañables. Él lo era.

Después de quitarme el olor a cloro del cuerpo y del cabello, me peiné y regresé a mi habitación para doblar y guardar las sábanas que había recogido del tendedero. Lavé a mano la ropa que había acumulado en el rincón toda la semana, la tendí en la entrada y fui a mi habitación para contar el dinero que había recaudado en el metro. No alcanzaba para pagar la electricidad, pero sí para la comida.

Fui al mercado por algo para la cena.

—¡Eh, Thea! —exclamó una voz conocida mientras yo recogía un paquete de verduras de un exhibidor refrigerado.

—¡Albie! ¿Cómo estás?

—Muerto de sed. Vine a comprar una cerveza. ¿La compartimos en la azotea de mi edificio?

—Claro. Yo compro los *snacks*.

Nos quedamos conversando con mi vecino, acostados en una azotea del condominio, hasta que anocheció.

Cuando volví a mi apartamento, mi madre todavía no había regresado. Supuse que no se hallaría trabajando, sino en lo de alguno de sus amigos. *Abuela, ¡te necesitamos tanto! ¿Por qué nos abandonaste?*

Me esforcé para apartar esas ideas tristes de mi mente. Ella no se había ido, solo había cambiado de forma y, desde donde sea que estuviera, nos ayudaba. De lo contrario, quién sabe si no hubiéramos estado peor. De hecho, si no hubiera enviado a ese chico para que me rescatara de la piscina la noche anterior, quizás yo estaría muerta.

Recogí un cuaderno, un bolígrafo y mi guitarra. Me senté en el suelo, con la espalda apoyada en el costado de la cama, y comencé a tocar unos acordes. Algunas palabras vinieron a mi mente: "Lucky", "muerta", "piscina"… Escribí algunas frases y sus notas en guitarra. Le puse como título "Asfixia".

F
Hey, stranger

          C
Don't let me down here

          Gm
I promise you I'm crazy

      A#
But not dangerous

    F
Tell your dog

    C
The doors of hell

    Gm
Are closed to you

        A#
And you will be safe

F
Ey, extraño

          C
No me defraudes / dejes aquí abajo

          Gm
Te prometo que estoy loca

      A#
Pero no soy peligrosa

    F
Dile a tu perro

    C
Que las puertas del infierno

    Gm
Están cerradas para ti

        A#
Y así estarás a salvo

Dejé de componer en cuanto oí la puerta del apartamento. Hice a un lado la guitarra y me puse de pie. Entorné la puerta para escuchar. Oí la risa de mamá y la de un hombre, áspera y fingida como todo lo que ella atraía.

Cierra la puerta, pensé mientras lo hacía. *Ponle llave y todo estará bien. Todo estará bien.*

6

Cam

Conduje hasta mi casa sin poder quitarme a Thea de la cabeza. Lo que acabábamos de vivir me parecía de otro mundo. Me quedé un rato en el garaje, dentro del automóvil, mirando los números que había escrito en el parabrisas. Tenían una forma artística y bonita, no quería borrarlos. Los memoricé antes de bajar y los repetí hasta llegar a mi habitación, donde tenía guardado un móvil viejo. No me resultó difícil recordarlos; estaba acostumbrado a retener nombres complicados y muchos datos.

Encontré el aparato en una caja de elementos en desuso que albergaba dentro del guardarropa. Extraje el chip del teléfono que había quedado inutilizable y lo froté contra mi ropa, aunque ya estuviera seco. Lo inserté en el otro móvil y rogué que funcionara mientras presionaba el botón de encendido. Tenía muy poca batería, así que lo puse a cargar e intenté entrar a la red de mensajería. Respiré aliviado cuando dio resultado.

Ignoré los mensajes, incluso los de mis padres, para guardar en la agenda el número de Thea. Entré a su foto de perfil en la aplicación de mensajería: era una imagen en escala de grises. En ella estaba vestida con la ropa y las alhajas de la noche en que la conocí. Sostenía el labial con el que había escrito en mi automóvil sobre sus labios. Tenía que haber sido tomada en lo que parecía ser el pasillo exterior de un edificio de apartamentos.

En su estado había una frase: *"Lo menos frecuente en este mundo es vivir. La mayoría de la gente existe, eso es todo. Oscar Wilde"*.

Junto al enunciado había un símbolo arroba con el nombre de su usuario de Instagram. Abrí la aplicación, entré a mi cuenta y busqué la suya. Como era pública, el contenido estaba disponible para que mis ojos curiosos terminaran de adentrarse en su universo.

No existía en su muro una sola fotografía en la que estuviera haciendo una pose corriente. Guiñaba un ojo, sacaba la lengua, tiraba un beso, alzaba los brazos, hacía *fuck you*… Nada de rigidez o sonrisas fingidas. Pura sinceridad. No sé por qué, si ella me parecía tan transparente, dudaba de ese "eres increíble" que me había dicho en la piscina. Tal vez porque, en realidad, dudaba de mí mismo y no de ella.

Tampoco usaba ropa habitual. Podía jurar que nunca había visto en otra persona los diseños que Thea lucía en esas fotografías, ni en las que aparecía con sus amigos y amigas. No había familiares a la vista, o eso parecía.

Había algunos videos: en uno reconocí que se encontraba en el metro. En otros, en una habitación con una guitarra negra llena de dibujos blancos hechos a mano. Estrellas, símbolos, su nombre y algunas palabras en otros idiomas.

Activé el sonido del video del metro. Su voz cantando mientras se sostenía lánguidamente de un tubo vertical me dejó atónito. No tardé en escuchar los otros videos en los que acompañaba su voz con la guitarra. Desconocía las canciones, supuse que eran las que ella componía.

En otro video bromeaba con sus amigos. Recordé su manera de caminar, sus acciones inesperadas, el tono inconfundible de su voz... Era una persona fascinante sin importar lo que hiciera.

Me involucré tanto en su mundo que no salí del trance hasta que entró una llamada de mi padre. Atendí enseguida.

—¡Hijo! —exclamó—. Nos tenías preocupados. No respondes el móvil desde ayer.

—Lo siento, tuve un percance y lo rompí.

—¿Qué ocurrió? ¿Estás bien?

—Sí, tan solo se me cayó al sanitario. Estuve intentando repararlo hasta recién, pero desistí y coloqué el chip en el móvil viejo. Por lo menos, eso sí sirve.

—Me alegro. Resolveremos lo del móvil nuevo cuando regresemos a casa. ¿Cómo está todo por ahí?

—Bien. Dile a mamá que no olvido regar las plantas y alimentar a Lucky y que también cocino para mí.

—Está bien —respondió él, riendo—. Es imposible convencer a tu madre de que, en realidad, los médicos llevamos una vida bastante insana. Primero, por el estudio. Después, por el tipo de trabajo. Por suerte, tú no tendrás que hacer guardias interminables; podrás trabajar en nuestra clínica desde el comienzo. Por cierto, ¿cómo vas con eso? ¿Ya adelantaron más lecturas con tus compañeros? La investigación en cirugía es bastante exhaustiva.

—Sí —aseguré. Mentir era la única manera de tener algo de vida personal, el problema era que siempre me resultaba difícil. Mi familia era una especie de cofradía en la que todos los miembros teníamos que colaborar y servir al resto. Eso era bueno porque nos unía, pero, a la vez, muy malo; a veces me sentía ahogado.

—Si no comprenden algún tema, no duden en consultarme.

—No te preocupes, vamos bien. ¿Cómo está Evie?

—Contenta: la llevaremos a la playa. Quiere hablar contigo.

—Pásamela. —Mi hermanita tomó el teléfono y me saludó gritando mi nombre—. ¡Preciosa! ¿Cómo estás? —pregunté.

—¡Bien! Debiste venir. Aquí hay unas olas enormes.

—¿En serio? ¿Estuviste surfeando?

—No sé hacerlo y mamá dice que es peligroso. ¿Me prometes que la próxima vendrás con nosotros y me enseñarás?

—Yo tampoco sé surfear, pero te prometo que sí iré de vacaciones contigo y te enseñaré a nadar.

—¡Genial! Encontré unas caracolas con las que se puede oír el mar.

—¡Guau! Eso es genial. Ya quiero verlas.

—Tengo que cortar. Nos vamos a la playa.

—Diviértete por los dos, ¿de acuerdo? Saluda a mamá de mi parte. Te quiero.

—Yo también te quiero. Adiós.

Corté con una sonrisa y miré los mensajes de Harry.

¿Estás ocupado?, le pregunté por escrito. Como dijo que no, le pedí que nos encontráramos en Hyde Park.

—¿Recuerdas a la chica del vestido verde? No podrás creer lo que pasó.

Mientras caminábamos por el parque, le relaté con entusiasmo las cosas increíbles que habíamos hecho Thea y yo en menos de veinticuatro horas.

—Es asombrosa —concluí—. Nunca sabes qué hará a continuación. Tiene una voz maravillosa y...

—Espera —me interrumpió él—. ¿Dijiste que durmió en tu casa y no te acostaste con ella?

—¿Podemos evitar hablar de sexo? No estamos desesperados por eso, ¿o sí?

—¡Claro que no! Pero te perdiste la oportunidad.

—Lo haré a mi manera. Me interesa más ella en sí misma que el sexo.

—¿Prefieres nadar en piscinas ajenas y que escriba en tu parabrisas?

—Por ejemplo. —Harry frunció el ceño con expresión incrédula—. No te conté todo esto para que me sugieras que la invite a mi casa esta noche y lo hagamos hasta que amanezca, sino porque temo estar soñando. Es la chica más increíble que he conocido y tengo su número, ¿entiendes?

Se hizo un instante de silencio.

—¿En serio te atrae tanto esa chica? Quiero decir... ¿Te interesa de verdad? —interrogó Harry.

—Sí.

—Okey. En ese caso, te ayudaré. ¿Ya le escribiste?

—Aún no. No sé qué decirle.

—Bien. No lo hagas todavía. Tiene que pensar que no te interesa tanto como es en realidad.

—No haré esa tontería. Solo tengo que encontrar una excusa para escribirle. Es tan magnífica que... De verdad no sé cómo caerle bien.

—Dices que te dio su número, quizás ya le caigas bien. No le des tantas vueltas: deja transcurrir unos días y escríbele un "hola, ¿cómo estás?", como harías con cualquier otra chica.

—Con las demás no me siento inseguro o poca cosa para ellas.

—¿Ella te dijo que piensa eso de ti?

—No, pero es obvio. Ella es explosiva, en cambio yo tan solo me quedo pensando y ni siquiera soy bueno para expresarme.

Se encogió de hombros.

—Aquí te estás expresando muy bien. Creo que la estás idealizando. Es... peculiar. Muy llamativa, no lo niego. Y aunque tú seas una persona común, eso no significa que no le intereses. Si te dio su número, fue por algo. Aférrate a eso —dijo, y me palmeó el brazo—. Me preocupas. No quiero perder a mi mejor amigo por un rollo con una chica.

—¿Estás loco? La amistad es irremplazable. ¿Vienes a dormir esta noche y jugamos a la PlayStation?

Fuimos a mi casa después de cenar pescado y patatas fritas en una tienda. En honor a nuestra amistad, Harry me ayudó a quitar las toallas que estaban sobre la cama y cambiamos las sábanas. Mientras bajábamos la escalera para llevarlas a la lavadora que estaba en el subsuelo, me arrojó la funda de la almohada en la cabeza.

—Toma, todavía huele a ella.

La apoyé en mi nariz y la olí: era cierto. A pesar del aroma del cloro, en el fondo persistía el perfume de Thea. Sonreí como un idiota y la recordé durmiendo en mi cama hasta que llegamos al cuarto de lavado. No me convertiría en un maniático conservando esa funda, así que la coloqué en el interior de la máquina junto con lo demás.

—¿Estás seguro? —preguntó Harry antes de presionar el botón que iniciaba el proceso de lavado.

—Hazlo —contesté, exagerando un tono de dolor en broma.

Jugamos con la consola hasta pasada la medianoche y luego fuimos a mi habitación. Como Harry se durmió sobre la cama, fui al dormitorio de mis padres y me acosté en la de ellos, al igual que había hecho la madrugada anterior cuando había cedido mi lugar a Thea.

Thea…

Abrí Instagram y volví a buscar su cuenta. Ojalá hubiera sabido qué decirle para entablar una conversación que le resultara entretenida.

De pronto, mirando una de sus fotos, se me escapó un "me gusta".

Casi sufrí un infarto. Me debatí un instante entre dejarlo o removerlo.

No quería quedar como más idiota de lo que ya era, así que decidí dejarlo en caso de que hubiera visto la notificación.

7

Thea

Dicen que al universo hay que pedirle con claridad lo que una desea y que el universo lo traerá a tu puerta.

Me cagaba en eso. Hacía media hora que no podía quitarme al chico que estudiaba Medicina de la cabeza y el universo se hacía el estúpido. *Quiero que me escriba. Quiero que me escriba.*

El móvil vibró sobre mi estómago. Si se trataba de otro mensaje de Ivy quejándose de los dolores menstruales lo arrojaría por la ventana. Suficiente tenía ya con mi madre y su amigo, que no paraban de reír en la habitación de ella. Ni siquiera los auriculares y la música me servían para dejar de oírlos.

Lo levanté y espié la notificación. Era un me gusta de Camden Andrews.

Así que ahí estaba, el universo finalmente lo había llevado a mi puerta. Bueno, a mi teléfono.

Decidí darle una ayudita. Ya que ahora tenía su usuario de Instagram, fui a su cuenta. Era privada, pero aun así podía enviarle un mensaje.

> Me di cuenta de que eras un poco tímido, pero no creí que tanto. Deja de espiar mis fotos y di "hola", como el señorito inglés que eres.

Demoró unos segundos en aparecer el "visto". Me froté los labios con placer imaginando que habría hecho latir su corazón deprisa si acaso había adivinado sus emociones.

> Hola, Sirenita.

Reí fuerte con ese recibimiento. Mis intenciones me traicionaron y fue mi corazón el que terminó latiendo muy rápido.

Thea.
> Hola, marinero.

Cam.
> Jajaja. Si te dijera que pensé eso la primera vez que te vi, no me creerías.

Thea.

¿Estabas mirando mis fotos?

Tardó un momento en contestar.

Cam.

Sí.

Thea.

Es injusto que yo no pueda ver las tuyas.

Cam.

No has enviado una solicitud, de lo contrario, te aceptaría.

Thea.

Buen punto.

Se la envié y me aceptó enseguida. Cuando las redes de alguien eran privadas y de pronto me permitía entrar en ellas, era como si un trocito de su mundo se abriera para mí.

Aunque ya conocía su casa, su perro y sus pocas ganas de hacer las compras, acceder a sus fotos me pareció fascinante; yo era una persona curiosa y me interesaba la gente.

Había muchas imágenes de Lucky. Otras de él con la niña que había visto en el retrato de su habitación, supuse una vez más que se trataría de su hermana menor. En otras posaba con sus amigos en distintas zonas de la ciudad, en un bar y en la universidad.

Cam.

Thea. ¿Sigues ahí?

Thea.

Sí.

Cam.

¿Estabas mirando mis fotos?

Thea.

Sí.

Cam.

Veo que a ti no se te escapan los "me gusta" cuando espías a alguien como a mí.

Me hizo reír.

Thea.

Jajaja. No te preocupes, no fue tu culpa, sino del universo. O mía, porque se lo estaba pidiendo.

Cam.

¿Le pediste que se me escapara un "me gusta" mientras te espiaba?

Thea.

Que me escribieras.

Otra vez tardó un rato en contestar, aunque continuaba en línea.

Cam.
¿En serio?

Thea.
¿Por qué mentiría?

Cam.
Vi tus videos cantando. Lo haces muy bien.

Thea.
Gracias.

Adjunté un *sticker* de una mujer llevándose el cabello hacia atrás con un gesto vanidoso.

Cam.
¿Las canciones son tuyas?

Thea.
Sí, por eso dicen tantas tonterías.

Cam.
No me pareció. De las que subiste, mi favorita es la que dice "podemos encontrarnos en las estrellas".

Thea.

Escribí esa parte pensando en el Ojo de Londres. ¿Me dejas invitarte ahí? Podría ser hoy a las seis de la tarde.

Cam.

¿Con los turistas y todo?

Thea.

Sí. Podemos inventarnos una conversación en un idioma inexistente para que nos miren con cara de "¿de dónde vendrán estos dos?".

Cam.

Jajaja. Está bien, me gusta el plan, y me ahorraste la tortura de dar mil vueltas para pensar cómo invitarte a salir. Créeme: quería hacerlo pero no sabía cómo. Nos vemos ahí a las seis.

Thea.

Jajaja, nos vemos, doctor. Te prometo que no me arrojaré de la noria para que me rescates.

Cerró la conversación con un *emoji* que denotaba que se sentía aterrado de eso.

Me dormí sonriendo con ilusión, aferrada al móvil como una tonta.

Por la mañana desperté y, antes de abandonar mi habitación, espié para corroborar que el pasillo estuviera tranquilo. La puerta del dormitorio de mi madre se hallaba cerrada, supuse que su amigo se habría ido y que ella estaría durmiendo.

Caminé a hurtadillas para llegar a la cocina y preparé mi desayuno. Mientras bebía una taza de café y comía las galletas húmedas en mi habitación, añoré los cereales y la fruta de Camden. Para no pensar en ello, me pregunté qué haría ese día para ganar dinero. Tenía que pagar la electricidad, comer y comprar una tela con la que quería hacerme un pantalón. Era imposible reunir la cantidad suficiente para todo: la prioridad eran el alimento y luego la factura atrasada. La tela tendría que esperar.

Justo en ese momento, recibí un mensaje de una vecina.

> Thea, la niñera faltó y tengo que ir a trabajar. ¿Puedes suplirla hoy?

No me gustaba hacer de niñera, pero al parecer el universo y mi abuela estaban confabulando en mi favor, así que le dije que sí, siempre que me liberara a las cinco de la tarde porque a las seis tenía que llegar a un sitio.

Aunque no me gustara ese trabajo, no podía desperdiciar la oportunidad de ganar dinero.

Pasé el día allí, sin tener que preocuparme por el almuerzo: como preparé el de los chicos, aproveché a comer con ellos. Además, estar en su casa me sirvió para cargar el móvil.

A las cinco regresé a mi apartamento. Por las dudas, intenté de nuevo mover el interruptor de la luz: nada sucedió. Se me ocurrió que, quizás, existía una solución hasta que lograra reunir el dinero para pagar la factura.

Le escribí a mi vecino de al lado, un moreno francés.

Hola, Antoine, ¿cómo estás? No pudimos pagar la factura de la electricidad y, por supuesto, nos la cortaron. ¿Crees que podrías pasarme un cable por debajo de la puerta para que, al menos, cargue el móvil y la luz de emergencia? Te pagaré un porcentaje de tu factura a cambio. Gracias. //

Mientras esperaba una respuesta, fui al pasillo para verificar que mi madre ya se hubiera levantado. Encontré la puerta de su dormitorio entornada. Me asomé para descubrir si había salido.

La encontré inconsciente en la cama, con el brazo extendido y la boca abierta. En el suelo había una jeringa, una goma, limón y una cuchara. Lo usual. Solo me preocupó que no se hubiera despertado en todo el día.

Me arrodillé a su lado y le toqué las mejillas. La sacudí. Tenía que hacerla reaccionar de alguna manera.

—Mamá. ¡Mamá!

Dejé mi morral en el suelo y volví al pasillo con intención de ir al baño. Antes de que pudiera tocar el picaporte, la puerta se abrió de golpe. Del interior salió un tipo hecho un asco.

Grité de la impresión.

—¿Qué haces aquí? —bramé.

—¿Y tú quién carajo eres? —contestó de mala manera. Por la voz, supe que era el mismo de la noche anterior. Nunca se había ido.

—La dueña de casa. Sal de aquí ahora mismo. ¿Tú la dejaste en ese estado? —Señalé el dormitorio de mi madre—. ¡Vete antes de que te obligue!

—Loca de mierda —masculló.

Me puse detrás de él y lo empujé por la espalda. Estaba tan drogado que ni siquiera atinó a defenderse. Si lo hubiera hecho, quizás me habría lastimado.

—¡Fuera, fuera, fuera! —grité, hasta que alcancé la puerta del pasillo exterior. La abrí y lo expulsé.

—¡Mis cosas! —protestó.

—¡Muérete! —bramé, y le cerré la puerta en la nariz.

Aunque había actuado de manera explosiva, sentí pena. Estaba enfermo. Si se hubiera tratado de mi madre, no me habría gustado que la echaran de una casa de esa manera y que, para colmo, perdiera sus pertenencias.

Por piedad corrí a la habitación, reuní lo poco que pude ver con la escasa luz que entraba por las hendijas de la persiana rota y le arrojé sus cosas al pasillo. Todavía estaba ahí, de pie como un estúpido. Quizás ni siquiera podía moverse, como le sucedía a ella.

Ignoré el regadero de orina que había dejado en el baño y humedecí una toalla limpia en el lavabo. Regresé a la habitación y eché el agua sobre el rostro de mi madre. No había manera: estaba completamente ida.

Comencé a desesperar. ¿Y si el ácido del limón le había provocado una infección? Sabía lo que ocurriría si volvía a llamar a Louie, pero no tenía opción.

Busqué su contacto en el móvil y me comuniqué con él deprisa.

—Por favor, necesito que vengas —imploré.

—Thea, ya hemos hablado de esto.

—Es la última vez. Te lo ruego.

—Nunca es la última vez y lo sabes.

—No puedo sola. ¡Te lo suplico!

—Llama a la policía.

—¡No haré eso! No seas así, te necesito. Ella te necesita.

—¡Y yo necesito que me dejen en paz! Iré. Pero esta vez, de verdad, será la última.

—Gracias. Gracias, gracias, gracias —repetí con alivio.

Esperé a Louie ansiosa, mientras continuaba intentando despertar a mi madre de todas las maneras posibles. La abofeteé, le arrojé más agua, la sacudí… Nada. Seguía como muerta. Si no hubiera visto su pecho moverse, habría pensado que no respiraba.

Cuando Louie llegó, le revisó los ojos, le tomó la presión, la auscultó y le midió las pulsaciones. Me miró del otro lado de la cama.

—Sabes que no soy médico.

—Eres enfermero, estás acostumbrado a esto; dime lo que creas.

—No encuentro signos de una sobredosis. Al parecer consumió demasiado, pero supongo que estará bien.

Respiré con alivio y permanecí quieta un momento, intentando recuperarme del susto. Él me pasó por al lado a la vez que guardaba sus cosas en un bolso. Lo seguí hasta la cocina.

—Gracias —repetí, como en el teléfono.

—No puedo seguir viniendo aquí cada vez que tu madre se comporte de esta manera. La amé una vez. Desde hace mucho ya no tengo nada que ver con ella, así que te pido por favor que no me molestes más por sus asuntos. No continuaré haciéndote el favor de atenderla con la promesa de mantener el secreto mientras pongo en riesgo mi relación con mi pareja y mi matrícula. Llévala al hospital. Necesita ayuda si no quieres que un día se muera en serio.

—Louie, sabes por qué no puedo llevarla ahí o llamar a la policía.

—Entonces arréglatelas sola. Te conozco desde que eras una niña y te quiero. Eres una gran chica, Thea. Pero bloquearé tu número porque no quiero más de esto. ¿Hasta cuándo crees que podrás soportarlo tú?

Abrió la puerta y se marchó sin cerrarla.

La oscuridad y el aire pesado de mi casa me abrumaron como tantas veces. Quería llorar, gritar y romper todo.

Para no hacer eso, extraje el móvil y miré la hora: las siete de la tarde. Hallé varios mensajes de Cam, otros de Ivy y uno del vecino diciéndome que no tenía problemas de pasarme el cable.

Cam… Lo había plantado.

Tal vez era lo mejor.

8

Cam

—¡Ey! —EXCLAMÓ NOAH, CHASQUEANDO LOS DEDOS FRENTE A MIS OJOS—. ¿Estás aquí?

—Sí, lo siento —contesté. A decir verdad, otra vez estaba pensando en Thea.

—¿Quieres repetir algún apartado de esta lectura o avanzamos con la siguiente?

—Avancemos. Estoy aburrido de leer sobre la inserción de un drenaje torácico.

—Dejamos ese subtítulo hace cinco minutos. ¿Estás seguro de que estás bien? ¿Prefieres descansar?

—No. Leamos acerca de la inserción de una sonda nasogástrica.

Noah se fue cuando comenzaba a anochecer. Una vez que me encontré solo en casa, puse una película y me entretuve con ella hasta que, de un momento a otro, volví a acordarme de Thea.

La conversación con ella había quedado bastante abajo en la aplicación de chat. Aunque no quería releerla, lo hice. Ya no había forma de borrar todo lo que le había enviado. Cada vez que lo veía, volvía a sentirme un estúpido.

Llegué.

¿Estás por ahí? Han pasado quince minutos de la hora que acordamos.

Thea, son las seis y media, ¿estás bien? Por favor, responde, estoy preocupado.

Okey. Te esperé cuarenta y cinco minutos. Podrías haberme avisado que no vendrías. Lo entiendo. Te juro que lo entiendo. Pero no es justo que me hayas plantado. Debiste decirme que ya no tenías ganas de verme. ¿O acaso te estabas burlando de mí cuando me invitaste?

Una hora. Me voy. Por favor, tan solo escríbeme para saber que estás bien, temo que te haya ocurrido algo.

> Bueno, ya es de noche. Has mirado los mensajes pero no respondes. Está claro: te estabas burlando. ¡Felicitaciones! La broma te salió muy bien. Ojalá estés riendo con tus amigas. ✓✓

> ¡Es la una! Dime que estás bien. ✓✓

> De acuerdo, no insistiré. Lamento si hice algo malo. ✓✓

Durante tres días, desistí. A veces abría nuestra conversación y veía a Thea en línea, por lo tanto, suponía que se encontraba bien. Si le hubieran robado el teléfono o lo hubiera extraviado, ya me habría avisado al recuperar, aunque sea, su cuenta de Instagram. No respondía porque no tenía ganas. Me había plantado porque, para ella, todo era una broma, y yo, el idiota que había caído.

¿Por qué le había demostrado que eso me molestaba? Jamás debí hacerlo. Debí hacerme el que no me interesaba y pasar a otra cosa. Pero me molestaba demasiado y, cada vez que me acordaba de ella, solo deseaba olvidarla. Estaba convencido de que se había reído de mí, ¿qué más necesitaba para dejar de pensar en su risa, su voz, su personalidad abrumadora?

Sentí tanta ira que le envié otro mensaje.

> ¿Alguna vez me explicarás por qué te burlaste de mí? Quizás te parezca divertido, pero no lo es. Es enfermizo. Lo peor es que no puedo dejar de pensar en ti. ✓✓

Lo dejé ir sintiendo que me había quitado un gran peso de encima. Al instante, ese peso se multiplicó y me pareció que acababa de hacer lo más tonto del mundo, justo lo que debí evitar desde un comienzo: demostrarle que su burla me importaba.

Presioné "borrar", pero para cuando el sistema respondió, las tildes ya estaban azules. Thea, además de recibir el mensaje, lo había leído.

Me dije "imbécil" por dentro y alejé el teléfono lo máximo posible. No quería enterarme si respondía. No lo haría. Tan solo reiría una vez más con sus amigas. ¿Qué más daba? Había sido el objeto de burla de la gente varias veces en la escuela primaria, podía serlo una vez más para Thea.

Intenté concentrarme en la película. Me resultó imposible y terminé recogiendo el móvil. La lucecita que indicaba un nuevo mensaje titilaba. Era la respuesta de Thea. La leí por arriba, prometiéndome que no abriría la conversación, así ella no descubría cuánto me interesaba volver a verla.

Thea.

> Hola, Camden. ¿Por qué borraste el mensaje? Está bien que quieras insultarme. Lo merezco. Hazlo.

Otra vez terminé haciendo lo contrario de lo que me proponía.

Cam.

> No quiero insultarte. Tan solo necesito que reconozcas que te burlaste de mí a ver si así puedo dejar de pensar en ti.

Thea.

Lamento informarte que no me burlé de ti. Pero sí existe una razón por la que no respondí en estos días.

Cam.

Estoy esperando.

Thea.

No me mereces.

Abrí la boca y reí, sin poder creer lo que leía. No conocía a una persona más soberbia y pedante que Thea con esa respuesta. Aun así, no se me ocurrió negarlo.

Cam.

Lo sé desde la primera vez que te vi, no necesitabas plantarme para que lo entendiera.

Thea.

Creo que no me expresé bien. No lo digo en el sentido que imaginas, sino en el opuesto.

Cam.

Seré idiota, porque sigo sin entender.

Thea.

La manera en que me conociste no fue una casualidad. Siempre estoy en problemas. No sé vivir de otra manera y no creo que quieras eso para ti. Mejor dicho, yo no quiero eso para alguien como tú. Hace tres días no fue la excepción. No creo que lo merezcas.

Cam.

¡Oh, qué altruista! Gracias, pero ¿por qué no me dejas decidirlo a mí?

El "en línea" desapareció. Así era Thea: tan solo se desvanecía.

Creí que no respondería más y arrojé el teléfono a la cama. En lugar de sentirme tranquilo, ahora estaba todavía más molesto. El "no eres tú, soy yo" me parecía una completa basura. Para eso, que me dijera que no la atraía y listo. Si tan solo me lo hubiera demostrado cuando nos conocimos, la habría dejado en paz.

Me detuve por un instante e intenté analizar la situación desde otro ángulo. Thea era honesta y transparente; tan impulsiva que se dejaba llevar por lo que se le ocurría hacer de un momento a otro sin medir las consecuencias. No había motivos para que, en su explosividad, no me dijera la verdad. Quizás ya lo estaba haciendo, era mi baja autoestima la que me impedía reconocerlo.

Recogí el teléfono y releí los mensajes. "No me burlé de ti", "siempre estoy en problemas", "no quiero eso para alguien como tú".

Respiré hondo, con una extraña y repentina calma, y volví a escribirle.

Cam.

¿Estás libre esta noche?

75

Tardó un instante en responder.

Thea.
Para ti, sí.

Cam.
¿Y ese cambio abrupto de parecer?

Thea.
Aunque sepa que no te convengo, yo tampoco dejo de pensar en ti.

Medité su respuesta el tiempo suficiente para que ella enviara algo más.

También tienes razón en que no debería decidir por los dos. Eres lo suficientemente grande para elegir en qué te involucras y en qué no.

La sensación de paz se acrecentó; odiaba estar enemistado con la gente y más aún sin entender el motivo real.

Cam.
¿Por qué me plantaste?

Thea.
Porque tuve un problema.

Cam.

Debiste responder.

Thea.

Nunca hago lo que debo.

Cam.

También me di cuenta. ¿Puedo ayudarte con tu problema?

Thea.

Nadie puede, y prefiero no hablar de eso. ¿Para qué me preguntaste si estaba libre esta noche? ¿Vas a invitarme a salir?

Volví a sentirme en una montaña rusa. "Tampoco dejo de pensar en ti", "no debería decidir por los dos", "¿vas a invitarme a salir?".

Cam.

Te espero en la estación Regent's Park en una hora. El otro día te bajaste de mi automóvil cerca de la estación Barking. Supongo que tomaste la línea Hammersmith & City, podrías llegar a la que estoy mencionando sin problemas.

Thea.

Muy astuto, doctor. Nos vemos.

9

Cam

Estacioné el coche y miré los horarios del transporte público en el móvil. No tenía idea de dónde vendría Thea. Sin importar la distancia, tenía tiempo para llegar. No aguardaría por ella más de quince minutos desde el horario en que habíamos acordado encontrarnos. Si no llegaba para las nueve y media ni brindaba alguna explicación coherente de su retraso, más allá de "tuve un problema", me iría y bloquearía su número.

Mis pensamientos se acallaron en cuanto llegué a la esquina desde la que se veía la estación. Thea ya estaba ahí, manipulando el móvil contra la verja del parque. Tenía los auriculares puestos y una pierna doblada con el pie apoyado atrás. Llevaba un pantalón de jean, una blusa caída de hombros con una ilustración de la bandera de Inglaterra hecha con brillos y un morral tejido. Su cabello suelto enmarcaba su rostro exótico. Un mechón acomodado detrás de su oreja permitía ver los pequeños aretes dorados que conformaban una línea de argollitas desde el lóbulo hasta arriba. Las demás alhajas, sus ojos grandes de color azul oscuro, la curvatura sensual de sus labios, el maquillaje sutil y bonito… Todo de ella me pareció tan o más atractivo que antes, y eso era un gran problema, porque si ella cambiaba de parecer de nuevo y decidía plantarme o dejar de responderme otro día, tendría que arrancarme de la mente más y más deseo. Era mejor no ilusionarme. ¿Cómo se hacía para evitarlo?

Crucé la calle y caminé hacia ella. No se percató del momento en que llegué, pero yo pude escuchar su voz entonando en voz muy baja la canción que sin dudas escuchaba mientras hacía vaya a saber qué en el móvil.

—Hola —dije.

Alzó la cabeza de repente y nuestras miradas se encontraron. Se quitó los auriculares con una sonrisa. Parecía contenta de verme.

—Hola, marinero —respondió.

—Sirenita —contesté, como una forma de hacer las paces.

Metió el móvil en el morral junto con los auriculares y volvió a mirarme a los ojos. Esta vez, se hallaba seria.

—He llegado antes que tú; siempre llego tarde a todas partes.

—Gracias.

—Lo que intento decir es que eres importante para mí. Lamento no haber aparecido la otra tarde. También no haberte respondido estos días. Créeme que no lo hice con mala intención.

—No sé qué buena intención pueda existir detrás de dejar a alguien sintiéndose tonto y asustado.

—Ya te lo dije por teléfono. Por favor, no me hagas repetirlo.

—No hace falta. Tan solo no vuelvas a hacerlo.

Bajó la cabeza, respiró hondo y me miró.

—Lo intentaré. ¿Qué hacemos? —preguntó, estudiando el entorno.

—Podemos caminar o buscar el automóvil y dirigirnos a otro sitio.

—Caminemos. —Se lanzó a hacerlo antes que yo—. ¿Qué opinas de los errores? —consultó, tomándome por sorpresa, como solía suceder.

—¿A qué viene eso? —respondí.

—A que suelo equivocarme bastante seguido. Como te dije por mensaje, eso me trae muchos problemas. No me gustaría que te asustaras.

—¿Qué clase de problemas?

—De todo tipo. A veces, impredecibles.

—Como tú. —Sonreí—. Equivocarse es humano. He cometido muchos errores, en especial en exámenes —admití. Era difícil explicarle lo mal que me sentía cada vez que eso me ocurría por cuánto temía defraudar a mi padre.

—Cierto, estudiar es así. Pero en algún momento aprendes. Supongo que el día de mañana recordarás no darle un laxante a un paciente que tenga un resfriado, como yo no dejaré plantados a todos los chicos que me atraigan. No han sido muchos, la verdad. Tres… dos… Sí, dos. Uno a mis dieciséis y tú.

Me costó seguirle la conversación desde que insinuó, o mejor dicho confesó, que yo le gustaba. Así, como si nada, con la misma naturalidad con que hacía todas las cosas.

—¿Cuántos años tienes? —aproveché a preguntar.

—Dieciocho. ¿Y tú?

—Veinte. ¿Cómo era ese chico que te atraía?

Pude percibir su desconcierto cuando me miró.

—Bueno —contestó.

—¿"Bueno"? ¿Solo eso?

—Sí, pero él no se sentía atraído por mí.

—¡Eso es imposible!

—No, no lo es. Yo era... mala.

—¿"Mala"?

—Ya sabes: la mala del colegio que se enfrenta con los profesores y eso. Él era estudioso y obediente, como tú. Supongo que tendrá un buen futuro.

—No soy tan obediente como crees. Las dos veces que te vi en una fiesta, mis padres creían que estaba estudiando en mi casa con un compañero de la universidad.

Thea rio.

—¡Vaya! Saliste sin permiso a los veinte años. ¡Qué osado!

Distinguí la ironía en su expresión y reconocí que tenía razón: lo que para mí era una intrepidez, para otros no era más que una tontería. A decir verdad, sí era bastante obediente. No lo había pensado de esa manera hasta ese momento.

Unas gotas nos sorprendieron en medio de la conversación.

—Será mejor que vayamos a mi automóvil después de todo —sugerí.

—¿Por qué? Busquemos refugio en el parque —propuso ella, señalando hacia atrás con el pulgar, donde estaban la verja y la ligustrina.

—Está cerrado.

—No necesitas que esté abierto para entrar —contestó y se aproximó a la verja.

—¡Thea, no! —exclamé, conteniendo mi deseo de sujetarla para que no se moviera.

Miré hacia ambos lados de la calle: no había gente alrededor, solo algunos autos a una distancia desde la que era imposible distinguirnos. Aun así, no me atreví a quebrantar la ley con ella y terminé sujetándola de la cintura.

Bajó el pie de la verja y me miró con los ojos chispeantes a la vez que yo daba un paso atrás. Su expresión cambió casi al instante.

—Está bien, lo acepto —dijo—. Has pasado tu vida pisando en terreno firme, en cambio yo solo conozco pantanos. Mejor quédate del lado seguro mientras yo voy a donde está la diversión —propuso, y me guiñó un ojo antes de volverse hacia la verja de nuevo.

Sentí que mi cabeza estallaría. No podía creer que hacía un instante Thea y yo estuviéramos conversando como dos personas normales y que, de repente, estuviera a punto de saltar una verja con ella. Me tentaba seguirla, pero tenía miedo. ¿Qué podía pasar? ¿Por qué me contenía, si yo también deseaba soltarme y hacer cosas distintas? Por algo me sentía tan atraído por ella.

Puse el pie en la verja cuando Thea ya saltaba del otro lado y la imité. Por supuesto, caí con mucha menos gracia que ella. Tuve que apoyar las manos en el suelo para no terminar desparramado allí, y eso nos hizo reír.

—¿Estás bien? —preguntó, sujetándome de un brazo.

—Supongo —respondí. Volvimos a reír.

—Eres estudioso y obediente, pero te gusta la acción —concluyó. Señaló un conjunto de árboles—. Ahí estaremos bien.

Dejamos pasar la breve tormenta en la oscuridad del parque,

ocultos entre unos arbustos, cubiertos por las copas de los árboles. Como algunas gotas comenzaron a traspasar entre las hojas, me quité la cazadora y la sostuve sobre nuestras cabezas. Entonces me percaté de que Thea me observaba de una forma que fácilmente podía confundirse con la admiración.

—¿Así que te gustaba la natación? —preguntó. Estábamos tan cerca que podía oler su exquisito sabor.

—No sé. Competí algunas veces y no me fue nada mal, pero no era lo mío. En realidad, mis padres me llevaban a esas clases porque tenía que hacer algún deporte que me ayudara a corregir el problema incipiente de columna que me diagnosticaron.

—¿Y resultó?

—Sí. No dejaron de llevarme hasta que las radiografías arrojaron una columna vertebral perfecta.

—Yo también creo que fue efectivo: tienes la espalda ancha y los hombros firmes típicos de los nadadores. Debe ser difícil tener un padre médico: ni siquiera puedes tener una colitis en paz sin que te esté preguntando del otro lado de la puerta del baño si quieres una píldora, ¿verdad?

Reí con ganas. No entendía cómo había terminado en ese parque, hablando de diarreas con la chica que más me había atraído nunca.

—A decir verdad, no. Para que mi padre me recete algo, tengo que estar al borde de la muerte.

—Eso también debe ser una mierda. Perdón, una porquería.

—Creo que, dado el contexto de la conversación, la palabra "mierda" quedaba muy bien.

Esta vez, fue ella la que soltó una carcajada.

—¿Y qué te gustaba hacer cuando eras pequeño, si no era la natación?

—Mirar partidos de fútbol, andar en bicicleta, jugar a la Play-Station…

—Igual que ahora —manifestó, haciendo un gesto gracioso con la boca. Volvimos a reír.

—Sí —admití—. ¿Y a ti qué te gustaba hacer?

—Pasear con mi abuela. Vivimos con ella hasta mis dieciséis, cuando murió.

—¿Con quiénes vives ahora?

—Solo con mi madre. Por suerte no tengo hermanos.

—¿Qué ocurrió con tu padre? Si quieres contarme, claro.

—Mi madre no sabe quién es. Por eso, lo mejor es que no haya tenido hermanos. Pidió que le ligaran las trompas en la cesárea cuando yo nací. Debe haber sido la única decisión inteligente de su vida.

—Lo siento —respondí, sin saber qué decir. No podía confesarle que sentía dolor por su situación. Debía ser difícil vivir sin una parte de su identidad resuelta, mucho más que convivir con un padre médico y jamás haber tenido la oportunidad de siquiera pensar en no seguir sus pasos.

—¿Por qué? —replicó Thea con una sonrisa—. Me siento aliviada de no tener en mi vida a dos personas como ella. No creo que fuera un hombre rescatable. Oye, Cam: no te ofendas, pero creo que esta conversación se está volviendo demasiado personal. Apenas te conozco.

—Está bien. Sigamos hablando tonterías. Tan solo avísame cuándo sería conveniente contarnos asuntos personales así lo apunto en mi agenda. ¿Después de dos, tres citas?

—¡Esto no es una cita! —exclamó, empujándome despacio con las manos en el pecho. Bajé la cazadora; había dejado de llover.

–¿Por qué no? Dijiste que yo te atraía.

–Nunca dije eso.

–¿Ah, no? –protesté. Ella rio.

No pudimos completar la conversación: una luz irrumpió sobre nuestros cuerpos y, a continuación, oímos una voz:

–¡Salgan con las manos en alto!

Thea me empujó hasta que mi espalda colisionó contra el tronco de un árbol. Chistó, colocando un dedo sobre su boca.

–¡Salgan ahora! –repitió la voz.

–Quédate aquí –susurró ella.

La sujeté del brazo para que no se moviera.

–No –ordené entre dientes. Intuí que pretendía exponerse para que no me descubrieran.

–No te muevas hasta que ese policía y yo hayamos desaparecido o no volverás a verme –advirtió, apuntándome con el dedo índice, y escapó.

–¡Thea, no! –insistí en voz baja. ¿Por qué seguía creyendo que alguna vez me haría caso?

Salió a la luz sin mirar atrás.

–¡Hola! –exclamó, como cantando.

–¡Arriba las manos!

–Jack, ¿eres tú?

–¿Thea?

–¿Qué estás haciendo aquí? Creí que solo trabajabas en el transporte público.

–¿Con quién estás?

–Sola.

–¿Pretendes que crea eso?

–Si no me crees, es tu problema.

—De acuerdo, si vas a comenzar con las insolencias, nos vamos a la estación de policía.

—¿Quién está de guardia? ¿Es mi amigo Richard?

—¿Qué estabas haciendo aquí? El parque está cerrado, y lo sabes.

—¿Estás seguro de que quieres que te lo diga? —Silencio—. Me estaba meando. El baño público estaba cerrado, así que tuve que hacerlo en esos arbustos de ahí.

—¡Qué asco, Thea!

—Vamos a la delegación; amo los paseos en coches de policía. Además, me harías un favor: necesito papel higiénico con urgencia. Creo que también me estoy cagando.

Permanecí quieto y en silencio hasta que oí eso. Aunque Thea parecía conocer al oficial, no podía permitir que asumiera toda la responsabilidad por nuestros actos si yo también estaba ahí y la había seguido por mi propia voluntad. Tal vez podíamos irnos ambos sin que ella tuviera que terminar en la estación de policía para que yo escapara ileso.

Salí con las manos en alto, tal como el oficial había ordenado.

—¡Lo sabía! —exclamó.

Thea me miró por sobre el hombro. Su expresión relajada cambió a pura preocupación de inmediato. Por supuesto, ella nunca había alzado los brazos. Volvió a dirigirse al oficial.

—Jack, es un buen chico, créeme. No lo toques. Iré contigo. Déjalo ir.

—Estábamos juntos aquí —confesé—. Cometimos un error y lo lamentamos mucho. Si nos permite retirarnos, le prometo que no volverá a suceder.

—Jack —insistió Thea, negando con la cabeza.

—Él se va. Tú vienes conmigo —determinó el oficial.

—Señor… —supliqué.

—Cállate —ordenó ella—. Vete. Te escribiré. Adiós.

Los dos seguimos al oficial, solo que, mientras que yo me quedé en la acera, ella se fue en el coche de policía.

Durante un rato permanecí allí sin reacción. Ojalá hubiera podido comprender por qué mis encuentros con Thea terminaban todos de la misma manera abrupta e inesperada. No debía extrañarme, si así era ella.

Miré el móvil. Supuse que, aunque la llamara, no podría atender frente al oficial. Necesitaba saber que se encontraba bien y a qué comisaría debía ir a buscarla. Hubiera ido con ella de no haber sido porque el agente me había dado una orden y temía empeorar el problema si insistía en acompañarlos.

Seguía sin poder creer lo que Thea había hecho. Aunque conociera al policía, pretendía entregarse sin ponerme en evidencia. De cierta manera, lo había conseguido. ¿Cómo podía exponerse en lugar de otra persona con tanta facilidad, sin importar las consecuencias para sí misma?

No había nada que pudiera hacer. Solo prometerme a mí mismo que la siguiente cita no terminaría en un problema. Teníamos que encontrar la manera.

10

Thea

Otra vez estaba sentada frente al escritorio de Richard, muriéndome de ternura con su presencia. Se tomaba muy en serio el rol de padre que intentaba encauzarme en la vida. *Señor, es demasiado tarde,* pensé. *No puedo ser de otra manera.*

—Dime por qué estás sentada aquí de nuevo —solicitó con tono paternal, manifestando una mezcla de amor y deseo de que obedeciera.

—Pregúntale a tu subordinado Jack —contesté, encogiéndome de hombros.

—Thea, ¿no te cansas de involucrarte en problemas? —preguntó con tierna impaciencia–. Ya no eres menor de edad, llegará un momento en el que no pueda dejarte salir de la celda.

–¿Y qué harás? ¿Enviarme con un juez por colarme en un parque o por cantar en el metro?

–Sabes que se necesita un permiso para eso.

–¡Dámelo!

–Este no es el lugar para solicitarlo.

–¿Y quién me lo dará? No soy una artista del Royal Opera House. Además, ¿a quién le importa una canción? Quizás hasta les alegre el día a algunas personas amargadas por su trabajo.

–Has dicho una palabra muy interesante: "trabajo". ¿Has pensado en inscribirte en algún programa de empleo joven?

–Richard, basta, en serio. ¿Me devuelves mi móvil? El chico con el que estaba en el parque es bueno, debe de estar asustado pensando que aquí me han devorado los leones; tengo que escribirle.

–Otro tema interesante: no creí que alguna vez tuviéramos que arrestarte por tener sexo en un lugar público.

–No lo hice –dije con seguridad–. Cuando tenga sexo con la persona número tres será en una cama mullida mientras me mira como si yo fuera una diosa griega. Por eso todavía no lo he hecho con nadie más después de ese idiota del que ya te hablé y de la chica que conocí en el bar.

–No necesito saber tus intimidades.

–¿Puedo pasar al baño? Me estoy cagando.

–¡Thea!

–Por favor… –rogué con la cabeza inclinada.

–Ve al baño –accedió, resignado, e indicó la puerta con la mano como si no supiera dónde quedaba.

—Gracias —susurré, levantándome a la vez que me inclinaba hacia adelante por sobre el escritorio.

Aproveché mi visita al sanitario para orinar, algo que de verdad quería hacer desde que estaba en el coche de policía, y luego me acomodé el cabello frente al pequeño espejo que interrumpía el espantoso color blanco de los azulejos. No tenía mi morral conmigo; me hubiera encantado extraer el labial y dejarles un recuerdo artístico de mi paso número mil por ese lugar.

Cuando regresé al escritorio, vi a Richard con mi móvil y mi morral. Al parecer, se había aburrido de hacer de papá por esa noche.

Intenté recogerlos, pero los cubrió con sus brazos como un niño a sus juguetes.

—¿A dónde irás al salir de aquí? —consultó.

—Al prostíbulo clandestino, planté a los clientes —respondí. Su mirada de disgusto me hizo reír—. ¡A casa! —contesté con una sonrisa tierna.

—Eso espero —replicó, liberando mis cosas.

Las recogí antes de que se arrepintiera y le arrojé un beso con la mano.

—Nos vemos pronto, Rich —dije, volviéndome de espaldas.

—¡No me digas eso! Dime que jamás volverás aquí.

—Ya casi te quiero —agregué antes de atravesar la puerta.

Al salir de la estación de policía, la alegría que había sentido durante esas horas se esfumó como si alguien hubiera soplado el débil vaho cristalino que escapaba de mi alma. No creí que volvería a casa tan temprano. No quería encerrarme en mi habitación y sentirme triste.

Caminé hasta el metro con una horrible sensación en el pecho. Todo en mi vida siempre terminaba en un problema. Intenté imaginar por qué Cam podía sentirse triste o desolado, y no se me ocurrieron motivos. La muerte de alguna mascota, tal vez, o la de sus abuelos.

Pensar en eso me recordó a la mía. Esa noche, no canté antes de llegar a mi estación. Tampoco quedaba casi público: tan solo un viejo un poco ebrio y una mujer con una bolsa de arpillera en la que podía llevar tanto prendas de vestir como cabezas. Era imposible saber.

Me acomodé la tira del morral en el hombro y entonces descubrí que se me había escapado una lágrima. Me la sequé de inmediato y me levanté para bajar: estábamos llegando a mi barrio.

Por suerte o por desgracia, mamá no estaba en casa. Desconecté la luz de emergencia del cable que llegaba desde la casa del vecino por debajo de la puerta y la llevé a mi dormitorio. Arrojé mi morral sobre la cama y me acerqué al altar. No tenía velas ni sahumerios; no había reunido mucho dinero esa semana y ahorraba todo lo posible para pagar la factura atrasada de la electricidad, así que tan solo cerré los ojos y pensé.

Hola, abuela. Hoy no tengo mucho para decir. Creo que compensé un poco al alma bondadosa que enviaste a mi vida yéndome sola a la estación de policía cuando un oficial nos atrapó en el parque. Ahora que lo pienso, a decir verdad, yo lo había involucrado en el problema, así que no sé si cuente.

Richard casi tiene que escuchar otra vez la historia del idiota con el que me acosté. ¡Hubieras visto su expresión! Bueno, sí la viste. Olvido que, en realidad, sigues aquí. A veces es difícil acostumbrarme a que no estés físicamente. Pareciera que no estuvieras en absoluto. Por favor, no permitas que me sienta así, sabes que odio estar triste. Hazme saber que estás aquí. Te amo.

Dialogar con mi abuela mejoró un poco mi ánimo y, para cuando me arrojé sobre la cama con el móvil en la mano, por suerte ya me sentía más fuerte. Ignoré las notificaciones y solo abrí los mensajes de Cam.

> Supongo que no podrás responder por un buen rato. Por favor, escríbeme en cuanto te lo permitan para darme la dirección de la estación de policía. Como todo un inexperto, no le pregunté al oficial a dónde te llevaban para ir a buscarte.

¡Qué lindo! ¡Pensaba ir por mí!

> Han pasado cuatro horas. No hagas lo mismo que estos días. Tal como mencionaste, yo elijo dónde y con quién involucrarme, y elegí entrar contigo a ese parque. ¿Sabes qué? A pesar de cómo terminó nuestra noche, me divertí. Solo lamento que hayas tenido que ir sola a la comisaría; no sé por qué el oficial no quiso llevarme también. No desaparezcas. No hay motivos para que lo hagas.

> Casi amanece. Espero que ya estés en tu casa. Escríbeme a la hora que sea para saber que te encuentras bien.

No permitiría que ocurriera lo mismo que los días anteriores, así que le contesté enseguida.

Estoy bien. Te llamo más tarde. Descansa. Yo también
lo pasé genial.

Giré la cabeza y me di cuenta de que era cierto: estaba amaneciendo. Durante la hora que tardé en responder su mensaje, Cam debió de quedarse dormido, porque no contestó.

Dejé el móvil sobre la mesita cuando oí la puerta del apartamento. Me levanté y espié. Al parecer, mamá había llegado sola.

Salí de mi habitación y la confronté en la cocina, mientras que ella se quitaba el calzado.

—Hace dos noches que no duermes en casa.

—¿Qué? —preguntó en voz baja, frunciendo el ceño. Por lo menos, no estaba tan puesta como otras veces y se podía obtener alguna respuesta de ella.

—¿Otra vez? ¿Dónde consigues el dinero para comprar esa mierda todos los días?

—Trabajo.

—Si te ven aparecer así, te despedirán, como de costumbre.

—Conseguiré algo en otro lugar. ¿Y tú? ¿Por qué no estás trabajando? Hay facturas que pagar. ¿Puede ser que no tengamos electricidad?

—No pagaré las facturas mientras tú sigas usando tu dinero para comprar esa basura —repliqué, aunque siempre terminara manteniendo la casa, como antes hacía mi abuela—. ¿Dónde estuviste?

—Me quedé con unos amigos. ¿Hay algo para comer? —consultó dirigiéndose a la alacena—. A las nueve tengo que entrar en la cafetería. Son las seis y media; me quedan solo tres horas para dormir.

—Dos y media, mamá. Y eso sin contar los treinta minutos que necesitas para viajar hasta ahí. Esa mierda te quema la cabeza.

Espero que estés más lúcida para cuando tengas que cobrarles sus cuentas a los clientes.

—Déjame en paz, Thea. ¿No tienes algo que hacer? —protestó, extrayendo las únicas galletas que quedaban y café.

—Tenemos que hablar. Lo del otro día fue peligroso, no es justo que tenga que pasar por eso una y otra vez.

—No te preocupes por mí, sé controlarlo.

—¡No! No sabes. Se te escapa de las manos sin que te des cuenta. Un día acabarás muerta.

Rio, restándole importancia a mi teoría.

—Eres demasiado joven, por eso no lo entiendes.

—También decías que la abuela no te entendía por ser mayor. ¿No crees que tal vez seas tú la que esté equivocada y no los demás?

—Quiero desayunar tranquila.

—¡Y yo quiero vivir en paz! Desde que la abuela murió, todo se salió de control. A ella, al menos, le hacías algo de caso. Jamás traías a tus amigos aquí. Desaparecías durante días, pero al menos había seguridad y electricidad en esta casa. ¡Ahora solo hay oscuridad y peligro!

—Múdate.

—¿Para que traigas aquí a tus amigos y nunca más se vayan? No me iré. No permitiré que la casa de la abuela se transforme en un antro de drogadictos. Es mi casa también.

—Antes de ser tu abuela, era mi madre, así que, técnicamente, yo soy su heredera. He estado pensando: nos cuesta mucho mantener este lugar. Quizás debiera venderlo y buscar una propiedad compartida.

—¿Con esos tipos que, cuando te pasas de la raya, no tienes idea de si abusan de ti, como seguro hizo mi padre? ¿O se conforman con mirarte las tetas? ¿En serio quieres que tu hija viva de esa manera?

Volvió a reír.

—¡No son como imaginas! Estás exagerando. Es gente buena.

—La gente buena no te vende drogas ni las comparte contigo. No abusa de ti si estás en una situación de desventaja ni te incita a ponerte en peligro. La gente buena te lleva a la luz, no a la oscuridad.

—Voy a hacer de cuenta que no estás aquí. Puedes seguir quejándote si quieres, no te escucharé —contestó, apoyando la taza de café sobre la mesa.

Sentí tanta impotencia que hui a mi habitación.

Abuela, dame paz, rogué frente al altar. *Regresa. Por favor, regresa. ¿Por qué dejaste tu cuerpo? Te necesito. No puedo sola. No quiero.*

Sentí deseos de romper el altar y toda mi vida, pero logré contenerme a tiempo. Me costaba mucho dominar mis impulsos; solo era diferente cuando se trataba de mi abuela. Sabía que, si destruía el único lugar de esa casa donde me sentía a salvo, me arrepentiría. Por eso di unos pasos atrás hasta que me senté en la cama, agitada.

Una luz llamó mi atención. Giré la cabeza y vi en la pantalla del móvil una llamada de Cam.

Relacioné su aparición con la señal que le había pedido a mi abuela: "Hazme saber que estás aquí".

"La gente buena te lleva a la luz".

Atendí.

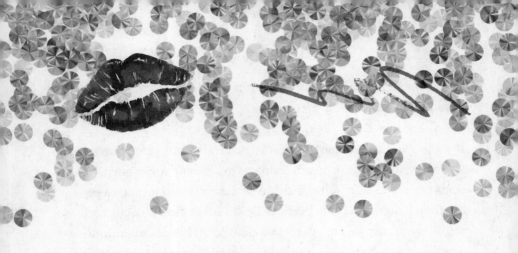

11

Thea

—Hola —respondí sin entusiasmo.

—¡Hola! ¿Estás bien? Se te oye mal, habrás pasado una noche terrible.

—Fue mejor que la mañana.

—¿A qué te refieres? ¿El oficial te hizo daño?

—No. No te preocupes, estoy bien. ¿Y tú?

—Me siento culpable. No debí permitir que fueras sola a la estación de policía.

—Te incité a hacer algo prohibido. No veo por qué debieras sentirte culpable.

—Ya te dije que yo elegí entrar al parque. Tú misma lo mencionaste: tengo la edad suficiente para decidir si quiero seguirte la corriente. Y, a decir verdad, necesito un poco de acción en mi vida, por eso lo hice. No me arrepiento, pero sí me gustaría que nuestra tercera cita no acabara de repente. ¿Crees que la próxima puedas seguirme la corriente tú a mí?

—Lo intentaré.

—Nunca dices sí o no, tan solo prometes intentarlo.

—Es por lo que ya te expliqué: suelo tropezar varias veces con la misma piedra. Pero haré todo lo posible para no tropezar otra vez con la de anoche, al menos mientras estemos juntos.

—Gracias. Acabo de conseguir una promesa y una cita. No podría ser más afortunado. —Me hizo reír—. Bueno, te dejo dormir. No quiero que pienses que soy un pesado.

—Pienso que eres muy tierno.

—No sé cómo sentirme al respecto. ¿Eso es bueno?

—Sí, lo es. Hasta luego, Cam.

—Adiós, Sirenita. Nos vemos.

Después de cortar la llamada, me sentí un poco vacía, pero mi ánimo terminó de mejorar y pude dormir tranquila.

Mamá trabajó hasta la noche. Regresó llorando. Era común que su estado de ánimo fluctuara de manera drástica. Evité preguntarle qué le sucedía. Se encerró en su dormitorio, y yo permanecí en el mío.

Esos días la niñera de mi vecina dio parte de enferma, así que trabajé en su casa y pude pagar la electricidad. Aunque continuamos conversando por mensajería con Cam, tuve que negarme a salir el sábado. Le había prometido a Ivy que la acompañaría a visitar a un chico que hacía arte callejero.

Me divertí con él y sus amigos, y hasta dejé mi propia marca en la pared de un túnel. Era una frase de una de mis canciones: "Lo mismo que te salva puede herirte". El amigo de Ivy me sugirió que, si yo la había escrito, debía firmarla, como él hacía con los dibujos, así que le hice caso y agregué un bello "Thea".

Después nos dirigimos a una zona de la ciudad donde podíamos estar tranquilos. Encendieron un cigarro de marihuana para compartir. Cuando me tocó el turno, dije que no con la cabeza.

—Dámelo a mí —se apresuró a solicitar Ivy.

Solo mis amigos más cercanos sabían del problema de mi madre con las drogas y cuánto temía terminar igual. A veces me costaba tanto decir que no… Si mi amiga no hubiera intervenido a tiempo, quizás habría terminado dándole una calada.

El domingo acepté la cita que había quedado pendiente con Cam. Propuso que nos encontráramos en una cafetería. Conté el dinero que me quedaba: no era mucho después de haber pagado la electricidad. Como era domingo, no tenía manera de conseguir algún trabajo con el que ganar más. Tampoco podía hacer el intento de cantar en el metro: si no conseguía escapar de los guardas, terminaría plantándolo de nuevo para pasar la tarde en la estación de policía, sin poder avisarle porque me quitarían el teléfono.

Aunque prefiriera no aceptar invitaciones, esta vez debía permitir que Cam pagara. Es más: tendría que rogar que se le ocurriera. Por eso prefería las salidas al aire libre o las fiestas donde nadie tenía que poner dinero.

Llegué a la cafetería un poco tarde. Aunque lloviznaba, Cam no tenía el cabello húmedo; supuse que habría esperado en el auto hasta que aparecí. ¡No podía creer que me atrajera tanto! En ese momento, no pude pensar en otra cosa más que en cuánto deseaba hacerlo con él.

—¡Sirenita! —exclamó, y me abrazó con naturalidad.

Permanecí quieta contra su pecho. El instante que duró nuestro contacto, cerré los ojos para disfrutar el momento. Me gustaban los abrazos; mi abuela solía dármelos todos los días.

Nos sentamos en una mesa junto a la ventana y ordenamos unos batidos.

—Necesito disculparme de nuevo por lo de la otra noche —dijo.

—¿Estamos hablando de lo del parque otra vez? ¡Olvídalo! Además, fue mi culpa —respondí.

—Parecías conocer al oficial que nos atrapó. ¿Es tu vecino?

—No. Lo veo a veces en el metro y en la estación de policía.

—¿Queda cerca de tu casa?

—Es a donde me llevan a veces.

—¿Estás acostumbrada a que te lleven a la estación de policía? —indagó, boquiabierto. Asentí con el sorbete en la boca—. ¿Por qué?

Casi me ahogué por culpa de una idea que solté enseguida.

—¿Todavía temes que entre a tu casa en la noche y me robe tu PlayStation?

—No. Es solo que no se me ocurre por qué podrías terminar en la estación de policía en tantas oportunidades como para conocer a los oficiales.

—La mayoría de las veces, por cantar.

—¿Por… cantar?

Suspiré y me respaldé en el asiento, cruzada de brazos.

—¿Así de malo eres espiando las redes sociales de la gente? Tendré que darte un par de clases. ¿Acaso no viste el video en el que estoy cantando en el metro? Me filmó mi amiga Ivy.

—Sí, lo vi.

—Bien. Necesitas un permiso para hacer eso, y yo no lo tengo. Tampoco me lo darían. La mayoría de las veces logro escapar. Otras... —Me encogí de hombros—. La estación de policía no está tan mal. En invierno tienen calefacción y hasta me dan café —bromeé, y volví a beber de mi batido antes de que su mirada anonadada me enterneciera más—. ¿Y tú? ¿Qué haces en un día cualquiera, además de estudiar y jugar a la PlayStation con tus amigos?

—En época de clases, casi no tengo otra vida más que la universidad. En vacaciones, jugamos al fútbol y vamos al cine con mi amigo Harry; nos gustan las películas de superhéroes. Algunos fines de semana visitamos a mis abuelos con mi familia. Las mañanas de domingo que estamos en la casa de mi abuelo materno, vamos a la iglesia.

—¿Eres creyente?

—No. Pero mis abuelos maternos son católicos practicantes. Todos tenemos que ir a la iglesia si estamos allí, creamos o no.

—Entiendo. ¿Y tu padre?

—Nunca le prestó atención a la iglesia hasta que se casó con mi madre. Él insiste en el valor de la ciencia. Ella sostiene que la ciencia existe gracias a Dios y que nuestro cuerpo fue diseñado por Él como una máquina perfecta. Por ejemplo, no es casual que cuando se acoplan puedan crear vida.

—Es decir que tu madre cree que follar es milagroso, o algo así.

Rio con ganas.

—Puede ser. Quizás lo sea.

—La mañana que desayunamos juntos creí entender que ya lo habías hecho. ¿Por qué pareces dudar de lo que se siente al tener sexo?

—Si bien lo hice, aunque se sintió bien, no alcanzó la categoría de "milagroso". ¿Y tú...?

—También.

—En realidad iba a preguntarte qué haces en un día cualquiera.

—Ah. Hago lo que surja. Esta semana, por ejemplo, trabajé como niñera.

—¿Te agradan los niños?

—No mucho. Prefiero cuidar adultos mayores, pero casi nunca me ofrecen hacerlo. Los niños reciben demasiada atención, todos están pendientes de ellos. En cambio, nadie quiere estar con los abuelos. Los dejan solos, sentados delante de una ventana, como viendo sus vidas pasar. A veces, aunque te instales a su lado, continúan callados, acostumbrados a resultar una molestia. Cuando les das la oportunidad, comienzan a conversar de cosas que nadie tiene tiempo de escuchar. Te cuentan su pasado de una manera que este mismo mundo parece otro. Aprendes mucho de su sabiduría.

—Como siempre, mientras hablaba de una cosa pensaba a la vez en otra, así que cambié de tema–. ¿No te aburres en la iglesia? Yo no aguanto sentada en un mismo sitio ni una hora.

—A veces. Pero estoy bastante acostumbrado a estar en una silla.

—Reímos juntos, pensando en las horas que debía pasar sentado en las clases de la universidad o delante de los libros.

—Me resulta fascinante cómo los estudiantes de Medicina son capaces de incorporar tantos conocimientos para entender la complejidad del cuerpo humano.

—Es progresivo. Los dos primeros años aprendemos lo básico de todo. El tercero está destinado a la investigación para obtener el título intermedio de Licenciado en Ciencias. Yo haré mi trabajo en Cirugía, para especializarme en esa rama más adelante. Los dos años siguientes son de atención clínica general y ciclos de la vida. El último es sobre emergencias, cirugía y otras especialidades. La práctica es común a todos los años.

—No sé cómo resisten estar en contacto con el sufrimiento ajeno cada día. Tampoco entiendo el concepto de Dios de las iglesias tradicionales, como la de tus abuelos. Es decir... Dudo que un solo ente pueda escuchar todas las súplicas a la vez. ¿No crees que, de ser posible, se volvería loco? Sin embargo, existen seres que están en otro plano que sí tendrían tiempo de oírnos y de ayudarnos: nuestros muertos.

—Suena lógico.

—Creo que somos energía y que, de alguna manera, convivimos en distintos planos.

—Biológicamente, en parte, lo somos.

—¿Lo ves? No tengo que estudiar Medicina para saberlo.

—Desde que te vi por primera vez intento adivinar dónde compras tu ropa.

Su comentario me sorprendió. Bajé la cabeza de manera automática y miré mi vestido de color peltre, con un agujero en la cintura que llegaba hasta la boca de mi estómago, y luego volví a mirarlo a él.

—La hago yo.

—¿Toda? Me contaste que sabías hacer ropa, pero como lo mencionaste al pasar, no imaginé que vistieras tus diseños.

—Casi toda. Mi abuela me enseñó. También a tejer. Te haré algo. No podrás usarlo ahora, pero servirá para que me recuerdes si esta especie de amistad se termina para el invierno.

—Espero que no acabe. Pero acepto el regalo.

Lo miré en silencio por un momento. Sonreí, negando con la cabeza.

—No lo entiendo —reflexioné—. ¿Por qué estás aquí conmigo? Y, más aún, ¿por qué esperas estarlo para el invierno?

—¿Porque siento cosas por ti, tal vez?

—¿Cómo reparaste en mí siquiera?

—Sería imposible no reparar en ti.

—De acuerdo: suelo llamar la atención por mi mala conducta. Pero soy justamente así: "mala", y eso debería espantarte.

—No creo que lo seas. Creo que eres libre y asombrosa. Admirable.

Reí con fuerza.

—¿"Admirable"? Cam, tengo más entradas en la estación de policía que tú en la universidad. ¡Admirable eres tú, que estudias para salvarle la vida a la gente! Todavía me pregunto cómo haces para obedecer a tus padres, a los profesores y hasta a un sacerdote. ¡Eso sí que es difícil! Además… No soy libre. Ojalá lo fuera. Nunca lo seremos realmente mientras estemos atados a este sistema y a sus estúpidas reglas.

—Thea…

—¿Sí?

—¿Puedo besarte?

—¡Ya era hora! Creí que nunca lo harías.

Me levanté del asiento, me estiré por sobre la mesa, lo sujeté del cuello y devoré sus labios con el deseo que había estado conteniendo desde que lo había conocido, la mañana después de la fiesta.

12

Cam

En cuanto Thea volvió a sentarse y me miró mordiéndose el labio, pensé que estaba soñando. No podía creer que acabáramos de besarnos, que sus labios hubieran rozado los míos sin que estuviera haciéndole RCP. Mi corazón latía igual de rápido que aquella vez, pero no de miedo... O sí, quizás un poco. Pero era más bien excitación.

Estaba ciego. Ciego por la intensa luminosidad de Thea. Tanto que, cuando me levanté del asiento para volver a besarla, ni siquiera me acordé de que se suponía que era tímido.

En cuanto el segundo beso terminó, ella llevó mi mano a su pecho.

–¿Cuál es el diagnóstico, doctor? –preguntó con su voz de fuego, sus ojos de cielo nocturno sobre los míos–. ¿Me muero por usted?

–No tanto como yo por ti.

La voz de la mesera me obligó a volver a mi lugar de inmediato.

–¿Van a querer algo más? –Por su tono, resultaba evidente que la habían enviado para detener nuestra efusividad.

Thea subió un pie al asiento y apoyó una mano sobre la rodilla en una pose provocativa.

–Sí. Agua gratis, por favor –solicitó.

–Con gusto. ¿Podrías bajar el pie del asiento?

–¿Por qué?

–Sí –intervine enseguida–. Lo hará. Gracias.

La mujer se volvió en dirección al mostrador, desde donde el dueño nos observaba con recelo.

Thea me miró con los ojos entrecerrados.

–Nunca más respondas por mí –ordenó, bajando el pie.

–Me prometiste que intentarías seguirme la corriente. ¿Qué querías? ¿Que acabaran echándonos de aquí y que nuestra cita volviera a terminar mal?

–Son unos hipócritas. ¿Por qué les parece tan escandaloso un beso? ¡Ni que estuviéramos en el siglo XIX!

–Tal vez sea por la mesa con niños que hay ahí –señalé. Thea la miró por sobre el hombro.

–Les viene bien conocer lo que es la atracción. ¿Ya viste la cara de aburridos que tienen sus padres? Apuesto a que no se desean hace años.

La camarera llegó con el agua y la dejó delante de Thea con una mirada de advertencia. Yo le sonreí con los labios apretados, manifestándole tranquilidad y agradecimiento. Thea mantuvo un gesto desafiante. La mujer se alejó.

—¿Para qué querías el agua? —pregunté—. ¿Ordenamos mejor otro batido?

—Para arrojártela a la cara por responder en mi lugar —contestó y se echó a reír—. Para beber, ¿para qué va a ser?

—Deja que ordene otro batido —propuse.

—No, gracias. Solo tengo dinero para uno y no me gusta que paguen mis cuentas.

—¿Por eso ordenaste el sabor más económico? —consulté. Ella sonrió con una mirada que decía "¡bingo!"—. ¿Puedo invitarte otro batido, por favor? A mí no me importa quién pague la cuenta. Después de todo, me debes tu vida. Nunca podrás deberme algo más valioso que eso.

Thea rio.

—Debiste ser abogado, no médico. Puedes sentirte honrado: no acepto invitaciones de nadie, pero aceptaré la tuya. Así como accedí a seguirte la corriente.

—Gracias por las dos cosas. Y por no bañarme con el agua.

—De nada.

Ordenamos dos nuevos batidos y unas galletas. Las comimos mientras seguíamos conversando.

—¿Qué cantas en el metro? —indagué.

—Por lo general, canciones mías. Cuando necesito recaudar más dinero, elijo alguna de un artista famoso. La gente paga más cuando conoce la canción. Si veo que hay muchos turistas, canto algo de los Beatles. Eso nunca falla, aman esa banda.

—¿Cuáles son tus canciones favoritas de ellos?

—*Eleanor Rigby, While My Guitar Gently Weeps* … Pero las que más dinero recaudan son las movidas, como *Help!* y *A Hard Day's Night*.

—Me gustaría verte cantar y bailar alguna de esas.

—¡Claro! Si eres hábil para correr... ¿Quieres verme en la seguridad de tu sofá o en acción? Tú eliges, yo solo te seguiré la corriente, como prometí.

Por primera vez en mi vida, no tuve dudas de elegir el camino prohibido.

—En acción —contesté.

—Cuando quieras.

Después de terminar nuestros batidos, solicité la cuenta. Thea insistió para hacer su aporte. Aunque no me gustara recibir su dinero sabiendo que era el único que tenía, lo hice solo para no entrar en conflicto con sus deseos.

Al salir de la cafetería, en lugar de ir al auto, fuimos al metro. Nos sentamos en un vagón como dos transeúntes comunes. Ella parecía serlo. Mi actitud, en cambio, debía delatar que estaba un poco nervioso. Mi corazón se había acelerado como el de un niño a punto de hacer una travesura.

Pasó tanto tiempo que creí que no se atrevería a cantar en público. Incluso se puso a mirar el móvil.

—Es hora —me avisó en voz baja, y se levantó sin darme tiempo a reaccionar.

Clamó *"Help!"*, entonando la canción. Entendí que había buscado un karaoke cuando la música comenzó a sonar desde su teléfono y ella empezó a bailar mientras cantaba entre los pasajeros, ofreciéndoles su bolso abierto. Varios depositaron dinero mientras Thea les pedía ayuda a la cara con expresiones tan artísticas que merecían estar sobre un escenario. Sus piernas se movían generando un hechizo y, de pronto, las personas comenzaron a aplaudir al ritmo de la canción. Despedía tanta energía que todos habían acabado sumándose a su propuesta.

El espectáculo acabó rápido. Hubiera deseado seguir admirándola, aunque no entendiera cómo se atrevía a hacer algo tan osado. Yo jamás me hubiera animado. Cuanto más desapercibido pasara, mejor.

—¡Gracias a todos! Los quiero —dijo a los pasajeros. Al notar que se dirigía a la puerta, me levanté para seguirla. Me sentí un poco avergonzado de que, al estar todos pendientes de ella, también me vieran. Les arrojó un beso con la mano justo antes de que la puerta se abriera—. Ahora corre —me ordenó en susurros, y salió disparada del vagón.

Fui tras ella en dirección a las escaleras, espiando por sobre el hombro al saber que alguien podía estar siguiéndonos. Decidí mirar solo al frente cuando me pareció ver un guarda corriendo hacia nosotros.

Logramos salir a la superficie en Hyde Park Corner.

Terminamos acostados boca arriba en el césped del parque, húmedo por la llovizna de hacía unas horas. No podía parar de reír, estaba agitado y sentía que mi corazón escaparía de mi pecho, incapaz de continuar atrapado.

Thea giró sobre sí misma y terminó sobre mí. La abracé por la cintura y ella rio.

—Ahora tengo para pagar mi otro batido —dijo, dejando caer unas libras sobre mi cuello. Se deslizaron hasta caer al suelo y, entonces, me besó.

La suavidad de su lengua, el roce de su pelo contra mis mejillas y el movimiento de su cuerpo contra mi entrepierna me hicieron perder la razón. Olía a fresas y sabía a chocolate. El mejor que había probado en mi vida.

Nos miramos mientras nos acariciábamos uno al otro.

—Te invito a cenar a mi casa —dije.

—Claro. ¿Hiciste las compras?

—No. —Reímos.

—Lo imaginaba.

—Volvamos por mi auto y pasemos por un supermercado.

Nos dirigimos al metro de nuevo y abordamos la línea Picadilly para regresar a la zona de la cafetería. Thea se sentó a mi lado, con la cabeza apoyada en la ventanilla. Le tomé la mano sin pensar y ella giró para mirarme.

—*¿Sabes a dónde van las almas oscuras?* —dijo.

—¿Qué? —indagué, confundido.

—Se me acaba de ocurrir. Quedaría bien en una canción.

—¿Cómo se te ocurrió?

—Por el túnel del metro. Es como morir. Lo sigues hasta la luz y, entonces, la agonía se termina: eres feliz.

Sonaba un poco extraño para mi mente racional. Pensar artísticamente nunca había sido mi fuerte, pero con Thea resultaba más fácil y llamativo. Era como si detrás de todas las cosas hubiera mucho más, algo simbólico y profundo. Me agradaba ver el mundo a través de sus ojos.

Cuando salimos del metro, fuimos hasta mi auto, que había quedado estacionado en una calle. Ni bien lo vio, Thea se echó a reír.

—¡Eres un lunático! Todavía no has borrado mi número de tu parabrisas. Lo estás exhibiendo por toda la ciudad.

Me sentí un poco avergonzado de nuevo, pero no le había

mentido hasta ese momento y no encontré razones para comenzar a hacerlo.

—Era un lindo recuerdo tuyo y, además, me gusta tu letra. Es... artística. Como tú.

—¡Cierto! Había olvidado que la letra de los médicos es un desastre. ¿Lo hacen a propósito para ocultar errores de ortografía?

—Te juro que no.

En el supermercado, deposité en el carrito algunas cosas para preparar la cena y artículos para los días que me restaba pasar solo antes de que mis padres regresaran de sus vacaciones. Mientras yo cargaba botellas de refresco, Thea apareció con una de vino blanco dulce.

—Me resta dinero para esto. ¿Lo llevo? —preguntó.

—Supongo que, si lo trajiste, es porque quieres llevarlo.

—Sí, pero estoy intentando cumplir mi promesa de seguirte la corriente. Si no quieres que bebamos, lo respetaré.

—Llevémoslo.

Una vez en casa, guardé el auto en el garaje y bajé con las bolsas de la compra, creyendo que Thea me seguiría. Sin embargo, ella se quedó en su asiento, mirándome por la abertura de la puerta.

—Trae alcohol y pañuelos descartables: limpiaré mi desastre. Si tanto te gusta mi letra, te escribiré algo en un papel que puedas guardar en tu escritorio, como prefiere la gente normal.

—No te preocupes, lo haré después.

Puso una mirada suplicante que me hizo reír, y terminé haciéndole caso. Entre los dos borramos el labial del parabrisas bastante rápido.

Cuando entramos a la sala, Lucky se acercó moviendo la cola para recibirnos. Thea se puso en cuclillas y lo acarició mientras le hablaba con ternura. Me resultó imposible dejar de mirarla durante ese rato.

Cocinamos juntos pastas y nos acabamos la botella de vino mientras cenábamos. Entonces, llegó lo mejor. Pusimos canciones movidas de los Beatles y Thea comenzó a cantar y bailar. Acepté acompañarla cuando extendió los brazos hacia mí mordiéndose el labio con la cabeza inclinada. Ella me ayudó a mejorar mis pasos de *rock and roll*.

Cuando nos cansamos de bailar, jugamos algunos partidos de fútbol en la PlayStation y celebramos a los gritos cuando logró meter un gol. La música todavía nos acompañaba; el algoritmo había terminado en los Rolling Stones. Nos besamos apasionadamente mientras sonaba *Love Is Strong*.

Acabamos agotados. Yo, sentado en el sofá, y Thea, acostada en él, con la cabeza sobre mis piernas.

Le acaricié el cabello hasta que percibí que se estaba quedando dormida.

—¿Quieres ir a la cama? —susurré.

—No —contestó, un poco inconsciente, y se removió sobre mí.

Dormité en esa posición hasta que comenzó a dolerme la espalda. Entonces, dejé la cabeza de Thea sobre el sofá con suavidad y me senté en el suelo.

Antes de acostarme en la alfombra y usar a mi perro como almohada, la observé dormir mientras le acomodaba el flequillo.

Jamás me había sentido tan atraído por alguien.

13

Thea

Ojalá hubiera sabido cómo dejar de sonreír. Nunca había entablado una relación con un chico tan… puro. Así era Cam. Tanto que, por momentos, temía mancharlo con mi insolencia.

Dejé de mirarlo dormir para contemplar el cielorraso de la sala. La lámpara compuesta por pequeños cristales acompañaba el blanco inmaculado de la pintura. Reflejaba diversos colores gracias a la claridad del sol que entraba por la ventana. ¿Cómo eran en realidad? Transparentes, sin dudas, pero la respuesta no importaba tanto como la letra y la melodía que se me vinieron a la mente al pensar en ello.

Am You're wandering there G Trying not to be you Am So the real question is Who are you?	Am Vagas por ahí G Intentando no ser tú Am Por eso la pregunta real es ¿Quién eres?

La anoté en el móvil junto con los acordes para no olvidarla y me senté en el sofá. El perro se levantó al verme, lo cual provocó que la cabeza de Cam terminara en el suelo. Apreté los labios al pensar que, quizás, le había dolido, pero él tan solo giró sobre sí mismo y continuó durmiendo.

—Mal chico —susurré al perro, entre risas. Enseguida se aproximó para que lo acariciara. Aproveché para darle también un beso en la cabeza—. ¿Vienes conmigo? —pregunté y me puse de pie.

Me dirigí al baño descalza. La alfombra de la sala se sentía mullida y suave. Las baldosas del pasillo, en cambio, estaban heladas. Aun así, me gustaba que mis pies tocaran el suelo, sentía que eso me recargaba de energía.

Me dirigí a la cocina en compañía de Lucky. Se me ocurrió prepararnos el desayuno. Abrí el refrigerador y... ¡Guau! Tal vez Cam odiaba hacer las compras, pero ¿qué necesidad tenía? Estaba repleto. No sé para qué se molestó en llenar el carrito en el supermercado.

Busqué mi móvil en el bolso, me puse los auriculares y preparé té y *omelettes* mientras escuchaba música y me movía al ritmo de ella.

Al girar para dejar un plato sobre la mesa, encontré que Cam estaba a unos metros, mirándome las piernas. La vajilla tembló entre mis dedos. Él alzó la cabeza enseguida.

—Perdón —dijo.

—Está bien —respondí, quitándome un auricular con la mano libre—. Me tocaba preparar nuestro desayuno, así que aquí está. Lamento si hice mucho ruido.

—Desperté cuando mi almohada prefirió seguirte hasta el baño. Me quedé un rato en la sala hasta que me di cuenta de que no regresabas y vine a ver si necesitabas algo.

—Todo está bien, gracias.

Le sonreí y dejé el plato sobre el desayunador. Cam se sentó en un taburete mientras yo terminaba de depositar lo demás. Luego me ubiqué frente a él. El perro se sentó en el suelo, con la mirada atenta por si se nos caía algo.

¡No podía creerlo! Había pescado a Cam mirando mis piernas como Homero Simpson a las *donuts* y ahora no era capaz de mirarme a los ojos. ¿Por qué los chicos que no deseaba intentaban tocarme y el que sí quería que lo hiciera, no? ¿Qué tenía que hacer para que se diera cuenta de que me atraía hasta ese punto?

Me miró de golpe, quizás percibiendo que yo no le quitaba los ojos de encima. Lo observé con mi mentón apoyado en una mano y el codo sobre la mesa.

—Está muy rico. Gracias —dijo.

—Mhm… —contesté, y suspiré mientras apartaba la mano de mi rostro para cortar el *omelette*—. Cam… ¿Te gustaría tener sexo conmigo?

Se echó a reír con las mejillas sonrojadas.

—¡Thea! ¿Por qué me haces esto? ¿Cuándo saldrás con algo que vea venir? Por ejemplo: "¡Qué bueno que el desayuno te guste!".

—Okey, si eso es lo que quieres: "¡Qué bueno que el desayuno te guste!". ¿Así está bien?

—¡No! —Rio. Al instante se puso serio—. No. Prefiero que seas tú.

—¿Entonces?

—Sí.

—¿"Sí" a qué?

—Claro que me gustaría tener sexo contigo.

—¿Cuándo?

—Cuando quieras. Cuando queramos los dos. ¿Crees que soy un lento y que debí haber avanzado anoche? Me declaro culpable. Me cuesta mucho dar el primer paso en ciertos asuntos o con ciertas personas.

—No. —Me encogí de hombros, negando con la cabeza—. Podría haber avanzado yo y tampoco lo hice. Solo quería que lo reconociéramos. Tomémoslo como una especie de permiso para que ocurra en algún momento.

—Entonces… ¿Te gustaría que lo hiciéramos? —Sonó inseguro.

—Sí. Siempre que seas amable conmigo.

—¿Los otros no lo fueron?

—No hay muchos "otros", por eso te estoy pidiendo gentileza.

—¿A qué te refieres?

—Solo lo he hecho con un chico y con una chica.

—¿Eres bisexual? —consultó.

—No, solo estaba experimentando. Intento explicarte que solo lo hice con un varón antes, una sola vez en mi vida, y que fue muy desagradable. Por eso…

—¡Thea! Vamos, ¡no puede ser!

Mi boca se abrió como si acabara de pincharme con el tenedor.

—Vete a la mierda —dije, levantándome. El perro huyó.

—¿Qué hice? —preguntó, confundido. Intenté alejarme, pero se interpuso en mi camino—. Espera —rogó—. ¿Por qué estás enojada? Por favor, no.

—Acabas de insinuar que es imposible que no haya dormido con muchos chicos. ¿Cuál es la traducción de eso, genio? Hay un poco de comentario en tu prejuicio.

Intenté irme de nuevo. Volvió a retenerme moviéndose de lugar.

—Thea, lo siento. Yo… No quise decir eso. No fue así. No —masculló.

—¡Sí, seguro!

—Te juro que no. Déjame explicarte, por favor.

Se veía tan contrariado que decidí darle la oportunidad.

—De acuerdo. Tienes treinta segundos para deshacer la imagen de mierda que acabas de darme —concedí.

Respiró hondo con preocupación. Percibí que estaba muy nervioso, como si le hubiera pedido que dedujera la distancia entre dos planetas.

—Eres tan hermosa que no puedo creer que ninguno más lo haya hecho contigo. —Hizo una pausa en la que yo procesé la idea. Su actitud era mucho más valiosa que sus palabras—. No sé cómo llenar treinta segundos de excusas. Tan solo eso es lo que pensé. Ojalá me creas.

Mi actitud desafiante cedió. Pude reconocer con facilidad que no mentía, pero verlo reaccionar sí se sentía excitante. Enarqué las cejas con más ganas de reír que de continuar sintiéndome ofendida.

—No es que no lo hayan intentado. Yo no quise —expliqué.

—¿Por qué?

—Porque no eran buenos y no me miraban como yo deseaba.

—¿Cómo esperas que te miren?

—Como me miras tú. —Se hizo silencio—. Creí que ahora preguntarías: "¿y cómo te miro?".

—Quería hacerlo, pero no me atreví —confesó.

—Atrévete más, antes de que la vida se te escurra de los dedos. —Volví a mi asiento y continué cortando mi *omelette* bajo la atenta mirada de Cam. Él regresó a su silla despacio—. Lo siento —dije—. No quería asustarte.

—¿Me veo asustado?

—Sí.

—Yo no quería ofenderte, así que estamos a mano —contestó. Nos miramos mientras yo masticaba—. ¿Y cómo te miro? —preguntó finalmente. Sonreí.

—Con deseo, como muchos. Pero, además, con cariño. Como si yo también te importara y no solo tú mismo.

—Me importas.

—Lo sé. Por eso te interpusiste en mi camino para pedirme disculpas y no me retuviste solo para satisfacer tus deseos minimizando mi reacción. Tampoco me dejaste ir llamándome "perra" y todas esas cosas que hubiera hecho cualquier otro en los que me he fijado alguna vez. No puedo creer que, por una vez, haya escogido bien, y que alguien bueno me haya elegido en mí. A veces pienso que debo estar soñando o que... No importa, si te lo digo pensarás que estoy más loca de lo que ya crees.

—No pienso que estés loca, así que tampoco lo supondré si continúas la frase.

Respiré hondo, atragantándome con lágrimas ocultas.

—Pienso que mi abuela te envió.

—Me contaste que falleció hace dos años. ¿Ella es uno de tus muertos a los que les pides cosas?

—La única.

—¿Eran muy unidas?

—Ella me crio.

Apoyó su mano sobre la mía por arriba del desayunador. Me tensé porque me tomó por sorpresa, como cuando me abrazó. Me había desacostumbrado a recibir afecto.

—Gracias —dijo.

—¿Por qué?

—Por contarme asuntos importantes para ti, por mostrarme otro lado de la vida, por confiar en mí...

El sonido del teléfono de línea nos interrumpió. Cam apartó su mano de la mía, se levantó y fue a la sala, de donde provenía el sonido. Creí que respondería la llamada, pero a cambio regresó con su móvil. Volvió a sentarse frente a mí y se lo llevó a la oreja haciéndome un gesto de silencio.

—Papá —dijo—. Sí, lo siento, me quedé estudiando hasta tarde y ahora estaba durmiendo, por eso no respondí los mensajes de mamá. Es ella la que está llamando al teléfono de casa, ¿verdad? —Hizo una pausa—. Dile que se quede tranquila: regué las plantas, el perro comió y yo estoy desayunando. —Le hice gestos con las manos para que me mirara y las puse debajo de mi mejilla, con la cabeza inclinada y los ojos cerrados—. Quise decir que voy a desayunar cuando me levante. —Lo miré con ganas de asesinarlo. ¿Quién le había enseñado a mentir tan mal?—. Lo siento, todavía estoy un poco dormido. ¿Cómo está Evie? —Otra pausa—. Me alegro. Hablamos más tarde. Los quiero. Adiós. —Apartó el móvil y me miró—. Disculpa. Debí hablar en privado. Te miré y me puse nervioso.

—Mejor —respondí, riendo—. Eres tan malo mintiendo que jamás podría pensar que lo estás haciendo.

—Por lo general, me sale un poco mejor.

—Sí, seguro.

—¡En serio!

—No hay problema. Solo me dio la impresión de que estás un poco asfixiado. ¿Estoy en lo cierto?

—A veces —contestó.

—No te preocupes —dije, concentrando la atención en mi desayuno—. Nos debemos un paseo al Ojo de Londres. ¿Por qué no vamos?

—Vayamos —contestó, distendiéndose de nuevo.

—¿Puedo darme un baño primero?

—Claro. Yo también necesito uno.

Mientras me duchaba, recordé la canción que había comenzado a componer hacía unos días: "Asfixia". Al parecer, yo no era la única que se estaba ahogando en una piscina, aunque fuera de manera distinta.

Volví a ponerme el vestido, hice un bollo con la ropa interior y la guardé en mi bolso. Me hubiera dado asco volver a usarla sin haberla lavado y no había tiempo para que se secara.

Cuando salí del baño, fui a la habitación de Cam. Me esperaba con su ropa nueva preparada en un rincón de la cama. Estiró un brazo y me invitó a acercarme. Me senté sobre sus piernas.

Nos besamos acariciándonos el cuello y las mejillas. Él apoyó una mano en mi rodilla y la deslizó hasta mi entrepierna. Sentí su agitación cuando descubrió que no llevaba ropa interior. Seguramente, él también sintió la fuerza de mi deseo cuando sus dedos rozaron mi intimidad.

—Voy al baño —murmuró.

—Ajá —respondí, frotando mi nariz con la suya.

Me dejó con delicadeza sobre la cama, me besó en la mejilla y se fue llevándose la ropa.

Logré apagar mi sed con otro incendio: el de la música y las palabras.

No había continuado componiendo "Asfixia" porque no sabía qué más decir. Ahora sí.

A#
You will be safe
 	
         Gm
{As I feel when I'm with you
 	
       Dm
Because the ones who asphyxiate
 	
  F   *C*
They breathe together} x2
	A#
	Estarás a salvo
	
	         Gm
	{Como me siento yo contigo
	
	       Dm
	Porque los que se asfixian
	
	  F *C*
	Respiran juntos} x2

14

Thea

Me dirigí a la pila de libros que estaba en un rincón y observé los títulos. Abrí el que se hallaba arriba y leí un poco. Me perdí en la segunda palabra complicada. Admiré a Cam todavía más por entender de qué se trataba todo eso y, en especial, por saber aplicarlo en las personas para salvar sus vidas. Jamás hubiera podido asumir una responsabilidad tan grande.

Sentí mi móvil vibrar en el bolsillo: era un mensaje de Ivy.

Ivy.

¿Qué hacemos hoy?

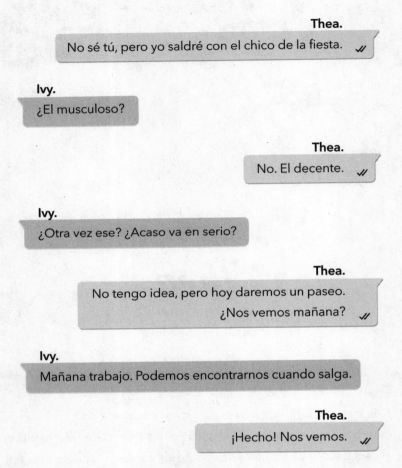

Thea.
No sé tú, pero yo saldré con el chico de la fiesta.

Ivy.
¿El musculoso?

Thea.
No. El decente.

Ivy.
¿Otra vez ese? ¿Acaso va en serio?

Thea.
No tengo idea, pero hoy daremos un paseo.
¿Nos vemos mañana?

Ivy.
Mañana trabajo. Podemos encontrarnos cuando salga.

Thea.
¡Hecho! Nos vemos.

Cam regresó a la habitación mientras yo estudiaba una vez más las fotografías de la pared. Giré y volví a deleitarme con su rostro de bellas facciones y su cabello arreglado. Pensé en cuánto me gustaría desordenarlo.

—¿Esta es tu hermanita? —consulté, señalando una imagen en la que se encontraba abrazado con la misma niña de la fotografía con su familia.

—Sí, es mi preciosa Evie.

Sonreí con ternura por la forma en que se refirió a ella. ¡Esa niña sí que tenía suerte! Si yo hubiera tenido un hermano como Cam, me habría sentido muy acompañada.

—¿Cuántos años tiene? —pregunté.

—Ocho. Y es la mejor de su clase.

—Supongo que tú también lo eras.

—Casi. Había un compañero que siempre me ganaba. —Se sentó en la cama para ponerse el calzado—. Una vez, a los trece, traje una baja calificación a casa. No me quedaron ganas de traer otra.

—¿Qué ocurrió?

—Mis padres me encerraron en el baño y me dijeron muchas cosas: que la gente que obtiene una baja calificación es mediocre, que si quería tener éxito en la vida debía obtener siempre la calificación más alta, que había niños que ni siquiera podían ir a la escuela mientras yo desperdiciaba la oportunidad que me estaban brindando…

Apreté los labios para no decirle lo que pensaba; mi sinceridad extrema a veces podía resultar ofensiva. De todos modos, se me escapó algo.

—Mi madre será una mierda pero tus padres actuaron como dos imbéciles —dije. Cam se detuvo por un instante. Pareció meditar mis palabras y luego continuó atándose los cordones. Me senté a su lado, le acaricié el brazo y le besé el hombro. Me miró—. La gente hipoteca su presente por un futuro que todavía no existe. Hoy estamos en este plano; mañana, no sabemos. Dudo que quieras perderte lo hermoso de este mundo por dedicarte a competir y sobresalir. Puede que tus padres crean que estarás bien si ganas y gastas dinero, pero intuyo que tú no piensas lo mismo. No evolucionamos con lo superficial, como el concepto capitalista de éxito, sino con lo profundo: con los sentimientos. No necesitas las mejores calificaciones. Lo sabes, ¿verdad? Lo importante es que aprendas. Eres brillante de cualquier manera.

Nos contemplamos por un momento, sin palabras de por medio, solo con muchos pensamientos que se transmitían a través de nuestras miradas. Se inclinó sobre mis labios y me acarició las mejillas. Nos besamos de nuevo.

Fuimos a pasear por la zona del Ojo de Londres, bordeando el río Támesis.

Al mediodía me preguntó si quería entrar a una tienda de *hot dogs*. Miré por sobre el hombro con intención de buscar un lugar seguro.

—¿Me das un momento? —solicité.

—¿Sucede algo? —consultó. Parecía preocupado.

—No. Tan solo me quedé sin dinero. Intentaré hacer un poco por allá.

—¿Cantarás otra vez?

—Robaré. —Su mirada me hizo soltar una carcajada—. Claro que cantaré; alguien tiene que darme algo para pagarme el almuerzo.

—Espera —pidió, tomándome del brazo para que no me alejara—. ¿Me permites invitarte? Al final, me diste el dinero del segundo batido, así que...

—Te dije que...

—Ya sé lo que me dijiste. Pero también te respondí que no me interesa quien pague la cuenta. ¿Puedo pagarla esta vez? —Nos miramos en silencio. Sabía por experiencia que deberle dinero a alguien siempre traía problemas y me costaba aceptar que jamás los tendría con Cam, porque su invitación ni siquiera contaría como una deuda—. Por favor, no quiero que te arriesgues cantando sin permiso aquí. Tú estarás acostumbrada a pasar horas en la estación de policía, pero yo no quiero que te lleven ahí, y menos por una cosa tan tonta como reunir dinero para pagar un *hot dog* que quiero invitarte.

Bajé la mirada y me mordí el labio.

—Creo que ya mencioné que debiste estudiar Derecho y no Medicina.

—En cuanto sigas repitiéndolo, harás que lo crea —bromeó.

Me sentí tan aliviada y segura a su lado que me apoyé contra su pecho y lo abracé por la cadera con los ojos cerrados. No era que necesitara eso… O quizás sí. Sentí que me acariciaba el cabello y que me besaba en la frente. Sí, lo necesitaba, al menos si el alivio y la seguridad provenían de él.

Me aparté para mirarlo a los ojos sin quitar las manos de su cadera.

—Yo lo quiero con kétchup, mostaza y papas —indiqué. Sonrió.

—Yo también. ¿Qué prefieres beber?

—¿Cerveza…? —indagué, mirándolo de costado para demostrarle que sabía que me arriesgaba a que me sacara corriendo. Él rio.

—Está bien. Entremos.

Hicimos la fila delante del mostrador. En el momento de ordenar, mientras Cam hablaba con la cajera, comencé a sentirme un poco incómoda al no poder pagar mi parte. Para olvidar mi trauma con las deudas, apoyé las manos en el mostrador y elevé los pies del suelo. La chica me miró con curiosidad. Le devolví una sonrisa.

Nos sentamos en la única mesita libre de la tienda. La mirada de Cam me impidió concentrarme en la comida.

—¿Puede que, en la caja, estuvieras un poco nerviosa? —preguntó de repente.

Lo miré sin alzar la cabeza.

—Estaba asustada, supongo.

—¿Asustada de que te invite un *hot dog*? —Invertimos los roles y, esta vez, fui yo la que se quedó callada—. Eso sí que es extraño: no te asusta que te arreste la policía pero sí que alguien sea amable contigo.

—Todo tiene un precio.

—Supongo que ya lo estás pagando: no hay peor sentimiento que el miedo; lo conozco muy bien. Aún no pasamos mucho tiempo juntos, pero intuyo que, quizás, el miedo sea lo único que te detenga, como a mí.

—¿A qué le temes?

—A fracasar. Me aterra la posibilidad de defraudar a la gente. ¿Y tú?

—A muchas cosas. Pero, en especial, a mí misma. —Suspiré e intenté erguirme lo máximo posible—. Dejemos de hablar y comamos. No me gustan los *hot dogs* fríos.

Mordí la comida y comencé a masticar; tener la boca llena era la excusa perfecta para no hablar.

Cam me tomó por sorpresa: estiró una mano con una servilleta y la pasó con delicadeza por la comisura de mis labios. Cuando la apartó, la vi manchada de kétchup.

No quería caer. ¡Pero sí que estaba cayendo! Tan rápida y profundamente que ni yo me reconocía.

Terminamos de comer en media hora. Antes de salir de la tienda, fui al baño, me enjuagué la boca y me miré al espejo. *¿Qué estás haciendo?*, me pregunté. No tenía idea. Estaba comenzando a experimentar sentimientos muy intensos por Cam y ansiaba ser buena para él como él lo era para mí. Ojalá hubiera sabido cómo.

Nos reencontramos cerca de la puerta de la tienda. Antes de salir, descubrimos que estaba lloviendo.

—¿Esperamos aquí hasta que pare? —preguntó.

—¿Estás loco? Vayamos a la noria ahora. Muchos turistas se habrán refugiado, acobardados por un par de gotas. Y, si me preguntas, preferiría subir con menos gente.

Me escabullí del otro lado de la puerta antes de que pudiera detenerme.

Reí bajo la lluvia, abriendo los brazos para recibir el aguacero.

—No quiero perder otro móvil —gritó para que pudiera oírlo.

—Corramos —propuse, y me lancé a cumplir con mi propuesta.

Aun así, llegamos a la ventanilla empapados. Compramos la entrada y, tal como yo había pronosticado, logramos subir solo con dos personas.

Reí en cuanto cerraron la puerta y me apoyé en el pasamano que estaba en el extremo opuesto al que se hallaban los turistas. Por sus rasgos, resultaba evidente que eran orientales.

—¿Tu móvil todavía funciona? —pregunté. El mío no me preocupaba, sabía que estaba a salvo dentro de mi bolso.

Hurgó en su bolsillo y revisó el aparato intentando escurrirse el agua de las manos en la ropa mojada.

—Sí —dijo con alivio.

—Tómame fotos —solicité, haciendo una pose provocativa.

Mientras él cumplía con mi pedido, pude percibir que su deseo era tan fuerte como el mío. Olvidé moverme para la cuarta pose, entonces bajó la mano y nos miramos a los ojos. *Sí, quiero,* pensé. *Haz lo que sientas. Libérate.*

Fue como si nos comunicáramos con telepatía. En pocos pasos estuvo frente a mí, me tomó de la cintura y me sentó en el pasamano. Respiramos muy cerca, agitados, hasta que nos fundimos en un beso.

Apoyé una mano sobre su hombro y otra en su cabeza. Abrí los ojos por un instante: fue suficiente para notar el rechazo en la mirada de nuestros acompañantes. Volví a cerrar los párpados mientras bajaba la mano que tenía en el hombro de Cam hasta su espalda y formaba contra ella un *fuck you* dedicado a los dos que nos observaban. *No hagas eso. Sé buena,* me reprendí a mí misma. Logré dominar mi dedo mayor para que volviera a formar parte de mi puño y me concentré de nuevo en el beso.

El tiempo pasó demasiado rápido. Cuando bajamos de la noria, los turistas se quejaron con un encargado. Con la misma fortaleza con la que había logrado dominar mi dedo, pude contener mi lengua, y tan solo nos fuimos sin hacernos cargo del escándalo. Había parado de llover.

—¿Volvemos a tu casa antes de que haya otro aguacero? —propuse.

Sabía que aceptaría. Ninguno resistía más.

Entramos besándonos y acariciándonos. Subimos la escalera dejando en el camino el calzado. Me quitó el vestido en el pasillo y lo arrojó al suelo. Hice lo mismo con su camiseta mientras él me sostenía contra la pared tocando mis pechos. En ese momento, agradecí no llevar ropa interior.

Nos divertimos un rato en la cama. Me senté sobre él y le quité los pantalones. Después le acaricié el pecho y me incliné para besarlo en el cuello.

Me tomó de la cintura y me acostó boca arriba. En cuanto lo vi extraer un condón de la mesa de noche, supe que había tomado la decisión correcta. Al primero, había tenido que insistirle para que nos cuidáramos. Con la chica cometimos el error de no protegernos. Por suerte, ninguna estaba enferma. Aun así, debimos ser más precavidas. No poder embarazarnos una a la otra no hacía desaparecer las enfermedades de transmisión sexual.

La voz de Cam me devolvió a la realidad.

—¿Estás aquí? —preguntó. Recién en ese momento me di cuenta de que mi mente se había abstraído porque estaba muy nerviosa—. Thea... —susurró, y me abrazó. Tampoco había notado hasta entonces que temblaba—. Te quiero —dijo contra mi mejilla, y la besó—. ¿Prefieres que esperemos?

—No —respondí, aferrándome a sus hombros—. Solo... hazlo despacio.

—Te cuidaré.

Normalmente, no necesitaba que alguien me cuidara. En esa situación, sí, y quería que fuera Cam.

Cerré los ojos en espera del dolor. En cambio, recibí caricias en mi rostro y su boca cubrió uno de mis pechos. Su otra mano se deslizó por mi costado hasta mi cadera. Me acomodó debajo de su cuerpo y me introdujo dos dedos. Volví a abrir y cerrar los ojos, esta vez con una hermosa sensación de satisfacción que poco a poco fue apoderándose de mí por encima de mis nervios.

El dolor duró solo un momento. Esta vez, hacerlo no se pareció en nada a la oportunidad anterior. Cam no solo se movió despacio, tal como yo le había pedido, sino que, además, parecía actuar de acuerdo con lo que yo deseaba en cada momento. Él sí observaba. Sentía. Estaba atento a mis necesidades.

Cam era el único acierto de mi vida.

15

Cam

—Thea... —susurré, y la abracé. No podía creer que la misma chica tan desafiante fuera la que ahora temblaba sobre mi cama. ¿Tan mal la habían tratado antes?—. Te quiero —dije contra su mejilla, y la besé—. ¿Prefieres que esperemos?

—No —respondió, aferrándose a mis hombros—. Solo... hazlo despacio.

—Te cuidaré —prometí. Era todo lo que deseaba hacer.

Por mucho que ansiara satisfacer mis propias necesidades, no podía hacerlo a costa de las de ella. Por un momento, mientras la acariciaba y besaba en varias partes del cuerpo, disfrutando también de lo que me brindaba Thea, pensé en si lo estaría haciendo bien. Quizás era demasiado suave para su gusto y, por otro lado, si me dejaba llevar, podía parecerle agresivo, como tal vez lo había sido el chico anterior. Nunca alguien me había atraído tanto como ella y tenía miedo de defraudarla. Me resultaba muy difícil adivinar sus deseos, así que tan solo fui yo mismo. Si le parecía un lento, tal vez me diera la oportunidad de mejorar en otro momento.

Lo más difícil llegó cuando entré en su interior y noté que, a pesar del dolor inicial, estaba gozando. Me miró como yo la miraba, así como se contempla a alguien muy querido, y me besó con la fuerza que siempre la desbordaba. Me sentí poderoso. No sé cómo resistí sin acabar antes que ella.

Terminamos mucho más rápido de lo que deseaba. Thea giró sobre sí misma y me abrazó. La estreché contra mi costado. Podía sentir su corazón latiendo con fuerza igual que el mío.

—Gracias —dijo.

—No tienes que agradecerme por algo que disfrutamos los dos —contesté—. ¿Por qué tu primera vez fue tan traumática?

Alzó la cabeza en busca de mis ojos. Los suyos reflejaban una inocencia que jamás había percibido en ella hasta ese día. Su personalidad tenía muchos matices, por eso me resultaba tan atractiva: nunca terminaba de descubrirla.

—Lo hice a los dieciséis con un chico del colegio. Mi abuela acababa de fallecer. En ese momento, me sentía muy triste y creí que iniciarme en mi vida sexual me ayudaría a olvidar. Él era mayor; estaba en el último año y había repetido dos, así que tenía diecinueve. Además, era bastante rebelde y problemático. Supuse que, si le decía que era virgen, quedaría como una tonta, por eso le mentí. En el momento, él fue muy duro. Cuando le pedí que fuera más suave, era demasiado tarde: ya estaba demasiado involucrado en sí mismo como para frenar. Yo quería hacerlo, solo debí decirle la verdad.

—Creo que debió hacer lo que le pediste cuando se lo pediste.

Se encogió de hombros.

—Por lo menos aprendí que no debo mentir.

—¿Te sentiste tonta conmigo en algún momento por haberme dicho la verdad?

Noté sorpresa en su mirada y en su sonrisa tras mi pregunta.

—No.

—Está bien, porque yo quiero la verdad, Thea. Siempre, sin importar cuán difícil sea.

—"Siempre" suena a mucho tiempo.

—Ya sabes: las relaciones comienzan con una invitación a comer *hot dogs*.

Oír su risa, la misma que me llevó hasta ella en un primer momento, me produjo cosquillas en el pecho. Le acaricié la mejilla con el pulgar y apoyé mis labios sobre los suyos, tan sensuales y hermosos como todo en ella.

Se apartó de golpe y se sentó sobre mi cadera.

—Prepárate —dijo, inclinándose sobre mi rostro; sus pechos rozaron el mío—. Has creado un monstruo —me advirtió sobre la boca y nos besamos.

Lo hicimos varias veces hasta la madrugada. Tuvimos que parar porque me quedé sin condones y, además, estábamos agotados.

Dormimos abrazados, enredados entre las sábanas desordenadas. Solo desperté cuando Thea fue al baño seguida de Lucky y cuando percibí que estaba amaneciendo. Por supuesto, volví a cerrar los ojos y me dormí enseguida. Los dos necesitábamos reponer energías.

Volví a despertar tras un estruendo. Me senté en la cama al mismo tiempo que Thea y miré hacia la puerta.

—¿Qué significa esto? —preguntó mi madre.

Sentí tirones en la sábana. Recordé que Thea se hallaba desnuda y pensé que estaría intentando cubrirse los pechos. Jalé de la ropa de cama hasta que la arranqué de donde sea que se hubiera enganchado y ella la arrugó contra su cuerpo.

—¿Qué estás haciendo aquí? —pregunté a mi madre. Por un instante, pensé que me encontraba en una pesadilla. ¿Qué día era? La información se ordenó en mi mente como un torbellino: no estaba equivocado, se suponía que regresaban a la mañana siguiente.

—Nuestro vuelo se adelantó. Te llamamos para avisarte toda la tarde y buena parte de la noche, pero no respondiste —contestó. Resultaba evidente que estaba molesta. Arrojó el vestido de Thea sobre la cama—. Deberías pedirle a tu amiga que se vista. Baja enseguida, tenemos que hablar —indicó y se fue cerrando la puerta.

Miré a Thea con el corazón a punto de escapar de mi pecho.

—¿Estás bien? —pregunté.

—Maldita sea —masculló.

—Quédate aquí —solicité y salí de la cama.

Me puse un pantalón deportivo y una camiseta y abandoné la habitación.

—¡Cam! —exclamó mi hermanita. Giré la cabeza y la vi a punto de entrar a su dormitorio. En lugar de dirigirse allí, corrió a abrazarme. Le acaricié el pelo y la besé en la cabeza agachándome un poco.

—Hola, preciosa —dije—. ¿Cómo lo pasaste?

—Bien. Mamá y papá me ordenaron que me encerrara en mi habitación. Parecen molestos. ¿Tú entiendes qué está pasando? —consultó.

—No te preocupes, hazles caso —sugerí, y le ofrecí mi mano para acompañarla a donde le habían pedido que se resguardara de todo lo que, estaba seguro, iban a decirme.

Cerré la puerta de su habitación y bajé las escaleras. Mi madre se había sentado en el desayunador, sujetándose la cabeza. Mi padre le alcanzó un vaso con agua.

—Cam, ¿qué significa esto? —preguntó él, haciendo un gesto de desconcierto con las manos.

—Lo siento. Yo…

—¿Tú qué? —bramó mamá, mirándome—. Te confiamos la casa y no solo la transformaste en un basurero, sino que, además, metiste en ella a cualquiera.

—Iba a limpiar antes de que regresaran. Se suponía que llegaban mañana.

—Debiste mantener el orden siempre, no solo cuando lo viéramos.

—¿De dónde salió esa chica? Dudo que sea una compañera de la universidad —indagó papá.

—Es una amiga.

—¿"Una amiga"? —repitió mamá—. ¿Desde cuándo tienes esa clase de amigas? Es evidente que ese vestido que estaba en el pasillo le pertenece. Ninguna chica decente se vestiría de esa manera. ¿Es una prostituta? ¿La recogiste de la calle?

Mi pecho se estrujó. Nunca había sentido que mis padres fueran tan injustos como en ese momento lo estaban siendo con Thea.

Su voz poderosa resonó antes de que pudiera responder.

—Adiós, familia. Fue un placer conocerlos —dijo. Giré y la vi agitando una mano en la puerta. Me miró con expresión vacía—. No permitas que te encierren en el baño para intimidarte, eso no está bien —soltó.

Abrió la puerta mientras yo me cubría el rostro y se fue.

—¿Qué? —masculló papá con el ceño fruncido.

Sin dudas él no recordaba ese episodio al que Thea se refería, pero yo sí. No tenía sentido mencionarlo, así que continué con lo importante en esa circunstancia.

—¡Lo que acabas de hacer es imperdonable! No puedes ofender así a una persona —regañé a mi madre.

—No debiste invitar a una desconocida —replicó ella.

—Thea no es una prostituta. Vestirse de determinada manera no te convierte en una y, aunque lo fuera, prostituirse no significa ser una mala persona —objeté.

—Tienes razón: me extralimité al decir eso y lo lamento, pero tú no debiste mentirnos. ¿Cómo pretendes que me sienta al enterarme de que mi hijo de pronto parece otra persona? Tenemos que encauzar esto. A partir de ahora, no te quedarás solo. Vendrás con nosotros a la casa de tus abuelos, a la iglesia y...

—Eso no ocurrirá —la interrumpí.

—Cam, no le contestes así a tu mamá. Mientras vivas bajo nuestro techo, tendrás que respetar nuestras reglas —arguyó papá.

—Entonces comenzaré a buscar un trabajo y un apartamento de alquiler.

—¿Estás loco? ¿Te crees que es fácil? ¿Y tus estudios? ¿De dónde salió esa insolencia?

—No es insolencia. Tan solo respondo del mismo modo en que mamá se refirió a una persona que ni siquiera conoce.

—¿Y acaso tú la conoces? ¿Desde cuándo? —bramó ella—. Nos fuimos hace menos de dos semanas, dudo de que la conocieras antes de que partiéramos. ¿Y si nos robaba? ¿Qué pasa si envía a sus amigos a que lo hagan ahora que conoce nuestra casa?

—¡Thea no es una ladrona!

—¿De verdad le diste de comer al perro y regaste las plantas o en eso también nos mentías? Las noches que nos dijiste que estabas estudiando, ¿era cierto o te ibas de fiesta?

—No escucharé más acusaciones injustas —determiné, girando sobre los talones.

—Te tomaré lección de los temas del libro para comprobar que has estado estudiando —añadió papá.

Me volví y apoyé las manos sobre el desayunador con desesperación.

—¿De verdad se van a comportar como dos necios? —pregunté.

—Si vuelves a dirigirte a nosotros de esta manera… —comenzó papá.

—Estoy intentando explicarles y no les interesa. Nunca escuchan. Tan solo presionan y ordenan —prorrumpí, incapaz de mirarlos a los ojos. No toleraba sentir que los estaba defraudando.

—De acuerdo —dijo mamá, fingiéndose un poco más calmada. Apoyó una mano sobre la de mi padre para que se callara—. Te escuchamos.

Sabía que no era cierto, pero me resultaba imposible aceptar que a mis padres no les interesaba lo que yo tuviera para decirles, sino solo lo que ellos querían que yo dijera.

—Mientras no estaban he ido a algunas fiestas —confesé—. Pero nunca fui a buscar prostitutas, y Thea no es una. La conocí en una casa, nos hicimos amigos y anoche se quedó a dormir.

—¿Solo anoche? —indagó papá.

—También la noche de ayer. Y una más.

—Es decir que has metido en esta casa a una desconocida tres veces —concluyó mamá—. ¡A la casa donde vives con tu hermana!

Cuando llegamos, ella vio todo este desorden, incluidos tu camiseta y ese vestido en el pasillo, como si nuestra casa fuera un motel para parejas. ¿Cuántas desconocidas más han ingresado en estos días? ¿Una por madrugada hasta que conociste a esta chica?

—Nada es como piensas.

—¿Y cómo es? Nos vendrían bien algunas aclaraciones —solicitó mi padre.

—Ya les expliqué todo. Reunirme con amigos e invitar a una chica no significa que no haya cuidado de nuestro hogar y de nuestra familia. Si hay desorden, es porque no tuve tiempo de limpiar. Iba a hacerlo hoy. No pasé todos los días entre vajilla sucia y cajas de comida vacías.

—¡Incluso hay alcohol! —protestó mamá.

—¡Es solo una botella de vino!

—¿Y tus estudios? —preguntó papá—. Te autorizamos a que te quedaras para adelantar temas del año que viene. ¿Lo hiciste?

—Sí. Tal vez no tanto como hubieras querido, pero estuve estudiando con Noah. Quizás deberían preguntarse por qué necesité mentir para tener algo de vida personal en lugar de juzgarme por querer tenerla.

—Si este es el tipo de "vida personal" que deseas, no la tendrás en nuestra casa —sentenció mamá.

—Entonces la tendré en otra parte. Con permiso —respondí, y fui a las escaleras.

Recogí mi camiseta al pasar mientras transitaba por el pasillo y me refugié en mi habitación. Lastimosamente, la puerta no tenía llave. Mis padres las guardaban en la caja fuerte del escritorio con la excusa de que, en nuestra familia, nadie tenía nada que ocultar.

Busqué el móvil en el pantalón que había quedado en el suelo. No tenía batería. Lo conecté a la electricidad y esperé un rato sentado en la cama a que se cargara un poco para poder encenderlo. Mi corazón latía muy rápido y me temblaban las manos; estaba nervioso y asustado. Jamás me había enfrentado a mis padres y me sentía culpable por haberlo hecho. Mi peor temor se había hecho realidad: los había defraudado más que nunca. Sin embargo, me sentía peor por Thea. No solo había quedado literalmente desnuda frente a mi madre, sino que, además, estaba seguro de que había oído lo que dijo de ella. Me sentí mal de solo imaginarme en su lugar; no quería pensar lo que estaría experimentando. Era muy injusto. No lo merecía.

En cuanto vi que el móvil había cargado un 3%, lo encendí. Los mensajes y llamadas perdidas de mis padres aparecieron entre otras notificaciones que nunca había oído porque, para empezar, tenía el teléfono en modo silencioso, y luego la batería se había agotado.

Llamé a Thea. Terminé en el buzón de voz. Le escribí algunos mensajes, pero aunque le llegaron, no los miró. Tendría que esperar a que quisiera responderme. Solo rogaba que, a pesar de todo, se encontrara bien.

16

Thea

ME SENTÉ EN LA CAMA DE GOLPE, ALERTADA POR UN ESTRUENDO. LA ÚLTIMA vez que había oído algo así, nada había salido bien. Giré la cabeza hacia la puerta con la mirada todavía velada por el sueño: una mujer de porte distinguido, muy parecida a Cam, se hallaba allí.

–¿Qué significa esto? –preguntó.

Me di cuenta de que estaba sentada con mis pechos al descubierto e intenté hacerme con la sábana para cubrirlos. Me sentí humillada: aunque no me importara mostrar mi cuerpo, solo quería hacerlo cuando yo lo deseaba y no a quien, suponía, era la madre de Cam.

Como la tela estaba atrapada en la cama, no pude cubrirme hasta que él jaló de ella y me la entregó hecha un embrollo. La coloqué delante de mí lo mejor que pude, consciente de que buena parte de mi cuerpo todavía estaba a la vista.

—¿Qué estás haciendo aquí? —preguntó Cam. ¿Cómo no se había dado cuenta de que sus padres regresarían esa mañana? ¡No podía ser más desconsiderado!

—Nuestro vuelo se adelantó. Te llamamos para avisarte toda la tarde y buena parte de la noche, pero no respondiste —contestó la mujer. La explicación, aunque eximía a Cam de toda responsabilidad, no bastó para calmarme. Para colmo, ella arrojó mi vestido sobre la cama como si fuera basura—. Deberías pedirle a tu amiga que se vista. Baja enseguida, tenemos que hablar —indicó a su hijo, y se fue cerrando la puerta.

Cam me miró con expresión preocupada.

—¿Estás bien? —preguntó.

—Maldita sea —masculló. Hubiera querido insultarlo.

—Quédate aquí —solicitó y salió de la cama.

Se puso un pantalón deportivo y una camiseta y abandonó la habitación.

Por supuesto, esa vez tampoco hice lo que me ordenó, mucho menos sintiéndome tan expuesta. Mi familia tenía muchos asuntos que resolver, pero esa también debía arreglar los suyos.

Me vestí rápido y salí del dormitorio. Recogí mi bolso, que todavía estaba en el pasillo, y bajé las escaleras. No alcancé el recibidor porque oí las voces de todos ellos hablando de mí.

—Cam, ¿qué significa esto? —preguntó el hombre.

—Lo siento. Yo... —murmuró él. Se notaba que sus padres lograban intimidarlo.

—¿Tú qué? —vociferó la mujer—. Te confiamos la casa y no solo la transformaste en un basurero, sino que, además, metiste en ella a cualquiera.

—Iba a limpiar antes de que regresaran. Se suponía que llegaban mañana —intentó excusarse Cam.

—Debiste mantener el orden siempre, no solo cuando lo viéramos.

—¿De dónde salió esa chica? Dudo que sea una compañera de la universidad —indagó su padre.

—Es una amiga.

—¿"Una amiga"? —replicó su madre—. ¿Desde cuándo tienes esa clase de amigas? Es evidente que ese vestido que estaba en el pasillo le pertenece. Ninguna chica decente se vestiría de esa manera. ¿Es una prostituta? ¿La recogiste de la calle?

Apreté los puños y me dirigí a la puerta. No solía corregir a la gente cuando pensaba mal de mí; tampoco lo haría con los padres de Cam.

—Adiós, familia. Fue un placer conocerlos —dije. Cam giró para mirarme. Supe que quería decirme algo, pero se quedó callado. No necesitaba que hablara, todo estaba claro—. No permitas que te encierren en el baño para intimidarte, eso no está bien —sugerí, y me fui.

Ni bien salí de la casa, comencé a sentirme mal, física y emocionalmente. La gente me prejuzgaba todo el tiempo y no me importaba: ¿por qué tenía que preocuparme ahora? Quizás porque me hacía ver una vez más lo incompatibles que éramos Cam y yo, y revelaba el destino oscuro de nuestra relación.

Mientras caminaba hasta la estación del metro, comenzó a llover. El agua me vino bien para ocultar las lágrimas. Odiaba llorar.

¿Por qué siempre me sentía atraída por las personas equivocadas? En el caso de Cam, era un buen chico, pero también un prisionero. Por más que yo no me defendiera, él debió hacerlo. En cambio, permitió que sus padres me prejuzgaran al igual que tantos otros, aun habiéndole confesado muchas de mis verdades. Al parecer, no me quería tanto como aseguraba. Sin dudas, después de haber tenido sexo conmigo, sus hormonas se habían aplacado y ya no me necesitaba. Todo ese cuento de que siempre quería que le dijera la verdad y de que las relaciones comenzaban con una invitación a comer *hot dogs* no era más que otra expresión de su deseo sexual. Los dos lo habíamos pasado bien, eso era todo. Tenía que aceptar que, desde el comienzo, estábamos destinados a un poco de sexo y nada más. El error había sido encariñarme.

Estaba harta de las heridas del mundo. Mi alma era una gran acumulación de cicatrices que se mezclaban unas con otras, transformándose en un escudo fuerte, pero también muy pesado.

Descendí en la estación y caminé hasta el condominio, todavía bajo la lluvia. Subí las escaleras pensando en esa maldita gente que acababa de insinuar que su hijo me había recogido de la calle. *No, señora*, pensé con ironía. *Me recogió de una piscina, pero su hijo no tiene los testículos lo suficientemente grandes para decírselo.*

En lugar de subir hasta mi piso, me detuve en el primero. Transité por el pasillo y me quedé de pie frente a la puerta de Andrei, mi vecino rumano. La mayoría en mi edificio eran extranjeros, muchos de ellos, indocumentados. Varios se dedicaban a los negocios ilegales. Me llevaba bien con todos, aunque no viviéramos de lo mismo. Podía contar con él si tenía una emergencia, como la estaba teniendo ese día.

Me detuve justo antes de golpear a su puerta. *No quieres hacerlo*, me dije a mí misma. *No quieres ser como tu madre. Ninguna sustancia te hará olvidar lo que oíste en esa casa. Tampoco lo que sentiste cuando*

Cam no te defendía y al ser incapaz de defenderte a ti misma. Nada te hará sentir mejor, porque lo que ocurrió no dejará de ser una mierda, aunque intentes ocultarlo. Solo estarías tapando el sol con un dedo; luego necesitarás más y más dedos, porque no por cubrirlo dejará de ocupar su lugar en el cielo. Tan solo tienes que sufrir lo necesario hasta superarlo.

Como tampoco quería ir a casa, desanduve mis pasos, me senté en la escalera, frente a la puerta de calle del edificio, y extraje el móvil. Encontré una llamada perdida de Cam y algunos mensajes. Los ignoré para escribirle a Ivy.

> Hola. Sé que debes estar trabajando, pero tengo una emergencia. ¿Puedo ir a verte y conversamos un rato?

Me respondió enseguida con un "OK". Solía escribir poco cuando lo hacía a escondidas.

Entré a la cafetería a las once de la mañana. Saludé al otro mesero con una sonrisa, rogando que no se diera cuenta de que me costaba fingirla. Habíamos salido un par de veces ya que, además de ser el compañero de trabajo de Ivy, era su amigo.

—Estás empapada. ¿No tienes frío? —preguntó.

—Estoy bien, gracias. ¿Dónde está Ivy?

—En la cocina. Enseguida regresa. Me dijo que se tomaría su descanso cuando llegaras.

Asentí y la esperé en un rincón.

Cuando apareció, nos abrazamos. A decir verdad, sí tenía frío, y me reconfortó su calor.

Me dio café de la máquina y un mantel para cubrirme. Fuimos al depósito y nos sentamos sobre unos cajones vacíos. Ella extrajo su almuerzo.

—¿Quieres un poco? —ofreció.

—No, gracias —respondí, bajando la cabeza.

—¿Qué ocurrió?

—Tuve un problema y casi consumí.

—Pero no lo hiciste.

—No.

—Eso es bueno. ¿Quieres hablar del problema?

Tragué con fuerza al tiempo que apretaba los labios.

—Lo hice con la persona número tres —confesé en voz baja.

—¿Con el chico de la fiesta? —Asentí—. ¡No me digas que fue otra experiencia horrible como con el primero!

—No. El sexo estuvo genial.

—¿Entonces?

—Sus padres llegaron de vacaciones antes de tiempo, su madre me vio desnuda, creyó que era una prostituta y Cam no fue capaz de defenderme. El momento en el que esa mujer entró a la habitación de golpe fue horrible; me recordó aquella vez que esos narcotraficantes irrumpieron en mi casa para cobrar las deudas de mi madre y golpearon a mi abuela.

—¡No puedo creerlo! ¿Qué le pasa a esa gente?

Me encogí de hombros.

—Les pasa que nunca les faltó dinero y que prejuzgan a las chicas como yo y a las prostitutas.

—Son todos unos imbéciles. Quizás tendríamos que convertirnos en lesbianas después de todo.

—No podemos "convertirnos" en lesbianas.

—Lo sé. Tú me entiendes.

Permanecimos un instante en silencio.

—Cam no es un imbécil. Tan solo está asfixiado —contesté—. En algún punto, nos parecemos, pero a la vez somos muy distintos. Si esos fueran mis padres, encontraría el modo de hacerles respetar mis decisiones. Y jamás permitiría que prejuzgaran a la persona que digo que quiero.

—¿Te dijo que te quería? —Mi silencio sirvió como respuesta—. ¡Thea! Sabes que eso no es cierto, que lo dicen para follarnos. ¿Por qué le creíste?

—Porque él parecía decir la verdad.

—Entonces es un excelente mentiroso.

Suspiré y me erguí; me dolía la espalda por el peso del dolor y la decepción.

—No mentía, no sabe hacerlo. Tan solo no quiere defraudar a sus padres. En el fondo, lo entiendo. Si yo tuviera padres, tampoco querría hacerlo. Por ejemplo, nunca quiero defraudar a mi abuela, ni siquiera ahora que ya no está en este plano, aunque lo haga todo el tiempo.

—Tal vez no quieras reconocer que te engañó porque te sentirías una tonta. Déjame decirte que no lo eres. Aquí, el único idiota es él.

—Somos nuestros padres, ese es el problema —concluí—. Aunque intente luchar contra eso, yo soy como mi madre. Y él es como sus padres, por más que procure no serlo. También debe de haberme prejuzgado en algún momento; supongo que lo hizo una vez en la cocina de su casa, aunque me convenció de que no había tenido esa intención. Por lo tanto, debe de ser controlador como ellos, solo que aún no lo ha demostrado. Así como yo soy oscura y mala.

—¡Tú no eres oscura y mala!

La miré con expresión incrédula.

—No sirvo para trabajar porque no soporto a los jefes, no puedo estudiar porque no tengo dinero ni una mente capaz de aprender de la manera tradicional, paso más tiempo en la estación de policía que haciendo algo productivo y me muero de ganas de consumir cualquier cosa que me haga olvidar que el mundo lastima cada vez que tengo un problema, tal como hace mi madre. Dime qué tiene eso de bueno.

—Que no lo haces.

—A veces lo hago.

—La mayoría de las veces resistes, como hoy. Eres la persona más fuerte y creativa que conozco, eso tiene mucho valor. No permitas que un par de adultos con serios problemas de contexto te hagan creer menos. ¿Qué tendría que decir yo con este nombre? ¿Sabes las veces que me han llamado *Poison Ivy*, Hiedra Venenosa, en la escuela? ¡No por eso voy a creer que de verdad soy mala!

Me hizo reír.

—Ella era mala, pero sensual e inteligente —comenté, pensando en el personaje—. Y en los últimos cómics hacía cosas incorrectas por causas nobles.

—Tendrías que haberte llamado Ivy, porque parece que estuvieras describiéndote a ti misma.

Fruncí el ceño. Quizás mi amiga tenía razón: aunque cometiera muchas faltas, no tenía malas intenciones.

—Gracias. Me hizo bien hablar contigo, me siento mejor.

—Me alegro. ¿Qué harás con Cam?

—Lo dejaré ir. Creo que será lo mejor.

—¿Le dirás algo?

Lo pensé por un momento.

—No. Es como una droga: si lo pruebo de nuevo, temo no poder apartarme de él. Tengo que desaparecer.

17

Thea

Durante una semana evité responder las llamadas y leer los mensajes de Cam. Como a veces me ocurría, terminé cayendo en la tentación el primer día que no llamó ni escribió. Para revisar la conversación, quité la opción de verificación de lectura, así no se enteraba de que la había abierto, y el horario de última conexión.

Al principio, me pedía disculpas por lo que habían dicho sus padres, preguntaba si me encontraba bien y me rogaba que por favor me comunicara con él en cuanto pudiera.

El último mensaje tenía un tono todavía más angustiado que los anteriores.

> Thea, entiendo que estés molesta y sé que lo que ocurrió fue muy injusto. Pero, por favor, no desaparezcas. Tan solo no desaparezcas de nuevo. Lastima cada vez más. Duele demasiado.

Su pena me atravesó, porque también era la mía. Sin embargo, estaba decidida a no volver atrás por el bien de los dos.

Aparté el móvil y volví a concentrarme en mi guitarra y en la canción que no podía terminar. El papel donde había anotado la letra y los acordes de "Asfixia" había acabado en el cesto de basura. No quería tener cerca cosas que me recordaran a Cam, aunque él estuviera en mi mente todo el tiempo.

Como no podía componer, miré el altar de mi abuela. *Ayúdame*, supliqué en silencio. *Quítamelo de la cabeza. Tú lo pusiste ahí. ¿Para qué me lo enviaste? ¿Qué lección tenía que aprender? No creo que hayas querido mostrarme que yo era poca cosa para él. Eso es todo lo que siento, y sabes bien que jamás me sentí poca cosa para nada ni nadie. ¿Acaso solo tenía la misión de salvarme? ¿Por qué tengo que seguir viva? ¿Cuál es el propósito? Explícame. Desde que te transformaste, no encuentro respuestas. ¡Te necesito!*

Miré al frente a la vez que tragaba con fuerza antes de que la desesperación hiciera presa de mí. Cerré los ojos un instante, y entonces se me ocurrieron otros dos versos.

F	F
You're never enough	Nunca eres suficiente
C	*C*
To the best part of the world	Para la mejor parte del mundo

Arranqué la hoja del cuaderno y la arrugué con bronca. No había manera de dejar de pensar en Cam.

"¡Thea!", gritó mi madre. Era lo único que me faltaba: una de las andanzas de Molly.

Salí de mi dormitorio intentando recuperar la paciencia.

—Thea, estoy necesitando un poco de dinero.

—No tengo —respondí enseguida.

—Por favor, préstame unas libras.

—Cobraste tu salario hace una semana.

—Tuve unos gastos imprevistos.

—No —dije, volviéndome.

—Anda, préstame un poco. Sé que tienes algunos ahorros, como te enseñó la abuela. Te los devolveré lo antes posible.

Giré sobre los talones y la enfrenté como si yo fuera su madre y no al revés. Después de todo, ella nunca había sido la mía, excepto para llevarme en su vientre. Ni siquiera embarazada había dejado de consumir. Era un milagro que yo no hubiera nacido con algún problema. Quizás lo tenía y no me daba cuenta.

—Si no tienes para comprar drogas y le tienes miedo al síndrome de abstinencia, quizás sea hora de que busques ayuda profesional, no la mía. Disculpa, estoy ocupada.

Caminé hasta mi habitación escoltada por su voz. Me llamó egoísta, incomprensiva, y otros adjetivos menos elegantes que solía utilizar cuando no le daba el gusto.

Fue una noche difícil. La escuché llorar y golpear las paredes. Intentó abrir mi puerta varias veces, pero yo la había cerrado con llave. Golpeó sin cesar durante una hora en medio de la madrugada. De a ratos me suplicaba que le prestara dinero. Por otros, lloraba o me insultaba con furia. Me cubrí la cabeza con la almohada y, aunque no pude dormir durante mucho tiempo, al menos conseguí que se cansara y que regresara a su dormitorio.

Por la mañana, no la encontré en casa. Intuí que, harta de sufrir la abstinencia, se habría ido a lo de sus falsos amigos a ver si le podían ofrecer heroína.

Mientras desayunaba, recibí una llamada de un número desconocido. Supuse que se trataría de Cam, por eso no atendí. Poco después, llegó un mensaje de texto.

> Hola, mi nombre es Josephine. Ivy me dio tu número, soy clienta de la cafetería donde ella trabaja. Le conté que mi madre necesita una cuidadora; me dijo que a ti podría interesarte el trabajo. Si es así, por favor, llámame.

¡Era mi día de suerte! La llamé enseguida y acordamos que iría a su casa esa misma tarde.

Se trataba de una hermosa residencia en un barrio aun más exclusivo que el de Cam.

Josephine era una mujer de unos cincuenta años, con excelente apariencia. Me invitó con un té y unas masitas deliciosas en la sala. Yo me había puesto una falda muy corta y una camiseta sin mangas que dejaba mi vientre al descubierto. Prefería que me conocieran tal como era desde el principio. ¿De qué me servía dar una imagen falsa? Por suerte, no pareció escandalizarse por mi apariencia. Me dio la impresión de que estaba desesperada por encontrar una cuidadora.

—Mi madre necesita compañía durante seis horas, todas las mañanas de lunes a viernes, mientras no hay nadie en casa. La mucama se ocupa de las tareas domésticas, mi esposo y yo trabajamos, y mi hija va a la universidad. Cuando ella regresa, la cuidadora puede irse. Está sentada la mayor parte del tiempo, pero se moviliza bien con ayuda; no habría que hacer mucha fuerza. También está lúcida. Le gusta conversar de jardinería; trabajó en el jardín botánico cuando era joven, jugar al ajedrez y la lectura. Le cuesta cada vez más porque los libros vienen con letra pequeña y su vista está desgastada por la edad, así que también nos gustaría que su cuidadora le leyera un poco. Se llama Daisy; tiene ochenta y dos años. ¿Te gustaría conocerla?

Ochenta y dos… Ojalá mi abuela hubiera llegado a esa edad.

—Seguro.

Mientras atravesábamos la sala en dirección a una puerta de doble hoja blanca con detalles dorados, aproveché para observar alrededor. Había una bella escalera alfombrada que conducía a la planta alta, muebles modernos y una lámpara colgante de cristal. Todo era lujoso y de diseño.

Volví a mirar hacia adelante cuando Josephine abrió la puerta. Del otro lado, distinguí una gran biblioteca, un enorme ventanal y un escritorio con una lámpara de tono verde oscuro. Daisy estaba sentada en un sillón, de espaldas a nosotras.

—Mamá, quiero presentarte a alguien.

—¿Otra chica que huirá despavorida en un par de días? —cuestionó la anciana.

No pude evitar reír. Con su comentario me liberó de lo acartonada que venía siendo la situación.

—Mamá, por favor —rogó Josephine con tono afligido.

Me adelanté y me apoyé en el alféizar de la ventana, frente a la anciana, con las piernas estiradas y las manos sobre el muro.

Ella era coqueta y elegante; su cabello teñido de rubio oscuro y su maquillaje lo evidenciaban.

—Apártate. Estás interrumpiendo mi gloriosa visión de cada día —protestó con ironía.

Miré por sobre el hombro.

—Yo no veo ningún vecino de unos treinta años con los abdominales de un gladiador romano, solo un jardín de rosas —contesté.

Al menos conseguí que sus bellos ojos grises se dirigieran a los míos. Me miró de arriba abajo.

—No tienes pinta de enfermera —sentenció.

—No lo soy. Solo soy una chica que necesita hacer algo de dinero para vivir por culpa del capitalismo.

—¿Y por qué mejor no cuidas niños? Te aburrirás aquí.

—No lo creo, usted parece muy divertida —respondí—. Soy Thea.

—¿Y ese nombre? ¡Vaya! Me recuerdas a mí cuando era joven.

—Cuando era más joven, querrá decir. Dudo que tenga la misma edad en el cuerpo que en el alma.

—¿Cuántos años tienes tú? Josephine, no quiero que una niña me limpie el trasero. Me lo dejará sucio —masculló. Me eché a reír.

—Mamá, por favor —volvió a rogar Josephine, y me miró—. No necesita que le limpien el trasero, lo hace muy bien sola —aseguró.

—No hay problema —dije, intentando aliviarla.

—Bueno… Si todavía te interesa el empleo, podemos volver a la sala para conversar de tu salario.

—No importa. Su madre me cae bien y creo que le caigo bien a ella, así que me quedaré con el puesto de todos modos —respondí, encogiéndome de hombros.

—¿Quién te dijo que tú me caes bien? —protestó la señora.

Me incliné hacia adelante y sonreí cerca de su rostro.

—Que prefirió dejar de mirar su jardín de rosas para mirarme a mí. Son muy bonitas. No tanto como un gladiador desnudo, pero se las arreglan.

—¡Qué jovencita insolente!

Josephine suspiró.

—Es por aquí —indicó para que me retirara.

—Adiós, Daisy. Nos vemos —dije a la abuela, apartándome de la ventana.

La hija volvió a dirigirse a mí ni bien cerró la puerta del escritorio, mientras regresábamos a los sillones de la sala.

—Disculpa. Mi madre es un poco caprichosa, pero te aseguro que, con el tiempo, se acostumbrará a ti y dejará de comportarse como una niña.

No podía creer que esa señora estuviera más avergonzada de su madre que de mí. Ni siquiera parecía preocupada por lo que yo había dicho o por cómo lucía, sino solo porque aceptara cuidar de su madre, como si en cualquier momento pudiera arrepentirme. Jamás lo haría: era la tarea de mis sueños; presentía que me divertiría muchísimo.

Aunque no me interesara demasiado, escuché su oferta respecto del salario. Tuve que contenerme para no saltar de la emoción cuando me dijo el pago y que declararían que yo era su empleada. Acordamos que comenzaría a trabajar al día siguiente.

No tenía idea de dónde había salido tremendo golpe de suerte. Por las dudas, ni bien llegué a casa, me planté delante del altar y le agradecí a mi abuela varias veces. Mi madre todavía no estaba; supuse que no regresaría durante días.

Esa noche, mientras intentaba dormir, volví a pensar en Cam. No había sabido nada de él desde su último mensaje, hacía dos días. Pensar que posiblemente no volviéramos a encontrarnos me entristeció a pesar de lo bueno que había sido mi día. Me llevaría tiempo olvidarlo.

Por la mañana, como tenía miedo de llegar tarde a la casa de Josephine, llegué demasiado temprano. Tuve que dar algunas vueltas antes de tocar el timbre si no quería parecer una desesperada. Antes de irse a trabajar, ella me pidió algunos datos para hacer la declaración y me dio algunas indicaciones.

—Por la seguridad de mamá, su habitación está en la planta baja. Una vez que la ayudes a levantarse y que la acompañes a desayunar, quédate en el sanitario mientras toma una ducha. No la pierdas de vista; ella insiste con hacerlo sola, pero tememos que se caiga en la bañera. Luego es mejor que permanezca en el escritorio, con sus libros y mirando sus plantas. El jardinero viene dos veces por semana. Ella le da las órdenes. Como te conté, trabajó en el jardín botánico. La mucama se ocupa del almuerzo, tú solo tienes que acompañarla mientras come. Por supuesto, también te servirá el almuerzo a ti. ¿Tienes alguna pregunta? —Negué con la cabeza—. Muy bien. Mi esposo me espera en el garaje para irnos, te lo presentaré otro día. También puede que te cruces en la casa con Fletcher, el novio de mi hija. Oh, ahí viene ella.

Miré hacia la escalera. Vi bajar a una chica que tendría la edad de Cam. Me miró de arriba abajo; no del modo en que lo había hecho su abuela, sino con prejuicio y desconfianza.

—Ella es Thea Jones, cuidará de la abuela mientras no estemos en casa —le explicó Josephine.

—¿Ella? —repitió la chica con el ceño fruncido. Su madre la ignoró.

—Thea, esta es mi hija Sophie. —Asentí con la cabeza en forma de saludo—. Te llevo con mamá —ofreció. Supuse que notó la incomodidad de su hija y la mía y se apresuró a terminar con la situación.

Cuando ingresé a la habitación, la anciana estaba sentada sobre la cama, con un camisón blanco.

—¡Mamá! Te despertaste temprano hoy —comentó Josephine.

—No quería perderme el espectáculo —contestó la anciana.

—¿Qué espectáculo? —indagó la hija, alcanzándole un salto de cama.

—El de la nueva cuidadora huyendo despavorida. No tiene pinta de soportar a una anciana.

—Guarda silencio, te lo ruego. Me voy a trabajar. Nos vemos.

Me dedicó una sonrisa apretada. Tuve la sensación de que huyó como se escapa de lo que nos avergüenza.

—¿Te quedarás ahí parada o qué? —preguntó la señora—. Ayúdame a ponerme el salto de cama.

—¿En serio quiere usar esa cosa? —cuestioné—. ¿Por qué mejor no la acompaño al baño para que se dé una ducha y luego elige algo más bonito?

—Suelo desayunar primero, y para eso necesito el salto de cama. ¿Por qué estoy explicándote esto? Ya deberías saberlo.

Me dirigí a su guardarropa sin hacerle caso.

—¿En serio le gustan estos vestidos con flores y bordados? —pregunté, analizando la ropa que había.

—No. Pero ¿qué le voy a hacer? Soy vieja y se supone que tengo que vestirme como tal.

Giré y la miré, enarcando una ceja.

—¿Y cómo se vestía cuando tenía mi edad?

—Pues… Como tú.

—¿Cómo yo?

—Me gustaban las minifaldas. Tenía varias parecidas a la que llevas puesta. Usé mi favorita cuando fui a un recital de los Beatles.

—¿Los verdaderos Beatles? —indagué, boquiabierta. No sé por qué me sorprendí tanto si, por su edad, era probable que los hubiera visto tocar varias veces.

—¡Por supuesto! ¿Qué crees? ¿Que vengo de la época de los imitadores?

—Quiero que me cuente de eso. ¿Cómo fue? —pregunté, cruzándome de brazos al tiempo que apoyaba la espalda en el guardarropa.

—Fue una locura. La gente saltaba y gritaba como desquiciada.

—¿Y usted?

Pude ver un pequeño destello de felicidad en su mirada opaca.

—Yo también.

Sonreí, conforme con ese brillo, y me acerqué para ayudarla con el salto de cama.

—Por hoy desayune con eso, como de costumbre. Mañana veremos.

—Tú no eres la que manda aquí, pequeña —sentenció.

—Mañana veremos...

18

Thea

NO SUPE DE MAMÁ NI DE CAM DURANTE DÍAS. PARA COLMO, DESPUÉS DE algunas conversaciones esporádicas, Daisy dejó de hablarme. Tan solo miraba por la ventana al punto que yo casi dormitaba como ella con el calor del sol sobre mi cuerpo, acurrucada en el otro sofá.

—¿Piensa volver a hablarme o el modo en que se deshizo de las demás cuidadoras fue haciéndoles el vacío? —pregunté, cansada de oír las agujas del reloj. *Tic tac, tic tac.*

Daisy suspiró, sin apartar la mirada de la ventana.

—¿Para qué?

—¿Cómo que "para qué"? Puedo respirar el aburrimiento aquí.

Nunca me pide que la lleve a alguna parte o que hagamos algo. Su hija me contó que...

—Que me gusta hablar de jardinería, jugar al ajedrez y que lean para mí.

—Sí. Pensé que me lo pediría en algún momento. No sé jugar al ajedrez, pero sí puedo leerle. Dígame qué escoger de esta enorme biblioteca o qué quiere que le lea, y yo lo descargaré de internet. Y si no, mejor, cuénteme algo.

—¿Algo como qué?

—¿Qué ocurrió con su marido?

—Murió hace diez años. Sufrió un ataque cardíaco.

—Ah, qué mierda. Perdón, qué pena. Mi abuela también murió de eso. —Al fin logré obtener su atención. Sus ojos se volvieron profundos y cercanos, empáticos—. Partió como lo que fue: un ángel. Durante la madrugada, sin sufrimiento; quizás para compensar todo lo que padeció en vida. Nos fuimos a dormir como cualquier otra noche. Al día siguiente, cuando no la hallé preparándome el desayuno para ir a la escuela, fui a su habitación y la encontré... así. Se fue físicamente, pero sé que sigue existiendo como energía. Solo lamento que no hayamos podido despedirnos. Supongo que también lo lamenta usted.

—No quise interrumpir tu chorrera filosófica, pero mi esposo murió cayéndose sobre el plato de comida en una cena. Ni siquiera eso dejó de arruinarme el desgraciado.

A pesar de lo triste y macabro del relato, la expresión me hizo soltar una carcajada.

—¿Tan malo era? —pregunté.

—Un perro.

—La mayoría de los perros son buenos.

—Entonces digamos que era una serpiente.

—¿Y por qué se casó con él?

Suspiró encogiéndose de hombros.

—Cosas de la vida.

—¿Al menos tenían buen sexo? —Me miró con expresión desconcertada.

—No creo que quieras oír eso.

—Me pagan para escuchar lo que sea que usted diga durante seis horas diarias. Claro que prefiero que hablemos de algo entretenido, como el sexo, antes que de plantas.

—Mi hija cree que sigo interesada en ellas, pero me importan un bledo.

—¿Entonces?

—¿Entonces qué?

—¿Tenían buen sexo?

Permaneció un instante en silencio.

—*Nah* —confesó finalmente, haciendo un gesto con la mano—. Por eso tenía un amante.

Lancé un grito y me eché a reír de nuevo, cubriéndome la boca.

—Ya no le interesa hablar de plantas, ¿pero aún quiere que leamos? —consulté.

—Claro. Escoge lo que quieras.

—Hace días que la acompaño y que usted casi ni me habla. En este tiempo ya leí los lomos de todos los libros que hay aquí dentro. Suenan muy aburridos. ¿Por qué mejor no descargo una novela erótica?

—¿Estás loca? ¿Qué diría mi nieta si regresara de la universidad y te oyera leyéndome que el miembro del protagonista es grande como una casa?

—Supongo que dirá que soy una desquiciada. La gente lo cree de todas maneras, sin importar lo que haga, así que me tiene sin cuidado.

Esperé el instante que necesitó hasta decidir una vez más que sus deseos eran más importantes que sus obligaciones.

—Hay un libro que siempre me interesó leer pero nunca lo hice. Me causaba pudor que pudiera enterarse mi marido —confesó.

—Dígame.

—Lee el *Kamasutra*.

Durante días fuimos cómplices de la lectura prohibida. Yo callaba cuando presentíamos que alguien se acercaba a la puerta; si no me daba cuenta, ella me chistaba con un dedo sobre la boca. Retomaba nuestro entretenimiento una vez que el peligro se alejaba.

Cuando terminamos el libro, me dijo que era inadmisible que una señorita tan inteligente e ingeniosa como yo no supiera jugar al ajedrez, así que se dispuso a enseñarme. A mí me gustaba aprender.

La casa solía estar siempre bastante tranquila. Solo nos hallábamos allí ella, la mucama y yo, aunque a veces también me cruzaba con Sophie y con su novio Fletcher.

Un día, comencé a poner música y a cantar. La vez que me puse a bailar, vi a Daisy reír por primera vez.

—¿Por qué te pasas el día en esa silla? —pregunté—. Ya sé, no me lo digas: porque eres vieja y se supone que eso es lo que tienes que hacer.

Se encogió de hombros.

—Mi hija tiene miedo de que me caiga. Siempre dice que…

—¡No vas a caerte! Ven. —Estiré los brazos hacia ella—. Como tú me enseñas a jugar al ajedrez, yo te enseñaré a bailar.

—¡Ya sé bailar! He bailado muchos años más de los que tú llevas viva.

—Entonces te recordaré cómo se hace.

Conseguí que aceptara mi ayuda para ponerse de pie y empecé a mover la cadera despacio, con un vaivén sensual al ritmo de la música que sonaba desde mi móvil.

—Puedes hacer esto, no se resentirán tus huesos por ello —aseguré. Daisy movió los pies, intentando imitarme—. ¿Te das cuenta? ¡Ya lo estás haciendo muy bien! Ese amante tuyo debe haberse vuelto loco contigo, eh —bromeé, guiñándole un ojo.

—¡Cállate! Nadie en esta casa sabe que él existió —rogó ella.

—Será nuestro secreto. Como lo del *Kamasutra*.

—¿Y tú? ¿Tienes novio? No tienes pinta de tener un marido.

—¿Por qué crees que no tengo esposo? —consulté.

—Porque entonces no sonreirías tanto.

Lancé una carcajada.

—No todos los esposos son malos como fue el tuyo. De hecho, supongo que el chico que me atrae sería un buen marido, de esos que te abrazan por la espalda cuando se dan cuenta de que tienes frío.

—¿Entonces no es tu novio?

Negué con la cabeza.

—Solo tuvimos sexo una vez, pero me está resultando difícil olvidarlo. Verás... No tuve muy buenas experiencias sexuales, excepto esa. El primero fue muy egoísta, y sufrí bastante. La segunda fue una chica. Estuvo bien, pero no sé si es lo mío. Él fue el tercero, y me encantó. El problema es que sus padres llegaron y pensaron lo peor de mí. Eso no me duele... Es decir, casi todos piensan siempre lo peor de mí, y no me interesa. Pero me importó que sus padres lo creyeran y que él no me defendiera.

—Si no te defendió, no te merece.

—Lo sé. Por eso quiero olvidarlo.

—Pero tal vez…

La puerta se abrió de repente.

—¡Abuela! —exclamó Sophie, adentrándose en el dormitorio—. Siéntate —ordenó, casi empujándola para que lo hiciera. Me miró, enfurecida—. ¿Qué haces?

—Estábamos bailando —expliqué.

—¡Mi abuela no puede bailar!

—¡Claro que puedo! —defendió Daisy.

—Guarda silencio —volvió a ordenarle su nieta. Luego se dirigió otra vez a mí—. Hablaré con mi madre de este asunto, es una gran irresponsabilidad de tu parte.

Apreté los labios y dejé que se fuera sin defenderme.

—Lo siento, Thea —murmuró Daisy.

Apoyé una mano sobre su hombro y la miré con una sonrisa para que no se preocupara.

—No hay problema —dije—. Ya terminamos el *Kamasutra*. ¿Con qué seguimos?

—Prefiero mirar un rato por la ventana.

Si eso quería Sophie, lo había conseguido: ahora su abuela era de nuevo una anciana.

Ese día, cuando Josephine llegó, me pidió que nos sentáramos a conversar en la sala mientras Daisy dormía la siesta.

—Mi hija me contó que las encontró de pie en la biblioteca y que tú le dijiste que estaban bailando. Mi madre no puede hacer eso.

—Sí puede —respondí, manteniendo la calma.

—Thea, es importante que entiendas que, si se cae y se quiebra la cadera, sufrirá y seremos nosotros los que tendremos que ocuparnos de ella. Ya no tiene edad para arriesgarse. Si pagamos una cuidadora es para que no se accidente.

—Disculpe, pero su madre no es una planta. Y aunque lo fuera, todavía está viva. No puede pasarse el día sentada delante de una ventana, mirando unas flores que ya ni siquiera le interesan.

Apretó los dientes mirando hacia abajo. Enseguida cambió el tono amable por otro un poco más severo.

—No queremos que corra riesgos. Tú eres la responsable de cumplir con el trabajo que te hemos encomendado. ¿Podemos contar contigo?

Conocía el significado de la frase para ella, pero yo decidí darle otro sentido. El peor riesgo era dejar morir el espíritu, y eso era justamente lo que ellos estaban haciendo con Daisy, como la gente solía hacer siempre con los mayores. Y yo no me caracterizaba por ser obediente.

—Por supuesto —aseguré, pensando en que jamás permitiría que el espíritu de Daisy muriera. Ese era mi trabajo, aunque ella en realidad se refiriera a otra cosa.

Después de la conversación, fui a la estación de metro con un sabor amargo: necesitaba el empleo. Para mí, era una tarea que quería realizar, pero los demás me consideraban su empleada. Más allá del dinero, el cual necesitaba para vivir, me agradaba pasar tiempo con Daisy. Debía tener más cuidado si no quería que me despidieran. Ella quería vivir, de modo que tendríamos que experimentar a escondidas. Si alguna vez había sido como yo, debía sentirse muy mal de que su familia la considerara una persona incapaz de tomar sus propias decisiones, una mujer frágil y dependiente.

Descendí en la estación pensando en cuánto lamentaría perder la posibilidad de estar con la abuela si me descubrían haciendo algo que ellos juzgaran irresponsable.

En ese momento, oí la voz de Cam clamando mi nombre. Giré sobre los talones creyendo que la había imaginado. Pero no: ahí estaba, corriendo hacia mí por el andén.

Me quedé boquiabierta, casi tan agitada como él.

—¡Thea! —exclamó frente a mí—. ¿Entonces aquí es donde vives? ¿En Tower Hamlets?

—¿Qué haces?

—Estuve buscándote en el metro todos los días. Solo sabía que tomabas esta línea y que no responderías si seguía llamándote y enviándote mensajes.

—¿Estás mal de la cabeza?

—Puede ser. Pero no es justo que desaparezcas cada vez que tenemos un problema.

—¿"Tenemos"? El plural no existe entre nosotros. El único problema es que tus padres se comportaron como dos cretinos.

—Lo sé y lo lamento.

—Aprecio tu condescendencia, pero no es suficiente. ¿Qué clase de padres entran a la habitación de su hijo de veinte años como si fuera la sala de la casa, y más intuyendo que seguro está con una chica?

—Es bastante retorcido.

—Demasiado. ¡Tu madre me vio desnuda en tu cama! ¿Por qué me expusiste de esa manera?

—No sabía que regresarían ese día. Te juro que lo lamento.

—Lo sé, pero tampoco me basta. Lo siento, Cam. No tengo ganas de que la madre de alguien me humille arrojándome mi vestido como si fuera basura y llamándome prostituta como un insulto.

—Por favor, perdona todo eso.

—No tengo por qué perdonarla. Que se vaya a la mierda. Y tú también. No quiero saber nada contigo.

—¿Por qué no? Yo no te expuse, ni te prejuzgué. Ni siquiera lo hizo mi padre. ¡Fue ella!

—¡Y tú te quedaste callado!

—¡No! —exclamó con vehemencia—. Sucede que no escuchaste todo porque te fuiste. Huiste como huyes siempre de todas partes.

—Estaban insultándome. ¿Para qué iba a seguir escuchando?

Vi venir a un guardia de seguridad por sobre su hombro. Por concentrarme en eso no oí su respuesta.

—¿Hay algún problema? —consultó el hombre.

—No se entrometa —solicité de mal modo.

—No. Disculpe. Ya nos vamos —contestó Cam, acercándose a mí—. ¿Podemos conversar afuera? —consultó en mi oído.

No me pareció prudente negarme delante del guarda. Si seguíamos con la discusión allí, los dos terminaríamos en la estación de policía, y no quería eso para Cam.

—No quiero escuchar más —dije una vez afuera—. Por favor, no me busques. Será mejor que nos olvidemos el uno del otro.

—Thea, no hagas esto.

Intentó volver a alcanzarme, pero yo me alejé dando un paso atrás.

—Basta. Ve a tu casa. Adiós.

Por suerte o por desgracia, no me siguió.

19

Thea

"Huiste como huyes siempre de todas partes". ¡Maldito Cam! ¿Por qué tenía que ser tan inteligente?

La voz de Daisy me devolvió a la realidad.

—¿Vas a seguir leyendo?

Alcé los ojos, me concentré en ella mientras respiraba hondo e intenté seguir con la lectura.

—"Para ella, Darcy era el hombre que se hacía antipático dondequiera que fuese y el hombre que no la había considerado lo bastante hermosa como para invitarla a bailar".

—No pareces muy concentrada en la lectura.

—Es que me quedé pensando en otro párrafo.

—¿En cuál? Léelo de nuevo.

—"La felicidad en el matrimonio es solo cuestión de suerte. El que una pareja crea que son iguales o se conozcan bien de antemano, no les traerá la felicidad en absoluto. Las diferencias se irán acentuando cada vez más hasta hacerse insoportables; siempre es mejor saber lo menos posible de la persona con la que vas a compartir tu vida".

—¿Qué te llamó la atención de esa frase de *Orgullo y prejuicio*?

—El asunto de las diferencias. ¿Tú y tu esposo eran muy distintos, por eso terminaron enemistados? Tú eres buena y él era malo.

—¿Buena, yo? Te conté que tenía un amante. —Rio.

—Porque tu esposo era malo contigo y ni siquiera tenían buen sexo.

—Aun así, no estaba haciendo lo correcto. ¿Por qué te llamó la atención el asunto de las diferencias?

—Porque así somos el chico que me atrae y yo. Él es bueno. En cambio yo soy muy, muy mala.

—¡Tú no eres mala! ¡Qué cosas dices, Thea! ¡Por favor!

Cerré el libro y lo asenté sobre el apoyabrazos para acercarme a Daisy.

—Oye, ¿no te aburre estar aquí encerrada? ¿Hace cuánto que no sales a dar un paseo? Te vistes, te peinas, te pones joyas y te maquillas para quedarte sentada en esta sala. En la esquina hay una cafetería, ¿por qué no vamos ahí un rato? Hoy cobré mi primer salario; te invito.

Ella volvió a reír.

—Jamás permitiría que gastaras tu salario en la anciana por la que lo ganas. Yo te invito a ti.

—No suelo aceptar invitaciones.

—Pero eres mi cuidadora y harás lo que yo mande.

La ayudé a levantarse y le ofrecí mi brazo para caminar. Recogió su bolso de la habitación, dinero de un cajón y salimos. Eran las diez. Teníamos hasta las doce, la hora en que la mucama nos esperaba en el comedor con el almuerzo, para disfrutar nuestro paseo.

Caminamos despacio hasta la esquina mientras yo le iba señalando algunas cosas del barrio. Ella reía y me contaba la historia de las casas, de quienes habían sido sus habitantes y algunas anécdotas con ellos.

En la cafetería, ordenamos té y pasteles.

—Entonces, ¿me vas a contar lo que te sucede? —preguntó de repente.

Sonreí para disimular que me sentía triste.

—¿De qué hablas?

—Hoy estás muy extraña. Lo percibo.

Bajé la mirada como un método bastante tonto para protegerme. No le encontré sentido a ocultarle a Daisy que no me sentía bien, así que terminé buscando sus ojos.

—Ayer vi al chico que me atrae. Pero, como me ocurre muchas veces, hice lo contrario de lo que deseaba.

—¿Qué deseabas hacer y qué hiciste?

—Quería que nos abrazáramos. En cambio, le dije que no quería volver a verlo.

Me llevé una mano al pelo desordenado para desordenarlo más. Mi ropa y mi aspecto desaliñados no combinaban con el ambiente distinguido de la cafetería. Era consciente de que me ganaba algunas miradas de a ratos; la seguridad personal era una buena respuesta.

—¡Qué problema, Thea! ¿Cómo fue que lo viste? ¿Se encontraron por casualidad?

—No. El demente me buscó por la línea del metro durante días.

—¡Vaya! Es un gesto muy romántico.

—O también obsesivo.

—¿Tú qué crees? ¿Que en su caso fue amor u obsesión?

Tragué con fuerza, apretando los labios, y luego me los humedecí.

—Fue amor —dije con sinceridad.

—¿Entonces? ¿Por qué no le diste una oportunidad? Cuando me contaste que él no te defendió, iba a preguntarte por qué no lo hiciste tú.

Volvió a dejarme un instante en blanco.

—No sé. Nunca me defiendo. Estoy acostumbrada a que las personas piensen lo peor de mí.

—Lo noté.

—Además, tengo miedo —confesé.

—¿Miedo de qué?

—De mí misma. De que, cuando se dé cuenta de cómo soy en realidad, se marche, y que eso me haga sufrir; no toleraría otra pérdida. Hay cosas que no sabe y que... no son para un chico bueno como él.

—¿Puedo saber qué es ese secreto que no puedes contarle?

Suspiré otra vez. Odiaba ponerme nerviosa, porque comenzaba a mover las piernas como si quisiera taladrar el suelo.

—No es algo que pueda contarle a una empleadora sin que también salga corriendo.

—Pero tu empleadora es mi hija. Yo soy tu amiga.

Sonreí con ternura. Daisy no se daba cuenta, pero tal vez era mucho más que una amiga. Aun así, no me atreví a decirle lo de mi madre y lo que me ocurría a veces, por herencia de ella.

—Lo doloroso es que me siento mal por haberlo castigado por lo que hicieron sus padres. Sé que somos iguales a ellos, pero...

Daisy me interrumpió con su risa.

—¿Los hijos, iguales a sus padres? ¡Qué tontería! Mira mi familia: mi hija y mi nieta están tan atadas al deber que me apenan. No sé si deba decirte esto, pero a Sophie no le caes bien.

—Ya me había dado cuenta.

—Siempre le dice a mi hija que debería buscar otra cuidadora, que tú ni siquiera eres enfermera. Por supuesto, yo les digo que quiero que me cuides tú o ninguna.

—Gracias. Debes preferirme porque no soy estricta como las otras.

—Es por otra cosa. Eso no importa ahora. Lo que quiero decirte es: ¿sabes por qué no le caes bien a mi nieta?

—Porque tiene razón y soy un desastre.

—¡Calla, niña! Es porque te tiene envidia.

—¿"Envidia"? —Reí.

—Sí, porque no puede ser como tú. Las personas que se destacan del resto despiertan dos sentimientos opuestos: admiración o envidia. Apuesto a que ese chico te admira porque tampoco se te parece, por eso te llamó tanto la atención esa frase de las diferencias hoy cuando leías.

»La mayoría de las personas están atadas al deber. Tú, en cambio, eres puro ser. Eres como una cometa que se soltó de la cuerda. Vuelas alto, te vas con el viento sin que nadie pueda alcanzarte o detenerte. ¿Sabes por qué te elijo como mi cuidadora? Porque tú me das vida. Estás llena de ella en tu imaginación, en tu espíritu. Pero en la realidad no te atreves a bajar a la tierra.

»La vida no tiene por qué ser bella solo en tu mente. ¿Por qué no le das una oportunidad a ese chico? ¿Por qué no te das la oportunidad de vivir algo real a su lado? Yo lo hice y no me arrepiento. Lo hice aun estando casada, con todo lo que ello implica. Tú, al menos, no tienes un esposo al que rendirle cuentas. Uno que te llama inútil mientras disfruta de tu dinero.

—Entonces ¿todo es tuyo? —pregunté para escapar del tema que me afectaba.

—Sí. Lo heredé de mi madre. Ella se transformó en una diseñadora de modas reconocida en los años 20 y fundó la compañía que lleva su nombre: Amelie Lloyd.

—¿En serio? Es una marca muy conocida —repliqué, fascinada.

—Sí. Cuando murió, yo me hice cargo de la empresa, aunque mi profesión era la botánica. Mi hija y mi yerno trabajan allí sin haber ido a la universidad. Mi nieta estudia Administración de Empresas para hacerse cargo algún día. Pero ninguno sabe de modas, ni siquiera yo. Nadie heredó esa pasión de mi madre. Por eso soy consciente de que la compañía, tarde o temprano, se destruirá por sí misma. Puede sobrevivir un tiempo con gente que sepa de números, pero sin pasión no somos nada.

—Quédate tranquila: no sé si tengan que saber de moda para que la compañía siga en pie con éxito. Yo no sé nada de eso y, sin embargo, la ropa que uso me la hago yo misma. Supongo que una empresa funciona de manera parecida, solo que a gran escala.

—¿En serio? —replicó, frunciendo el ceño. Noté que estudiaba mi atuendo con mayor interés.

—Mi abuela me enseñó a coser y tejer. También heredé su máquina. Cualquiera puede hacer ropa.

—Estás muy equivocada, no cualquiera. Ya ves: en mi familia, excepto mi madre, ninguno de nosotros podemos. Tienes un talento impresionante. Como tu voz y tu carisma.

Sonreí ladeando la cabeza.

—Las dos sabemos que no puedo hacer nada con eso. Las historias fantasiosas de gente saltando a la fama por cantar solo ocurren en las películas.

—Entonces, ¿qué esperas para escribir el guion de tu vida?

La alarma de mi móvil me dio un buen susto.

—Son las once cuarenta —dije—. Tenemos que volver a la casa para el almuerzo.

Pedimos la cuenta y nos fuimos enseguida. Por suerte, la mucama no se dio cuenta de que salimos.

Me tocó regresar a mi casa de pie en el metro. Recosté la cabeza en un pasamano vertical y repasé la conversación con Daisy.

"¿Qué esperas para escribir el guion de tu vida?".

Actué sin pensar, guiada por un impulso. Busqué la letra de *Je te laisserai des mots,* de Patrick Watson, modifiqué un adjetivo y se la envié a Cam. A fin de cuentas, al parecer los dos estábamos un poco locos.

Je te laisserai des mots	Te dejaré notas
En-dessous de ta porte	Debajo de tu puerta
En-dessous de la Lune qui chante	Debajo de la Luna que canta
Tout près de la place où tes pieds passent	Cerca de donde pasan tus pies
Cachés dans les trous, dans l'temps d'hiver	Escondidas en los agujeros, en los tiempos de invierno
Et quand tu es seul pendant un instant	Y cuando estés *solo* por un momento
Embrasse-moi quand tu voudras	Bésame cuando quieras
Embrasse-moi quand tu voudras	Bésame cuando quieras
Embrasse-moi quand tu voudras	Bésame cuando quieras

20

Cam

—¿Y BIEN? —INSISTIÓ MI PADRE MIENTRAS YO INTENTABA COMER UN SÁNDWICH en la cocina—. Sigo esperando que me expliques lo que recuerdes de la inserción de una sonda nasogástrica.

—¿Hoy no tienes que atender el consultorio de la tarde?

—Sí, y estoy llegando fuera de horario por tu culpa.

—No es por mí, es por ti. Ya te dije que no eres mi profesor, no voy a darte la lección como un estudiante de primaria.

—Necesito asegurarme de que te vaya bien.

—Lo que no pueda estudiar ahora, lo estudiaré durante el año. ¿Por qué adelantarme tanto? No necesito ser el mejor de la clase.

—Yo me recibí con honores.

—Tampoco necesito mantener esa tradición familiar absurda. Con permiso.

Me levanté y llevé el sándwich a mi habitación, donde pasaba la mayor parte del tiempo desde que había ocurrido lo de Thea.

Lamenté haber olvidado el vaso de zumo, pero más lamentaba que la relación con mis padres se hubiera transformado casi en un enfrentamiento constante y nuestra casa, en un campo de batalla. Lo peor era que, aunque procuraba que sus palabras no me afectaran, sí lo hacían. Seguía intentando ser suficiente para ellos, aunque nada bastara. Si quería conformarlos realmente, tenía que ignorar mis deseos. A la vez, si continuaba haciéndolo, estallaría de un momento a otro. No quería colapsar, por eso intentaba mantener nuestro vínculo pasando tiempo a solas y evitando sus interrogatorios sobre la universidad, mi vida privada y Thea.

Thea... Casi ni había querido escucharme en la estación. ¿Qué sentido tenía intentar mejorar una relación que nunca existiría? Thea y mis padres jamás volverían a verse, ella lo había dejado claro.

Me pasé una mano por el rostro para recomponerme. Era jueves, había acordado con Harry que iríamos a ver una película. Faltaba muy poco para que se iniciaran las clases; en cuanto comenzara a cursar el tercer año, no tendría tiempo ni para respirar. Quería disfrutar lo máximo posible esos últimos días de aire.

Mi móvil vibró sobre el escritorio. La vista previa de la notificación anunciaba un mensaje de Thea. Mi corazón dio un vuelco. Sentí que las preocupaciones de la semana previa, mientras la buscaba en la línea del metro, y el dolor del día anterior, cuando me había rechazado en la estación, se desvanecían. Al mismo tiempo, tenía claro que debía salir del lugar que había asumido en nuestra relación, casi tanto como del que ocupaba en el vínculo con mis padres.

Miré el mensaje por arriba, sin abrir la conversación. Era un poema o la letra de una canción en francés. Busqué el primer verso en internet para saber el título y leí la traducción completa. Las tres últimas frases expresaban un bello "bésame cuando quieras". El problema era que no podíamos continuar de esa manera, brindándonos felicidad y dolor al mismo tiempo. Se supone que sales con alguien para sentirte bien. Si no sería así, prefería sufrir en ese momento y no cuando fuera tan tarde que Thea dejara un agujero inmenso en mi alma.

Aunque me puse a escuchar la canción y ella me llenó de recuerdos de nosotros, ignoré el mensaje y me puse a repasar el capítulo sobre la inserción de una sonda nasogástrica. Lo había estudiado con Noah, pero la pregunta de mi padre me había hecho dar cuenta de que casi no recordaba una palabra. Debía ser porque ese día solo pensaba en Thea.

Fuimos al cine con Harry. A la salida cenamos en un restaurante de comidas rápidas mientras intercambiábamos opiniones sobre la película.

Regresé a casa temprano en comparación con el tiempo que pasaba fuera cuando mis padres no estaban. Aun así, mamá se levantó del sofá donde miraba televisión con mi padre y me impidió ir a la escalera.

—¿Otra vez te viste con esa chica? —preguntó, preocupada.

—Te dije que salía con Harry. ¿Quieres ver una fotografía que nos tomamos en el cine?

—Claro.

Reí para no ofuscarme más; creí que se negaría a entrometerse de nuevo en mi intimidad. Como no tenía ganas de discutir, le mostré la fotografía e incluso fui a los detalles para que viera el día y la hora en que la había tomado.

—Gracias —dijo con alivio.

—¿Por qué te preocupa tanto Thea? —consulté.

—¿Qué hace de su vida? ¿Estudia, trabaja? Temo que te distraiga de tus objetivos.

—No lo hará. ¿Puedes dejarme en paz con ese tema? No quiero pensar en ella.

—Por supuesto. Que descanses.

—Igualmente.

En lugar de dirigirme a mi dormitorio, golpeé la puerta del de mi hermanita con el código que teníamos en común, siguiendo el ritmo de una canción que le gustaba. Me gritó con alegría que ingresara. Me senté en el suelo, donde ella jugaba con unas muñecas, y nos abrazamos.

—¿Juegas? —preguntó.

—Sí. ¿Quién quieres que sea?

—Toma esta. Es la mala —solicitó, entregándome una Barbie.

—¿De qué se trata la historia? —indagué, recogiendo la muñeca.

—Yo estoy embarazada y tú quieres robarme a mi bebé cuando nazca.

—¡Guau! ¿De dónde sacas esas ideas tan retorcidas?

—Se me ocurrió —contestó, encogiéndose de hombros.

—De acuerdo —acepté, y comencé a imitar el tono de una chica—. "Puedes quedarte en mi casa, yo cuidaré de ti hasta que el bebé nazca".

Evie rio con ganas.

—No, no. Tú no me ofreces que me quede en tu casa. Me dices que me llevarás a una clínica pero me secuestras.

—¡Sigues haciendo la historia todavía más terrible! ¿Por qué mejor no soy tu tía y de verdad quiero ayudarte?

—Porque entonces no serías la mala. En toda historia tiene que haber una.

Suspiré, derrotado. Sin importar cuánto luchara por el derecho a tomar mis propias decisiones, Evie siempre conseguiría doblegarme.

—Bien. Entonces: "Oye, ¿me dejas que te lleve a la clínica?".

—"Claro" —respondió, moviendo la muñeca—. "Me viene bien porque mi automóvil se averió".

Me quedé jugando con ella hasta que supuse que la película que mis padres estaban viendo se habría acabado. Entonces, le pedí que ordenáramos los juguetes y que se metiera en la cama. Sin duda a ellos no les gustaría encontrarla despierta cuando ya le habían ordenado que durmiera.

Me despedí acariciándole el pelo y dándole un beso en la frente mientras terminaba de cubrirla con la manta.

—Te quiero —le dije.

—Y yo a ti —contestó, abrazándome por los hombros.

Por la mañana, bajé a desayunar con mi familia antes de que mis padres se fueran a trabajar y Evie, al campamento de verano que tenía ese fin de semana.

En la cocina encontré un pequeño revuelo. Mi hermanita tenía la mirada repleta de ilusión. Decía que alguien había hecho un dibujo de su película favorita y se lo había obsequiado a escondidas.

—¿Tienes idea de dónde pudo haber salido eso? —preguntó mi madre, señalando algo que estaba sobre el desayunador—. Lo encontramos esta mañana, parece que alguien lo pasó por debajo de la puerta.

Bajé la cabeza. Hallé un papel con un dibujo de un mar azul, una sirena de cabello rubio y cola dorada sentada en una roca, un barco marrón y, sobre él, un marinero de pelo negro. La sirena estaba de espaldas al espectador. El marinero, de frente, contemplando al personaje mitológico. En el cielo había un enorme "lo siento" escrito con labial rojo.

Los primeros versos de la canción que me había enviado Thea vinieron a mi mente junto con muchas otras ideas: "Te dejaré notas debajo de tu puerta". Era su letra. Lo había dejado ella.

Casi me dio un infarto.

—Es mío —dije, apoderándome del papel como si se tratara de un tesoro. Tenía muchas ganas de reír, pero estaba tan nervioso que casi me puse a temblar—. Enseguida regreso —dije y hui a mi habitación, lo más lejos posible de las miradas escrutadoras de mis padres.

Hubiera deseado tener la llave de la puerta. Aunque estuviera cerrada, sentí que mi intimidad se hallaba al descubierto. A pesar de todo, me sentía tan feliz que me costaba respirar.

Piensa con frialdad, me ordené a mí mismo mientras extraía el móvil.

Abrí la conversación con Thea, por lo cual el mensaje que ella había enviado con la canción se marcó como visto, y suspiré antes de lanzarme a escribir.

Te espero a las cinco en esta dirección.

Le envié la ubicación y cerré la conversación. En menos de un minuto respondió con un *OK*.

Cuando bajé a la cocina, mis padres me miraban con asombro. No pudieron indagar porque mi hermanita estaba ahí y no tenía idea de la situación; sabía que lo harían en cuanto la enviaran a recoger sus cosas y ella subiera las escaleras. Al llegar el momento, intenté acompañarla, pero mamá me pidió que me quedara.

—¿La nota es de esa chica? —consultó, sonaba calmada.

—Sí.

—No sé por qué no se me ocurrió antes.

—Por favor, no se entrometan. Necesitamos llegar a un acuerdo respecto de mi vida personal. Quiero la llave de mi habitación.

—Ningún integrante de esta familia tiene asuntos que ocultarle al resto —arguyó mi padre, como de costumbre.

—Tampoco yo, pero no pueden continuar invadiendo mi dormitorio como si fuera una parte pública de la casa. —Miré a mi madre—. La mañana que me descubriste con Thea, te diste cuenta de que estaba con una chica desde que viste la ropa en el pasillo. ¿Por qué entraste de todos modos? ¿Te hubiera gustado que la abuela, la mamá de papá, te viera desnuda?

—No lo pensé. Actué de manera impulsiva, movida por el enojo. Sé que no estuvo bien, como tampoco lo que dije después. Lo lamento por ti y por esa chica. Solo te ruego que tengas cuidado.

—Lo tendré. A cambio les pido que respeten mi privacidad.

—Trabajaremos en ello. Por tu parte, recuerda que tu prioridad es el estudio —solicitó mi padre.

—Lo sé. Gracias.

Cuando le conté a Harry lo que había ocurrido, contestó que Thea estaba loca.

Cam.

No puedo protestar, yo también lo estoy. ¿Qué clase de demente se la pasa días recorriendo una línea de metro hasta dar con alguien?

Harry.

Solo tú. Yo la hubiera pateado hace rato. Hablando de eso, ¿vamos el domingo a jugar al fútbol con los chicos de mi universidad?

Cam.

No compares a Thea con una pelota. Además, todo lo que dijo es cierto: tengo que buscar la manera de que mis padres dejen de entrometerse en mi vida. Claro que voy el domingo. Avísame la hora cuando arregles con los chicos. Te paso a buscar por tu casa en mi auto.

Por la tarde, salí de casa antes de que mis padres regresaran del trabajo. Por esa razón, llegué temprano a la cafetería donde había citado a Thea y me senté en una mesa junto a la ventana. Para que le quedara cómodo, había escogido un lugar que estaba cerca de una de las estaciones del metro que utilizaba, así que me ubiqué en dirección a ella por si la veía salir.

Apareció cinco minutos después de la hora en la que habíamos acordado encontrarnos. Me quedé obnubilado por sus piernas largas. Tenía los muslos al descubierto por un pantalón muy corto combinado con unas botas de caña alta. La blusa sin mangas, muy ajustada al cuerpo, estaba hecha de retazos de telas de varios colores. Como de costumbre, llevaba muchas pulseras, colgantes y aretes. Estaba maquillada y tenía el cabello ondulado desordenado con un poco de flequillo lacio sobre la frente. Observándola cruzar la calle noté que caminaba de una manera hermosa, contoneando las caderas, con mucha seguridad y soltura. Parecía una persona famosa: atraía la atención de la gente, porque estaba llena de actitud y energía.

En lugar de entrar, se quedó en la puerta y extrajo el móvil de su pequeño bolso dorado. El mío vibró en el bolsillo por un mensaje de ella:

Thea.

Llegué.

Cam.

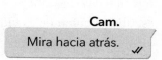
Mira hacia atrás.

Giró la cabeza y nuestros ojos se encontraron. En ese momento, mi cuerpo se sacudió por un torbellino de sensaciones placenteras. Supuse que ella experimentaba lo mismo; por primera vez, pude percibir con claridad la conexión que nos unía, aunque todavía me pareciera increíble que existiera.

En cuanto se sentó frente a mí y el aire me trajo su perfume, me quedé sin palabras. Revolvió un poco su cabello rubio desordenado y me miró con sus ojos de plata azulada. Estaba agitada.

—Hola —dijo.

—Hola —respondí—. Por suerte es un día soleado.

—Es cierto. Estaba harta de tanta lluvia.

La camarera nos preguntó qué deseábamos. Ordenamos

batidos y algo dulce. A decir verdad, no presté demasiada atención al menú, y creo que Thea tampoco.

Mientras esperábamos que trajera el pedido, me contó que estaba cuidando a una abuela.

—¿Entonces sí podías soportar un jefe después de todo? —pregunté.

—No lo siento como un trabajo. Además, quien me contrató no es técnicamente mi jefa, sino mi empleadora, y no está allí cuando yo estoy, así que... —Se encogió de hombros—. Lo paso muy bien, la abuela es una persona maravillosa. Deberías agradecerle: estoy aquí por ella.

—¿"Por ella"?

—Por algo que dijo. —Se rascó la nuca y bajó la mano enseguida. Sus pulseras hicieron ruido contra la mesa—. Bueno, en realidad dijo muchas cosas, pero la última fue la mejor. "¿Qué esperas para escribir el guion de tu vida?". Aunque sepa que soy mala para ti, este es un guion que quiero escribir.

Nos miramos con una intensidad que ni siquiera la camarera pudo quebrar mientras nos dejaba el pedido. Tuve que hacerlo yo si quería que ese sueño hecho realidad no volviera a transformarse en una pesadilla.

Bajé la cabeza para darme fuerzas y, cuando me sentí recuperado, volví a mirar los grandes ojos de la inalcanzable e incomparable Thea.

—Creo que es obvio, pero aun así necesito decirte que no solo quiero ser tu amigo.

—Será difícil con tus padres odiándome —contestó.

—Dejemos a mis padres fuera de esto, puedo arreglármelas con ellos. Y si todavía no lo logro del todo, aprenderé. Estoy hablando de nosotros. Si me aceptas, tengo una condición: no desaparezcas.

No importa cuán molesta, asustada o triste estés. Prefiero que grites como lo hiciste en la estación, que llores o que insultes. Pero de ninguna manera volveré a permitir que me afecte que te desvanezcas. Si vuelves a hacerlo, aunque me duela como si me arrancaran el corazón, no te buscaré. ¿Está claro?

—No lo hago para dañarte.

—Pero me lastima. Entonces, deja de desvanecerte. ¿Tenemos un acuerdo?

Respiró hondo.

—Sí —contestó al fin.

—¿Qué hay de ti? ¿Tienes alguna condición?

Lo pensó por un momento.

—No irás a mi casa —respondió.

La observé con detenimiento, intentando entender la razón de su pedido. No me gustaba la idea de ni siquiera conocer dónde vivía la persona con la que estaba comenzando una relación.

—¿Es porque el barrio no es bonito o la casa es pobre?

Soltó el aire como si riera.

—Es obvio que mi casa es fea y pobre. Vivo en un condominio, rodeada de inmigrantes ilegales y personas que se ganan la vida de manera dudosa. Te gusto vestida de esta manera que tus padres juzgan, cuanto menos, inapropiada. ¿Por qué dejaría de atraerte solo por vivir en una casa que necesita una mano de pintura? Es por otra cosa. La condición de no ir allí implica también no hablar del motivo, así que aceptas o me dejas. Tú eliges.

—Quiero aclarar que no creo que seas mala para mí y que me encanta cómo te vistes. Tu ropa te hace única y hermosa.

—¿Aunque parezca una ramera para tus padres?

—No me importa lo que piensen mis padres.

—Yo creo que te importa mucho, pero por alguna razón en esto estás rebelándote.

—Nunca me sentí así y defenderé mi derecho a vivirlo. Volviendo a lo de tu casa, ¿esa condición tiene que ser para siempre?

Meditó un instante de nuevo.

—No. Solo hasta que yo te invite. Pero no puedo prometerte cuándo ocurrirá eso.

—Puedo aceptarlo, está bien —accedí, suponiendo una decena de razones por las que me estaría negando la posibilidad de visitarla.

Lo que resonaba con más fuerza era su madre. Por lo poco que me había contado de ella, no parecía que se llevaran bien. Me había comprometido a no preguntar, así que acallé esos pensamientos y le ofrecí mi mano por sobre la mesa. Ella la observó con una sonrisa; pude percibir la ilusión en sus ojos, producto de la sorpresa. Me miró con la misma admiración con que yo la contemplaba a ella y puso sus dedos repletos de anillos sobre los míos.

—Entonces, ¿así se siente ser la novia de alguien? —preguntó, aguantándose la risa. Yo también retuve la mía.

—No sé. Nunca fui el novio de alguien. Me alegra que seas la primera y ojalá que también seas la última.

—Lo mismo digo. —Dejó de soportar y se echó a reír. Se cubrió el rostro con ambas manos por un instante y volvió a mirarme—. Me siento en el libro que estamos leyendo con la abuela, uno de Jane Austen. Cuando llegue la hora del matrimonio, evaluaré a quien puedes pedirle mi mano, porque no tengo padre.

—Por suerte, ya no estamos en el siglo XIX; solo tú tendrás que decidir si aceptas, como estás haciendo ahora.

—Sí, es una suerte. Si aún estuviéramos en el siglo XIX, aunque la Inquisición ya hubiera terminado hace mucho, me habrían quemado por bruja. La condena social sigue vigente. Ahora que lo pienso, nada ha cambiado demasiado.

Volvimos a contemplarnos en silencio, iluminados por el sol que resplandecía tras la ventana.

—Thea… ¿Harías una locura a ciegas conmigo?

—Depende. ¿Qué implicaría?

—Aceptar una invitación y pasar la noche fuera de tu casa.

—Por lo de la noche afuera no hay problema. Lo de aceptar invitaciones es más complicado.

—También tendríamos que hablar de eso.

—Hagamos algo: aceptaré tus invitaciones siempre que tú también aceptes las mías.

—Me gusta. Se sentirá agradable que alguien me invite a algo.

—De acuerdo. Entonces, yo invitaré esta merienda, ya que cobré mi primer salario hace poco, y aceptaré la tuya para hacer esa locura a ciegas.

Sonreímos de manera cómplice y nos dispusimos para la aventura.

21

Cam

TENÍA CLARO QUE LO QUE ACABÁBAMOS DE ACORDAR ERA UNA LOCURA, LA más excitante en mucho tiempo. No tanto lo que tenía en mente, sino el hecho de tener una relación con la chica de mis sueños. En algún momento, se lo contaría a mis padres y terminaría de defraudarlos. Lo más increíble era que me sentía preparado para enfrentarlo. Era como si Thea me contagiara con su fuerza y energía. Me hallaba más convencido que nunca de que ella y nuestro vínculo eran lo que quería, y estaba dispuesto a defenderlos. Posiblemente, eso me otorgaría la valentía para sostener otros deseos que nunca me había atrevido a verbalizar siquiera.

Aparqué el automóvil en un sitio permitido y descendimos. Le ofrecí mi mano y ella la tomó con una sonrisa. Se aferró a mi brazo, me dio un beso en el hombro y se apoyó contra mi costado. Continuamos caminando de esa manera hasta que se dio cuenta de a dónde nos dirigíamos.

—¿Por qué nos aproximamos a la estación de Euston? —consultó.

Me detuve para explicarle justo en la puerta.

—Nos vamos a Liverpool.

Su risa llenó mis oídos de alegría.

—¡¿Estás loco?! —exclamó con entusiasmo.

—¿Alguna vez hiciste el recorrido de los Beatles?

—Fui a algunas partes con mi abuela hace años. El problema es que, a la hora que llegaremos, todo estará cerrado.

—Por eso pasaremos la noche en algún hotel y recorreremos la ciudad mañana.

Volvió a reír de manera ruidosa y, sin medir dónde nos encontrábamos ni cuánta gente nos rodeaba, me llevó contra la pared y se humedeció los labios.

—*Embrasse-moi quand tu voudras* —dijo con un tono exquisito.

—¿Hablas francés? —pregunté, acariciándole las mejillas.

—Solo sé las letras de las canciones que me gustan.

La besé con una fuerza que desconocía. Sentir sus manos acariciando mi pelo y su cadera contra la mía fue una prueba difícil de resistir. Si se hubiera movido un segundo más antes de terminar con el beso, creo que, en lugar de ir a la estación, habríamos terminado en un hotel en el mismo Londres.

Rio y volvió a darme la mano para apresurar el paso hacia el edificio. Una vez allí, compré los pasajes a través del móvil. Corrimos al andén; el tren estaba a punto de partir.

La invité a sentarse del lado de la ventanilla; estaba acostumbrado a ocupar el sitio del pasillo por mi hermanita. Siempre que viajábamos con mi familia en cualquier transporte que no fuera nuestro auto, ese sitio estaba reservado para ella.

—Escribí una canción pensando en nosotros, pero la arrojé a la basura antes de terminarla —contó Thea de repente—. Intentaré recordarla por si quieres oírla en algún momento.

—Claro que quiero —respondí—. ¿No tienes que avisarle a tu madre que no regresarás a tu casa?

—No creo que le importe. Tal vez ni siquiera se dé cuenta de que no estoy allí. Pero tú sí deberías avisarles a tus padres.

Extraje el teléfono del bolsillo. Ignoré las llamadas perdidas de mamá y sus mensajes para redactar el mío. Mientras le explicaba que regresaría recién al día siguiente por la noche y que no debía preocuparse si no contestaba el móvil, Thea se recostó sobre mis piernas. En cuanto terminé, apagué el teléfono y le acaricié el cabello. El tren ya estaba en movimiento.

Después de un rato, se quedó dormida. Contemplé su perfil y sus labios sensuales con nuevos deseos de besarlos. Observé sus aretes dorados, tenía dos argollitas arriba y unas estrellas colgando del lóbulo. En ese momento recordé lo de su empleo: era viernes y seguro había estado trabajando, por eso se hallaba tan cansada como para dormirse allí a las ocho de la noche.

Percibí que temblaba por un leve movimiento de su hombro desnudo y por la piel de sus brazos. Como yo llevaba una sudadera, no me había dado cuenta de que, a causa del aire del tren y de la hora, la temperatura había descendido. En la vorágine de hacer el viaje, ni siquiera se me ocurrió que no teníamos equipaje y que Thea necesitaría un abrigo. No encontré otra solución más que quitarme la sudadera y cubrirla con ella. Si bien sentí enseguida un escalofrío, a la vez me reconfortó verla aferrar el borde de la tela con expresión de alivio. Sus labios se curvaron como si sonriera. Era sensual incluso cuando no se lo proponía.

Yo también dormité un poco las dos horas y cuarto que duró el viaje. El tren arribó a horario a la estación de Liverpool. Tuve que despertar a Thea jugando con los dedos sobre su mejilla.

—Ya llegamos, Sirenita —susurré en su oído.

—¿Tan rápido? —murmuró ella.

Sonreí pensando en que no tenía idea del tiempo que había transcurrido. Mientras se erguía, mi sudadera cayó sobre sus piernas. La miró, extrañada.

—Póntela —sugerí.

—¿Y tú? No me gustaría andar cómoda mientras que tú te mueres de frío.

—Estoy bien, puedes quedártela —aseguré, aunque sí me afectara un poco el bajón de temperatura.

Descendimos del tren y salimos a la calle entre una decena de personas. Thea se estableció en medio de la acerca y alzó los brazos al cielo. Era gracioso y a la vez sensual verla con esa sudadera que le quedaba grande y que nada tenía que ver con sus pantalones cortos.

—¡Hola, Liverpool! —exclamó—. Te extrañé.

La abracé por la espalda, tomándola de la cintura, y la alcé para dar unos pasos con ella cargada sobre mi torso. Rio, aferrándose a mis antebrazos a la vez que movía los pies a centímetros del suelo.

—Buscaré a dónde dormir —dije mientras la liberaba.

—Espera —sugirió, apoyando una mano sobre mi pecho—. Antes de encerrarnos en alguna parte, demos una vuelta.

Caminamos por la calle Bolton hasta el edificio de un hotel. Luego dimos vueltas sin rumbo por cualquier sitio que nos apeteciera.

—¿Entramos ahí? —preguntó Thea, señalando un pub.

Terminamos en un subsuelo, bebiendo cerveza irlandesa y riendo de tonterías mientras escuchábamos a una banda que tocaba canciones clásicas de los 80. Como allí hacía calor, Thea se quitó la sudadera. Nos besamos mientras nos acariciábamos las piernas hasta que la banda comenzó a tocar *Black Velvet,* una canción de Alannah Myles.

—¡Amo esta canción! —exclamó Thea y se levantó.

Giré en la silla y la divisé entre un pequeño grupo de gente que también estaba de pie, moviendo los pies al ritmo de la música. El baile sensual de Thea acompañaba la canción. Me sentí hechizado por su libertad, pero también tuve la sensación de que me encontraba en un sueño del que, tarde o temprano, iba a despertar. Fui consciente de que ella atraía todas las miradas. Las masculinas, en particular, me hicieron sentir bastante inseguro. Seguía sin comprender del todo por qué, teniendo a tantos para escoger, Thea se había quedado conmigo.

Un chico más grande que nosotros se le acercó. Pensé en ponerme de pie y aproximarme, en caso de que ella necesitara ayuda. Pero ¿qué podía hacer? Sin dudas se desenvolvía mucho mejor que yo.

No alcancé a entender lo que él le decía. Thea negó con la cabeza. Después de otra intervención de él, ella rio. Tocó el brazo del sujeto como una especie de despedida y regresó al mostrador. Estaba resplandeciente.

Apoyó los pechos en la tabla de madera, estiró un brazo para que el barman la viera y señaló la botella vacía con la intención de ordenar otra. El chico deslizó una cerveza desde el otro lado de la barra. Ella la atrapó.

—¡Gracias! —exclamó, gesticulando para que él entendiera. El barman le devolvió un gesto con la cabeza.

A continuación, Thea se dio la vuelta. Apoyó un codo sobre la barra y la cadera contra el muro de piedra. Dobló la rodilla para asentar también el pie y bebió del pico. Su pelo rubio caía sobre su piel pálida, que parecía brillar con la luz negra.

—¿Qué te dijo? —pregunté.

—¿Quién? —consultó ella.

—El tipo que se te aproximó mientras bailabas.

Me miró con el ceño fruncido.

—¡No me digas que te pusiste celoso! —exclamó, riendo.

—No. Pero no me gusta que te molesten.

Giró de costado y dejó la botella sobre la tabla de madera a la vez que suspiraba. Me miró de frente enlazando los dedos de la mano libre con la que pendía del mostrador.

—Sé honesto: lo que no te gusta es que me deseen. Lo único que debería importarte es que yo solo te deseo a ti.

—¿Y si alguna vez ya no es así? Quiero decir… ¿Qué ocurre si me enamoro de ti, pero un día te aburres y tan solo te vas, como sueles hacer? —pregunté, dejándole entrever mi temor.

—¿Tengo el aspecto de las que tan solo se aburren y se van?

—Convengamos que ya lo has hecho dos veces.

—Para tu información, no me aburro de la gente que quiero, Cam. Además, quedamos en que no desapareceré más. ¿Podemos acordar que tú dejes de creer que lo haré? ¡Confía en mí! Después de todo, me ofreciste que tuviéramos una relación. Tendrás que superar tus miedos o dejarme antes de que sea demasiado tarde.

No soy estable, ni la chica de los sueños de nadie, pero soy honesta y leal.

—Lo sé. Perdona, no quiero que terminemos si acabamos de empezar.

—Entonces ¿por qué estamos hablando de eso?

—Tal vez porque un tipo intentó tirarse a mi novia sin importarle que yo estuviera aquí y eso me hace sentir inseguro.

Thea sonrió, enternecida.

—No le des tanta importancia. No se dio cuenta de que me hallaba contigo. Tan solo le informé que estaba acompañada y se retiró con amabilidad —respiró hondo—. No dejaré de ser yo misma por los varones. Pueden desearme cuanto quieran, no me interesa. ¿Te sentirás de esta manera cada vez que algo así suceda? Porque, para que lo sepas, sucede bastante a menudo.

—Supongo que es el precio a pagar por salir con una chica tan hermosa.

—Gracias. Tú también lo eres.

—Y llamativa.

—Me alegra que me veas así —determinó y me dio un beso en la mejilla. Luego se acurrucó contra mi pecho—. ¿Por qué no nos vamos? Creo que la cerveza está haciendo efecto y ya tengo sueño.

—¿Quieres que te deje dormir? —susurré, acariciándole la cintura, decidido a superar cualquier sentimiento que interfiriera en nuestro vínculo. La sentí reír junto a mí.

—A decir verdad, no.

Antes de salir del pub, busqué un hotel cercano en el móvil e hice la reserva por internet. Cuando mis padres vieran los gastos de mi tarjeta de débito, se sorprenderían. Por suerte, ahorraba el dinero sobrante de mis mensualidades y tenía para pagar varios de esos viajes relámpago con Thea. Cuanto más lejos estuviera de mi casa, más libre me sentía.

Por supuesto, casi no dormimos. Comenzamos a besarnos en el elevador, nos tocamos en el pasillo y entramos a la habitación quitándonos la ropa. Si acaso alguien miraba las cintas de seguridad, se habría hecho un festín con nuestras demostraciones de deseo.

Desperté cuando amanecía, después de haber dormido apenas una hora. Mi brazo estaba extendido sobre la cama, pero Thea ya no se hallaba sobre él. La vi desnuda, sentada en el suelo con la espalda contra la cama. Escribía en un anotador que había visto en la madrugada sobre la mesita.

—Thea… —susurré.

Cuando me miró con sus grandes ojos azules y su sonrisa juguetona, sentí que mi mundo se sacudía. *¿Qué ocurre si me enamoro de ti?*, me pregunté otra vez. Era demasiado tarde: ya me sentía así.

—Estoy reescribiendo nuestra canción —explicó con calma.

—¿Ya la tienes? Quiero escucharla. —Negó con la cabeza, estirando su mano para entrelazar sus dedos con los míos—. ¿Cómo se llama?

—"Asfixia".

—No suena muy alentadora —reflexioné, riendo.

—Lo es a su modo.

—Léeme una parte.

—*Porque los que se asfixian respiran juntos.*

Medité acerca de la frase por un momento.

—Tienes razón, es alentadora a su manera. Y me gusta mucho.

—Todavía no la has oído, solo conoces dos versos.

—No me hace falta oírla, sé que me gustará mucho porque es cierta.

—Lo que hiciste en la piscina es una metáfora de nosotros mismos. Tú me diste aire. ¿Puedo dártelo yo a ti?

—Ya lo estás haciendo.

Hizo el papel a un lado y llevó su cuerpo de sirena hacia el mío. La abracé por la cintura mientras nos besábamos, comenzando así el ciclo del sexo de nuevo.

Despertamos al mediodía, poco después del horario en que debíamos abandonar la habitación y bastante tarde para recorrer todo lo que queríamos. Por eso nos dirigimos solo a los sitios que más nos interesaban antes de tener que regresar a la estación para tomar el tren de regreso a Londres.

En el museo de los Beatles, Thea le quitó el sombrero a una figura de cera y me pidió que le tomara una fotografía.

—¿Qué maldita obsesión tienes con romper las reglas? —protesté entre dientes, molesto pero sonriente.

Ella posó para la foto guiñando un ojo. Por suerte, nadie se dio cuenta de su osadía.

Regresar a nuestra ciudad se sintió como volver a una prisión sin celdas ni barrotes, pero con la misma oscuridad. Me despedí de Thea en la estación del metro y conduje hasta mi casa despacio, consciente de lo que me esperaba al atravesar la puerta del garaje.

Tal como suponía, mis padres salieron a recibirme con expresión desencajada.

—¿Por qué no atendías el teléfono? —protestó mi madre—. ¿Sabes el miedo que pasamos?

—Les avisé que no respondería durante unas horas —contesté bajando del coche.

—¡Durante unas horas, no por dos días! ¿A dónde pasaste la noche?

—Estoy bien, eso no importa.

—Escúchame con atención —dijo mi padre, adelantándose un paso—. No volverás a hacer algo así. No eres un niño para actuar de forma egoísta y caprichosa.

—Si ya no soy un niño, tengo derecho a tomar mis propias decisiones.

—¿Qué ocurre contigo? —bramó mamá, al borde del llanto.

No quería que se pusiera tan mal. Respiré hondo, bajé la cabeza y procuré terminar con la discusión.

—Lo siento —dije con calma—. No quise asustarlos. La próxima vez intentaré ser más preciso. Con permiso.

Me dirigí a la puerta que llevaba al interior de la casa esquivando a papá.

En mi habitación, encendí el móvil y leí sus mensajes. Al principio, no aceptaban mi decisión y me pedían que regresara a casa con urgencia.

Una vez que se dieron por vencidos, mi madre volvió a mencionar a Thea.

¿Estás con esa chica de nuevo? Temo que termines herido en tus sentimientos. Por favor, no hagas algo de lo que luego te arrepientas.

¿Cómo podían creer que una persona que acababa de conocer me transformaría? Todo partía de mí: me había cansado de esa vida mucho antes de que Thea apareciera. De hecho, la había conocido intentando modificar mi realidad.

Lo siento, pensé. *Esta vez sé que vale la pena pelear por mi elección. Jamás me arrepentiré de ser libre.*

22

Thea

—¿Vas a contarme por qué tienes esa cara de estúpida o me obligarás a adivinarlo? —preguntó Daisy, devolviéndome a la realidad de golpe.

—Lo siento —dije. Bajé la cabeza con una sonrisa y procuré seguir leyendo—. "Intentaba provocar a Darcy para que se desilusionase de la joven, hablándole de su supuesto matrimonio con ella y de la felicidad que…".

—¡Calla, niña! —protestó—. No sigas con una novela del 1800 cuando puedes contarme una actual.

Reí con ganas, hice el libro a un lado y me acerqué a ella. Me senté en el suelo, delante de su silla acolchada, y me mordí el labio.

—Mira esa mirada de tonta —masculló la abuela, haciéndome reír de nuevo.

—¿Qué quieres saber?

—Todo.

Me froté los labios y comencé con el relato.

—Hubo algo que dijiste que me hizo pensar. Hice un par de cosas locas hasta que el chico del que te hablé y yo nos reencontramos el viernes. Terminamos viajando a Liverpool esa misma noche. Fuimos a un pub, bebimos un poco y reímos mucho. No sé de qué, ni siquiera lo recuerdo. Pero lo pasamos muy bien. En la madrugada nos fuimos a un hotel. No quieres detalles de lo que hicimos ahí.

—Oh, sí que los quiero —dijo Daisy con tono travieso.

—Bueno, te los doy al final. Al otro día fuimos a recorrer algunos museos y luego regresamos. La cuestión es que en esa conversación que tuvimos antes de viajar acordamos que estamos en una relación. ¿Entiendes? Yo, en una relación. ¡Hasta hoy no puedo creerlo!

—¡Qué alegría, Thea! ¿Cómo lo pasaste en el viaje?

—¡Como nunca! Fui muy feliz.

—¿Viste que valía la pena?

Sonreí y no pude evitar tomarle una mano, presa del cariño infinito que ella me despertaba. Cuando la miraba, veía un pedacito de mi abuela en sus ojos, un trocito de lo que había sentido al ser amada. Su piel arrugada bajo mis dedos y sus nudillos huesudos me ayudaban a imaginar cómo habría sido mi abuela si hubiera alcanzado su edad.

—Tenías razón, como todas las personas sabias —admití—. ¿Qué quieres hacer hoy?

—Podemos practicar un poco de ajedrez si te aburriste de leer.

—¿Pasaremos el día encerradas otra vez? Está precioso afuera.

Pronto se terminará el verano y disfrutar del buen clima se transformará en un sueño. Al menos salgamos al jardín.

La ayudé a levantarse, le ofrecí mi brazo para que se apoyara y salimos despacio. Una vez en el jardín, acomodé una silla para ella y otra para mí en medio del rosedal y me dispuse a leer una vez más.

—Espera —pidió—. Mejor cuéntame un poco más de ti. ¿Te gusta leer o solo lo haces por mí?

—Más o menos —confesé—. No me disgusta, pero tampoco soy de elegir libros de ficción como pasatiempo. Prefiero leer acerca de filosofía, física cuántica y ciencias alternativas.

—¿Por ejemplo?

—Vidas pasadas y energía. ¿Conoces a Stephen Hawking?

—El físico.

—Sí. Según leí en un libro, la muerte no existe. Antoine Lavoisier dijo en el siglo XVIII que la materia no se crea ni se destruye, solo se transforma. Einstein retomó esa teoría para hablar de la energía. Hawking la aplicó también, en su caso a los agujeros negros. Quien viera a otro ingresar allí, percibiría su desintegración, pero quien se está desintegrando no lo notaría. Es decir que la muerte solo la experimentamos quienes continuamos en nuestro cuerpo material dentro de este plano, porque ya no podemos ver a nuestro ser querido en la misma forma. Si nosotros también somos energía, no importa que nuestro cuerpo desaparezca: en lugar de morir, nos convertimos; quizás en una especie de conciencia universal, en una parte del todo.

—Suena muy interesante. Podrías leerme sobre esos temas alguna vez.

—Por supuesto. Si quieres, ahora puedes decirme tu fecha de nacimiento, y yo te contaré cuál es tu número de vida según la numerología y qué significa.

—¡A ver!

Me dijo su fecha, y yo calculé mentalmente su número.

—Seis. Las personas de este número son almas románticas y sensuales. Aprecian la armonía, la estética y la belleza.

—Supongo que algo de razón tiene esa teoría: soy así. Volviendo a la ficción, ¿no te molesta leer para mí?

—¡En absoluto! Utilizo frases célebres que encuentro en internet en mis estados de las redes sociales; también puedo extraerlas de libros. ¿Entiendes a lo que me refiero?

—No mucho. Le he pedido a mi nieta que me explicara sobre internet varias veces, pero nunca tiene tiempo. Tenemos unos parientes en Italia. Perdí su dirección de correo postal. Quisiera escribirles por ahí en algún momento. Supongo que se puede hacer eso.

—Podemos hacer de todo. Incluso una videollamada para que hablen viéndose.

—¿Me ayudarías con eso un día de estos?

—¡Claro! Siempre que me digas sus nombres y apellidos, me las ingeniaré para encontrarlos.

—¿Y la ropa? ¿La diseñas en papel o en un ordenador?

—No sé dibujar con el nivel que se necesita para diseñar —respondí, negando con la cabeza—. Tan solo la imagino y la confecciono en la máquina o con las agujas.

—Es decir que no conoces la parte profesional del diseño, pero sí la práctica. ¿Te gustaría aprender?

—Daisy, trabajo cuidándote. Es evidente que no tengo una familia que me apoye económicamente para ir a la universidad. Tampoco creo que me haga falta. Es decir… No puedo dedicarme al diseño de indumentaria. Tan solo seguiré fabricando mi propia ropa y haciendo algunas reparaciones gratis para mis amigas. A veces me piden que les arregle prendas que quieren mucho y no desean sustituir por otras. Ah, y tengo que terminar la bufanda que comencé a tejer para mi... novio.

—¿Puedo verla?

—¡Por supuesto! Justo ayer le envié una fotografía a mi mejor amiga para que viera cómo está quedando —conté mientras buscaba la imagen en el móvil—. Si fuera por mí, la haría de varios colores, pero creo que a él le gusta más lo sobrio. Ya sabes: azul, gris, negro... Lo más informal que le he visto es una sudadera de GAP; el resto son camisas, camisetas oscuras y chombas. Aquí está.

Le mostré la imagen. Ella puso una mano en arco sobre el móvil para ocultar la claridad del sol y se aproximó.

—Me cuesta mucho ver sin las gafas —explicó.

Agrandé la imagen y fui moviéndola para que pudiera apreciar los detalles.

—¿Ahora ves mejor? —consulté.

—Me gusta. También me gustaría conocer tus canciones.

Volví a reír mientras apartaba el teléfono.

—Te diré los títulos de tres cuya música tengo grabada en el móvil y tú escogerás una. Cantaré esa. Otro día puedo traer la guitarra y mostrarte otras; suenan mejor con acompañamiento en vivo. "El lobo que alimentas", "Como las cenizas", "Sin despedidas".

—Todas parecen muy significativas. ¿Por qué me obligas a elegir una sola?

—Porque es mejor dar un poco cada día que todo de una sola vez —contesté, guiñándole un ojo.

—De acuerdo. Vamos con "El lobo que alimentas".

Puse los ojos en blanco y suspiré.

—¿Tenías que elegir la más difícil? Bueno...

Busqué la música en el móvil, la activé y comencé a cantar después de la introducción.

Am
Every time you open the door
 	
    G   F   Em
And I notice that you're not alone
 	
    Am   Em
I try to lock down my feelings
 	
  Dm
So I don't hear from you
 	
  G
The things that you should keep alone
	Am
	Cada vez que abres la puerta
	
	    G F Em
	Y me doy cuenta de que no estás sola
	
	    Am Em
	Intento cerrar mis sentimientos
	
	  Dm
	Para no escuchar de ti
	
	  G
	Las cosas que deberías mantener en la intimidad

Em
'Cause the wolf you feed
 	
Dm
Is eating you
 	
Em   Dm
And the doors that I close
 	
Break our love
I hope that you listen
That you change your feelings
  G
I just want to know we're two
	Em
	Porque el lobo que alimentas
	
	Dm
	Está devorándote
	
	Em Dm
	Y las puertas que cierro
	
	  Dm
	Quiebran nuestro amor
	Espero que escuches
	Que cambies tus sentimientos
	  G
	Solo quiero saber que somos dos

Am
Every time I listen to your voice
 	
    G   F   Em
Fear grows up inside the room
 	
        Am   Em
Keys aren't enough to bring peace
 	
  Dm
The wolf is getting so big
	Am
	Cada vez que oigo tu voz
	
	    G F Em
	El miedo crece dentro de la habitación
	
	        Am Em
	Las llaves no son suficientes para traer paz
	
	  Dm
	El lobo se está volviendo demasiado grande

G *I wonder if you're still you*	*G* Me pregunto si aún eres tú misma
Em *'Cause the wolf you feed*	*Em* Porque el lobo que alimentas
Dm *Is eating you*	*Dm* Está devorándote
Em *Dm* *And the doors that I close*	*Em* *Dm* Y las puertas que cierro
  Break our love *I hope that you listen* *That you change your feelings*	*Dm* Quiebran nuestro amor Espero que escuches Que cambies tus sentimientos
G *I just want to know we're two*	*G* Solo quiero saber que somos dos

Cuando la música acabó, mi voz murió en una lenta agonía. Me sentí extraña, como aliviada y a la vez al descubierto.

—Es preciosa —susurró Daisy—. ¿En qué te inspiraste?

—En mi madre.

—Y el lobo son…

—Sus problemas.

—Entiendo. ¿Tienes alguna más alegre?

Me hizo reír.

—Sí, claro. Cuando traiga la guitarra te mostraré "La fiesta del adiós".

—¿De qué se trata?

—De mandar a la mierda a la gente que nos hace mal.

—¡Eso me agrada!

Esa tarde emprendí el regreso a casa haciendo planes. Me dedicaría a tejer la bufanda una hora, después tenía que limpiar un poco y, por último, le había prometido a Ivy que nos veríamos, ya que no había podido reunirme con ella el sábado y el domingo le había tocado trabajar.

Cuando llegué al condominio y vi algunos coches de la policía en la puerta de mi edificio, el corazón casi se me salió del pecho. Corrí por las escaleras hasta que un oficial me detuvo antes de llegar al segundo piso.

—¿Hacia dónde se dirige? —consultó.

—Voy a mi apartamento.

—Lo siento, deberá esperar un rato.

—¿Por qué? —*Que no se trate de mi madre, por favor,* pensé para mis adentros.

—Estamos en medio de un procedimiento.

—¿Es en mi casa? —pregunté, haciéndome la desentendida. No contestó—. ¿Conoces al oficial Jack o al jefe Richard? Son mis amigos. —Tampoco respondió—. Déjame ir al baño, te lo ruego. Estoy indispuesta y me puse el tampón hace seis horas.

—Por favor, retírese.

¡Maldita sea! ¿Por qué hablar de asuntos femeninos no resultaba con ese oficial?

—¿Quieres que manche toda la escalera? —Como tampoco contestó ante ese intento, no me quedó más opción que retroceder—. Por tu culpa tendré que cambiarme el tampón en lo de un vecino. ¿Te parece justo?

Me retiré fingiéndome ofuscada, pero en realidad tenía el corazón en la boca. En lugar de salir del edificio, golpeé la puerta de una vecina del primer piso y le pregunté si sabía qué estaba ocurriendo.

—Parece que Antoine andaba robándoles a los turistas en el metro. Están buscando pruebas.

Respiré, aliviada. Me apenaba el pobre Antoine, porque a pesar de lo que hacía para vivir era un buen tipo, pero él se había buscado el problema.

—Los oficiales no me permiten llegar a mi casa. ¿Tienes idea de si mi madre está ahí? —Temía que golpearan a nuestra puerta por alguna razón y que ella les abriera drogada.

—Creo que la vi salir para la cafetería hace unas horas. —Respiré con alivio—. ¿Quieres esperar aquí?

—No, está bien. Visitaré a una amiga. Gracias. Nos vemos.

Mientras caminaba hasta la casa de Ivy, le avisé que llegaría antes y le envié una advertencia a mi madre.

Thea.

No regreses a casa, la policía está en nuestro piso por Antoine. Dime que no dejaste ninguna sustancia por ahí. No puedo vivir con el terror de que un día tengan una orden para allanar nuestro apartamento y acabemos las dos entre rejas.

Molly.

No te preocupes; si eso sucede, les diré que son tuyas. Como eres menor de edad, las dos nos salvaremos.

Thea.

¡¿Estás loca?! Ya no soy menor de edad, tengo dieciocho. ¡No puedo creer que ni siquiera sepas cuántos años tiene tu hija! No vayas a meterme en problemas. Y, en tal caso, si fuera menor de edad, te harían responsable.

Molly.

Estoy trabajando, Thea. Deja de escribir tonterías.

Odiaba su manera déspota de decirme que nuestras vidas le importaban una mierda.

Fui a lo de Ivy y pasamos allí algunas horas contándonos nuestros asuntos.

Cuando regresé a casa, la puerta del apartamento de Antoine tenía una cinta policial cruzada, pero al menos la mía estaba intacta. Entré intentando adivinar si había alguien adentro por los sonidos. De ser así, esperaba que solo se tratara de mi madre y no de alguno de sus amigos. Por suerte, comprobé enseguida que estaba sola.

Tejí durante tanto tiempo que me salteé el horario de la cena. Mientras comía un sándwich, conversé un rato con Cam por mensajería. Antes de dormir, hicimos una videollamada.

Me explicó que el siguiente sería el último fin de semana libre que tendría antes de volver a la universidad y que quería invitarme a la playa para disfrutarlo. Acepté sin cuestionamientos; necesitaba el oxígeno y la luz que solo encontraba a su lado. Lo mismo que yo, según él, también podía brindarle.

23

Cam

—¿TE VAS DE NUEVO? —CONSULTÓ MI MADRE AL VERME BAJAR LAS ESCALERAS con una mochila bastante llena colgada del hombro. Desde que habían regresado de las vacaciones y me habían encontrado con Thea, no habían vuelto a pasar los fines de semana en lo de mis abuelos. No podía creer que siguieran preocupados por mis decisiones.

—Dinos que vas a estudiar a lo de Noah y que ahí llevas libros —rogó papá.

—Iré a Brighton con Thea —expliqué sin vueltas.

—Hijo… —murmuró mamá y suspiró con resignación.

—¿Quién es Thea? —consultó mi hermanita.

—Es una amiga —dije para no infartar a mis padres.

—¿Puedo ir contigo?

—¡No! —clamaron mis padres al unísono.

—Cam, ven aquí —solicitó mi padre, levantándose de su lugar en el desayunador para acercarse.

Apoyó una mano sobre mi hombro y me condujo hacia el garaje, donde mi hermana no pudiera oír nuestra conversación. Era justo hacia donde me dirigía.

—Tenemos miedo de que esa chica te decepcione.

—Por favor, no empieces. Es mi último fin de semana antes de retomar la universidad, déjame que lo disfrute a mi manera —contesté, mirando a un costado para evitar la sensación de que estaba defraudándolo.

—¿Por qué no nos cuentas de ella? ¿Qué tiene que no puedas encontrar en otra? Créeme: tendrás tiempo de conocer a alguien que se ajuste más a tu estilo de vida.

—¿Mi estilo de vida? No es mío, sino tuyo y de mamá. Papá, estoy llegando tarde, lo siento.

Abrí la puerta de atrás y dejé la mochila en el asiento. No pude cerrar porque mi padre me retuvo tomándome del brazo.

—Está bien. Si lo que necesitas es pasar tiempo con ella para… tú sabes… intentaré convencer a tu madre de que se tranquilice. Supongo que le ayudará saber que tu relación con esa chica es pasajera.

—Pueden creer lo que gusten.

Lucky saltó dentro del automóvil de forma inesperada.

—¡Ey, abajo! —ordené. Pero él ya estaba sentado con la cabeza en medio de los asientos delanteros, esperando para dar un paseo—. Dije "abajo" —repetí, metiendo medio cuerpo dentro del coche para intentar sacarlo.

Mientras tanto, mi madre apareció y comenzó a regañarme como si fuera un niño. Mi padre intentó detenerla. Ella terminó nerviosa y ofuscada.

—No irás a ninguna parte —determinó—. ¿Qué es eso de "no podré responder por unas horas", "me voy a Brighton con Thea"? No harás lo que te plazca mientras vivas bajo nuestro techo.

—Mamá... —intenté explicarle.

—Haz que el perro se baje, cierra la puerta del coche y ven a desayunar con nosotros como de costumbre.

—No puedo. Ya le expliqué a papá que...

—¡No me importa el arreglo que hayas hecho con tu padre! —dijo, y le dedicó una mirada asesina.

Si no me iba en ese instante, corría el riesgo de que él se arrepintiera de lo que había dicho y se volviera en mi contra de nuevo. Además, ya no podía sostener la discusión sin sentir que era el peor hijo del mundo. Dejé de intentar que Lucky descendiera. Cerré la puerta de atrás y me metí en el automóvil.

—¡Camden! —bramó mamá.

Encendí el motor a la vez que presionaba el botón para que se abriera el portón automático. Los segundos que tardó en moverse al compás de las protestas de mi madre me resultaron eternos; tenía que huir lo antes posible. Miré por el espejo retrovisor esquivando la cabeza de Lucky, controlé que nadie estuviera pasando, puse la reversa y salí con una horrible sensación de ser una mala persona.

Mi padre intentó retener a mi madre; supuse que estaría diciéndole que a mi edad todos los chicos necesitan tener sexo y que mi relación con Thea no era más que para eso. Aunque me sintiera mal por mi novia, me convenía que él pensara que en unos días, cuando retomara la universidad, me olvidaría de ella y me encandilaría con otra.

Conduje en modo automático, con la cabeza llena de escenas donde mi familia terminaba en algún asunto trágico por mi culpa. No podía creer que, habiendo visto a Thea una sola vez, estuvieran tan convencidos de que no me convenía. Quizás el problema no era ella en sí misma, si ni siquiera la conocían y tan solo la prejuzgaban por un vestido, sino que me distrajera de los objetivos que ellos habían trazado para mi vida.

La verdadera pregunta era por qué yo no hacía algo para que le dieran una oportunidad, más allá de luchar por mi derecho a tomar mis propias decisiones. La respuesta era sencilla: sabía que, de pasar tiempo con ella, en lugar de confiar, se espantarían. Thea era todo lo contrario a lo que pudieran querer para su hijo, incluso era lo opuesto a lo que yo había imaginado alguna vez para mí mismo. Me asusté al darme cuenta de que, antes de ella, todas las chicas que me habían atraído en realidad se parecían bastante a lo que ellos querían.

El ruido ensordecedor de una bocina me devolvió a la realidad. Frené de golpe, justo antes de pasar un semáforo en rojo, y dejé escapar el aire de manera explosiva. Tenía que calmarme. Ir a la playa con Thea era lo mejor que podía hacer para volver a respirar.

Cuando apareció en la estación de metro donde habíamos quedado que la recogería, me llené de una hermosa expectativa que logró opacar todo lo demás. Se había atrasado, como siempre, por eso caminaba deprisa. Su rostro se iluminó en cuanto vio mi auto. Por el sitio al que se dirigió su mirada, supe que estaba contenta por la presencia de Lucky.

Subió al coche, dejó su mochila en el sitio donde iban sus pies y me dio un beso fugaz en los labios a la vez que me acariciaba una mejilla. Se puso el cinturón de seguridad y giró para acariciar al perro en la cabeza, moviéndole las orejas. Comenzó a decirle cosas bonitas, entre ellas que lo había extrañado y que era el mejor chico del mundo. Lucky estaba en el cielo.

—Como si no tuviera suficiente con los demás tipos, ahora también estoy celoso de mi propio perro —bromeé mientras conducía. Thea rio.

—Ay, pobrecito el cachorrito —dijo refiriéndose a mí, pero no por ello dejó de mimar a Lucky.

Agradecí el siguiente semáforo en rojo porque me permitió admirarla. Se había puesto un pantalón muy corto roto y una camiseta blanca con un par de botas marrones. Era la ropa más sencilla que le había conocido hasta el momento, pero por alguna razón se veía especial en ella, tanto como la trenza que se había hecho hacia un costado. Por primera vez, tampoco llevaba demasiadas alhajas, apenas un anillo delicado en la mano izquierda, una cadenita con un dije pequeño y los *piercings* de las orejas, unos dorados con arandelas y estrellitas.

—¿Me veo bien? —consultó y me miró de repente.

—Demasiado —confesé. Ella sonrió.

—Qué bueno, porque tú también. No tanto como tu perro, pero igual me gustas.

Tuve que volverme hacia el frente para seguir conduciendo mientras reía.

—No sé qué le ves. Él es desaliñado y se babea. En cambio yo intento vestirme bien y me peino.

—Tú también te babeas, solo que dormido.

—¿De verdad? —pregunté preocupado, y la miré por un segundo. Su carcajada invadió el coche.

Ni bien salimos de la ciudad, subimos el volumen de la música. Thea se descalzó y puso los pies sobre el tablero mientras leía un libro de un autor con apellido raro.

—¿De qué se trata eso? —pregunté con interés. Miró la tapa y luego, a mí.

—Filosofía de Schopenhauer. Según este libro, para él existen dos maneras de trascender la individualidad: el amor y la muerte. Eros y thanatos, enraizados en el deseo sexual. También explica qué es la voluntad, el ideal budista del nirvana o calma absoluta que aniquila el deseo de vivir, la contemplación estética en el arte como medio para escapar del dolor y mucho más.

Permanecí un instante en silencio.

—¿Recuerdas cuando me dijiste que te asombraba que los estudiantes de Medicina fuéramos capaces de retener tantos conceptos? Bueno, a mí me asombra que algunas personas puedan entender estos; yo no alcancé a procesar ni la mitad de lo que dijiste. También mencionaste que no entendías cómo nos ingeniábamos para convivir con el sufrimiento ajeno a diario. Me pregunto cómo ustedes pueden vivir cuestionándose todo. Creo que, si me pusiera a pensar qué otras formas de existencia son posibles o por qué el amor y la muerte comparten un mismo origen, enloquecería.

—Al menos retuviste lo de la raíz sexual. Eso es lo importante; recuérdalo para esta noche —bromeó antes de retomar la lectura.

Estábamos llegando a Slough Green cuando Lucky comenzó a dar vueltas en el asiento.

—Creo que tu perro quiere cagar —dijo Thea, apartando el libro una vez más—. Perdón, defecar.

—¿Por qué esa corrección? Haces siempre lo que quieres, ¿qué problema hay con la palabra "cagar"? —pregunté, riendo.

—Le prometí a mi abuela que mejoraría mi vocabulario. Ella siempre protestaba porque yo decía muchas groserías. No puedo andar por la vida de esa manera. —Giró la cabeza y bajó los pies del tablero de golpe—. Sal de la carretera. Será mejor que bajemos en algún campo si no queremos viajar con el olor a mierda... a heces hasta Brighton.

—"Defecar" y "heces". Ya pareces una estudiante de Medicina —bromeé—. No puedo entrar en un campo tan solo así. Son privados.

—¿Y?

—Podemos meternos en problemas.

—¡Ah! No seas miedoso. Mira la cantidad de hectáreas que nos rodean. No ingreses por la calle principal, toma una lateral y entremos por algún lugar donde no veamos casas cerca. Si aun así alguien nos encuentra, puedo ocuparme.

—¿Mandándolos a la "mierda"?

—Les pondré alguna excusa, como que no nos dimos cuenta, y nos dejarán ir creyendo que somos dos tontos. —Señaló una salida—. ¿Vamos por ahí?

Abandoné la carretera y conduje por una calle hasta encontrar un camino lateral, tal como Thea había propuesto. Anduvimos unos minutos por un bosque espeso; sabíamos que, detrás de la maleza, había campos, pero resultaría imposible atravesarla para ingresar en ellos.

De pronto, apareció una calle con un anuncio de que era privada. Nos miramos.

—Es esto o que tu auto huela a mierda —expresó Thea.

—Prefiero que huela a pescado cuando regresemos de la playa —dije, y me introduje por la entrada estrecha.

Dejé el coche escondido entre unos árboles y descendimos. Lucky fue el primero en correr por el campo; se la rebuscó bien para atravesar una cerca de madera. Por suerte, no había alambres de seguridad, y eso nos permitió saltar del otro lado tan solo colocando un pie sobre el último listón.

El aire puro y limpio de ese campo de color verde intenso con flores amarillas y violetas se convirtió en una de las experiencias más bellas que había vivido en mucho tiempo. El sol resplandecía sobre nosotros, transformando todo en luz. Thea comenzó a correr, y Lucky fue tras ella.

Lo que tenía que ser una parada de cinco minutos se transformó en un día de campo. Pasamos horas en la hierba, conversando. Thea cantó acostada y, en otro rato, nos sentamos. Lucky se acercó y ella le dio un abrazo.

Almorzamos los sándwiches que yo llevaba en la mochila. Después de eso, tuvimos que hacer un esfuerzo para no quedarnos dormidos junto al perro. Permanecimos sentados; Thea con la cabeza apoyada en las manos, que a su vez estaban sobre sus rodillas. Para entretenerme, reuní algunas flores pequeñas del césped que nos rodeaba y las acomodé entre sus dedos, sobre la mano en la que llevaba la sortija.

Levantó la cabeza y me miró con una sonrisa.

—¿Qué significan? —pregunté, acariciando algunos de los pequeños tatuajes que decoraban sus brazos.

—Muchas cosas. Otros, nada; son artísticos.

—Solo entiendo el de tu signo del zodíaco. El que más me intriga es el de tus costillas.

—Stella. Es el nombre de mi abuela. Significa "estrella" en latín, una lengua muerta.

—Sé lo que es el latín. En taxonomía, los nombres científicos provienen de esa lengua.

—Es cierto. Olvidé que estoy conversando con un doctor.

—Aún no.

—Casi.

Contuve el aire. Pensar que en unas horas tendría que comenzar de nuevo con la exigencia de la universidad me provocó una sensación desagradable en el estómago. Miré el suelo y apreté los labios.

—No sé si pueda seguir con eso —confesé.

—¿Con qué?

—Con mi carrera.

—¿No te gusta?

Me encogí de hombros.

—Sí. Pero no puedo ser lo que mi familia espera.

—¿El mejor de la clase?

—Mi padre y mi abuelo lo fueron.

—¿Y eso qué?

—Lo sé. Ya le dije que no tengo la obligación de continuar con esa tradición familiar absurda. Pero una cosa es decirlo y otra, dejar de sentirme presionado por eso.

—Ey, mírame —susurró. Cumplí enseguida. Su mirada y su sonrisa me brindaron tanta calidez como su caricia en mi pelo y en mi mejilla—. Eres muy valioso. ¿Para qué estudias Medicina? ¿Qué te gustaría hacer con eso?

—No sé.

—Lo sabes. Sé honesto contigo mismo: ¿qué deseas?

—Mi padre quiere que trabaje en la clínica que tiene con algunos socios.

—No te pregunté qué quiere tu padre, sino qué quieres tú.

Me quedé en silencio durante unos segundos, con los dientes apretados. Tragué con fuerza y respiré hondo.

—Hay un programa en la universidad para hacer voluntariado —dije, atreviéndome a manifestar esa idea en voz alta por primera vez.

—¡Guau! ¿De qué se trata?

—De ejercer la medicina en Ruanda por un año como parte de las prácticas.

—¿Y eso te gustaría?

—Sería una experiencia interesante.

Sonrió y se humedeció los labios.

—¡Vaya! ¿Quién lo hubiera dicho? Tu espíritu es libre, pero tu mente y tu cuerpo están aprisionados.

—¿Eso qué significa?

—Que tendrás que aprender a liberarlos. Me contaste que tenías terror de defraudar a la gente. ¿Sabes qué es peor? Defraudarnos a nosotros mismos. Te gusta la medicina, pero no la idea de encerrarte en una clínica, al menos al comienzo. Quizás luego te hartes y prefieras la comodidad de tu consultorio privado antes que las miserias de este mundo. ¿Quién sabe? Nunca te enterarás si no experimentas. Y que tus padres se vayan al demonio. Ellos tienen la oportunidad de hacer lo que quieran de sus vidas cada día. Cada mañana que nos levantamos decidimos qué hacer con esas veinticuatro horas de regalo en este plano. Tú decidiste que querías pasar estas cuarenta y ocho horas conmigo. ¿Qué te impide pasar un año en el voluntariado? ¿Los deseos ajenos? Pues eso son: anhelos de otras personas, no tuyos. Que los realicen en sus propias vidas. —Suspiró—. Cam... No eres consciente de todas las facilidades que tienes. No las desperdicies, otros las aprovecharíamos. —Me guiñó el ojo y se puso de pie para ir al coche.

—¿Quieres que nos vayamos? —pregunté, confundido.

—No. Solo buscaré un suéter porque está fresco —contestó, estirándose dentro del automóvil para recogerlo de su mochila.

En esa posición, su pantalón se contrajo aun más, dejando parte de sus nalgas al descubierto. Tuve que apartar la mirada si no quería terminar teniendo sexo en un campo privado ajeno.

Regresó colocándose el suéter y me entregó su móvil.

—¿Te parece si nos tomamos algunas fotografías y seguimos andando? Todavía nos falta un buen tramo.

Logramos llegar a Brighton cuando la gente ya se estaba yendo de la playa. Thea se quitó el pulóver y la camiseta; llevaba el traje de baño puesto debajo, como yo. Se soltó el pelo y enfiló hacia la arena.

—Hace frío ahora —intenté advertirle, tomándole la mano.

Se liberó deslizando los dedos por mi palma con una sonrisa pícara y corrió al agua seguida de Lucky. Dudé por unos segundos. Finalmente, dejé de pensar que podíamos pescar un resfriado y me entregué al momento. Después de todo, el futuro era incierto; solo teníamos el presente y, en el presente, quería meterme en el mar con ellos.

Jugamos a arrojarnos agua y corrimos haciendo fuerza entre las olas. Con el ejercicio, nuestros cuerpos entraron en calor y fue más fácil soportar el frío. Cuando ya casi anochecía, salimos. Thea corrió por la playa y giró para indicarme dónde quería que nos acomodáramos. Terminamos los dos recostados en la arena, mirando el cielo azul volverse más y más oscuro. Estiré una mano y le acaricié el pelo. Si no fuera por ella, durante ese rato en el que había sido tan feliz, mi mente y mi cuerpo tampoco hubieran sido libres. La luz de Thea se irradiaba por todo mi ser, y era tan fuerte el encandilamiento, que la besé.

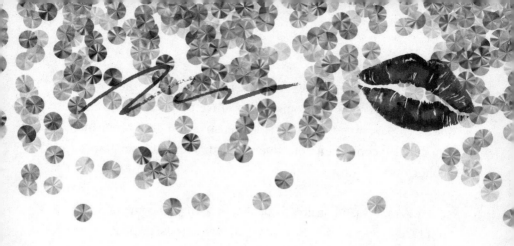

24

Thea

Nunca pensé en el amor como una manifestación sensible y no solo como una idea. Lo experimenté con mi abuela, con mis amigas y con Daisy. De algún modo, también con mi madre, de lo contrario, ya la habría abandonado. Pero en el amor de una persona que pudiera convertirse en un compañero o compañera de vida con sexo de por medio, jamás. No entendía por qué no podía evitar pensarlo mientras Cam me besaba, ni por qué me parecía a cada instante más atractivo. ¿Quién quería irse de voluntario a Ruanda? Si al final decidía llevar adelante sus deseos en lugar de los de sus padres, me perdería en él para siempre.

—¿Cómo fue que se te ocurrió traer al perro? —pregunté.

—Subió al coche y no quiso bajar. Tuve que irme rápido, así que se vino conmigo. Ahora que lo pienso, es un gran problema: será difícil encontrar un hotel que acepte una mascota tan grande. ¿Dónde dormiremos?

—Yo sé.

Me senté y sacudí la arena que recubría mi pecho, mi vientre y mis brazos. Después hice lo mismo con mis piernas. Le pedí a Cam que se ocupara de mi espalda. Luego yo repetí la acción con la suya.

Fuimos al auto, donde nos esperaba nuestra ropa cálida. Nos vestimos y emprendimos el incierto camino.

—Conduce en esa dirección —señalé al azar. Anduvimos un buen rato hasta que la ciudad comenzó a desaparecer detrás de la maleza.

—Thea, no sé si estemos yendo en la dirección correcta —sugirió Cam—. ¿Ya habías estado en Brighton alguna vez?

—Confía en mí. Sigue adelante.

Condujo un rato más, hasta que le indiqué un claro entre algunos árboles frondosos.

—Detente ahí.

—¿Por qué?

—¿Puedes hacerlo? —Por suerte, me hizo caso. Ni bien nos detuvimos, me miró, expectante—. Apaga el motor.

—¿Caminaremos? ¿A dónde vamos?

—Es bastante obvio —contesté, y recliné mi asiento. Me acurruqué sobre él y cerré los ojos. La risa de Cam me obligó a abrirlos de nuevo.

—¿Qué haces? ¡Vamos!

—Dormir. Tú mismo lo dijiste: será difícil conseguir un hotel donde acepten un perro tan grande. ¿Qué haremos? ¿Abandonarlo?

—Lucky asomó la cabeza por entre los asientos, como si hubiera entendido la frase.

—Ni loco.

—Entonces deja de dar vueltas y duerme. Hasta mañana, marinero.

Aunque volví a cerrar los ojos, presentí su sonrisa y, de pronto, la calidez de sus labios cubrió mi frente.

—Hasta mañana, Sirenita —dijo, y apagó el motor.

Poco después, lo oí moverse. Espié lo que hacía: estaba buscando algo en su mochila, la que había quedado en el asiento de atrás. Extrajo una sudadera y la colocó sobre mí. Hizo lo mismo con una camiseta que puso sobre su torso.

Estaba un poco adormilada cuando sentí su mano acariciando la mía. Entrelazamos los dedos y, completamente relajada, volví a conciliar el sueño.

La luz del amanecer me despertó con un reflejo anaranjado en los ojos. Estiré la sudadera para que también me cubriera la cara e intenté volver a dormir. Fue imposible.

—Cam... —susurré.

—Mmm...

—Voy al baño. Te aviso para que estés atento en caso de que ocurra algo.

—¿Qué baño? —preguntó, un poco perdido, y entreabrió los ojos.

—Aquel árbol de allá —señalé.

Busqué un poco de papel higiénico en mi mochila y salí del auto sin ponerme la sudadera ni el suéter. Hice pis muy rápido y regresé al vehículo tiritando.

—Hace frío y parece que estará nublado. Maldito clima inglés. El día que vayas a Ruanda sentirás que estás en un horno. Eso me recuerda que tengo algo para ti. No te servirá de nada cuando viajes, pero por ahora tienes un tiempo para usarlo aquí.

Continuó mirándome en silencio, como si la idea que yo había naturalizado de manera espontánea fuera para él una utopía. Busqué la bufanda gris en la mochila. La estiré y se la puse en el cuello. Pude notar que estaba entusiasmado en su mirada y en su tono cuando preguntó:

—¿Es lo que hiciste para mí?

—Ajá. ¿Te gusta?

—¡Me encanta! Gracias. Combina con todos mis suéteres.

—Lo imaginaba… Por eso no la hice de colores. Quizás la próxima me saltee esa regla. ¿Usarías igual lo que hiciera, aunque no fuera sobrio?

—Claro. Sería una buena representación del color que le das a mi vida.

Reí a la vez que me acercaba a sus labios y le acariciaba una mejilla.

—Deja de decir cosas cursis —rogué.

—¿Por qué? Es como si me pagaran para eso.

—Porque te ves muy tierno y lindo, y por tu culpa me dan ganas de hacer cosas que tu perro no debería ver.

—Está entrenado. No dirá una palabra.

—¿Estás seguro?

—Tanto como de que eres la persona más increíble que he conocido.

Era inútil pedirle que me ayudara a controlar mis impulsos. Me quité el pantalón y me senté a horcajadas sobre él. Jalé de la manivela que devolvía el asiento a la posición horizontal para que Cam pudiera apoyar la espalda y nos besamos al mismo tiempo que metía las manos por dentro de mi camiseta para deslizarlas luego por mi espalda.

Después de que nos besamos y acariciamos un rato, le desprendí el jean y él corrió de lugar la parte inferior de mi traje de baño para acariciarme íntimamente. Muy pronto los dos sentimos que era hora de más.

—Condón. Mochila —alcanzó a balbucear con mi lengua dentro de su boca y mis manos en sus mejillas.

Me estiré hacia atrás y abrí la mochila para buscar lo que necesitábamos. Mientras tanto, él continuó tocándome y besándome el brazo, por eso mi agitación aumentó.

Lucky despertó y se removió en el asiento. Justo en ese momento, encontré la caja con los condones. Extraje uno y abrí el empaque con la boca. Se lo coloqué a Cam a la velocidad de la luz.

Hicimos el amor en el coche, ocultos entre la naturaleza salvaje de los árboles, con la luz del amanecer emergiendo de la oscuridad de la noche y la mirada bondadosa de Lucky como testigo silencioso de lo que éramos: humanos y dioses en un momento perfecto de creación.

Mientras descansaba sobre su pecho, disfrutando las caricias de sus dedos en mi columna, supe que esos serían los versos de una canción. Ojalá mi mente ocurrente y caótica me hubiera servido para algo. Cam tenía muchas posibilidades; debía aprovecharlas. Haría todo lo posible para ayudarlo a que se atreviera a seguir sus propios deseos en lugar de servir propósitos ajenos, aunque eso significara seguir pareciendo la peor ante sus padres. Estaba segura de que me culparían si él era libre.

—¿Tus padres saben que saliste conmigo estos fines de semana? —indagué en susurros.

—Sí.

—¿Y qué opinan?

—¿Por qué lo preguntas?

—Para saber cuánto odio tendré que combatir en mis pedidos al universo.

A pesar de lo terrible de la frase, los dos reímos de manera silenciosa; nuestros cuerpos se movieron uno contra el otro.

—Mucho. Pero no lo dirigen hacia ti. Es decir... Se refieren a tu persona, pero lo que en realidad les molesta es que esté luchando por algo que yo quiero y ellos no. Prefieren ponerle tu nombre, porque es más fácil enfrentar a una persona que cosas tan abstractas como que tu hijo nunca será lo que esperas.

Apoyé las manos sobre su pecho y me erguí para mirarlo a los ojos.

—Entonces soy una especie de puente entre tú y tus deseos —concluí—. Una práctica, un ensayo.

—Nuestra relación es lo que más deseo en este momento y lo primero por lo que me atrevo a luchar. No quise decir que...

—No te preocupes. No me refiero a ser un puente o un ensayo de manera negativa. Creo que es positivo. Espero que nuestra relación no sea lo único que defiendas.

Volví a acomodarme contra su pecho y cerré los ojos. Cam me acarició el pelo y me besó en la cabeza.

Permanecimos un buen rato de esa manera hasta que me propuso caminar un poco. Teníamos que hacer tiempo hasta que pudiéramos volver a Brighton y desayunar en alguna cafetería.

Para bajar me puse el suéter. Me pareció inútil colocarme los pantalones cortos, así que conservé solo la parte inferior del traje de baño y las botas. Atravesamos la pequeña arboleda, saltamos una nueva cerca de madera y comenzamos a recorrer el campo de color verde intenso que se abría ante nosotros como el día anterior lo había hecho la playa.

—¡Cam! —exclamé de pronto, señalando en dirección a lo que me había obnubilado.

Corrí hasta el acantilado donde el césped se transformaba en roca y las olas del mar rompían en un espectáculo de espuma, emitiendo un sonido majestuoso. No supe por qué, a pesar de que en ese momento me sentía plena y feliz, tuve deseos de llorar. Hubiera deseado vivir así para siempre: libre, en paz.

Cam me abrazó por la espalda y yo sujeté sus manos sobre mi vientre. Contemplando la inmensidad del océano pensé que, quizás, algún día pudiéramos convertir ese instante en eternidad.

Después de tomarnos algunas fotografías, decidimos que ya era hora de regresar a Brighton y buscar una cafetería. Me puse el pantalón en el auto, mientras íbamos andando, y me peiné lo mejor que pude con el espejo del parasol. Tenía el cabello hecho una telaraña, reseco por el agua salada del mar y por la arena. Si sacudía la cabeza, todavía caían algunos granos.

Encontramos un lugar donde podíamos sentarnos al aire libre en compañía del perro. Escogimos una mesa e hicimos nuestro pedido. Aprovechamos a comprar también unos sándwiches para el almuerzo.

Tal como suponía, el día estuvo nublado, de modo que, si bien recorrimos de nuevo la playa, decidimos no meternos al agua.

Estuvimos sentados en la arena, junto a una enorme roca que nos protegía del viento fresco, hasta que comenzó a oscurecer de nuevo. Entonces noté que el ánimo de Cam había cambiado. En parte, también el mío.

—No quisiera irme —confesó.

—Yo tampoco. Pero siempre habrá algún lugar esperándonos. Ellos no se mueven. Somos nosotros los que nos trasladamos.

Nos miramos.

—Solo tendremos que resistir durante la semana. Sofocarnos cinco días y respirar dos.

Sonreímos con la mirada triste y preocupada, pero aliviados de ser cómplices. En ese instante, supe que los dos tacharíamos los días para volver a vernos como si estuviéramos en una prisión. La mía era de piedra. La de él, de oro. Las dos cumplían la misma función, y nosotros, por distintas razones, estábamos atrapados en ellas.

Tomar el metro, bajar en la misma estación de siempre y entrar a mi casa se sintió como un enorme peso en mi alma después de haber experimentado una libertad tan asombrosa. Para colmo, mamá estaba en su dormitorio con al menos dos amigos. Lo supe porque oí sus voces y sus risas.

Recogí algo para comer del refrigerador y me encerré en mi habitación poniendo llave a la puerta. Después de cenar, recogí la guitarra y compuse una parte de lo que se me había ocurrido esa mañana en el coche.

```
G
I've been told

    F
Good times always end

   Am            C
I wish I could live forever

G         F
In this instant, in this place

Am
Humans and gods

              C
In a perfect moment

      G         F
Of creation and relief

      Am
Be the bond

      C
Let's be each other's bridge

      G
And as the sun rises

            F      Am C
Turn darkness into light
```

```
G
Me dijeron que

                    F
Los buenos tiempos siempre se terminan

   Am                 C
Quisiera poder vivir para siempre

G              F
En este instante, en este lugar

Am
Humanos y dioses

                 C
En un momento perfecto

      G       F
De creación y alivio

     Am
Sé el lazo

             C
Seamos el puente uno del otro

              G
Y a medida que sale el sol

                      F      Am C
Convirtamos la oscuridad en luz
```

25

Cam

Al entrar en mi casa sentí el ambiente opresivo. Lo resistí mientras bajaba del coche hasta acostumbrarme, imaginándome de nuevo esa mañana, en el risco que separaba el campo del mar.

—Es tarde y mañana comienzas las clases —advirtió mi madre desde la puerta del garaje mientras Lucky bajaba moviendo la cola.

—Estaré bien, te lo prometo —aseguré.

—¿Dónde estuviste? Las ruedas están embarradas.

—En el campo.

—Dijiste que ibas a la playa.

—En una parte del viaje hubo un cambio de planes.

—Hueles a agua estancada. Apuesto a que ni siquiera te has bañado.

—Eso quiero hacer lo antes posible.

Me colgué la mochila del hombro, cerré la puerta del auto e intenté avanzar hacia el interior de la casa.

—¿El perro comió o lo dejaste morir de hambre? —consultó.

—Comió de lo que teníamos nosotros.

Otra vez procuré alejarme. Tuve que detenerme porque ella me habló sin moverse de lugar.

—¿Hasta cuándo te comportarás de esta manera? Tu padre intentó justificar tu fascinación por esa chica, pero está equivocado. No creo que este calvario se termine enseguida.

—Será mejor que empiecen a aceptar que tengo una relación con Thea. No sé por qué sientes tanto miedo ni por qué crees que ella me hizo cambiar de alguna manera. Cambié por mí mismo. Thea me hace bien, deberías sentirte aliviada por eso.

—¿"Aliviada"? Todo lo que siento es preocupación.

—Lo lamento. También si te sientes decepcionada por lo que estoy haciendo. Lo que más me apena es que, a pesar de lo que digas, no terminaré mi relación con Thea. Por lo tanto, tendré que convivir con la sensación de que tú estés disconforme. Con permiso.

Por suerte, no volvió a retenerme y pude entrar a la casa.

Fui a mi habitación, dejé la mochila en el suelo, busqué ropa limpia y me dirigí al baño. Evie salió a mi encuentro.

—¡Cam! ¿Por qué te fuiste? Mamá y papá discutieron por tu culpa.

Me agaché para estar a su altura, apoyé la ropa limpia en mi pierna y le sujeté los brazos a los costados del cuerpo.

—No fue por mi culpa. Fue de ellos.

—Eres tú el que ya casi no pasa tiempo con nosotros.

—Sabes que lo que más me gusta es pasar tiempo contigo, pero tengo otras cosas que hacer también. —Su mirada tierna me desarmó—. Puedes contar conmigo para todo. ¿Quieres que te ayude a hacer trampa en un examen? Lo haré. Por ti haría lo que sea.

Ella rio.

—¿Tú haces trampa en la universidad?

—No. Yo no puedo hacerlo. Imagina que por hacer eso el día de mañana no sepa cómo atender a una niña como tú y termine haciéndole cosquillas por todo el cuerpo para intentar curarle una gripe. ¿Qué pasaría? ¿Eh? —pregunté mientras le hacía cosquillas y ella reía.

Me levanté y le acaricié el pelo con intención de continuar mi trayecto hacia el baño. Ella me tomó la mano.

—¿Podemos ir a andar en bicicleta en la semana? —preguntó.

—Claro. No creo que los primeros días de clase sean tan agitados. Me haré un tiempo para que vayamos al parque.

Dejó escapar un pequeño grito acompañado de un salto de alegría y regresó a su dormitorio.

Mientras me duchaba, me asaltaron varios pensamientos contradictorios. No quería sentirme culpable, sin embargo, tampoco podía evitarlo. Comencé a preguntarme si estaba actuando mal al priorizar mi relación con Thea antes que a los míos. La familia siempre debía ser lo primero, ese era el lema de mis padres y lo que yo había aprendido desde pequeño. Pero ¿hasta cuándo? ¿Cómo formaría la mía algún día si siempre tenía que elegir esta? Supuse que mi obligación con ellos terminaría el día que me casara con una chica que cumpliera con sus expectativas.

No importaba cuánto durase mi relación con Thea: podíamos distanciarnos en unos años, como les sucedía a muchas parejas, o perdurar para siempre. El verdadero problema era que, si cedía ante lo que mis padres querían ahora, apostaba a que terminaría envuelto una vez más en sus proyectos para mí en lugar de concretar los propios. Quería lo que teníamos con Thea. ¿Por qué estaba mal desear eso? ¿A quién le hacíamos verdadero daño?

No quería trabajar en la clínica cuando me graduara, ni que mi carrera se resumiera a las experiencias de Londres. Ansiaba ir un año como voluntario a Ruanda.

No deseaba seguir reuniéndome con Noah para adelantar temas. Prefería ser libre de las presiones, aunque sea, los fines de semana.

Tampoco quería más pasar todo el tiempo con mi familia. Anhelaba salir con Thea, con Harry y con quien se me diera la gana, como había hecho mientras ellos estaban de viaje.

No me interesaba ser el mejor de la clase, ni resistía ya sentirme culpable por no llenar las expectativas de mis padres. Tampoco podía tener más obligaciones que derechos, más objetivos que deseos.

No quería priorizar a otros. Necesitaba priorizarme a mí mismo por una vez en la vida.

Con mis propósitos un poco más claros y la sensación de culpa aplacada, regresé a mi dormitorio. La paz duró solo un momento: mi padre me esperaba sentado en la cama.

—¡Por favor, necesito mi llave! —protesté, mirando la pared.

—No te preocupes, solo te robaré un momento.

Me puse a acomodar mis cosas para la universidad mientras le hablaba, así el hecho de defraudarlo se alivianaba.

—No importa cuánto tiempo conversemos, quiero privacidad cuando la necesite —dije.

—¡La tienes! Yo a tu edad…

—Ya sé que cuando tenías mi edad compartías la habitación con tu hermano y todas esas cosas.

—Camden, ¿qué ocurre contigo? Tú no eras así. No hace falta que estemos todo el tiempo en pie de guerra.

—Ustedes comenzaron con eso.

—¡No es cierto! Desde que volvimos de las vacaciones te notamos diferente. Es como si hubiéramos dejado un hijo y, al regresar, hubiéramos encontrado otro.

Apoyé la mochila con los libros, el cuaderno de apuntes y la notebook sobre el escritorio y me senté en la cama, a su lado, mirando el suelo. Respiré hondo para darme fuerzas.

—¿Puedo tener mi llave, por favor? —repetí con calma.

—En esta casa…

—Nadie tiene nada que ocultar, lo sé. Por eso les dije a dónde iba el fin de semana. Fui sincero.

—Pero no hiciste lo mismo mientras estábamos de vacaciones. ¿Cómo pretendes que ahora confiemos en ti?

—Si hubiera sido honesto en ese momento, me habrían impedido quedarme. Tienes razón: es molesto tener que mentir, no lo haré más.

—Me parece muy bien. Si también decidieras dedicarte solo a estudiar en lugar de andar por ahí con esa chica…

Al fin pude mirarlo, alzando una mano.

—Espera. No dije que cambiaría lo que quiero hacer, solo que no mentiré al respecto. El fin de semana que viene volveré a salir con Thea. También quedé que iríamos a jugar al fútbol con Harry el domingo.

—El fin de semana que viene y el otro visitaremos a tus abuelos. Hace casi un mes que no los ves.

—Lo siento, no podré ir con ustedes.

—Cam, ¡son tus abuelos! ¿Acaso no quieres pasar tiempo con ellos?

—Sí, pero también quiero hacer otras cosas. Los visitaré en otro momento. Tal vez a ellos no les moleste que vaya con Thea.

—¿Por qué llevarías a esa chica a la casa de tus abuelos? Hagamos algo: cuéntame de ella.

—¿Qué quieres saber? ¿Para qué?

—¿Estudia, trabaja, cómo está compuesta su familia?

—No creo que eso importe.

—Cada vez que evades nuestras preguntas confirmas nuestros temores.

—¿Por qué sería importante que estudiara?

—Porque tú lo haces y sería bueno que tuvieras a tu lado a una persona con tus mismos valores. La fascinación puede llevarnos a cometer errores que luego lamentaremos de por vida.

—Ni Thea ni yo queremos tener hijos por el momento, si a eso le temen, de modo que jamás nos dejaríamos llevar por la pasión, por más irrefrenable que sea. Thea no acabará embarazada, ni nos arriesgaremos a contagiarnos alguna enfermedad de transmisión sexual. Tampoco yo dejaré mis estudios porque ella no vaya a la universidad.

»Papá, ¿por qué siento que ser un buen hijo para ti implica que sea el mejor de la clase, que me dedique solo a estudiar para luego trabajar en la clínica y que me mueva con ustedes a todas partes? ¿Por qué no puedes aceptar que mi novia no sea lo que mamá y tú sueñan?

—¿Tu "novia"? ¡Esa chica no es tu novia, Cam! Es alguien con quien tienes sexo. Hablemos de hombre a hombre.

—De hombre a hombre: quiero la llave de mi habitación, quiero los fines de semana libres de mis obligaciones familiares y que dejen de perseguirme por salir con Thea. También que dejen de prejuzgarla solo porque no es el modelo de chica que se imaginaron como nuera.

Suspiró.

—Tu madre…

—Tendrá que aceptarlo en algún momento.

Permanecimos en silencio un instante.

—Bien. Intentaré que se tranquilice respecto de que no pasarás los fines de semana con nosotros y de tus salidas con esa chica. Tan solo ten cuidado. Jamás lo hagas sin protección. No importa cuánto la desees…

—No es necesario que volvamos a tener esta conversación. Me enseñaste a usar un condón a los trece años, y ya te dije que ninguno de los dos queremos ser padres por el momento. Puedes estar tranquilo con eso.

—De acuerdo. Te daré la llave de tu dormitorio, pero tienes el compromiso de abrir la puerta cuando golpeemos.

—¿Puede ser tan solo contestar? Abriré cuando pueda.

Suspiró.

—Está bien. —Asintió con la cabeza—. Supongo que ya has cenado.

—No tengo hambre.

—Necesitas energías para mañana.

—Desayunaré bien.

—De acuerdo —dijo, y me dio unos golpecitos en el brazo antes de ponerse en pie—. Que descanses.

—Gracias. Tú también.

Se fue cerrando la puerta en lugar de dejarla entornada, como solía hacer. Eso me dio la esperanza de que nuestro acuerdo pudiera dar un buen resultado.

Me acosté y le escribí a Thea. Conversamos un rato hasta que me quedé dormido. Aunque comenzar un nuevo año de universidad me ponía nervioso, esa noche dormí más tranquilo de lo que suponía. La conversación con mi padre y las palabras de Thea todos esos días ayudaron.

Por la mañana, bajé a desayunar cuando mi familia ya estaba en la cocina. Mi hermanita engullía sus cereales mientras que mi madre y mi padre ponían tazas y platos sobre la mesa. Me entregaron los míos, y yo me senté en el taburete, dejando la mochila a un lado.

Aprovechando que Evie subió las escaleras para buscar algo que había olvidado, mi padre deslizó la llave de mi cuarto por encima del desayunador.

—Sé prudente con ella —advirtió.

—No quiero encontrarme de sorpresa con esa chica en tu habitación de nuevo. Si vas a traerla, nos avisas. Y permanecerán en la sala, no en tu dormitorio —indicó mamá.

—No te preocupes, no creo que a Thea le interese regresar a esta casa por el momento —dije, haciéndome de la llave, y la guardé en el bolsillo.

Logramos desayunar en paz, conversando de los temas que solíamos hablar antes de sus vacaciones.

Cuando se hizo la hora de irme y me levanté para ir al garaje, todos me desearon suerte. Mamá me dio un abrazo. Supuse que no estaba tranquila todavía, pero que tendría la esperanza de que la universidad me quitara otras ideas de la cabeza, de que gracias a ella volviera a ser el mismo de antes, el hijo que ella había moldeado a su gusto.

No sabía explicar el motivo, pero me parecía imposible que alguna vez pudiera retroceder.

26

Thea

—"Me fascinaba el modo en que sus conceptos de la muerte y el más allá cambiaban de vida en vida. Sin embargo, su experiencia de la muerte en sí era siempre uniforme, siempre similar".

—Espera —solicitó Daisy. Estábamos en el jardín de rosas, disfrutando de los últimos días de sol veraniego—. Creo que este libro me está poniendo triste.

—¿Por qué? Brian Weiss está diciendo que, en realidad, la muerte no existe tal como la entiende la mayoría, que…

—Lo sé. Pero la idea de dejar a las personas que amamos es dolorosa.

–Espera al siguiente párrafo: "Una parte consciente de ella abandonaba el cuerpo más o menos en el momento en que se producía el fallecimiento; flotaba por encima y luego se veía atraída hacia una luz maravillosa y energética. Esperaba a que alguien acudiera en su ayuda. El alma pasaba automáticamente al más allá". ¿Lo ves? Nada que refiera a ir hacia un sitio de luz puede ser malo. Quizás esas personas que amamos y que se fueron antes que nosotras sean las que acudan en nuestro auxilio en ese momento de transición, y nosotras, las de aquellos que dejamos en este plano. Tal vez sus almas sean las que nos esperen, esos "maestros" que se nombran en el título del libro. Eso no debería entristecernos, porque nos permite evolucionar.

Le tomé una mano al notar lágrimas en sus ojos. Ella tragó con fuerza, pestañeó un par de veces y se irguió para mirar el horizonte que, en esa casa, se remitía al muro que nos aislaba del mundo exterior.

–Mientras no aguarde por mí el cretino de mi marido... Estoy segura de que me esperará del otro lado para gritarme por haber tenido un amante. Se debe haber enterado cuando llegó al otro plano, como lo llamas tú. Yo creo que estará en el infierno, a donde también iré a parar yo.

No pude evitar reír. Cerré el libro y acepté que era suficiente de vidas pasadas por ese día.

–Y yo. Nos haremos una fiesta entre fuego y azufre –murmuré–. ¿Nunca se enteró de que tenías un amante en esta vida? –pregunté.

–¡Nooo! Habría enloquecido.

–Nunca me contaste de ese hombre. ¿Cómo se llamaba?

–George.

–¿Cómo lo conociste? ¿Cuánto tiempo estuvieron juntos?

—Es una larga historia. Pero puede que haya algo cierto en los capítulos del libro que me estás leyendo: tal vez las vidas pasadas sí existan y la reencarnación sea posible. Me recuerdas a mi madre; es como si ella hubiera regresado en tu cuerpo para pasar tiempo conmigo y recuperar el que no tuvimos juntas cuando yo era pequeña. Dicen que la vida es cíclica; que, cuando envejecemos, nos volvemos como niños, así que puede que ella esté aquí, convertida en ti, para cuidarme.

»Mi madre tenía la misma creatividad y el mismo coraje que tú para ser ella misma en un mundo que le ordenaba ser de otra manera. Debió quedarse en casa, con un esposo y con su hija, como mandaba la sociedad machista de esa época. Sin embargo, fue madre soltera y jamás descuidó su empresa. Cuando yo nací, mi abuela le dijo que debía dejarse de tonterías y conseguir un padre para mí. Como mi madre no lo hizo, solicitó mi tenencia.

—¿Tu abuela te apartó de tu madre?

—Sí. Decía que ella no podía cuidarme, y un juez le dio la razón. Corrían los años 50, imagínate lo revolucionario que era que una mujer prefiriera ser diseñadora de modas antes que ama de casa. Entonces, desde mis once años, viví con mi abuela y vi a mi madre solo los fines de semana. Mi abuelo murió antes de que yo naciera, pero aunque mi abuela se las arreglaba muy bien sola, como mi madre, siempre creyó que le faltaba alguien de quien depender después de que él falleció.

—¿Por eso acabaste casada con un hombre que no querías? ¿Tu abuela te obligó a contraer matrimonio para que no fueras como tu madre y para que no te sintieras sola como ella?

—Podría decirse que sí. Hoy creo que hasta reclamó mi tenencia por eso: para no sentirse sola, le robó la hija a mi madre. Supongo que ciertas cosas se llevan en la sangre, así que en los 60, cuando tenía tu edad, yo tampoco era como una dama debía ser ni como ella soñaba. Era *hippie*, y eso enfurecía a mi abuela. Conocí a George en un recital de rock. Pero las presiones familiares de los dos fueron demasiado grandes, y terminé casada con Finley.

—¿En todos esos años tu madre no hizo nada para recuperarte?

—Jamás me abandonó: venía a visitarme y le daba mucho dinero a mi abuela para mantenerme. Sé que me amaba, sin embargo no luchó para llevarme con ella. Supongo que, en el fondo, las palabras de mi abuela la afectaron y terminó creyendo que no era digna de ser madre o que no podía combinar su pasión por el trabajo con una familia. Siempre me aconsejó que no me casara, que fuera libre. Pero George se mudó a otra ciudad, se casó con otra mujer y... ¿qué iba a hacer? Sentí que debía reencauzar mi vida, por eso terminé haciéndole caso a mi abuela y cometí el peor error. Excepto por mi hija, el matrimonio con Finley siempre fue una tortura. Además de que él era un hombre malo disfrazado de señor correcto, yo no quería estar a su lado.

—Por lo menos, en algún momento, te reencontraste con George. De lo contrario, no habrían sido amantes.

—Sí, cuando teníamos cuarenta y cinco años, en París. Mi abuela y mi madre ya habían muerto. Corrían los años 80 y yo era la gerente de la compañía, por debajo de mi esposo, que por ser hombre se hizo cargo de la presidencia. Continuaba casada y Josephine todavía era pequeña, pero como él estaba enfermo, me envió a un viaje de negocios en su lugar. Nunca me separé por mi hija; tenía terror de que me ocurriera como a mi madre y que Finley se quedara con la tenencia. Así que George y yo fuimos amantes muchos años, hasta que él murió. Fue uno de los peores días de mi vida. ¿Sabes lo que se siente tener que permanecer oculta en el funeral del hombre que amas, que fue tan importante para ti y tú para él? Por eso, Thea, si algún día te casas, que sea con alguien que te ponga por encima de los mandatos sociales y familiares. De lo contrario, los dos lo lamentarán y todos sufrirán. Supongo que mi hija se dio cuenta de que su padre y yo no nos amábamos, y que eso repercute hasta hoy en ella. Me siento culpable de que tenga el sentido del deber tan incorporado.

—No debes sentirte culpable. Antes que madre, eres un ser humano, y las personas nos equivocamos. Además, puede que lo haya heredado de tu abuela, no de ti ni de tu madre. Después de todo, ustedes dos no eran tan obedientes que digamos. La biodescodificación…

Su risa me interrumpió.

—¿Cuántas teorías guardas en esa cabecita? —preguntó, tocándome la frente con ternura—. Termina la frase: ¿qué dice la biodescodificación?

—Ayuda a manifestar la emoción que se esconde detrás de nuestros síntomas. Para eso, entre otras cosas, estudia qué ocurrió en el útero de nuestra madre, de nuestra abuela y el resto del árbol genealógico, porque lo que se imprime en nuestras células en formación constituye un fragmento importante de quiénes somos. Por lo tanto, puede que el furor por las obligaciones no se lo hayas heredado tú directamente, sino una predecesora. Además, los libros de constelaciones familiares dicen que los asuntos no resueltos de nuestros antepasados afectan nuestro presente.

—Algo así como lo que creían en la Antigua Grecia: que pagamos las faltas de nuestros ancestros. ¿Por qué tu madre te puso el nombre de una diosa?

—Fue mi abuela. ¿Sabes qué? Es imposible que ella haya

reencarnado en ti, porque nació mientras tú ya estabas viva, pero cuando te miro, también veo algo de ella en tus ojos. –Respiré hondo, me levanté de golpe y dejé el libro sobre la silla–. Tengo una idea: ¿Por qué no buscamos a tus parientes italianos en las redes sociales y creamos una cuenta para ti en la que los encontremos? Estoy segura de que tienes escondido por ahí algún sobrino nieto que está para reencarnar en sus calzoncillos. –Estalló en una carcajada–. Los italianos son muy lindos –fundamenté, encogiéndome de hombros.

–¿Yo, en una red social? –preguntó, todavía riendo.

–Sí. Espera aquí; traeré tus maquillajes, el peine y algún accesorio para retocarte un poco. No puedes hacer tu gran aparición en el mundo digital con el labial desvaneciéndose. –Lo había dejado en forma de mancha en la taza de té que había estado bebiendo.

Entré a la casa repasando sus palabras. Habíamos conversado de tantos temas interesantes que no quería olvidar nada de lo que había aprendido en ese rato gracias a ella.

Fui a su habitación, escogí un pañuelo colorido para que se pusiera en el cuello y me llevé su cepillo para el pelo y algunos maquillajes.

Regresé al jardín y le propuse que se colocara el pañuelo de una manera novedosa en lugar de la tradicional.

–¿Te parece? –consultó, mirando el nudo que había hecho en la tela.

–¡Te queda precioso! Ahora cierra los ojos; te pondré sombra en los párpados.

No había llevado un espejo para que ella se maquillara, como hacía cada mañana, por eso lo hice yo. Mientras repasaba sus labios con un labial rojo que combinaba con el pañuelo y los aretes dorados, vi que su nieta estaba en el balcón. Al parecer, había regresado más temprano de la universidad. Hablaba por el móvil haciendo gestos con las manos; me pareció que estaba molesta. Pensé en cuántas personas lo tenían todo y, aun así, no se sentían felices. Tal vez "todo" era una palabra mentirosa.

Cuando nuestras miradas se cruzaron, giró sobre los talones para darme la espalda de manera brusca y entró en su habitación. Le sonreí a Daisy y terminé con mi tarea.

—Bien. Ahora vamos con las fotografías —le avisé, apartando las cosas para que no salieran en la imagen. Extraje el móvil a la vez que retrocedía.

—Quiero que salga ese rosedal —indicó, señalando hacia atrás.

—Claro que sí. Ya lo había pensado: las flores son rojas, como los detalles del pañuelo y tus labios, por eso elegí ese color. —Le guiñé un ojo mientras posicionaba la cámara del móvil—. Puedes sonreír y también ponerte seria, pero evita la rigidez. Que tu expresión luzca natural —indiqué.

Le tomé varias fotografías y luego escogimos juntas la que colocaríamos en su perfil. No elegimos la red social hasta que logré encontrar al hijo de uno de sus primos en Facebook. Nada de sobrinos nietos atractivos: era un hombre de unos cincuenta años, canoso y de vientre abultado. Creamos su cuenta, puse una de sus fotografías en el perfil y le enviamos un mensaje privado.

—¿Crees que responda? —preguntó, ilusionada. La miré con una sonrisa.

—Ojalá que sí. Oye… ¿George tenía hijos? Dijiste que se mudó a otra ciudad y que se casó con otra mujer.

—Sí.

—¿Y si los buscamos? —Hice un gesto pícaro con la boca, enarcando las cejas.

–Thea… –susurró ella, apretando las manos–. No sé si deba.

–¿Por qué no? Tú no eres "la otra". En realidad, siempre debiste ser la primera.

–Fuimos cobardes y una mujer sufrió por nuestra culpa.

–¿Su esposa sí sabía que él tenía una amante?

–Sí, pero no quería dejarlo, ni él se atrevía a divorciarse. Decía que no podía abandonarla, que se sentía culpable. Tampoco yo podía romper mi matrimonio, en mi caso, por el temor de perder a mi hija. Atesorábamos cada instante juntos porque, al vivir en ciudades diferentes, no podíamos encontrarnos tantas veces como queríamos.

–Entiendo. Entonces será mejor que no hurguemos en las redes sociales de su descendencia. –Bajé la cabeza–. Daisy… La familia de Cam me odia. Él dice que no me odian a mí, sino al hecho de que ya no puedan controlarlo. Como sea, supongo que no me conviene involucrarme demasiado con alguien que tiene una familia así. No sé hasta cuándo pueda disfrutar sin cruzar la línea, sin enamorarme.

–No importa cómo sea su familia, sino lo que él haga con eso y qué lugar te dé a ti.

–El problema es que no creo merecer un lugar de tanto privilegio. No quiero que se enfrente a sus padres por mí.

–¿Por qué no? Además, no debe de ser por ti; el mundo no gira a tu alrededor. Si lo hace, es por él. Todos somos egoístas de un modo u otro, hija. Además, ¿qué harás? ¿Impedirle cosas para controlarlo como hacen ellos? ¿Transformarte en eso de lo que intenta escapar? Déjalo hacer.

"Déjalo hacer". La frase resonó en mi mente todo el camino de regreso a la casa para devolver los maquillajes al dormitorio.

En el recibidor estaban Sophie y su novio. Supuse que, cuando la había visto con el móvil en el balcón, discutía con él. Lo saludé por cortesía. Apenas alcanzó a mirarme, porque pasé rápido y me escabullí en el pasillo y luego dentro de la habitación de la abuela.

Al salir, él estaba solo en la sala, sentado en el sofá. Intuí que Sophie habría ido a la cocina para pedirle a la mucama que les preparara un té. Me observó de arriba abajo, con una mirada que conocía a la perfección. Su lascivia no fue suficiente para hacerme sentir incómoda por mi forma de vestir, pues estaba acostumbrada a que muchos me contemplaran de la misma manera, pero sí me sentí mal por su novia. Solo había visto una vez a Harrison, el esposo de Josephine, pero al parecer las mujeres de esa familia no tenían buen ojo para escoger hombres. Apostaba a que todos eran una especie de Finley.

—¿Por qué vas tan rápido? —preguntó. Sus palabras me forzaron a detenerme—. Sé que hace un tiempo cuidas de Daisy, pero nunca tuvimos la oportunidad de conversar un poco.

—Así es —respondí—. La dejé sola para ordenar unas cosas, con permiso.

No sé de qué se rio y tampoco me importó. Solo quería regresar al jardín.

Esa tarde, mientras iba sentada en el metro, rememoré la escena y volví a sentirme extraña. De pronto, un chico me distrajo al plantarse delante de mí. Tenía un vago recuerdo de él, pero no sabía con precisión por qué.

—¿Ya no cantas? —preguntó.

—Por ahora no lo necesito; hago otra cosa —expliqué. Supuse que me había visto hacerlo alguna vez en el metro, por eso indagaba.

—¿Y qué hay de los que necesitamos escucharte? —Me hizo reír—. Soy Logan.

—Thea.

—Supongo que no tienes idea de cuán importante fue lo que me dijiste el día que te oí cantar aquí.

—¿Qué te dije? —pregunté, intrigada.

—Que yo podía cambiar mi trabajo si no me hacía bien.

—¿Y lo hiciste?

—Sí. Y ahora soy feliz. Dejé de estudiar Ingeniería y me mudé a las afueras de la ciudad. Trabajo de manera remota cuando quiero. Estoy aquí porque vine a visitar a mi madre.

—¡Ey, qué bueno! ¡Te felicito!

—En parte, te lo debo a ti. ¿Crees que pueda tener tu número?

Me froté los labios y miré un instante la puerta que llevaba al otro vagón.

—Sí, pero solo para una amistad. Estoy saliendo con alguien —contesté.

—No hay problema. Seré tu amigo hasta que te pelees con él —bromeó.

Antes de ir al condominio, pasé por el supermercado y compré galletas, una soda y sahumerios, ya que no tenía tiempo de hacerlos. De camino a casa, me agaché para saludar a Jim, el vagabundo.

—¿Cómo estás? ¿Comiste hoy? ¿Quieres unas galletas?

Me senté a su lado y merendamos juntos, mientras le contaba de Daisy, de Cam y lo que acababa de ocurrirme en el metro. Escuchó en silencio, como de costumbre. Un rato después, me despedí de él para ir a mi apartamento.

En la entrada del condominio me encontré con Albie, mi vecino del edificio de al lado. Terminamos en la azotea, donde él encendió un cigarro de marihuana.

—¿Lo compartimos? —ofreció.

Era una linda tarde para relajarme un poco, pero aun así rechacé la oferta y continué hablando de astrología.

Cuando finalmente fui a casa, ya era de noche. Mi madre no estaba. De todos modos, me dirigí a mi habitación, donde pasaba la mayor parte del tiempo, y extraje el móvil. Tenía mensajes sin responder de Ivy, de un grupo de amigos de la preparatoria y de Cam. Solo leer su nombre me hizo latir muy rápido el corazón.

"No sé hasta cuándo pueda disfrutar sin cruzar la línea, sin enamorarme".

"Déjalo hacer".

Déjate ser, pensé para mí.

Cam.

> ¡Ey! ¿Estás bien? No me escribiste al salir del trabajo. Yo tuve un día espantoso en la universidad. No veo la hora de que llegue el fin de semana para vernos. Tengo una sorpresa… ¿Puedo pasar a buscarte por el trabajo el viernes? Esta vez pasaremos dos noches afuera.

Sonreí apretando los labios.

Thea.

> Hola. Te extraño demasiado, no creo aguantar hasta el fin de semana. ¿Te gustaría que nos viéramos? Puedo tomarte la lección, lo que quieras. Solo deseo pasar tiempo contigo.

Cam.

> Hagámoslo. Te espero en la estación.

27

Thea

En cuanto vi aparecer el coche de Cam, corrí hacia él y me introduje en el interior. Sujeté su rostro entre las manos y nos besamos con ansiedad. Sus dedos enredados en mi pelo, acariciándome, se sintieron como volver a respirar.

—Siempre soy yo la que llega tarde. Demoraste tanto que creí que tus padres te habían matado por salir un día de semana —bromeé.

—Lo hicieron. Entre ellos y la universidad, me convertí en un fantasma.

—Entonces yo también debo serlo, porque puedo tocarte —respondí, apoyando una mano en su entrepierna.

—¡Ey! —exclamó él, riendo—. Por favor, no me hagas esto. No tengo dinero para que vayamos a un hotel. Gasté mis últimos ahorros en la sorpresa del fin de semana.

—Yo sí. A uno barato, pero ¿qué importa? —Fruncí el ceño y estrujé su camisa de color celeste grisáceo—. ¿Tan costoso es lo que haremos el fin de semana? ¿Por qué gastaste todo tu dinero en eso? No debiste.

—Porque quise. Ahorraré lo máximo que pueda para que sigamos alejándonos de aquí y seamos libres.

—Yo también. Esta vez, yo te invito al hotel. Solo déjame buscar uno que pueda pagar. Podemos comprar algo barato para cenar en una gasolinera. Los mercados ya deben de estar cerrados.

—¿Todavía no has cenado? —Negué con la cabeza—. No debes hacer eso, es tarde.

—Lo tendré en cuenta, doctor —aseguré mientras me acomodaba en el asiento para buscar un hotel en el móvil.

Oí la risa de Cam y sentí su abrazo como un manto de paz. Me besó en la cabeza, venciendo mi voluntad de seguir con los ojos abiertos.

Reaccioné cuando lo escuché murmurar algo que no entendí. Me aparté y seguí la dirección de su mirada: vi por el espejo retrovisor que un oficial de tránsito descendía de su vehículo y se aproximaba a nosotros.

En cuanto golpeó a la ventanilla, Cam la abrió. Entendí muy rápido lo que ocurría. Me apresuré a gritarle en francés y gesticular de manera desesperada antes de que él pudiera hablar.

—*Nous sommes perdus! Nous sommes perdus!*

El oficial nos miró con el ceño fruncido. Finalmente, dejó de dudar y habló.

—Están detenidos en un sitio prohibido. ¿Entienden inglés?

—*Nous sommes perdus!* —repetí. Cam estaba mudo, me miraba como si yo fuera una demente.

—Tendrán que moverse si no quieren una multa. ¿A dónde desean ir?

Le mostré el mapa que tenía en el móvil y señalé un hotel cualquiera mientras continuaba exclamando la frase. El oficial nos dio algunas indicaciones y preguntó si entendíamos. Le tomé la mano con una sonrisa enorme.

—*Merci! Merci beaucoup!* —dije, y golpeé a Cam en la pierna para que se moviera.

Hizo un gesto de agradecimiento con la cabeza al oficial y lo saludó para indicarle que cerraría la ventanilla. Logramos salir de la situación sin una multa de tránsito que Cam no podría pagar y que acabaría llegando a la tarjeta de crédito de su padre. En pocas palabras, supuse que lo había salvado de convertirse en un verdadero fantasma.

Se detuvo en un sitio permitido a unas manzanas. Recién entonces nos miramos; él estaba pálido. Intentamos contener una carcajada pero no pudimos.

—¿Qué le dijiste? —preguntó entre risas.

—Partes de canciones —confesé—. Primero, que estábamos perdidos, y luego le di las gracias. De todos modos, no sabía si lo que decía era correcto. Estar perdido en la canción tal vez signifique perderse en la vida o cualquier otra metáfora, pero yo quería decir que estábamos extraviados en las calles. Al parecer, resultó.

Seguimos riendo un rato mientras nos mirábamos con una profundidad extraña y asombrosa. De pronto, me tomó la mano y, poco a poco, dejamos de reír para solo contemplarnos.

—Ahora yo también te debo mi vida —dijo.

—Sé que no es literal, como en mi caso, pero… sí.

—Espero poder compensarlo el fin de semana.

—¡Tendrás que contarme de qué se trata eso! No resisto más la curiosidad.

—Después de que cenemos y de que hagamos otras cosas —sugirió con doble sentido—. ¿Encontraste un hotel? ¿Por qué no haces la reserva mientras yo busco una gasolinera donde comprar algo para comer?

La cena tuvo que esperar. En ese momento, fue más importante ir a la cama que alimentarnos.

Comimos los sándwiches después de tener sexo en un motel, apoyados en el respaldo. Tan solo estábamos cubiertos por la sábana.

—¿Qué hiciste hoy en la universidad que te dejó tan cansado? —pregunté.

—Hoy trabajamos con cadáveres. En palabras simples, hicimos distintos tipos de incisiones en cuerpos de gente muerta.

—¡Por Dios! ¿Cómo lo resistes?

—No sé. Ni bien llegué a mi casa, me di una ducha de una hora, pero todavía tengo el olor del formol en las fosas nasales.

—Me refiero a enfrentarte a la muerte casi todos los días.

Se encogió de hombros.

—Si es el precio para ayudar a personas que todavía están vivas, puedo pagarlo. Pero no es agradable. Varios compañeros dejaron la carrera por eso. El asunto es que tendremos que trabajar con cuerpos a lo largo de toda nuestra vida profesional. Es mejor equivocarse en un muerto que en un vivo, ¿no crees?

—Sí… Tan solo no puedo imaginarme diseccionando un

cadáver. Me gustaría que el cuerpo que sirvió como recipiente del alma de una persona querida por un tiempo tuviera paz. Pero entiendo que sea el único modo de practicar para que las vasijas duren más tiempo albergando almas en este mundo, hasta que terminen de evolucionar gracias a lo que vinieron a aprender.

A pesar de lo tétrica que era la conversación, se echó a reír.

—No sé cuánto espacio haya para la filosofía en lo que hacemos los estudiantes de Medicina, pero bueno... Si tú lo entiendes así, está bien.

—¿Cómo lo entiendes tú?

—No sé. Desde que soy pequeño, en la iglesia a la que vamos con mis abuelos, escucho que resucitamos. Siempre me resultó un poco surrealista, pero ¿quién sabe? No puedo afirmar o negar lo que hay del otro lado. Solo sé que los cuerpos con los que trabajamos no se quejan. No hay vida ahí, solo carne y huesos. Y muchas otras cosas que podría mencionar pero dudo que te importen, como las venas y los tejidos. En cuanto al descanso en paz, son cuerpos de personas que, antes de morir, lo ofrecieron a la ciencia.

—Será mejor que no hablemos más de esto.

—Lo siento, no me di cuenta de que te causaba tanta impresión.

—No es por eso... Es que me hace admirarte demasiado y siento que me estoy enamorando de ti.

Se quedó en silencio un instante, mirándome con los labios entreabiertos. Parecía confundido o sorprendido. De pronto, sonrió.

—Qué bueno, porque yo me siento enamorado de ti desde hace mucho tiempo.

Dejé caer la sábana para inclinarme sobre él y nos besamos.

Comencé a adormecerme en la madrugada, boca abajo, con

la cabeza apoyada en los brazos, después de que hicimos el amor por tercera vez.

—Thea, no te conté a dónde iremos el viernes. Aunque solo tengamos tres días, quería que fuéramos a un lugar especial, entonces se me ocurrió buscar pasajes de avión en oferta.

Abrí los ojos de repente y me sostuve sobre los codos para mirarlo.

—¿Es en serio? ¡Nunca estuve en un avión!

—Supongo que tampoco has estado en Atenas, Grecia. Será una buena primera experiencia allí para los dos.

—No puede ser. ¡Debo estar soñando! —No sé cómo Cam no estalló en risas con la cara de boba que debía de tener yo.

—Es un buen lugar para una diosa, ¿no crees?

Por supuesto, nos quedamos haciendo planes para nuestro viaje y nos dormimos todavía más tarde.

Despertamos con el sonido del teléfono de la habitación. Se trataba del recepcionista para avisarnos que nos habíamos pasado del horario de salida.

—Entonces tienen que ser más de las diez. ¡Tenía que entrar a trabajar a las nueve! —exclamé.

—Y yo a la universidad. Me despierto con el resto de mi familia, así que no pongo alarma —respondió Cam, cubriéndose el rostro con una mano.

—Yo sí. Tengo que haberla apagado sin darme cuenta.

Nos levantamos y fuimos al auto lo más rápido posible. Le ofrecí irme por mi cuenta, pero él insistió en llevarme a la casa de Daisy para que no llegara todavía más tarde. "Una clase se puede recuperar. El trabajo, no", aseguró.

Nos despedimos en la puerta, apoyados en el costado del auto.

Estaba a punto de tocar el timbre, pero como percibí que Cam esperaba a que yo entrara para irse, retrocedí y volvimos a besarnos de manera apasionada.

Finalmente, tuve que tocar el timbre. La puerta se abrió enseguida.

Atravesé el jardín y fui a la casa. Sophie abrió antes de que golpeara.

—¿Cómo puedes llegar tan tarde? —se quejó—. A esta hora tendría que estar en una clase, en cambio tuve que quedarme a cuidar a mi abuela porque tú te atrasaste. ¡Y sin avisar!

—Lo siento, apagué la alarma sin darme cuenta —respondí.

—La próxima vez, tomaremos medidas. No puedo faltar a la universidad porque tú estás por ahí con cualquiera.

No sé por qué, si me daba igual lo que pensaran de mí y jamás me defendía, se me ocurrió contestarle mal a ella.

—Me da igual lo que pienses de mí. Si no te mando a la mierda es solo porque quiero seguir cuidando a tu abuela. Pero para tu información, el chico que me trajo y que al parecer viste desde aquí no es cualquiera: es mi novio.

—No me importa quien sea. No vuelvas a llegar tarde. Tengo que irme.

—¿Por qué crees que puedes tratarme de esta manera? Que haya llegado tarde no te da derecho a llamarme "puta".

—Yo no uso esas palabras, son tuyas.

—Es peor: lo insinúas al decirme que me fui por ahí con cualquiera. ¿Qué problema tienes conmigo?

—¿Qué problema podría tener con una empleada de mi madre? —respondió, mirándome con desprecio.

—Entonces no te preocupes por mi vida privada. Lamento el

retraso. Con permiso, voy a buscar a tu abuela. Daisy es lo único que me importa en esta mierda de casa.

Pasé junto a ella llevándome su brazo por delante.

—Todavía no me explico cómo mi madre pudo contratar a alguien tan vulgar para trabajar en esta casa —murmuró. Ni siquiera me volví.

Al entrar en la habitación, encontré a Daisy sentada en la cama, mirando hacia la ventana.

—¡Thea! —exclamó, girando la cabeza—. Estaba preocupada porque no venías. ¿Estás bien? —Frunció el ceño—. ¿Por qué tienes esa expresión? ¿Qué ocurrió?

—Nada —respondí—. Pensé que ya estarías desayunando.

—Estás vestida igual que ayer.

Miré mi atuendo un instante y volví a ella.

—Salí con Cam y nos quedamos dormidos. Lo siento.

—No importa. Es lógico que quieras hacer cosas de persona joven, bastante tienes con pasar varias horas del día con una vieja.

—No digas eso, me encanta estar contigo. ¿Te alcanzo la ropa?

—Siéntate. —Me instalé a su lado, donde había indicado con la mano, y recibí la caricia que me hizo en la mejilla. Cerré los ojos, imaginando que era mi abuela quien me la ofrecía. De alguna manera, así era—. Fue mi nieta, ¿verdad? Se pone fastidiosa cuando tiene que cuidarme, por eso no me agrada que se quede en la casa por mi culpa. Insisto con que puedo arreglármelas sola, pero si su madre se lo ordena…

—No te preocupes, me tiene sin cuidado lo que piense Sophie.

—Por favor, no me dejes. No importa lo que digan, tan solo no me abandones.

Me atravesó un dolor profundo, porque así como yo sentía que en las manos de Daisy estaban las de mi abuela, sin dudas ella no solo me pedía a mí que no la abandonara, sino también a su madre.

—Jamás te dejaré —aseguré mirándola a los ojos—. Aunque no me pagaran para cuidarte, seguiría visitándote hasta que me cerraran la puerta en la nariz y, aun así, intentaría acercarme. —Respiré hondo bajando la cabeza—. Es tarde y no has desayunado. Tenemos que darnos prisa.

Por suerte, cuando salimos de la habitación, su nieta ya no estaba.

Intenté mantener una expresión serena por Daisy, pero había comenzado a sentir que esa casa era tan opresiva como la mía. Tenía una especie de percepción especial de las energías, y las que rondaban a esa familia eran oscuras y lúgubres. Me daba la impresión de que todos allí, por una u otra razón, eran infelices.

Los segundos que compartí con la familia de Cam me sirvieron para reconocer que, en cambio, ellos sí eran felices a su modo. El problema era que, posiblemente, pensaran de mí lo mismo que Sophie.

—Me pediste que no me preocupara. Me resulta bastante difícil viéndote con esa expresión tan sombría —insistió Daisy en el comedor, frente a su taza de té—. Lauren, sírvele el desayuno a Thea —ordenó a la mucama.

—Está bien, no hace falta —dije enseguida.

—¡Muévete! —indicó a la mujer.

Procuré concentrarme en lo bueno por ella. Solo así pude sonreír.

—Cam me invitó a Grecia. Partiremos el viernes y regresaremos el domingo. Nunca estuve en un avión. ¡Estoy tan entusiasmada!

Daisy sonrió conmigo, y su rostro recuperó al fin la luminosidad propia de ella.

28

Cam

Entré a casa a las corridas.

—¡Camden! —bramó mamá desde la cocina. Miré hacia allí y la vi levantarse del desayunador—. Voy retrasada por ti, me avisó la secretaria que unos clientes están esperándome. Jamás mencionaste que no regresarías para ir a la universidad. Tampoco respondías el teléfono. ¿Piensas llegar tarde a todas tus clases a partir de ahora?

—No tuve tiempo de mirar el móvil; desde que desperté me la pasé conduciendo. Solo llegaré tarde hoy. No debiste esperarme.

—¿Cómo que no? Para ti, es evidente que tu familia dejó de ser importante, pero yo soy tu madre y tú siempre lo serás para mí.

Suspiré, mirando en otra dirección para ayudar a mi mente a no hacerse cargo de sus sentimientos.

—¿Podrías parar un poco con la culpa? Yo también estoy llegando tarde.

Me encaminé hacia la escalera. Ella me siguió.

—Por lo menos podrías mantenernos informados. ¡Lo prometiste! —me recordó. Entró a mi habitación detrás de mí—. No descuides tus estudios por una chica, por favor. Te arrepentirás cuando se dejen.

—No lo haré —prometí mientras revisaba la mochila para asegurarme de que llevaba todo lo necesario para ese día.

—Dijiste que te irías de viaje con ella el fin de semana. Nosotros no podemos quedarnos más para esperarte, tenemos que ir a lo de nuestros padres. Tus abuelos, por si no lo recuerdas.

—Mamá. —Me volví aunque continuara resultándome difícil mirarla a los ojos—. Deja de hablar así, te lo ruego. No tienen que esperarme. Prometo que los mantendré informados para que no se preocupen, pero no me parece justo tener que hacer todo con tu voz y la de papá resonando en mi cabeza, como si lo que estuviera haciendo fuera malo. No lo es.

—Tú sabrás —contestó, y al fin se retiró.

Me fui a la universidad sin desayunar.

Como no quería interrumpir la clase diez minutos antes de que terminara, esperé en el pasillo a que se hiciera la hora del receso. Me entretuve mirando la cartelera. El anuncio del voluntariado en Ruanda había cambiado: este año también aceptaban estudiantes de tercer año. Además de que seguían contando la estadía allí como parte de las prácticas, durante esos meses no hacía falta pagar la cuota de la universidad. Era una oferta cada vez más atractiva.

La voz de Thea resonó en mi memoria: "El día que vayas a Ruanda sentirás que estás en un horno". La idea de inscribirme para el voluntariado cobraba más fuerza mientras que las voces de mis padres se hacían menos estridentes.

Noah interrumpió mis pensamientos al aparecer de improviso: acababa de salir de la clase.

—Hoy hicimos la primera lectura de un tema nuevo. Qué extraño que hayas faltado —dijo.

—Me quedé dormido —expliqué—. ¿El profesor mencionó algo importante?

—Ya sabes cómo son las clases del doctor Powell: te distraes un segundo y dejas de entender hasta la primera palabra. Si quieres intento hacerte un resumen durante el almuerzo.

Acepté sin dudar. Como ya no tenía los fines de semana disponibles para estudiar, aprovechaba cada instante de la semana. Incluso comencé a quedarme despierto hasta muy tarde para hacer a tiempo con todo lo que había que leer, memorizar y comprender.

Aunque el viernes estaba muy cansado, tras salir de la universidad, mi entusiasmo resurgió. Me dirigí a casa para dejar el automóvil, me di una ducha y recogí la mochila que había preparado con una muda de ropa para ir a buscar a Thea.

En la puerta de la casa donde trabajaba, le pagué al taxista y descendí del vehículo. Lo mejor para llegar rápido al aeropuerto era el metro. Toqué el timbre. Una mujer contestó a través del portero eléctrico.

—Hola, mi nombre es Cam. Vine por Thea. ¿Podría avisarle que ya estoy aquí? —solicité.

—Claro —aseguró y colgó.

Como demoraba, me senté en la acera y aproveché para leer

unos párrafos de la lectura de esa mañana que había descargado en el móvil.

Cuando salió, me levanté y la observé mientras cerraba la puerta ciega que estaba junto al portón, en medio del muro. Dos trenzas rubias caían sobre sus hombros cubiertos por un suéter blanco. El jean azul roto con algunas imágenes labradas en color negro, rojo y amarillo le sentaba a la perfección. Eran los logotipos de bandas musicales; alcancé a distinguir el de los Guns N' Roses y el de los Rolling Stones antes de que se aproximara para besarme.

Para mi sorpresa, me saludó con menos efusividad de la que imaginaba.

—¿Qué ocurre? —pregunté, acariciándole una mejilla.

—Lamento haberte hecho esperar. La hija de Daisy vino del trabajo para hablar conmigo sobre un altercado que tuve con su hija el día que llegué tarde. Sé que creerás que fue mi culpa, porque soy atrevida e impulsiva, pero…

—Thea —la interrumpí, mirándola a los ojos—. Jamás pensaría que fue tu culpa si me dices que no es así.

—Bueno… No lo fue. Me increpó y dijo que tú eras cualquier persona. No sé si yo sea cualquiera para ti, pero tú no lo eres para mí, así que se lo aclaré.

—¿Tienes dudas de si eres cualquier chica para mí?

Se encogió de hombros.

—Supongo que no puedo creer que no lo sea.

—No lo eres. Te amo. —Su sonrisa al fin apareció para iluminarlo todo. Aun así, había algo en su mirada que todavía me inquietaba—. ¿Fue muy dura contigo? Se me hace que esa conversación no es el único problema.

Bajó la cabeza a la vez que dejaba escapar el aire.

—Cuando atravesaba el jardín para salir, su novio me detuvo. —Alzó la cabeza en busca de mis ojos—. Estoy acostumbrada a que las personas me miren de muchas maneras, pero él... Él es malo.

—¿Se propasó contigo? ¿Qué te dijo? —indagué, y miré la puerta por la que acababa de salir.

—Tan solo me hizo una pregunta fingiendo un tono casual, pero sé que sus intenciones no son buenas.

—¿Qué te preguntó?

—Si no tenía calor con tanta ropa. Está nublado y la temperatura es de quince grados, es evidente que lo dice con doble sentido. ¿Cómo demostrarlo, si parece que hablara del clima? ¿Quién me creería?

—¿Quieres que converse con él?

—¿Para qué?

—No lo sé. Tal vez necesite saber que existo.

—Ya lo sabe; su novia se la pasa espiando por el balcón y apuesto a que le cuenta todo. Además, no quiero que alguien me respete solo porque tengo novio. Uno que, de todos modos, para ellos jamás podría tomarme en serio. Lo peor es que él no mencionó el altercado. Solo me mira con lascivia y hace comentarios incómodos. Me da asco.

—¿La nieta de la abuela te dio a entender que cree eso? ¿Por qué piensa que puede opinar sobre tu vida?

—No me interesa lo que haga, no es más que una persona infeliz y una entrometida. ¿Nos vamos? Sería una pena que llegáramos tarde al aeropuerto por hablar de esta gente.

—Me preocupa, Thea. No me gusta que te sientas intimidada por un hombre o por esa chica.

—¿Intimidada, yo? ¡Ni en sueños! Es solo que la energía enfermiza de ese tipo me provoca escalofríos. —Suspiró y apretó mi brazo—. No permitiré que sus problemas arruinen nuestro fin de semana. Vámonos, por favor. Sé que hasta olvidaré la conversación con Josephine en cuanto vea el avión.

—Tal vez sea hora de buscar otro empleo.

—¿Estás loco? ¡No quiero! Me agrada pasar tiempo con Daisy.

—¿A qué precio? No es justo que soportes maltratos por otra persona, aunque la aprecies.

—No puedo dejarla sola ni deseo alejarme de ella. Cam… Si tuviera que huir de cada sitio oscuro que encuentro, tendría que irme de este mundo. Ni siquiera yo soy un lugar de luz.

—Lo eres para mí.

—Gracias. Y tú para mí. Te amo.

Me abrazó y apoyó la mejilla sobre mi pecho. Le rodeé la cintura y la besé en la cabeza mientras espiaba lo poco que se veía de la casa con el rabillo del ojo. Los muros eran altos y apenas alcanzaba a distinguir algunas ventanas, un balcón y las copas de los árboles que la rodeaban. Pasar tiempo con Thea me ayudaba a ver el mundo con otros ojos, y en ese momento pensé en esa casa del modo en que ella la describiría: era una de esas construcciones diseñadas para albergar secretos.

Caminamos hasta la estación del metro de la mano. Nos sentamos en un banco y Thea apoyó la cabeza sobre mi hombro. Mientras esperábamos, un oficial se acercó.

—Hacía mucho que no te veía —le dijo a Thea.

—¡Y yo a ti! —exclamó ella, enderezándose—. ¿Cómo va ese servicio?

—Tranquilo. Espero que no alteres eso.

—Dime la verdad: hace mucho que no tienes que correr por mi culpa, ¿eh? Tanto, que ya estás perdiendo estado físico.

—No importa. Sigue así —pidió el oficial, riendo.

—Apuesto a que extrañas mi voz y mis largas piernas burlándose de tu lentitud.

—Las veces que te atrapaba, sí que lo disfrutaba. Se sentía como un pequeño triunfo.

Thea soltó una carcajada. Como el metro ya estaba llegando a la estación, se despidieron y nos levantamos.

—¿Hay algún oficial que no conozcas? —pregunté—. No sé si sentirme seguro o inseguro por eso.

Me empujó de costado para castigarme por la broma a la vez que se mordía el labio. Las puertas del vagón se abrieron. Dejamos bajar a una persona y subimos. Por suerte, conseguimos asientos.

—Será mejor que comiences a quitarte todo eso —sugerí, señalando sus alhajas—. No queremos que las alarmas de la zona de seguridad del aeropuerto se disparen y tener que conocer oficiales nuevos. Creo que los de ahí no son tan simpáticos como los del metro. Por razones del terrorismo, se toman su trabajo muy en serio.

—¿Has estado muchas veces en un aeropuerto? —preguntó mientras abría la mochila y comenzaba a quitarse los brazaletes para luego depositarlos adentro.

—Las suficientes para que una vez me olvidara de extraer el móvil del bolsillo y, cuando terminé de atravesar el detector de metales, se me acercaran tres oficiales como si fuera un criminal.

—¡Guau! Sí que te debes haber cagado. Quiero decir, asustado. Cam… ¿Crees que soy vulgar?

—¿Qué? —Fruncí el ceño, sin entender en un principio a qué venía su pregunta; como siempre, Thea era una caja de sorpresas. Sin embargo, ahora que la conocía más, podía adivinar con mayor precisión–. ¿Eso te dijo la nieta de la abuela? –Asintió–. Creí que no te importaba lo que la gente pensara de ti.

—No me interesa. Pero sí me preocupan las personas que quiero. Mi abuela siempre me pedía que moderara mi vocabulario. Si tú me dices que…

—No me molesta el modo en que hablas, si esa es la pregunta. Te quiero tal como eres. Si algún día me molestara algo que hicieras, te lo diría. De hecho, ya lo hice cuando te pedí que no desaparecieras porque eso me lastima. Espero que tú también me hagas saber si alguna vez te molesta algo de mí.

—Lo haré. ¿Crees que soy vulgar o no?

—Creo que eres única y especial, y que la definición de "vulgar" aplicada a las personas puede ser muy subjetiva. No es como decir "bacilo" y saber que se refiere a cualquier bacteria con forma de vara. ¿Qué es "vulgar"? No lo sé. —Me encogí de hombros y dejé escapar el aire de golpe–. Lo siento, te dije que no soy bueno con las palabras. Para mí no eres vulgar. Para otro, no lo sé. ¿Qué importa? No dejarás de ser tú por lo que piense la nieta de la abuela que cuidas.

Se humedeció los labios y luego los apretó uno con el otro.

—No eres tan malo con las palabras como piensas –aseguró, y continuó quitándose las alhajas.

Para cuando llegamos al aeropuerto, me dio la impresión de que, tal como había asegurado, ya se había olvidado de lo mal que lo había pasado ese día en su trabajo. Pero yo no. Me parecía curioso que tan solo permitiera que las personas supusieran cosas de ella y que estuviera dispuesta a soportar maltratos para conservar a la abuela cerca. Además, me preocupaba que tuviera que regresar a esa casa donde una chica la menospreciaba y un hombre la hacía sentir incómoda. Me constaba que sabía defenderse muy bien y que muchos la deseaban, lo cual no le daba miedo. Si ese sujeto lograba desestabilizarla, tenía que ser una persona muy oscura.

Cuando subimos al avión, me pareció que, por un instante, se transformó en una niña. Nunca la había visto tan ilusionada con algo, y eso que siempre derrochaba alegría. Se sentó del lado de la ventanilla con una sonrisa tan grande y bella como el cielo en el que pronto nos elevamos.

En tres horas y media estuvimos en el aeropuerto de Atenas. Allí, el sol brillaba con esplendor. Ni siquiera se nos ocurrió desperdiciar un instante en pasar por el hotel. Fuimos directamente a la Colina de la Acrópolis, a donde llegamos justo para el atardecer.

Nunca me había sentido tan asombrado por un lugar. Por la expresión de Thea, supuse que ella tampoco. Al entrar allí fue como si nos transportáramos en el tiempo. Quisimos tomarnos una fotografía con la enorme construcción de fondo, pero nos dimos cuenta de que, en realidad, estábamos filmando. Thea me besó mientras reía. Se había soltado las trenzas, y su cabello se mecía con el viento.

Mientras la retrataba con el enorme sol anaranjado a un costado, rodeada por las ruinas, no tuve dudas de quién era ella: la madre de la luz. Una luz intensa y brillante que amaba tener en mi vida.

29

Thea

Atenas estaba llena de imágenes que jamás olvidaría. Sentía que ya había estado allí alguna vez, que era un lugar en el que podía ser feliz.

Después de visitar la Colina de la Acrópolis, fuimos a cenar y luego, al hotel. Esa noche procuramos dormirnos temprano para levantarnos al amanecer y disfrutar lo máximo posible de nuestro único día completo en Grecia.

Visitamos en tiempo récord el Ágora antigua, el Templo de Hefestión, Kerameikos, Olympieion, el Foro Romano, la Biblioteca de Adriano, el Liceo de Aristóteles y el Museo Arqueológico

Nacional. Era tanta nuestra excitación por conocer sitios nuevos, que almorzamos un sándwich mientras caminábamos de un templo a otro. Dejamos lo menos concurrido para el día siguiente, antes de ir al aeropuerto.

Estábamos agotados, por eso dormimos todo el vuelo de regreso.

Cuando llegamos a Londres, estaba lloviendo. Cam se ofreció a acompañarme hasta mi casa. Tuve que recordarle nuestro acuerdo. Terminamos despidiéndonos en la estación.

Llegar al apartamento donde convivía con mi madre después de pasar tiempo con Cam se hacía cada vez más difícil. Nunca había sido más libre que cuando estábamos juntos. En casa, en cambio, me sentía en una oscuridad opresiva.

Ivy me escribió esa noche para preguntarme cómo lo había pasado en Atenas. Conversamos un rato hasta que me quedé dormida.

Al día siguiente, Daisy también me pidió que le contara del viaje. Como continuaba lloviendo y estábamos en su dormitorio, temía que su nieta regresara y nos oyera del otro lado de la puerta. Desde hacía un tiempo tenía la sensación de que nos espiaba.

—Si tan solo pudiera vivir al aire libre con Cam… —susurré—. Cuando estoy con él, puedo relajarme. Me siento natural. A su lado no hay peligro de que me trague la oscuridad.

—¿Por qué le tienes tanto miedo a eso?

—Porque sé lo que puede hacerle a una persona. Sé que puede consumirla hasta transformarla en una sombra.

—Tendrías que poner esos versos en una canción.

—Lo haré —prometí con una sonrisa.

—Thea… Me gustaría ayudarte de alguna manera.

—¿A qué te refieres?

—A que moriré en algún momento y no me gustaría que tuvieras que conseguir otra vieja a la que cuidar.

Aunque no quería pensar en su posible muerte, me hizo reír.

—También puedo cantar en el metro, cuidar a mis vecinitos o dejar que la vida me sorprenda. Supongo que ya te habrás dado cuenta de que el dinero no me interesa. Por ejemplo, Cam gastó lo que le quedaba de sus ahorros en el viaje que hicimos el fin de semana. Me siento mal por eso, porque puede necesitarlos para otra cosa. Sin embargo, no me importa adónde vayamos, siempre que estemos juntos. Podemos alejarnos de la ciudad y quedarnos en el auto o, si es invierno, buscar una casa abandonada y calentarnos haciendo una fogata. De verdad me da lo mismo. No necesito muchas cosas materiales para ser feliz. Cuando cambiemos de forma, no nos las llevaremos. Ellas se quedarán aquí mientras nuestros cuerpos se marchitan y nuestra alma se eleva muy por encima de lo que puedes comprar con dinero. Entonces ¿para qué perseguirlo?

—Lo sé. Pero supongo que estás más tranquila sabiendo que tienes un salario asegurado cada mes.

—Sí, es cierto. Pero como falta mucho para que tu alma deje el cuerpo que habitas…

—¿No has pensado en vender la ropa que haces?

—No. La hago por placer.

—Podría ser un buen negocio.

—¿Y que las demás se vistan como yo? —Reí y negué con el dedo y con la cabeza mientras chasqueaba con la boca—. Ni loca. Prefiero ser única.

—¡Vamos, Thea! No debe faltar mucho para que tengas que limpiarme el trasero. No quiero que hagas eso.

—¡Basta! —Reí una vez más—. ¿Por qué continúas hablando como si fueras a morir mañana? Eso no ocurrirá. Hierba mala nunca muere, y las dos lo somos —bromeé.

—Quisiera que hicieras algunos cursos de ventas.

—No, gracias. Eso no es para mí. Creo que la madre de Cam se dedica a algo así. Trabaja en una agencia de marketing o un negocio parecido. Él me contó que ella se llama Iris, y su padre, Reuben. ¿No son nombres de gente mayor?

—Dime qué te gustaría estudiar y yo te ayudaré —propuso, ignorando mi intento por cambiar de tema.

—Estudio muchas cosas por mi cuenta: filosofía, numerología, vidas pasadas, constelaciones familiares, reiki, astrología…

—Me refiero a algo que te otorgue algún certificado.

—Los certificados son mundanos y solo alimentan el sistema capitalista basado en la competencia. ¿Acaso tu madre tenía uno? —Se quedó en silencio—. ¿Lo ves? No hacen falta para tener éxito o dinero, solo hay que desearlo. Para algunas personas, incluso son una pérdida de tiempo.

—¿Eso crees de Cam, que está perdiendo el tiempo yendo a la universidad para convertirse en médico?

—¡Claro que no! A muchas personas sí les sirven, y los admiro por ser constantes en sus estudios. ¡Cam es tan inteligente y fuerte! El otro día me contó que estuvieron trabajando con cadáveres. Yo jamás lo resistiría. Admiro a los que no están pensando en competir y sí en que sus diplomas sirvan para mucho más que decorar una pared y agrandar su ego.

—Supongo que tienes razón: mi madre no tenía un título universitario y, aun así, logró fundar y hacer crecer una compañía con los conocimientos que le brindaba su pasión.

—Así es. Creo que mi fuerza es creativa. No soporto las estructuras tradicionales de enseñanza y aprendizaje ni las de un empleo corriente, pero sí tengo talento para generar ideas. Por eso no creo que los demás pierdan el tiempo aprendiendo de la manera habitual; porque si yo quisiera tomarme en serio el diseño de indumentaria, necesitaría de ellos, como podemos necesitar un médico. Yo no tendría la constancia para aprender a diseñar ropa como se enseña en las universidades ni quien haga esa parte por mí. Entonces, es mejor que siga siendo un pasatiempo.

—Haré todo lo posible para que no tengas que limpiar mi culo. Pero no sé si otra vieja hará lo mismo.

Volví a reír.

—Me parece bien que dejes de pensar que morirás pronto o que te quedarás en un estado en el que necesites que alguien te limpie el culo. Ha parado de llover. ¿Qué dices si vamos un rato a la cafetería que está cerca y nos distraemos un poco? Hace mucho que no sales de entre estos muros.

—Prefiero que busques un libro en la biblioteca y lo leas para mí un rato. Se llama *El retrato de Dorian Gray*.

—Oscar Wilde.

—Sí. Me acordé de él cuando dijiste que las cosas nos sobrevivirán. ¿Lo has leído?

Negué con la cabeza.

—No, pero siempre lo mencionaba la profesora de Literatura en el colegio y usé una frase de él en uno de mis estados de la mensajería instantánea.

—Tráelo. Supongo que te gustará.

Salí de la habitación y me dirigí a la biblioteca. Entré sin golpear, creyendo que, a lo sumo, podría encontrar allí a Lauren, la mucama. Salté del susto en cuanto hallé a Fletcher, el novio de Sophie, sentado del otro lado del escritorio.

—Lo siento. No sabía que estabas aquí —dije, retrocediendo con la intención de volver a cerrar la puerta.

—Espera —ordenó—. ¿Por qué vas siempre tan deprisa?

—No puedo dejar a Daisy sola por mucho tiempo.

—Pasa. Solo será un momento. ¿Para qué entraste en un principio?

Le sostuve la mirada, diciéndole con mi pensamiento que me dejara en paz. *Idiota, ninguno de los dos quiere un problema. Será mejor que le hables con ese tono íntimo y sugestivo a tu novia.*

—Hasta luego —contesté, y cerré la puerta.

Al volverme, me encontré con Sophie. Llevaba dos tazas de té en una bandeja. La esquivé y hui a la habitación de la abuela.

—¿Por qué regresas con las manos vacías? —preguntó ella.

—Fletcher estaba en la biblioteca y no quise molestar.

—Ah, ¡ese muchacho! Cada vez pasa más tiempo en esta casa.

No quise preocuparla, así que omití contarle que tenía un mal presentimiento respecto de él.

—También Sophie —acoté.

—Parece que dejó algunas asignaturas de la universidad. No quiero opinar mucho, pero mi hija está enojada por eso. Entiendo a mi nieta: si le piden ayuda para sostener la compañía, es lógico que no tenga tiempo para el estudio. Trabaja un poco aquí y un poco en las oficinas. Fletcher ha de estar explicándole cosas. Él ya es contador.

Asentí sin emitir palabra. No tenía nada para decir; la vida ajena no me concernía. Tan solo me hubiera gustado alejar a Daisy de ahí, aunque sea por momentos. Ella era como una luz en medio de toda esa oscuridad.

El viernes por la noche, mi madre volvió a llevar a uno de sus amigos a casa. Para colmo, mis vecinos tenían la música a todo volumen, como solía ocurrir muchas veces. Me encerré en mi habitación e intenté componer la canción que había surgido de mi conversación con Daisy.

Dm
I know what the shadows
 	
    G
Can cause to us all
 	
Em   Am
I know the way they consume our soul
 	
Dm   G
Until there's nothing left from you
 	
    Em .
And you drown
 	
    Am
Please, help me
 	
       Dm
Because fear grows
And I know it's wrong
 	
    G   Em   Am
The answer doesn't lie in the fog
	Dm
	Sé lo que las sombras
	
	    G
	Pueden hacernos
	
	Em Am
	Sé de qué modo consumen nuestra alma
	
	Dm G
	Hasta que ya no queda nada de ti
	
	    Em
	Y te ahogas
	
	    Am
	Por favor, ayúdame
	
	       Dm
	Porque el miedo crece
	Y sé que está mal
	
	    G Em Am
	La respuesta no yace en la niebla

La dejé incompleta para conversar con Cam hasta que nos venció el sueño.

Desperté muy temprano en la mañana a causa de algunos gritos. Al comienzo pensé que mis vecinos discutían, pero enseguida me di cuenta de que provenían de mi casa. Mi madre se estaba peleando con su amigo.

Hice un gran esfuerzo para contener mi impulso de salir a ayudarla. Incluso me privé de hacerlo cuando me pareció oír un golpe. Solo rogaba que ella se lo hubiera asestado y no al revés.

Después de un portazo, hubo silencio. *Por favor, que grite, que protestte o llore,* pensé. Solo así podría comprobar que ella estaba bien sin abandonar mi habitación.

Instantes después, escuché que rompía algunas cosas. Luego, su llanto. Respiré, aliviada. Lo último que oí antes de volver a dormirme fue la puerta de su dormitorio.

El despertador del móvil sonó antes del mediodía. Cam y yo habíamos acordado que almorzaríamos juntos y luego pasaríamos la tarde en un parque, aprovechando que todavía no hacía tanto frío y que no llovía.

Desayuné té y galletas, preguntándome si mi madre seguiría en su habitación o se habría ido. Decidí echar un vistazo antes de salir, solo por si acaso.

La encontré de nuevo con el brazo extendido y la goma puesta, tan apretada desde hacía quién sabe cuánto tiempo que ya tenía la zona morada. Se la quité y la moví para que reaccionara. La jeringa estaba en el suelo.

—Mamá… —murmuré—. Mamá, ¡no me hagas esto de nuevo!

Aproximé el oído a su nariz. Respiraba.

Sentí mucha ira e impotencia. Quería destrozar esa habitación con olor a encierro y arrojar sus drogas por la alcantarilla. No tenía sentido: solo conseguiría que se endeudara. Supuse que ya se habría gastado el sueldo en las que seguro tenía guardadas en las gavetas; no podía sobrevivir sin ellas.

Pensé en llamar a Louie una vez más, pero él me había dejado claro que no acudiría. Hacía bastante que no veía sus estados en la red social de mensajería; apostaba a que me había bloqueado, como había prometido.

Lo mejor sería suspender la salida con Cam para quedarme

con mi madre hasta que reaccionara. Debía asegurarme de que no continuara drogándose hasta tener una sobredosis, si acaso no la tenía ya.

Mientras me ponía de pie, me atacó una horrible sensación de culpa. Lo mejor era cancelar la salida. Sin embargo, estaba abandonando el dormitorio con la intención de irme de todas maneras.

Logré llegar a la cocina y hacerme con mi bolso; lo había colgado en el respaldo de una silla. Seguí caminando hacia atrás, sin apartar la mirada del pasillo de las habitaciones, mientras respiraba hondo y dejaba salir el aire despacio. Solo tenía que cruzar la puerta del apartamento y correr por las escaleras. Si conseguía llegar a la calle, sería más fácil vencer el miedo y escapar de esa realidad que ya no quería. Aunque estuviera aterrada de encontrar a mi madre muerta al regresar, debía continuar con mi vida.

"La respuesta no yace en la niebla". Si permitía que el miedo me paralizara, sería lo mismo que entregarme a las sombras.

Una vez que crucé la puerta, no hubo vuelta atrás. Me eché a correr por el pasillo y luego por las escaleras hasta que alcancé la calle.

Mi barrio todavía se sentía sofocante, casi tanto como el apartamento. Parecía que las calles se hubieran transformado en una pintura en blanco y negro. Me temblaban las manos mientras iba en el metro. *Por favor, que no muera o jamás podré perdonármelo.*

Sentí que volvía a respirar recién cuando abandoné la estación donde Cam y yo habíamos acordado encontrarnos. Hubiera deseado que ya se encontrara allí, pero por escapar de mi realidad antes de que me hundiera, yo había llegado demasiado temprano.

Cuando lo vi aparecer, experimenté un gran alivio. Llevaba en el cuello la bufanda que yo le había tejido.

Ni siquiera me saludó.

—¿Qué ocurrió? ¿Estás enferma? —preguntó, preocupado. Me sorprendió su capacidad para reconocer mis emociones. Lo abracé y me oculté contra su pecho sin explicarle—. Thea... —murmuró, acariciándome el cabello—. Por favor, dime que ese tipo de la casa de la abuela no te hizo daño. —Negué con la cabeza—. ¿La nieta se metió contigo de nuevo?

—No soy quien tú crees —sollocé.

—¿Qué significa eso?

—Soy una prisionera cobarde.

—¿A qué te refieres? Me estás asustando.

Hice silencio. Por más que quisiera, no podía decirle la verdad. No podía confesarle que había dejado a mi madre con una posible sobredosis sola en la cama y que a veces coqueteaba con terminar como ella.

—Por favor, vayámonos lejos. Lo más lejos posible —supliqué.

—¿De qué quieres alejarte? —indagó.

—De la realidad —contesté, respondiendo sin querer a sus dos preguntas: de qué era prisionera y de qué quería alejarme. Por eso me gustaba que viajáramos: era lo mismo que drogarse, pero de manera sana. Una vía de escape.

Me tomó de los hombros para apartarme y me miró a los ojos.

—Mis abuelos paternos tienen una pequeña cabaña a unos kilómetros. Ayer, cuando salí de la universidad, fui hasta su casa y acabo de regresar. Me prestaron la llave, dicen que podemos ir cuando queramos. ¿Vamos ahora?

—¿Les hablaste de mí?

—Sí. De hecho me preguntaron por qué no fuimos juntos. Les prometí que los visitaríamos algún fin de semana cuando no vayan mis padres.

—¿Entonces también les contaste lo que ellos creyeron al verme?

—¿Por qué les diría eso? No tiene importancia. Solo les dije que no aceptan que mi vida pase por otros asuntos que no sean nuestra familia, el estudio y mi futuro en la clínica.

—Cam… No creo que si ellos me vieran pensaran distinto de tus padres.

—¿Qué apostamos?

—Sexo oral.

—Hecho.

Por más imposible que pareciera, terminamos riendo por la apuesta, y eso me ayudó a relajarme.

En el auto, le envié un mensaje a mi madre preguntándole por una taza rota. Cualquier cosa servía para constatar que se encontrara en sus cabales cuando lo estuviera. Después de eso, guardé el móvil y decidí que lo revisaría cada una hora hasta hallar su respuesta y quedarme tranquila. Si me la pasaba pendiente de eso, sería lo mismo que haberme quedado en casa.

Llegamos a la pequeña estancia en una hora. Al ingresar al predio, divisé la cabaña. Parecía salida de un cuento de hadas: estaba revestida en madera, las ventanas tenían los vidrios repartidos y cortinados rojos.

Una vez que bajamos del automóvil, Cam se adelantó. Lo miré de arriba abajo: su vestimenta era bonita y de calidad, pero me pareció que no terminaba de encajar con él.

Se volvió, sin dudas para comprobar si lo seguía.

—Cuando te vayas a Ruanda, no podrás usar esa ropa —dije, señalando su suéter escote V celeste grisáceo y su jean oscuro.

—Mejor. Ni siquiera me gusta del todo —confesó.

—Lo imaginé. ¿Y qué ropa te agrada?

—La que podría usar en Ruanda.

—¿Los taparrabos? No te hacía del tipo exhibicionista —bromeé.

Cam rio a la vez que negaba con la cabeza. Se encogió de hombros.

—Tengo algunos pantalones cargo de color marrón claro y camisetas verdes por ahí, pero no las uso.

—Quizás sea hora de que comiences a ponértelas. La ley de atracción dice que debemos actuar como si ya estuviéramos viviendo en la realidad que deseamos para que se produzca.

—¿Eso haces? ¿Cómo te ves en unos años?

Suspiré a la vez que di un paso que terminó de acercarme a él.

—En paz —respondí—. Parece poco, pero es mucho. La paz y la felicidad son las metas más difíciles de alcanzar, porque implican muchas cosas.

Tomó mi mano y la apretó con fuerza.

—Me gusta ese futuro. Podemos imaginar que estamos en él este fin de semana.

—Estoy de acuerdo. Me encantaría vivir en una cabaña como esta, cerca de la ciudad y a la vez lejos de su ruido. En un lugar donde pueda escuchar los pájaros cantar en la mañana y no las discusiones de mi madre o de los vecinos.

—¿Con quién se pelea?

—Es complicado de explicar. ¿Entramos?

Por suerte, asintió sin hacer más preguntas.

La respuesta de mi madre llegó por la noche. Le agradecí a mi abuela por haberla cuidado desde el más allá y me permití relajarme todavía más. Hicimos una fogata y nos acomodamos en un asiento debajo de un árbol, cubiertos por una manta. Bebimos un té, tan juntos que parecíamos uno.

A partir de ese día, comenzamos a ir a la cabaña algunos fines de semana. Cuando teníamos dinero, hacíamos otras cosas, como ir al cine, a algún restaurante o a un hotel. Incluso salimos algunas veces con nuestros amigos Ivy y Harry, los cuatro a la vez.

Me invitó a la casa de sus abuelos y, aunque sentí miedo de aceptar, le dije que sí para ganarme el premio de la apuesta.

Tuve que dárselo yo, porque en ningún momento me sentí prejuzgada, y eso que se me escaparon dos groserías. La abuela paterna de Cam era una mujer tan dulce como las masitas que preparó y nos obligó a comer hasta explotar. Supe que nos apreciábamos una a la otra, aunque nos hubiéramos conocido ese mismo día y no tuviéramos una razón específica para sentirnos cercanas. Las energías a veces se movían de una manera misteriosa, conectando las almas.

También visitamos a sus abuelos maternos. Si bien no logré entenderme tan bien como con los otros, por lo menos no me trataron como sus padres. Sí noté que sin dudas su madre les había hablado de mí, en especial a la mujer, que me observaba por momentos como si yo fuera un objeto de estudio.

Ignoré esos presentimientos e intenté pasarlo bien por Cam. La familia era muy importante para él, y no quería que se sintiera incompleto por mi causa. No quería que tuviera que elegir.

Durante la temporada de exámenes, las horas compartidas se redujeron. Intentamos que yo lo ayudara a estudiar, pero él terminaba distrayéndose para acariciarme el cabello, besarnos o hablar de tonterías.

Como no daba resultado, tuvimos que hacer el sacrificio de reunirnos solo dos horas para tomar algo los sábados. El resto del tiempo, lo pasaba encerrado en su habitación, devorando libros, mirando fotografías de partes del cuerpo diseccionadas y repitiendo una y otra vez los mismos conceptos como un mantra.

Aun así, sus calificaciones se alejaron un paso más de ser las mejores de la clase. Me contó que su padre se lo hizo notar y que él se atrevió a decirle que en Ruanda no le pedirían ser el mejor de la clase.

—"¿Ruanda?", respondió. "¿De qué estás hablando?". No me atreví a contarle el resto.

Le tomé la mano por sobre la mesa de la cabaña con una sonrisa serena.

—Diste un gran paso. Espero que lo hayas hecho mirándolo a los ojos. —Me había contado que le costaba hacer eso cuando sentía que los estaba decepcionando.

—No lo miré a los ojos para hablar de Medicina, pero sí de ti.

—¿De mí? ¿Otra vez?

—Llevamos meses saliendo. Supongo que tanto él como mi madre terminaron por aceptarlo. Me pidieron que te invitara a cenar. Una vez, mi madre solo lo sugirió. Ahora fue una propuesta directa.

—Cam...

—Entiendo si no quieres ir. Pero la verdad es que me gustaría que tuviéramos una relación normal, y eso implica que puedas venir a mi casa.

—Sabes cómo soy y lo que ellos piensan de mí. No cambiaré para encajar.

—No quiero que lo hagas. Deseo que ellos acepten mis elecciones, así sean extravagantes como tú o distintas de una clínica.

—Me han llamado de muchas maneras, pero nunca "extravagante".

Se inclinó por sobre la mesa para acercarse a mi rostro.

–También puedo llamarte "preciosa", "única", "irresistible"...

–¡Calla! –Reí y lo golpeé en el hombro–. No me convencerás de que acepte la invitación con un par de adjetivos bonitos.

–"Sensual", "creativa", "profunda", "inteligente"...

Lo besé para que guardara silencio y porque su mirada me estaba derritiendo.

La conversación quedó en suspenso.

30

Thea

—No sé qué hacer —confesé a Daisy después de relatarle la conversación en la que Cam me había transmitido la invitación de sus padres. Estábamos sentadas frente al fuego del hogar, con una taza de té en la mano.

—¿Qué puede ser peor que lo que ya vieron? —preguntó, encogiéndose de hombros.

Nada, pensé. *Su madre ya me encontró desnuda en la cama de su hijo, ¿qué más da?* Aun así, me costaba acceder.

—Sabes que no me importa lo que la gente piense de mí. Pero, en este caso, es diferente: son los padres de Cam, y no quiero sentir su rechazo. A la vez, no pienso cambiar por nadie, mucho menos por ellos. No soy yo la que tiene que encajar, son esas personas las que tienen que aceptarme.

—Estoy de acuerdo: no tienes que cambiar. Sin embargo, creo que podrías adaptarte.

—¿Adaptarme? No encuentro la diferencia. La esencia de una persona no está en unos centímetros más de falda. Si van a prejuzgarme como la primera vez que me vieron, prefiero ni asomar la nariz por su casa.

—¿Aunque sepas que sería bueno para la independencia de tu novio que lo hicieras?

—¡Daisy! —protesté—. Se supone que tienes que ayudarme, no generarme más conflictos internos.

—¡Eso intento! Pero eres terca como una mula. ¿Qué tiene de malo que, por una noche, no hagas comentarios abruptos? Negocia contigo misma: lleva la falda corta o el pantalón ajustado con una rotura en el trasero, pero no digas groserías. Eso es adaptarse.

Suspiré.

—¿Terminaste el té? Llevaré las tazas a la cocina.

—Espera —dijo, y posó su cálida mano sobre mi antebrazo—. Ten cuidado: Cam te dijo que quiere una relación tradicional. ¿Tú deseas lo mismo?

—Solo quiero estar a su lado. Así como deseo estar contigo o con una amiga, solo que de forma diferente.

—Entonces, ¿a qué le temes?

Bajé la cabeza.

—A mí misma. Sé que jamás lograré que sus padres me acepten. No importa lo que haga: para ellos siempre seré la puta con la que su hijo se revuelca los sábados.

—¡Thea! ¿Por qué eres tan dura contigo misma?

—Es lo que dijeron.

—Pero no es lo que eres, ni ellos tienen por qué pensar así para siempre.

Evité decirle que su nieta también lo creía y que su novio me lo hacía sentir cada vez que me miraba con lascivia.

—¿Llevo las tazas a la cocina? —consulté otra vez. Daisy lo ignoró.

—No desperdicies las oportunidades que te da la vida, el tiempo nunca vuelve atrás.

La contemplé mientras meditaba sus palabras.

—Si pudieras regresar al pasado, ¿cambiarías algo? —pregunté, interesada. Ella cerró los ojos por un instante y sonrió de manera reflexiva.

—Fui una joven rebelde, pero una niña muy dócil. Quisiera haberme enojado menos con mi madre y más con mi abuela.

—Dijiste que sabías que tu madre te amaba.

—Eso pude reconocerlo con el tiempo. Cuando era pequeña, no me sentía amada. Creía que ella me había abandonado.

—Entonces, ¿quisieras volver a ser una niña para escapar de la casa de tu abuela y regresar con tu madre? ¿Te hubiera gustado ser capaz de decirle a un juez que querías estar con tu madre y no con otra persona?

—Sí. También quisiera volver atrás para ser una mujer menos impulsiva. Para no casarme con Finley y en cambio convencer a George de que nos fugáramos sin importar los mandatos familiares. Tú ni siquiera tendrías que convencer a Cam, él se iría contigo sin dudar.

—Soy yo la que no quiere apartarlo de su familia, siendo tan importante para él.

—Con más razón: si de verdad lo amas y te importa la relación, intenta adaptarte; tienes tanto que ceder como sus padres. Thea... Eres mucho más inteligente que yo a tu edad, pero no puedo dejar de advertirte que, a veces, las oportunidades se presentan una sola vez en la vida, nunca más.

—Tuviste una segunda oportunidad con George.

—Pero no como la deseaba. Cariño... Vive de manera que nunca termines sentada frente a un hogar, con una taza de té en tu mano, rodeada de lujos pero con el corazón roto y vacío.

La puerta se abrió de golpe. Las dos nos sobresaltamos; teníamos los ojos húmedos. Miré por sobre el hombro y vi entrar a Sophie.

—Déjame a solas con mi abuela, por favor —solicitó.

Me levanté rápido, le quité la taza de la mano a Daisy y me retiré ocultando las lágrimas. Sophie cerró la puerta, y yo me alejé por el pasillo.

Crucé la sala y entré en la cocina. Lauren, la mucama, no estaba. Pensé que sería tonto dejarle trabajo mientras que yo esperaba que Sophie me permitiera regresar con la abuela. Tampoco me pareció necesario poner dos tazas en el lavavajillas, así que abrí el grifo para lavarlas mientras apreciaba el jardín desabrido del otro lado de la ventana.

Oí la puerta detrás de mí. Luego, que alguien abría el refrigerador.

—Es una pena que las rosas ya no estén —solté, creyendo que se trataba de Lauren—. No me extraña que el invierno simbolice la muerte en cualquier libro.

Un escalofrío recorrió mi columna cuando Fletcher apoyó las manos sobre la encimera a mi lado, mirando por la misma ventana.

—Volverán en cuanto ya no haya heladas —respondió—. Son plantas muy nobles; florecen casi todo el año, como las mujeres.

"Como las mujeres".

Sentí asco. Intenté terminar con el lavado rápido para marcharme lo antes posible, pero por apresurarme, una taza resbaló entre mis dedos, se rompió y me corté.

Fletcher aprovechó el incidente para sujetarme de la muñeca. Si se hubiera tratado de cualquier imbécil que andaba por la calle, ya se hubiera ganado algún *fuck you,* un insulto o incluso un golpe de mi parte. ¡Pero era el novio de la hija de mi empleadora! Si me dejaba llevar por mis impulsos, perdería a Daisy para siempre.

Me liberé de su agarre como si sus manos fueran cadenas y di un paso atrás.

—Estoy bien —dije—. Iré al baño para higienizarme.

—¿Necesitas ayuda?

—No.

—Anda, déjame ayudarte —insistió, interponiéndose en mi camino.

—Por favor —murmuré con los dientes apretados y una mirada arisca. Completé la frase en mi mente: *No me obligues a reaccionar, no me traigas problemas, no me quites a Daisy.*

—Tranquila, solo quiero que los dos ganemos en este juego —dijo en voz baja, apretando mis brazos a los costados del cuerpo. Me moví para liberarme.

—Déjame en paz. No te confundas, no me interesa jugar contigo.

—Llevamos meses acechándonos como cazadores a una presa.

—No es cierto.

—Estás todo el tiempo provocándome.

–¡Basta!

Sentir su mano sobre mi trasero fue lo último que faltaba para que ya no pudiera contenerme. Le asesté una bofetada y comencé a gritarle.

–¡Maldito imbécil! ¿Cómo te atreves a ponerme una mano encima? –Lo empujé y lo pateé en la entrepierna–. ¡Idiota!

–¡¿Estás loca?! –protestó él, un poco encorvado, agarrándose los testículos por sobre el pantalón de vestir.

–¿Quién te dio derecho a tocarme? ¿Por qué crees que puedes abusar de tu poder?

–Tan solo quería ayudarte. Tu dedo está sangrando.

–¡Me tocaste sin mi consentimiento!

–¿Qué está pasando? –bramó la voz de Sophie.

–Que tu novio me tocó el culo y me dijo que quiere cogerme –respondí.

–Está inventando –explicó él, tembloroso–. Entré para servirme un poco de agua. Se asustó cuando abrí el refrigerador, se le cayó una taza en el fregadero y se cortó. Solo me acerqué para ayudarla.

–¿Cómo te atreves a insinuar algo tan absurdo? –me acusó ella.

–¡No seas necia! –rogué–. Por favor, créeme.

–¡Eres una malagradecida! Te dimos trabajo aunque seas una ordinaria, ¿y nos pagas de esta manera?

–¡¿Por qué ni siquiera pones en duda lo que él dice?! –grité, apretando los puños para contener mis deseos de sacudirla.

–Vete ahora mismo. Estás despedida –ordenó.

–Te estoy diciendo que tu novio se me insinuó y que me tocó sin mi consentimiento. ¿Puedes darme un poco de crédito?

–Será porque lo rozaste a propósito. ¡Buscona!

—¡Estúpida! —exclamé, fuera de mí—. ¿Cómo puedes ser tan ciega? ¿Acaso no ves que es un lobo disfrazado de cordero?

—¡Cállate de una vez! —ordenó él, y me miró con desprecio—. ¿Qué fantasía oscura te hace pensar que podría interesarme siquiera en mirar a una chica grotesca y burda como tú? No permitiré que continúes acusándome injustamente. Te denunciaré por injurias de ser necesario. Respeta a Sophie y vete de esta casa antes de que te hagamos echar por la policía.

—Están enfermos —masculé—. Nadie en esta casa vale la pena excepto Daisy.

Pensar en ella me rompió el corazón. No quería dejarla. No podía.

Pasé junto a Sophie temblando de impotencia. No permitiría que me arrebataran a una persona que amaba con la misma facilidad con que a Daisy la habían apartado de su madre. Pensé en pedirle ayuda, pero desistí enseguida: el escándalo debilitaría su salud, si no la había alterado ya. Intenté razonar: si no había aparecido aún, posiblemente hasta ese momento no hubiera oído nada. Era mejor así. Un disgusto semejante podía matarla.

Me senté en la sala, desesperada, y apreté el borde del sofá con un nivel de tensión que me desbordaba. Una mancha roja arruinó la tela blanca, como si el dolor de la inminente pérdida se escapara a través de mi dedo.

Sophie y Fletcher me siguieron.

—¿Qué haces? —preguntó ella—. Te ordené que te fueras. Te dije que estás despedida.

—Llama a tu madre —solicité, procurando mantener un tono bajo para que Daisy no oyera el escándalo desde su dormitorio—. Josephine es mi empleadora, no tú. Solo ella puede despedirme. No me iré hasta que venga.

Miró a Fletcher y comenzó a dirigirse a él como si yo no estuviera ahí.

—Siempre supe que contratarla nos traería problemas. ¿Estás bien?

—Sí, no te preocupes. ¿Quieres que llame a la policía?

Sentí tanta indignación que podía romper todo lo que decoraba esa horrible y oscura casa llena de secretos y mentiras. Le preguntaba a él, ¡a él!, si estaba bien. Hubiera deseado ser capaz de probar lo que había ocurrido en esa cocina tal como había sido y no como su novio le hacía creer. Aun así, supuse que buscaría una excusa para creerle, porque sencillamente no quería ver.

—Llamaré a mi madre. Ve con mi abuela y convéncela para que se acueste. Dale uno de los sedantes que toma para que le dé sueño —pidió Sophie.

—¿Y si me pregunta por ella? —respondió Fletcher, señalándome.

—Dile que recibió una llamada y tuvo que irse.

—De acuerdo.

—Gracias, amor. Eres tan bueno. Lamento todo esto. ¡Qué injusticia!

—No te preocupes —contestó él, acariciándole el brazo, y se retiró.

Me quedé sentada allí mientras Sophie llamaba a su madre y le pedía que fuera a la casa con urgencia por un problema con "la cuidadora". Yo era solo eso: "la cuidadora", alguien desechable. El amor que Daisy y yo sentíamos la una por la otra no cabía en un rótulo, mucho menos en el entendimiento de sus familiares.

Varias veces sentí el impulso de correr a su habitación y pedirle ayuda. Estaba segura de que sería la única que me creería si le contaba lo que había ocurrido. La escuché protestar. Le dijo a Fletcher que era imposible que yo me hubiera ido sin avisarle a ella en persona, que seguro algo grave había sucedido para que hiciera eso y que necesitaba comunicarse conmigo para quedarse tranquila. Lo gritó a viva voz, como había hecho yo en la cocina. Era una suerte que su sentido de la audición hubiera empeorado con la edad y que no hubiera escuchado la discusión. Lo que menos quería era que enfermara por mi causa. Tenía que ocultarle el escándalo por su salud y por su estado emocional. Desde hacía meses estaba muy sensible.

Los veinte minutos que Josephine tardó en llegar fueron los más largos de mi existencia. Sophie no me quitaba la mirada de encima. En cuanto su madre entró, se le acercó para ponerla al tanto de lo ocurrido desde su perspectiva llena de prejuicio. Para cuando la mujer se sentó frente a mí en el otro sofá, estaba tan pálida y desencajada como yo.

–Thea… –murmuró–. ¿Qué ocurre contigo? ¿Por qué estás haciendo esto después de todo lo que te hemos ayudado?

–Yo le dije lo mismo –añadió Sophie.

–Déjanos a solas –le pedí, mirándola con resignación.

–Tú no me das órdenes –replicó.

–Ve, hija, por favor. No agravemos la situación –pidió su madre a la vez que le apretaba la mano.

Sophie lo dudó un momento, pero al final obedeció.

–¿Vas a escucharme o prefieres seguir viviendo en una mentira? –pregunté.

–Me apena que estés tan equivocada.

–Entonces ni siquiera te interesa oír lo que yo tengo para decirte.

–Solo sé que mi madre te adora y que esto le romperá el corazón, pero si no te retractas, no podré permitir que sigas trabajando en esta casa.

—¿Crees que soy una mentirosa? ¿Por qué no admites que tu yerno quiere tirarse a tu empleada?

—¿Cómo puedes acusar a una persona inocente con tanta liviandad?

—¿Cómo puedes defender a alguien ciegamente, sin haber estado presente en los hechos que quisiera relatarte, pero no me dejas?

Soltó el aire de forma rápida mientras se respaldaba en el sofá.

—Conozco a ese muchacho desde que tenía doce años, es incapaz de hacer algo como lo que insinúas. Me gustaría que continuaras trabajando aquí por mi madre, pero no puedo permitirlo si no reconoces que te equivocaste. Tal vez, si le pidieras disculpas…

—¿Pedirle disculpas? —repetí con el ceño fruncido y una sonrisa de amargura. Creí que se burlaba de mí—. ¡No puedes estar hablando en serio! ¿Yo tengo que disculparme con él porque se me insinuó y me tocó sin mi consentimiento?

—Lo habrás malinterpretado. Fletcher es un buen chico.

—¡Es un hipócrita!

—No permitiré que insultes a un miembro de esta familia.

Era tanta la indignación que volví a dejarme llevar por mis emociones turbulentas.

—¿Cómo pueden tu hija y tú ser tan estúpidas cuando tu madre y tu abuela eran mujeres tan despiertas e inteligentes?

—Thea, aunque me duela, tengo que despedirte.

—¡Me importa una mierda que me despidas! No quiero trabajar para una persona que prefiere creerle a un cretino antes que a su empleada.

—Te ruego que conserves los modales.

—¿Así como ustedes conservan la imagen? ¡Váyanse al diablo! Nadie me apartará de Daisy.

—Tienes prohibido volver a esta casa. Te haremos llegar a tu cuenta bancaria el dinero que corresponda por tu despido y mantendremos cualquier otro tipo de comunicación formal por correo postal a través de nuestro abogado. Después de terminar con este trámite, no existirá relación alguna entre nosotros y tú.

—¡Quisiera que mis ojos fueran una cámara para que pudieras ver el monstruo que se oculta en tu yerno!

—Recoge tus cosas y vete, por favor. No tenemos nada más que hablar.

La idea de perder a Daisy me hizo actuar de manera desesperada.

—Por favor… Sabes que tu madre y yo nos queremos. No volveré a esta casa, no puedo hacerlo mientras tu yerno siga aquí. Tan solo prométeme que la llevarás al parque para que podamos encontrarnos aunque sea una vez por semana. ¡Te lo suplico!

—¡Por supuesto que no! Aunque le duela, mi madre tendrá que comprender que dejaste de ser la persona adecuada para el puesto.

—Te estoy diciendo que no me interesa conservar mi empleo: solo a ella. Por favor, Josephine. ¡No la hagas sentir que su madre vuelve a abandonarla!

—Deja de hablar tonterías. ¿Qué tiene que ver mi abuela en esto? Ya vete.

—¿Tan fuerte es tu miedo? ¿Tanto temes perder lo que conoces, lo que te hace sentir segura? ¡Deja de actuar como si tu vida fuera perfecta mientras todo alrededor se desmorona!

—¡Te pedí que te fueras! —gritó, como nunca antes. Entonces, entendí todo.

—Lo sabes —susurré, mirándola a los ojos—. En el fondo, sabes que digo la verdad, pero eliges conservar la vida que conoces. Estás cómoda. Lo siento tanto por tu madre… Ella merece algo mejor. Merece que sus últimos años en este plano sean alegres. Algunas partes de su vida fueron tan duras…

—Deja de hablar como si nos conocieras. No quiero escucharte más. Ahí tienes la puerta —indicó, estirando el brazo.

Me levanté, pero en lugar de ir hacia el armario para buscar mis cosas y retirarme, corrí a la habitación de Daisy. Como tomé por sorpresa a Josephine, no hizo a tiempo a impedírmelo.

Tuve que detenerme de manera forzada al encontrar a Fletcher en medio del pasillo.

—No pasarás —determinó.

—Muévete —ordené con los dientes apretados.

—¿O qué? ¿Me darás otra patada? Podría denunciarte por eso. No hagas las cosas más difíciles. Márchate.

—Es fácil quitarte el problema de encima, ¿cierto? Te salió mal la jugada pero soy yo la que acaba despedida, cuestión que igual ganas el partido.

—No entiendo de qué hablas. Estás fabulando.

—Solo utilizo tus metáforas. ¡Cretino! Púdrete.

Me di la vuelta y esquivé a Josephine, que se acercaba para impedirme lo que ya había imposibilitado Fletcher.

Recogí mi bolso y mi abrigo del armario que estaba en el recibidor, abrí la puerta de la casa y atravesé el jardín tiritando de frío y de angustia.

Después de cruzar el muro que me separaba de Daisy y de su mundo para siempre, tragué con fuerza, incapaz de contener el llanto. Me di cuenta de que tenía mucho frío porque no me había puesto el abrigo y, además, porque sentía que me habían arrancado un trozo de alma.

"Si pudieras regresar al pasado, ¿cambiarías algo?".

Quisiera nunca haber entrado en esa cocina.

31

Thea

M<small>IENTRAS ESPERABA EL METRO NO PODÍA PARAR DE LLORAR.</small>

–¿Thea? –preguntó una voz conocida.

Me sequé las mejillas lo más rápido que pude y miré al oficial.

–Hola, Jack –respondí, intentando sonar normal.

–¿Qué ocurre? ¿Puedo ayudarte?

–Estoy bien –aseguré.

–Me resulta difícil creer eso. Vamos, cuéntame. Quizás pueda ayudarte.

–No hay manera. Nadie puede. De todos modos, gracias. ¿Cómo está Richard?

—Extrañándote. Esperamos seguir así.

Sonreí con los labios apretados. Por suerte, el metro llegó para salvarme de seguir inventando evasivas. Lo saludé con la mano y me metí en un vagón, procurando serenarme.

No podía creer que acabara de perder a una persona tan importante para mí en un pestañeo, de la misma forma inesperada en que había perdido a mi abuela.

Si sabía que Fletcher era una bomba de tiempo, ¿por qué no actué antes? ¿Por qué esperé, soportándolo todo, hasta que estalló por los aires? Lo mismo hacía con mi madre. La necesidad desesperante de conservar a las personas que quería podía tener un precio muy alto. Lo peor era que terminaba perdiéndolas de todas maneras, y de una forma peor que si hubiera actuado a tiempo.

Al llegar al apartamento, el olor a humedad y a cigarrillo me recordó la oscuridad y la opresión en que vivía, y volví a sentirme destrozada. Sin Daisy, me faltaba una parte importante de mi estabilidad emocional. Estaba muy enojada con su familia y conmigo misma. No me importaba haber perdido el empleo; nunca lo había sentido como tal. Lo que me dolía y reabría viejas heridas era haberla perdido a ella.

¿Por qué tenía que resignar mis gustos e ideas para encajar en un modelo social que me desagradaba? ¿Por qué, si no lo hacía, debía parecer siempre la culpable? Merecía el amor de Daisy, y ella, el mío. Lo que había ocurrido era muy injusto. Para colmo, no tenía idea de cómo podría haberlo evitado ni había algo que pudiera hacer para solucionarlo.

"Si pudieras regresar al pasado, ¿cambiarías algo?". Era imposible retroceder en el tiempo, solo me quedaba resignarme a que estuviéramos separadas e intentar encontrarnos de alguna manera.

Conocía los horarios de la familia, pero los muros eran tan altos… Aunque sea procuraría verla desde la calle. Como una criminal. Como si yo tuviera la culpa de la basura que había hecho su nieto político.

Sentí tanta impotencia que, si no la exterminaba rápido, temí que me matara.

Le envié un mensaje a Ivy y aguardé su respuesta sentada a la mesa, moviendo una pierna. Me sequé una vez más las lágrimas que no paraban de brotar. Su respuesta tardaba demasiado, y el dolor se volvía cada vez más inmenso.

Dejé de esperar y me introduje en la habitación de mi madre. El desorden era moneda corriente: la cama estaba deshecha, había ropa en el suelo y algunas gavetas abiertas. Otras cerraban mal porque simplemente eran muebles viejos y estaban arruinados.

Abrí primero la de su mesa de noche. Allí encontré la aguja, la goma, el encendedor y la cuchara, pero no la heroína. Revolví otras gavetas, cada vez más desesperada, hasta que hallé lo que buscaba.

Extraje la bolsita con el polvo blanco de entre la ropa interior y recordé cuántas veces había visto a mi madre prepararlo como droga inyectable. Lo colocaba en la cuchara con un poco de agua y unas gotas de zumo de limón. Luego sostenía el utensilio sobre el encendedor hasta que la mezcla se convertía en un líquido con el que cargaba la jeringa.

Nunca lo había preparado por mi cuenta y no quería hacerlo. Jamás me había involucrado con drogas tan duras, pero deseaba mucho ignorar la realidad, aunque sea por un rato, y ese método me pareció el más efectivo y rápido.

Llevé todo a la cocina, abrí el refrigerador y extraje un cítrico.

En ese momento, recordé una parte de la conversación que había tenido con Cam la mañana que lo había conocido en su casa. Mientras desayunábamos, después de que me ofreció una banana y le contesté que era mejor que lo que solía haber en mi casa, preguntó: "¿Y qué es eso que no puede faltar en tu casa?". "Limones. A veces, naranjas. Mi madre es fanática de los cítricos".

Por supuesto, él jamás comprendió la ironía en la frase final, ni era capaz de imaginar por qué en mi casa podía faltar el alimento, pero nunca algún cítrico: mi madre los necesitaba para preparar la droga.

Pensar en Cam me hizo temblar las manos. Tuve que dejar la bolsita con el polvo sobre la encimera para no derramarlo. Me aferré al borde y me puse en cuclillas, intentando dominarme. Tenía claro que las drogas no resolvían los problemas, solo añadían más o los empeoraban.

No lo hagas, me dije a mí misma. *Más vale ve a lo de Andrei y cómprale un poco de marihuana. O, mejor, llama a Cam y cuéntale lo que te sucede.*

Recogí el móvil que había dejado sobre la mesa y espié las notificaciones: Ivy seguía sin responder, pero había ingresado dinero en mi cuenta bancaria. El dinero del despido. ¡Qué rápido habían resuelto lo que a mí me llevaría toda la vida!

Me sequé las lágrimas una vez más y me senté en el suelo, con la espalda apoyada en la alacena. Tragué con fuerza mientras buscaba la conversación con Cam. No hubiera querido molestarlo; sabía que a esa hora estaba en la universidad. Pero tenía una emergencia: era eso o caer en lo que tantas veces lograba evitar.

El tono de llamada se repitió varias veces, resultaba evidente que no podía contestar. Estaba a punto de cortar cuando respondió.

—¿Thea? ¿Me llamaste o fue una equivocación? —preguntó, extrañado. Como yo no contestaba, insistió—: ¿Estás ahí?

—Sí —respondí y respiré hondo para fingir que me encontraba mejor que como me sentía en realidad.

—¿Qué ocurre? ¿Por qué tu voz suena así?

—¿Rasposa y grave? Siempre lo es.

—¿Estás llorando? —Guardé silencio y me mordí el labio—. Thea, ¿qué pasa?

—¿Estás en una clase? —consulté, secándome la nariz con el dorso de la mano.

—Sí. Salí para contestar la llamada.

—¿Tienes las manos sucias de sangre y sostienes un cuchillo como Jack el destripador?

Percibí que sonrió aunque no lo viera.

—No. Estábamos hablando de procesos químicos.

—Por cierto, vi a Jack en la estación del metro. ¿Te acuerdas de él?

—¿El oficial que nos atrapó en el parque?

—Ajá.

—Thea, no creo que me hayas llamado a esta hora para contarme eso. ¿Dónde estás?

—En mi casa.

—¿Por qué?

—Porque me despidieron.

—¿Qué? ¿Por qué? Espera. Dime dónde vives, pasaré por ti ahora.

—¡No!

—Llevamos meses saliendo, necesito saber dónde duermes.

—Por favor, no.

—De acuerdo —desistió—. Entonces te veo en la estación. Estaré ahí en veinte minutos. —Me quedé en silencio. No quería molestarlo, pero ¡lo necesitaba tanto!—. Thea, ¿me oyes? —insistió.

—Sí. Ahí estaré —prometí. Y colgué.

Me apresuré a guardar las cosas de mi madre, recogí las mías y salí de la casa con urgencia.

Esperé por Cam en la salida de la estación de siempre. Él llegó poco después, sin el auto. Supuse que lo habría estacionado en alguna parte permitida donde hubiera lugar.

—Thea —susurró, acercándose, y me acunó el rostro entre las manos para besarme de manera rápida en los labios—. Estuviste llorando, ¡lo sabía!

—Sí, y no quiero hacerlo de nuevo aquí. ¿Podemos ir a alguna parte donde estemos a solas?

—Nos congelaremos en un parque y no tengo la llave de la cabaña conmigo. Vayamos a un hotel.

Me dio la mano para caminar hasta el auto. Tal como sospechaba, lo había dejado a unas manzanas.

Subimos y nos echamos a andar. Me preguntó qué había ocurrido. Le contesté que mejor lo hablábamos en el hotel y busqué una conversación alternativa para entretenerme un poco.

—¿Cómo nacen las lágrimas? —indagué, mirando por la ventanilla. Cam suspiró, como tomándose un momento para ordenar la información.

—¿Te refieres al proceso fisiológico? En palabras simples, existen tres tipos de lágrimas: basales, reflejas y emocionales. Todas son generadas por la glándula lagrimal. Las basales se producen con la función de lubricar y limpiar los ojos. Las reflejas, por irritación. Las psíquicas o emocionales surgen a través del sistema límbico combinado con otros factores. Tienen una carga hormonal diferente de las lágrimas basales. Otra curiosidad que podría contarte de ellas es que jamás las liberarás durante un reflejo de lucha o de huida, porque el sistema nervioso simpático las inhibe. ¿Me di a entender?

—No sé qué son esos sistemas en particular, pero sí. ¿De qué está compuesta una lágrima?

—Mayormente, de agua. Glucosa, proteínas, sodio y potasio. Por eso tienen un sabor salado. ¿Quieres que siga hablando de lágrimas? Puedo contarte el proceso de secreción y drenaje, las capas de la película lagrimal, la cantidad de secreción según la edad…

—Continúa.

—¿Estás segura de que eso te interesa?

—Cualquier cosa que me sirva para distraerme me interesa.

—Entonces mejor te cuento cómo estuvo el partido que jugamos con Harry el domingo.

Me gustaba más escucharlo hablar de lágrimas, porque eso despertaba ideas creativas en mi mente, pero acepté que él prefiriera contarme del estado de la cancha de fútbol, los tipos de patadas que le daban a la pelota y goles. Al menos sirvió para lo que quería: durante ese rato, dejé de pensar en lo que había ocurrido y logramos llegar al hotel sin que volviera a llorar. Quiso pagar, pero le entregué mi tarjeta al recepcionista antes que él y gané esa invitación.

Una vez en la habitación, me senté en un sofá con las piernas sobre el apoyabrazos y me mordí la uña. Creí que la privacidad me debilitaría y que el dolor volvería a hacerme llorar. Sin embargo, estar con Cam me dio fuerzas y ahora sentía más enojo que dolor.

Se sentó en el suelo, frente a mí, y me observó en espera de que hablara. Bajé la mirada junto con la mano. Me daba vergüenza contarle que Fletcher se había propasado conmigo. No quería que mi propio novio pensara que había sido mi culpa porque era, hablaba y me vestía como lo hacía.

—¿Qué ocurrió? —indagó, tomándome la mano. Miré sus nudillos y los apreté para obtener coraje.

—No fue mi culpa —afirmé.

—¿Por qué empiezas por ese punto? Lo sé. Querías demasiado a Daisy como para que el despido sea tu culpa; nunca hubieras hecho algo que te alejara de ella. ¿Te dijeron que ya no necesitan una cuidadora?

—La necesitan más que nunca. Daisy ya casi no sale ni puede desenvolverse sola. Está más deteriorada que cuando la conocí, y eso fue hace tan solo unos meses.

—¿Entonces? —Mi silencio fue una señal que él supo interpretar—. La nieta o su novio tienen algo que ver, ¿verdad?

—Fui a la cocina para lavar unas tazas. Él entró sin que me diera cuenta. Como es un lobo disfrazado de cordero, dijo algunas frases con doble sentido. Nada fuera de lo habitual, solo que, esta vez, fue más lejos. Era imposible no interpretar que quería acostarse conmigo. Además, me tocó el trasero.

—¡¿Qué?! ¡Maldito imbécil! ¿Quién se cree que es para tocar a mi novia sin su consentimiento?

—Eso fue lo que yo le grité, por eso me despidieron.

—Lo mataré.

Se levantó de golpe. Tuve que retenerlo para que no se marchara. Parecía tener la intención de salir de la habitación e ir a buscarlo de verdad. Nunca lo había visto reaccionar de manera tan impulsiva, siempre lo razonaba todo.

—¡Cam, no! —exclamé—. Por favor, no empeoremos las cosas.

—¿Por qué te despidieron si fue él quien se propasó contigo? —preguntó, de pie junto a mí. Le apreté la mano.

—Su novia no me creyó. Tampoco Josephine.

—¿Y la abuela?

—La abuela no se enteró.

Cam se arrodilló frente a mí.

—¿Cómo que no se enteró? ¿Por qué no se lo dijiste?

—Es una persona mayor; temí que enterarse de algo así pudiera afectarla. No podía ponerla en la situación de tomar partido por su familia o por mí.

—Es una anciana, no una niña —refutó—. ¡Thea! Te esfuerzas para que su familia la trate como a un ser humano y no como a un ente incapaz de tomar sus propias decisiones, ¡y tú hiciste lo mismo! Dime la verdad: ¿por qué no se lo dijiste? ¿Por qué no te defendiste?

—Sí que me defendí, por eso me despidieron.

—¡Pero no con la única persona por la que continuabas yendo a esa casa! ¿Dejarás que su familia le diga lo que quiera, sin darte siquiera la posibilidad de contar tu versión de los hechos?

—Ella debe intuirla.

—¡No importa!

—Cam, por favor, estás muy alterado.

—Un maldito se propasó con mi novia, por su culpa la despidieron de un trabajo que adoraba y ella ni siquiera se lo dijo a la persona que le importa. ¡Por supuesto que estoy alterado! Si fuera por mí, iría a esa casa y le gritaría lo que se merece. Luego buscaría hablar con esa anciana a toda costa y…

—La violencia no es una solución —lo interrumpí.

—Tienes razón: mejor vayamos con tus amigos, los oficiales de policía, y denunciémoslo.

–¿Con qué pruebas? ¿Mis largas noches en una celda, mi falda corta y las groserías que se me escapan cuando hablo?

–¡No importa! No puede salirse con la suya. ¡No permitas que quede impune!

–Nada me devolverá a Daisy. No podría regresar a esa casa ni aunque me dieran de nuevo mi trabajo, lo cual no sucederá. Así que no me interesa ir a la estación de policía para que mis amigos los oficiales me digan que ellos me advirtieron de que algún día acabaría en verdaderos problemas por ser como soy.

El silencio nos envolvió. Suspiró, me soltó la mano y apoyó los codos sobre las rodillas para ocultar su rostro. Supongo que acababa de caer en la cuenta de que yo tenía razón. Volvió a mirarme con cierta resignación.

–Hagamos un acuerdo: no iré a buscar a ese cretino ni iremos a la estación de policía; no tendría sentido hacerlo. Pero sí tiene sentido que le cuentes la verdad a Daisy. Prométeme que lo intentarás.

–De acuerdo –dije, consciente de que no podía ni quería estar lejos de ella. En algún momento, intentaría ponerme en contacto, aunque no fuera con el propósito exclusivo de contarle mi verdad.

–Necesito que me prometas algo más –agregó Cam. Me quedé en suspenso, esperando que continuara–. Cuando mi madre te encontró en mi habitación mencionaste que yo no te había defendido. Sí lo hice, solo que no lo escuchaste. No importa. Lo que quiero decir es que creí que eso era importante para ti. Quisiera que lo fuera.

–No me interesa lo que la gente…

–Piense de ti, lo sé. No estoy hablando de los demás, sino de lo que te hace daño. Si algo o alguien te lastima, prométeme que te defenderás. Así se trate de mis padres o de lo que sea que se oculte en tu casa, eso por lo cual no me permites ir.

Reí, nerviosa por la alusión a mi casa y al secreto en ella.

—¿Cómo podría discutir con tus padres? —cuestioné para impedir que nos adentráramos en el otro tema.

—Como hiciste con Fletcher. Te apoyaré.

—No lo haré.

—Si yo no estoy presente, tendrás que hacerlo. Quiero que lo hagas. Por tu bien, tienes que ser capaz de enfrentar situaciones que de verdad te importan como haces con las otras que te tienen sin cuidado. Si yo estoy aprendiendo a hacerlo, tú puedes también. Avísame cuando aceptes la invitación de mis padres —concluyó—. Respecto del empleo, sé que conseguirás otro igual o mejor. Te sobra capacidad para encontrar el trabajo que desees.

Escuché lo que Cam siguió diciendo después de "avísame cuando aceptes la invitación de mis padres", pero casi no le presté atención. Una parte de la última conversación que había tenido con Daisy regresó a mi mente: "creo que podrías adaptarte".

"Si van a prejuzgarme como la primera vez que me vieron, prefiero ni asomar la nariz por su casa".

"¿Aunque sepas que sería bueno para la independencia de tu novio que lo hicieras?".

Lo era.

—Acepto su invitación —dije sin vueltas—. Avísame cuando quieran que vaya. Ahora tengo mucho tiempo libre, da igual, puedo adaptarme a sus horarios.

Me observó un instante sin emitir palabra.

—¿Estás segura? —preguntó.

—Ahora tú pareces inseguro.

—No. Solo creí que te demandaría más tiempo querer regresar a mi casa.

Le acaricié una mejilla con una sonrisa serena. Había que dejar fluir.

—Que ellos y yo podamos compartir tiempo juntos es importante para ti, y como tú eres importante para mí, me adaptaré.

—No quiero que cambies por...

—Sé lo que quieres. Soy la Ruanda de tu vida personal: aunque luce difícil, te atrae más que un cómodo consultorio privado. Sin embargo, tu familia es importante para ti y necesitas que, de alguna manera, tus padres acepten lo que deseas aunque no lo aprueben. Todo está muy claro: África se sentará a la mesa de tu casa, con el orgullo y la belleza exótica que la caracterizan, aunque algunos no sepan apreciarla. Por suerte, tú sí. Tanto como yo aprecio la tuya. Tan educado e inteligente. —Sonreí. Mirándolo a sus ojos bondadosos, casi podía olvidar lo mal que lo había pasado hacía un rato—. Nunca pensé que tendría un novio que supiera explicarme de dónde provienen las lágrimas. Nunca me imaginé con uno, en realidad.

—Jamás creí que conseguiría tu atención.

—Yo tengo que seguir fortaleciendo mis defensas, pero tú tendrás que continuar trabajando en esa autoestima.

—Lo estoy haciendo.

Cuando se hizo la hora en que Cam debía regresar a su casa, les avisó a sus padres que no lo haría y pedimos hamburguesas. Pasamos la noche allí.

Aunque lo deseara, me sentía triste y no tuve ganas de tener sexo. Al parecer, él se dio cuenta y ni siquiera lo insinuó. Tan solo me abrazó y me mantuvo así todo el tiempo que no pude dormir y el que por suerte logré perder la conciencia.

32

Thea

Al día siguiente, Cam me llevó hasta la estación del metro en el automóvil. Antes de que bajara, sujetó mi mano.

—Puedes llamarme a la hora que sea —dijo. Sonreí.

—Gracias. Ya me siento mejor, en parte gracias a ti.

Lo abracé y nos besamos para despedirnos. Tenía que ir a la universidad. No quería que se atrasara; por mi culpa, ya se había perdido la mitad de la clase del día anterior.

Entrar en mi apartamento fue tan asfixiante como de costumbre. El problema era que allí me sentía cada vez peor. Ni siquiera el recuerdo de mi abuela lograba otorgarle al presente oscuro algo de luz.

Como mi madre todavía no se había ido a trabajar y la oí en su dormitorio, revolviendo su ropa, me dirigí al mío. Me detuve en la puerta cuando me llamó por mi nombre.

—¿Puede ser que hayas estado revisando mis cosas? —preguntó con los ojos entrecerrados.

Maldije por dentro. ¿Cómo se había dado cuenta, con el desastre que había en su habitación? Sin dudas podía no tener idea de dónde dejaba los condones, pero medía milimétricamente dónde guardaba la droga.

—Necesitaba algo que solo tienes tú —respondí.

—¿Yo? —Se señaló el pecho—. ¿Qué clase de ropa puedes necesitar de mí, si sabes hacer lo que sea? —Permaneció en silencio un momento con los labios entreabiertos—. Ah, creo que entiendo. Excepto por la posición, todo estaba tal como lo dejé, así que supongo que desististe de hacerlo. Me alegro. No lo hagas. Sé que siempre te doy a entender lo contrario, pero no te conviene. Al menos no con esto. ¿Quieres que te consiga algo más suave?

Era un buen día. Y por culpa de esos malditos buenos días en los que ella se comportaba como una especie de madre, yo no podía terminar con ese tormento.

—No necesito nada de ti —respondí—. Apresúrate o llegarás tarde.

—¿Y tú? ¿Hoy no vas a trabajar?

—Tengo licencia —mentí, y me oculté en mi habitación.

Aunque casi no había dormido, me senté en el suelo con la guitarra. Toqué algunos acordes aislados; no podía componer algo en conjunto. Oí que mi madre salía; la puerta retumbó como una batería. Se me ocurrió algo, pero murió casi al mismo tiempo que nacía.

A medida que el tiempo transcurría y yo seguía ahí, sentada sin poder hacer nada, fui consciente de una horrible sensación de vacío. Quería estar con Daisy. A esa hora debíamos estar leyendo y no cada una en su casa.

Escribí una estrofa de una letra sin música.

Doctors explain	Los doctores explican
How tears are made	Cómo están formadas las lágrimas
'Water', they say	"Agua", dicen
But I think they're made of pain	Pero yo creo que están hechas de dolor

Reí al recordar que Daisy me pedía que mis canciones fueran más alegres. Entonces, pasé a otra página del cuaderno y empecé de nuevo.

D *The day I met you*	*D* El día que te conocí
A *Oh-oh, the day I met you*	*A* Oh-oh, el día que te conocí
G *We knew we were meant*	*G* Supimos que estábamos destinadas
D *To be together*	*D* A estar juntas
The day I met you	El día que te conocí
A *Oh-oh, the day I met you*	*A* Oh-oh, el día que te conocí
Bm *We realized love*	*Bm* Nos dimos cuenta de que el amor
G *Only depends on our souls* *Because*	*G* Solo depende de nuestras almas Porque

D
When we look at each other

A
We know what really matters

Bm   G
The spirit that lives in our bones

D   A
Sparkling eyes do never confuse

Bm   G
Grandma, I know it is you

                        A
The one I want, the one I choose

                    D
Your arms are the safest place to hide

A
To rise and come back

Bm   G
To feel peace and move on

                D
You'll always have a piece of my heart

            A
There's no distance for those

    Bm   G
Who know they're destined

        D   A
And we are. Oh, yes, we are

    Bm   G
No oblivion, no death

            D
Nothing can tear us apart

                A
Sparkling eyes do never confuse

Bm   G
Grandma, I know it is you

                        A
The one I want, the one I choose

D
Cuando nos miramos

                        A
Sabemos lo que de verdad importa

Bm   G
El espíritu que vive en nuestros huesos

D   A
Los ojos chispeantes nunca confunden

Bm   G
Abuela, sé que eres tú

                    A
La que quiero, la que elijo

                        D
Tus brazos son el lugar más seguro
para ocultarme

        A
Para levantarme y regresar

        Bm   G
Para sentir paz y seguir adelante

                        D
Siempre tendrás una parte de mi
corazón

            A
No hay distancia para aquellos

        Bm   G
Que saben que están destinados

        D   A
Y nosotras lo estamos. Oh, sí, lo estamos

        Bm   G
Sin olvido, sin muerte

            D
Nada puede separarnos

                            A
Los ojos chispeantes nunca confunden

        Bm   G
Abuela, sé que eres tú

                            A
La que quiero, la que elijo

307

D When we look at each other A We know what really matters Bm G The spirit that lives in our bones	D Cuando nos miramos A Sabemos lo que de verdad importa Bm G El espíritu que vive en nuestros huesos

Encontrarle una melodía alegre, como a ella le gustaba, me llevó el resto del día.

Esa noche, después de conversar un rato por llamada con Cam, me dormí con una sensación de mayor satisfacción. La perspectiva de reencontrarme con Daisy me ayudó a descansar mejor.

A la mañana siguiente, esperé a la hora en que sabía que no había nadie en la casa para llamar por teléfono. Tal como deseaba, me atendió la mucama. Mi corazón latió de emoción al imaginarme un paso más cerca de mi abuela por elección.

—Hola, Lauren, soy Thea. ¿Puedes pasarle el teléfono a Daisy, por favor?

—Lo siento, pero no —contestó.

—¿Hay alguien en la casa?

—No. Aun así, no puedo hacerlo. Me dieron órdenes. Disculpa.

—¡Vamos! Será solo un momento.

—Es demasiado arriesgado. Escucha, Thea… Perdóname. No podía hablar; ellos no me creerían. Las dos hubiéramos acabado despedidas. No puedo perder mi empleo.

Me quedé helada. Tragué con fuerza la indignación para poder seguir hablando.

—Entonces tú… ¿lo viste?

—Estaba en la despensa. Cuando iba a aparecer en la cocina, los escuché hablando de las rosas y me detuve.

—¿Cómo pudiste hacerme esto? ¡Podrías haber sido tú!

—No, porque yo no le atraigo. En cambio, tú sí. Pero no puede tenerte. Y cuando el señor Fletcher no puede tener algo, pierde la razón. Lo siento, tengo que colgar.

—Por favor, pásame con Daisy. Por la complicidad que tuviste con él aunque no fuera tu intención y lo que callaste, ¡hazme ese favor!

—Adiós. —Y colgó.

Saber que existía una testigo que debió haber declarado en mi favor pero jamás lo haría me molestó más que la propia actitud de Fletcher. Él podía ser un descarado y su novia, una ilusa. Pero que otra mujer que estaba en mi misma posición no me ayudara me enfureció.

No más lágrimas. No más remordimientos.

Me levanté, enfundé la guitarra y me colgué el morral para correr al metro.

Llegué a la casa de Daisy y me planté delante del enorme muro que me separaba de ella. Extraje la guitarra y comencé a tocar. El tránsito de la calle dificultaba que la canción se oyera a través de las ventanas cerradas, así que empecé a gritar la letra tan fuerte como mis cuerdas vocales me lo permitieron.

The day I met you

Oh-oh, the day I met you...

Logré terminar la canción, pero no que alguien de la casa se asomara. Ni siquiera un vecino, tan solo se oía ladrar un perro. No me importaba que Daisy conociera mi versión de los hechos, solo que supiera que era importante para mí y que jamás la abandonaría.

Terminé afónica en vano.

—¿Estuviste llorando de nuevo? —me preguntó Cam esa noche, cuando hablamos por teléfono.

—No. Estuve cantando.

—¿Cantando? ¿De qué forma para que tus cuerdas vocales terminaran así? ¡Tienes que cuidarlas! Cuando quieras puedo explicarte cómo hacerlo. Solo hazme saber cuando tengas ganas de escucharlo.

—Ahora.

—¿Segura?

—No puedo hablar mucho. Hazlo tú.

—De acuerdo.

Lo escuché con atención y, a la mañana siguiente, hice lo que me indicó.

No recuperé del todo mi voz, pero no quería faltar a la puerta de la casa de Daisy. No tenía sentido ir si ella no oiría. Por suerte, tuve una idea mejor.

Fui a la casa de mis vecinos de arriba, los que siempre tenían la música a todo volumen, y golpeé a su puerta.

—Te alquilo por una hora la mierda esa de parlante portátil con la que me vuelves loca a diario.

Él rio.

—Puedo prestártelo. Pero si lo rompes, lo pagas.

—Gracias.

Lo llevé hasta la puerta de la casa de Daisy junto con la guitarra y el micrófono que también me prestó mi vecino y conecté todo delante del muro, mirando hacia su balcón.

The day I met you

Oh-oh, the day I met you…

Para cuando la puerta ventana se abrió en mitad de la canción, ya habían salido tres vecinos.

Mi corazón latió muy rápido; ¡era Daisy! Dejé de cantar y tocar para gritarle la única verdad que me importaba que supiera:

—Nunca te abandonaré, ¿me oyes? ¡Nunca!

—¡Thea! —replicó ella, con un tono lleno de anhelo.

Sophie apareció y la obligó a entrar a fuerza de palabras y forcejeos.

—¡Vete de aquí o llamaré a la policía! —me amenazó antes de volver a cerrar la ventana.

No me importó y seguí cantando.

Podía ver una parte del cuerpo de Daisy a través del vidrio. Por los movimientos de su brazo, parecía estar discutiendo con su nieta o intentando asomarse de nuevo. Sophie cerró el cortinado.

Repetí la canción tres veces hasta que llegó el coche de policía. No conocía a los oficiales, eran una mujer y un hombre con el uniforme de calle.

—Buenos días. Necesito ver su permiso para brindar un espectáculo público en este lugar —me dijo ella.

—No tengo uno.

—En ese caso, deberá retirarse. Está alterando el orden público.

—¿Eso estoy haciendo? —pregunté al micrófono, mirando a los vecinos—. ¿Yo les robé o les pedí dinero? Solo estoy brindando una serenata a mi abuela.

—Tendrá que detenerse —insistió ella, aproximándose.

Cuando los oficiales no me conocían, todos los arrestos eran parecidos. Primero usaban la palabra. Luego me daban algún indicio de que, si no obedecía, terminaría en problemas. Estaba acostumbrada a ellos, pero no Daisy. No quería que me viera siendo arrestada por la oficial si se asomaba de nuevo, así que desistí y apagué el parlante.

—Suba al auto, por favor —solicitó.

—¡¿Por qué?! Ya terminé, me estoy yendo.

—Por alteración del orden público y desobediencia a la autoridad.

—¡Obedecí!

—Es una orden.

Tuve que acceder a ir con ellos si no quería que me obligaran y, quizás, incluso perder los objetos que tenía que devolver.

Terminé en una estación de policía, sentada frente a un jefe que nunca había visto. Revisó mi historial en el ordenador.

—Con tantos arrestos y los que no deben haber sido registrados en el sistema, no puedo dejarla ir como si nada. Tendré que establecer una multa y solicitaré como requisito para su liberación que alguien venga a buscarla.

—¿Por qué tendrían que venir a buscarme? Soy mayor de edad.

—Por un año. Además, alguien tiene que hacerse cargo de su conducta cuando la persona involucrada es irresponsable. Llame a su madre o a su padre.

—¡No puede retenerme aquí con esa condición absurda! No tengo padres, soy huérfana. ¿Por qué cree que le estaba cantando una serenata a una abuela que no es de mi sangre y que tiene una familia asquerosa?

—Tendrá que llamar a alguien. Quiero hablar con otra persona respecto de su actitud para evitar que algo como esto ocurra de nuevo. De lo contrario, me veré obligado a elevar el caso a un juez.

—Llame al jefe Richard.

—¿Qué Richard? ¿El que firma estas entradas? —Señaló la pantalla con expresión incrédula y apoyó el teléfono de línea delante de mis narices—. Tiene una llamada a disposición. Una sola antes de que termine en serios problemas.

Se levantó y me dejó sola con la horrible sensación de que en esos últimos días todo me salía mal.

Esa comisaría era un espanto. La calefacción debía de funcionar muy mal; estaba temblando de frío. O quizás era de impotencia.

¡Ojalá hubiera sabido el número de Richard! Llamar a mi madre era impensado; si llegaba allí drogada, estaríamos perdidas. Ivy no respondía mientras trabajaba…

Levanté el tubo y marqué el número de Cam.

—Thea —dijo después de unos cuantos tonos.

—Lamento interrumpir tu clase otra vez.

—¿Qué ocurre?

—¿Puedes venir a buscarme?

—Sí, claro. ¿En dónde estás?

—En una estación de policía.

33

Cam

MIRÉ LA PIZARRA POR LA PUERTA ENTORNADA: EL PROFESOR CONTINUABA llenándola de asuntos que luego me costaría el doble entender.

—Dame la dirección. —Me hubiera gustado saber por qué Thea estaba en la estación de policía de nuevo, pero no me pareció urgente preguntar. Lo principal para mí era sacarla de allí lo antes posible.

Al llegar me presenté y expliqué que había ido a buscar a Thea Jones. Me hicieron esperar y luego me recibió un jefe en una oficina. Nos sentamos al escritorio.

—¿Podría decirme su nombre completo para el registro, por favor? —solicitó.

—Camden Andrews.

—¿Es pariente de Thea Jones?

—Soy su novio. ¿Por qué está aquí y por qué me llamó?

—Pedí hablar con alguien de su entorno. ¿A qué se dedica?

—Soy estudiante.

—¿Qué estudia? Supongo que no está en la preparatoria.

—Estudio Medicina. ¿Por qué ella está aquí? —repetí.

—Por alterar el orden público y desobedecer a la autoridad. Y usted está aquí porque quiero asegurarme de que eso no vuelva a suceder, y menos en mi territorio. Dígame: ¿la señorita Jones consume algún tipo de sustancia? Drogas, alcohol…

—¡No! —Reí—. ¿Por qué lo pregunta? ¿Thea está bien?

—Sí. Tan solo la arrestamos en una situación muy extraña. Leí en su historial policial que ha sido demorada muchas veces por cantar en el metro.

—¿Eso le parece extraño?

—No, aunque sí ilegal. Lo extraño es que, esta vez, no cantaba por dinero. Tan solo se plantó frente a la casa de una familia que nada tiene que ver con ella con un parlante, una guitarra y un micrófono, alarmando a los vecinos y a los dueños de la vivienda.

De pronto comprendí lo que le había sucedido la noche anterior con su voz y por qué ese día se habría presentado frente a la casa con una solución. Sentí orgullo y admiración. Bajé la cabeza con una sonrisa, incapaz de ocultar lo que Thea me despertaba, y procuré volver a mirar al oficial con seriedad.

—Si los integrantes de esa familia le dijeron que no conocen a Thea, son bastante hipócritas. Hasta hace unos días, mi novia cuidaba a la dueña de esa casa, una abuela. Se querían mucho. Estoy seguro de que estaba cantando para ella.

—Eso le dijo a mi oficial. Mi duda es: ¿por qué tan solo no toca el timbre y se sienta a tomar el té con la abuela en el jardín de invierno, como cualquier persona corriente que visita a un anciano, en lugar de perturbar el barrio?

—Porque el novio de la nieta de la abuela es un cretino que, si Thea no fuera como es, ya habría abusado de ella.

—Ella no tiene apariencia de santa.

—No le permitiré que insinúe que mi novia miente o tiene la culpa por cómo es o cómo le gusta vestirse —repliqué, ofendido—. No sé nada de leyes, pero lo que usted acaba de decir tampoco me parece muy legal. Debe existir alguna cláusula en la que se considere misógino y discriminatorio.

Noté su incomodidad en el modo en que apretó la mandíbula. También cómo crecía mi capacidad para defender lo que quería. O, mejor dicho, a quien quería.

—Necesito que ella entienda que no puede violar la ley a su antojo. Usted me ayudará con eso. De lo contrario, con su historial, dudo que pueda dejar pasar su mala conducta una vez más sin entregar su caso a un juez.

Decidí aceptar la tregua.

—Lo intentaré —prometí, aun sabiendo que era imposible convencer a Thea. Solo podía explicarle lo que había prometido; ella no me traicionaría. Debíamos encontrar la manera de que igual pudiera comunicarse con la abuela.

—Muy bien. Espere en la sala. La liberaré enseguida.

El "enseguida" de ese policía duró una hora. Supuse que lo hacía a propósito para demostrarnos quién tenía el poder, o porque estaría dándole otro sermón a Thea.

Como sea, ella apareció cargando con la guitarra, el micrófono y el parlante en sesenta minutos, y solo con verla sentí una ternura que me desbordó como nada antes. Me acerqué y sujeté el parlante para ayudarla. Con la otra mano le acaricié la mejilla.

—¿Estás bien? ¿Te maltrataron de alguna manera? —pregunté. Negó con la cabeza—. Tus mejillas están ardiendo.

—Es extraño. Hace mucho frío —contestó. Tenía los ojos vidriosos y le temblaban los labios.

Trasladé la mano a su frente, aunque ya me había dado cuenta de lo que sucedía solo con verla de cerca.

—Tienes fiebre.

—¿Sí? —contestó, sorprendida, y se llevó una mano allí también.

—Vamos al auto. ¿Me das la guitarra?

—Puedo llevarla.

—Dámela. Lleva solo el micrófono. —Cargué las cosas en el asiento de atrás mientras ella se sentaba adelante y luego ocupé el lugar del conductor. La miré mientras le acariciaba el antebrazo.

—Espero que entiendas que no puedo dejarte en la estación del metro en este estado —dije.

—Estoy bien, solo tengo mucho frío —contestó. Comencé a quitarme el abrigo, pero Thea me lo impidió—. No hagas eso —solicitó.

—Encenderé la calefacción; no lo necesito. En cambio, tú sí.

Dejó de discutir y aceptó que la cubriera con mi sobretodo azul. A continuación, encendí el motor y la calefacción. No me eché a andar, pues no sabía a dónde ir.

—No te dejaré en la estación ni podemos pasarnos la vida en un hotel. Hoy tampoco traje la llave de la cabaña; igual no me gustaría que estuviéramos lejos de la ciudad si tienes fiebre. Si se agrava, tendríamos que ir al hospital. Solo tenemos dos opciones: me dices dónde queda tu casa o te llevo a la mía.

—¿Estás loco? Por favor, déjame en la estación.

—No lo haré. —Esperé un momento en silencio—. Muy bien, no puedo forzarte a decirme dónde vives, así que iremos a mi casa.

—¿Y tus padres? Me invitaron a comer, no a pasar un resfriado ahí. No ocuparé su sofá para que me odien por no poder mirar su programa favorito acurrucados allí.

—¿Ni siquiera enferma dejas de imaginar? —bromeé, riendo con ternura otra vez—. No ocuparás el sofá, sino mi cama. No pueden impedírmelo.

—¡Ay, no! Me odiarán todavía más.

—No te preocupes, me ocuparé de explicarles. Volverán tarde; tal vez ni siquiera te cruces con ellos. A esta hora, a lo sumo, nos encontraremos con Mary, nuestra mucama y niñera de mi hermana. Por cierto, la cena es el sábado, si todavía aceptas.

—Presiento que será antes.

—Puede ser. Será cuando tú quieras.

Guardamos silencio hasta un semáforo.

—Cam… Lamento haber interrumpido tus clases de nuevo.

—No hay problema. Esto era más importante, no podías seguir ahí. —Le acaricié la mano—. Ese jefe sí que era cruel. Seguro se dio cuenta de que no te sentías bien y aun así te retuvo allí.

—¿Te dijo algo? ¿Para qué me obligaron a llamar a alguien?

—Lo conversaremos cuando te sientas mejor.

—Dime, por favor. No puedo quedarme con la intriga.

—Tan solo me pidió que te convenciera de que respetes la ley. Me pareció inútil explicarle que no existe persona que pueda convencerte de algo, así que tan solo le dije que lo intentaría para que te dejara ir.

—Supongo que estás intentándolo al contarme.

—Así es. Deberíamos buscar una manera más segura de que puedas encontrarte con la abuela.

—Seguiré cantando para Daisy una vez por semana. Me marcharé en cuanto perciba que puede haber problemas, como hago en el metro. Es la única forma de que ella sepa que no la abandonaré.

—¿Intentaste una más corriente, como llamar por teléfono cuando la familia no está?

Me miró con las cejas enarcadas.

—¿Puede ser que me consideres tan estúpida? —protestó—. Fue lo primero que hice, genio. —Su indignación me hizo reír. Aproveché un claro de autos para atraerla tomándola de la cabeza y besarla en la frente.

—La fiebre subió —comenté, apartándole el flequillo—. ¿Y qué ocurrió con la llamada?

—La mucama se negó a pasarme con Daisy. Dijo que había visto lo que ocurrió en la cocina, pero que no pudo hablar en mi favor porque las dos acabaríamos despedidas. Me indigné con ella por un momento, pero ahora creo que tiene razón. Soy la única imbécil capaz de perder un trabajo por defender a una compañera. Encima, me gastaré el dinero que me dieron por el despido para pagar la multa que me impuso el jefe de policía por cantarle a la abuela.

—No eres imbécil, eres única —aseguré, molesto también con la mucama, aunque ni siquiera la conociera. Me pareció que no aportaría nada reavivando la ira de Thea, así que callé lo que sentía.

—La "única" estúpida —corrigió ella—. No sé por qué la gente se preocupa tanto por mantener un empleo. Se cagan en los demás, en la ética y en la humanidad por dinero. ¿Cómo esperar que no se caguen también en la sororidad? —Respiró hondo. Como un idiota, pensé que era una buena inhalación para auscultarla con un estetoscopio y verificar que no tuviera los pulmones comprometidos y que eso fuera la causa de su fiebre. Apostaba a que el día anterior había pasado frío y que la tensión de esos días le había bajado las defensas–. Estoy desvariando, ¿verdad? –preguntó con el ceño fruncido–. ¿Será la temperatura?

–No más que yo –respondí–. Mientras respirabas pensé que me gustaría tener el estetoscopio para auscultarte.

–¡Mentiroso! Quisieras tenerlo solo como excusa para tocarme las tetas.

Los dos terminamos riendo.

Cuando llegamos a casa, Thea me tomó del brazo mientras ingresaba con el automóvil a la cochera.

–No creo que esta sea una buena idea –pronunció.

–¿Tienes una mejor, que no sea dejarte en la estación de metro?

Calló.

Bajamos del automóvil y yo me acerqué a la puerta. Thea permaneció unos pasos más atrás, dudando.

–¿Hay alguien en casa? –preguntó.

–Ya te dije que no, pero si quieres puedo echar un vistazo.

–Por favor.

–De todos modos tendrás que entrar.

–Me prepararé psicológicamente si tengo que verle la expresión a tu madre cuando le digas que vine a que me midan la temperatura y me preparen tés.

No pude evitar otra sonrisa enternecida y crucé la puerta. Tal como había asegurado, estábamos solos. Ni siquiera hallé a Mary; seguro había ido al supermercado. Thea no tenía de qué preocuparse.

Regresé al garaje y la encontré escribiendo en el móvil. Enseguida levantó la cabeza para mirarme.

—Le avisé al vecino que me prestó el parlante que no podré devolvérselo enseguida —explicó—. Por suerte me dijo que no hay problema, que tenía otro. Debí imaginarlo, no se quedaría sin volver locos a todos en el edificio con su música. Tiene el peor gusto que conozco. ¿Escuchaste alguna vez esos grupos de rock oscuro que solo gritan como si les hubieran pisado un juanete?

Abrí los brazos a la vez que reía para darle a entender que se acercara. Ella se aproximó y la abracé.

—Estamos solos. Puedes decirle a esa cabecita que deje de tejer escenarios terribles —anuncié.

En cuanto entramos, Lucky se acercó para recibirnos. Thea le prestó la atención que yo no le brindé por revisar la casa en busca de gente. Subimos las escaleras y nos metimos en mi dormitorio. Ella se sentó sobre la cama mientras yo buscaba ropa cómoda. Le ofrecí una camiseta y un pantalón deportivo.

Comenzó a quitarse la ropa con naturalidad, sin preocuparse por mi presencia. Descartó el pantalón y se colocó solo la camiseta, dejándose la parte inferior de la ropa interior. De todos modos, le quedaba grande. Abrí la cama para ella y se acostó.

—¿Y ahora qué? —preguntó mientras yo me sentaba en la orilla.

—Ahora abrirás la boca.

—Hmm… —murmuró con doble sentido.

Aunque tenía ganas de reír, me concentré en lo que debía hacer y encendí la linterna del móvil para iluminarla.

—Un poco más —solicité. Obedeció—. Saca la lengua y di "a". —En lugar de sostener el sonido, imitó una exclamación sexual—. ¡No ese "a"! —la regañé, muerto de risa.

Por un instante se comportó, entonces alcancé a ver lo que deseaba. Al comprobar mis sospechas, le tomé una fotografía.

—¡¿Qué haces, psicópata?! —exclamó mientras yo manipulaba el móvil.

—¿Te duele la garganta?

—Desde ayer. Debe ser porque me esforcé para cantar sin micrófono.

—Es porque está roja y tienes placas. Cuando hay placas, la amigdalitis suele ser bacteriana. Lo más probable es que necesites un antibiótico.

—¿Por eso me tomaste una fotografía?

—Se la enviaré a un doctor real que pueda medicarte.

—Lo cual significa…

—Mi padre.

—¡Por Dios! Necesito ver eso.

Le cedí el móvil y ella leyó en voz alta:

—"Es la garganta de mi novia. ¿Antibiótico? Si es así, ¿puedes hacer la orden? Gracias". Ya la vio. Está respondiendo —dijo, devolviéndome el móvil de forma apresurada, como si le quemara.

Mi padre preguntó si también presentaba fiebre y los ganglios inflamados. No había constatado lo segundo, pero igual le contesté un sí genérico. Era evidente que necesitaba medicación.

Retomó el mensaje donde le pedía la orden y escribió:

> Puedes recogerlos de casa; hay muestras en mi escritorio. Que tome un antifebril cada seis horas mientras persista el síntoma y un antibiótico cada ocho durante diez días. Sabes cuáles escoger.

—Dice que busque muestras en su escritorio. Enseguida regreso.

Bajé las escaleras y fui por lo que necesitaba. Volví a mi cuarto con las medicinas, un termómetro, un vaso con agua y un pack de gel frío. Le entregué las dos píldoras y ella se incorporó para recibirlas. Las tragó sin dudar. Se recostó de nuevo y yo puse el gel sobre su frente.

—Lo siento —dijo—. No quería causar tantas molestias.

—No lo haces. Descansa.

Desde hacía mucho me había dado cuenta de que, aunque Thea mencionara que vivía con su madre, se hallaba sola. No me pareció extraño que se sintiera una molestia si estaba acostumbrada a arreglárselas por su cuenta.

Permanecí a su lado hasta que noté que la fiebre había bajado. Ni siquiera tuve la necesidad de usar el termómetro. Para entonces, ella dormía.

En el medio oí llegar a mi hermanita. Por suerte, no se dio cuenta de que yo estaba en casa y se dirigió a su dormitorio sin pasar por el mío. Poco después, la oí bajar las escaleras. Seguro iba al comedor con sus carpetas para que Mary la ayudara a hacer la tarea.

Me senté en el escritorio y le envié un mensaje a Noah para preguntarle qué habían hecho en la universidad desde que me fui. Me pasó fotografías de los apuntes, el archivo con las diapositivas que el profesor utilizó para explicar en la pizarra y las páginas del libro que leyeron, como así también las que debía preparar para la clase siguiente.

Mientras me dedicaba a ello, perdí la noción del tiempo. Me di cuenta de que mis padres debían estar a punto de llegar cuando comenzó a oscurecer y la penumbra que entraba por la ventana ya casi no me alcanzaba para leer y escribir.

Thea tosió. Giré la cabeza y encontré que estaba despierta, aferrando el cobertor contra el cuello.

—Maldita tos. Te distraje. No quería hacerlo, te ves muy sexy cuando estás estudiando —murmuró. Me hizo reír.

—¿Te sientes mejor?

—Sí. Ya casi podría irme a casa.

—Ni lo sueñes. Está lloviendo y hace mucho frío. ¿Hace cuánto que estás despierta?

—Un rato.

—¿Por qué no intentas dormir un poco más?

—Lo haré. Enciende la lámpara, te quedarás ciego —pidió, girando en la cama para quedar de espaldas al escritorio, de donde provendría la luz.

Le hice caso y continué con mis cosas. Pronto volví a oír su respiración profunda. Solo me distrajeron nuevos pasos de mi hermanita acompañados por su voz.

—¡Te digo que no sé! —exclamó.

Me levanté de la silla apenas oí unos golpes a la puerta. No hice a tiempo a abrir: mi madre lo hizo antes. Terminé atropellándola para que no ingresara al dormitorio. Cerré la abertura y aferré el picaporte con el brazo detrás de la espalda.

—¿Otra vez lo mismo? —preguntó con una mirada reprobatoria. Sin dudas el microsegundo que duró la puerta abierta le alcanzó para ver a Thea.

Chisté, moviendo una mano.

—No es lo que crees —susurré—. Estoy vestido, ¿no?

—¡Camden, qué descaro! —replicó. Al menos respetó mi pedido de hablar en voz baja.

—Está enferma.

—¿Enferma cómo?

—Amigdalitis. Papá ya lo sabe.

—¿Tu padre te autorizó a que la trajeras aquí?

—Me refiero a que sabe lo que tiene. Mamá, por favor, no hagas un escándalo de algo tan natural como que mi novia esté en mi habitación.

—¿Pasará la noche contigo? ¡Esta casa no es un motel!

—Si quieres puedo usar el sofá mientras ella se queda en la cama, pero no la dejaré irse así. De todos modos, ¿qué crees que hacemos los fines de semana? ¿No te parecería un poco estúpido que amaneciera con una contractura solo para que creas que sigo siendo virgen?

—¡Cállate, por el amor de Dios! Nunca me hablaste de esta manera. Esa chica es una pésima influencia.

—No haremos nada, se siente muy mal. Por favor...

—La invité a cenar, no a instalarse aquí.

—No sé cómo ella supo que dirías eso; acabas de usar sus propias palabras. ¿Podemos, por esta vez, dejar que la situación transcurra con normalidad?

Suspiró. Un instante de silencio me alcanzó para saber que, para mi sorpresa, había ganado la batalla.

—Prepararé la cena —dijo, dándose por vencida—. No creas que te salvarás de poner la mesa. ¿Crees que pueda bajar o es mejor que le alcancemos algo para comer aquí?

—Le preguntaré. —Ella asintió y se volvió—. Mamá —la llamé para que me mirara—. Gracias.

34

Thea

"Mamá… Gracias".

Fue lo único que pude oír. Por suerte, lo demás lo habían susurrado. No me hubiera gustado sentir que me entrometía sin querer en los asuntos de Cam y mucho menos haber escuchado si su madre volvía a hablar mal de mí.

No sé por qué, si me había despertado en cuanto ella había abierto la puerta, cuando regresó fingí que continuaba dormida. Lo oí cerrar con llave. No recordaba si había visto una la última vez que había estado allí. Creí que no.

Volví a abrir los ojos después de que escuché su silla. Para mi pesar, tuve que reconocer que sí sabía por qué estaba actuando de manera tan extraña: tenía miedo. Sentía un nudo en el estómago de solo imaginarme en la mesa con los padres de Cam y muchos nervios del momento en que notara que comenzaban a juzgarme, aunque esta vez, quizás, evitaran ponerlo en palabras.

Mi corazón saltó cuando volví a escuchar el picaporte. Por un instante, olvidé que Cam había echado llave a la puerta y que ya no podrían abrir desde afuera. Resonaron algunos golpes y él se levantó para abrir.

—¡Cam! —exclamó una voz de niña. Tenía que ser su hermanita—. ¿Por qué no me dijiste que ya estabas en casa? Me prometiste que jugaríamos a las muñecas.

Espié por encima del cobertor y lo vi alzar a la niña con un brazo como si fuera una bolsa. Ella comenzó a reír. Salió y cerró tras de sí. Lo último que le oí decir fue que hiciera silencio, porque su novia estaba durmiendo.

Su novia.

Me senté en la orilla de la cama, un poco mareada. Me pasé una mano por la frente: la fiebre estaba ahí de nuevo; podía sentirla, aunque sin dudas era más leve que hacía unas horas.

Me levanté y caminé hasta el escritorio. Espié lo que Cam estaba escribiendo: no entendía el contenido. Además, no podía creer que todavía estuviera con eso. Se había pasado la tarde estudiando por mi culpa.

Su dormitorio, incluido el escritorio, era lo contrario del mío: todo estaba ordenado y milimétricamente dispuesto. Mi habitación, en cambio, era un caos.

Había algunos papeles amarillos adheridos a su ordenador: eran recordatorios. Tomé uno de un pilón que descansaba junto a un lapicero y le escribí un "te amo" con un corazón. Oculté el papel en su cuaderno de apuntes, riendo de solo imaginar que podía descubrirlo en un momento inesperado dentro de mucho tiempo.

Me apoyé contra el borde y miré la puerta mordiéndome la parte interior de la mejilla. A pesar de que esa gente me odiara, tenían el aspecto de ser una familia amorosa y tierna. Luminosa. Me sentí mal de pensar que estaba manchando a Cam con mi oscuridad. ¿Cuántas veces más lo llamaría para que fuera a buscarme a una estación de policía? ¿Y si su madre tenía razón y yo, de alguna manera, lo estaba perjudicando?

Volví a sobresaltarme cuando la puerta se abrió. Por un instante, creí que se trataba de alguien de su familia. Era él.

—¡Ey! —exclamó—. ¿Estás mejor? —Asentí con la cabeza—. Mi madre me pidió que ponga la mesa. ¿Prefieres bajar a cenar o que lo hagamos aquí?

¿Hacer qué?, pensé con doble sentido. Me mordí la lengua para no decírselo.

—Creo que tengo fiebre otra vez —dije como excusa.

En pocos pasos, Cam estuvo frente a mí y colocó una mano en mi frente. Sus caricias siempre me hacían sentir bien.

—Es cierto —admitió—. No te preocupes. Regresa a la cama, traeré nuestros platos aquí y otro pack de gel frío. Tal vez mi padre pueda revisarte, por las dudas.

—No hace falta —me apresuré a decir, apartándome del escritorio para regresar a la cama—. Tampoco quiero que cenes aquí. Come con tu familia y luego me traes cualquier cosa que sobre.

—Thea… —Lo miré—. ¿Por qué te traería algo "que sobre"?

Me quedé pensando un momento con los labios entreabiertos hasta que logré cerrarlos y me senté en la cama.

—No me hagas caso. Me siento muy extraña.

Puso las manos sobre mis hombros y me impulsó hacia atrás.

—Acuéstate. Todo está bien.

En la cama me sentí bastante mejor.

Cam volvió a salir. Me adormecí un poco, por eso no supe cuánto tiempo pasó hasta que regresó. Solo que casi morí porque no lo hizo solo: su padre venía con él. Para colmo, el hombre encendió la luz del techo como si se tratara de la habitación de un hospital, sin piedad de que yo quisiera ocultarme. Era imposible que lo supiera.

—Hola, Thea, ¿cómo estás? —dijo en voz alta, como para que me espabilara. *Tierra, trágame–*. Nunca nos presentamos formalmente: soy Reuben, el padre de Cam.

—¿Qué tal? —contesté.

—¿Te parece bien si me aseguro de que estés tomando la medicación correcta?

—Claro.

—¿Tu voz siempre suena así? —indagó, apartando la sábana para poner los dedos sobre mi cuello.

—Sí. Pero estoy un poco afónica.

Me hizo doler más la garganta con la revisión. No es que hubiera conocido muchos médicos en mi vida, pero los pocos a los que mi abuela me había llevado alguna vez no se caracterizaban por ser delicados a la hora de examinar a sus pacientes. Por suerte, casi no me enfermaba. Era como si supiera que, de hacerlo, sobrecargaría a mi abuela, porque de mi madre no se podía esperar que se cuidara a sí misma, mucho menos a su hija. Al parecer, mi escudo contra los virus y bacterias esta vez había fallado.

—Con permiso —dijo, colocándose el estetoscopio. Lo apoyó en mi pecho, por sobre la camiseta, durante un momento–. ¿Puedes incorporarte un poco? –Aunque solo quería desaparecer, le hice caso–. Inspira hondo y exhala, por favor –solicitó, apoyando el estetoscopio en mi espalda. Repetí la secuencia varias veces mientras él iba moviendo el aparato de lugar. Volví a mirar hacia el frente cuando percibí que terminó–. Abre bien la boca. –Mientras me inspeccionaba la garganta, me sentí una niña. Por suerte, terminó rápido–. ¿Sientes náuseas, vómitos, tienes diarrea? –En cualquier otro momento, se me hubiera escapado una broma. Tan solo negué con la cabeza–. En ese caso, creo que el practicante que te revisó hoy hizo un buen trabajo –bromeó, mirando las medicinas que descansaban en la mesa de noche. Sonreí con ilusión; no me extrañaba que Cam lo hubiera hecho bien y no podía ocultar mi admiración. Reuben se puso de pie y lo miró–. Estará bien. Para el fin de semana, seguro podrán ir a alguna cafetería. Eviten los paseos al aire libre, no debes pasar frío –indicó, señalándome.

–Gracias –respondí.

–De nada. Que descanses. Cualquier cosa que necesiten, ya saben dónde encontrarme –dijo. Le dio una palmada a Cam en el hombro y se retiró cerrando la puerta.

Bueno, ya podía relajarme, las cosas no habían salido nada mal. El padre de Cam no parecía tan difícil. O era muy bueno fingiendo. Sentía que se me iba a partir la cabeza del dolor.

Cam se sentó en la orilla de la cama y me acarició una pierna por sobre el cobertor. ¿Por qué esas personas eran tan amables? No podía creer que hubieran aceptado nuestra relación. Era evidente que no me querían y que les parecía poca cosa para su hijo. Tenían razón. ¿Por qué dejarían de pensar así? Aunque Cam hubiera combatido contra su temor durante los meses que llevábamos saliendo, no podía creer que hubiera logrado convencerlos. Apostaba a que abajo, en la cocina, estarían hablando mal de mí, como la primera vez que nos habíamos cruzado allí.

—¿Estás bien? —preguntó. Asentí y volví a acostarme para ocultarme con el cobertor.

Un rato después, Cam salió de la habitación y regresó con una bandeja con nuestros platos, vasos y cubiertos. Había también servilletas y unos chocolates. Todo era tan bonito que hasta me daba pena tocarlo.

Después de comer, Cam se quedó estudiando. Se acostó tarde.

Desperté cuando amanecía, con la vejiga hecha una piedra por la cantidad de líquido que llevaba horas conteniendo. No quería abandonar el dormitorio y cruzarme con su familia, pero tampoco aguantaba más. Si no iba al sanitario, mojaría la cama, confirmando que había retrocedido unos cuantos años. Desconocía la hora, mi bolso había quedado en la silla del escritorio y no tenía el móvil a mano. Supuse que, como apenas entraba una penumbra azul por la ventana, nadie se habría levantado aún. Era mi oportunidad.

Aparté el brazo de Cam que descansaba sobre mi cintura y me senté. Él se removió.

—Thea… —susurró mientras yo me pasaba una mano por la frente. Por suerte, no me sentía tan mal como el día anterior y no percibí indicios de fiebre.

—Voy al baño —le informé. Le di un beso rápido en la mejilla y me levanté.

Estiré la camiseta en caso de que se hubiera quedado atrapada en mi ropa interior. Como me quedaba grande, parecía que llevaba puesto un vestido que apenas me cubría el trasero.

Salí de la habitación y caminé en puntillas hasta el baño. No hice a tiempo a sujetar el picaporte, la puerta se abrió y la madre de Cam apareció con un precioso salto de cama color manteca. Sus ojos se abrieron un poco más al encontrarse conmigo. Me observó de arriba abajo, concentrándose en mis piernas desnudas y en mis pies descalzos. Tragó con fuerza antes de volver a mi rostro.

—Deberías abrigarte, estás enferma y hace frío —dijo con voz de hielo. ¡Esa mujer sí que me temía! Podía sentirlo en la piel.

—Claro —contesté.

—¿Te sientes mejor?

—Sí. Me iré a casa en cuanto amanezca. Gracias por su hospitalidad.

—Antes de que te vayas, ¿podremos tomar un té a solas? Ve al baño, abrígate y baja a la cocina.

—Yo… —apoyé un pie sobre el otro y un brazo en el marco de la puerta. Bajé la cabeza mordiéndome el labio—. Creo que…

—Te espero —me interrumpió y se alejó.

Cuando regresé al dormitorio, Cam dormía. No quería bajar a la cocina; presentí que su madre no tenía algo bueno para decirme y que su discurso acabaría con mis fuerzas. Aun así, recogí el pantalón que él me había ofrecido la noche anterior y me lo puse. Me calcé con mi calzado deportivo de lona, me coloqué el suéter y le di el gusto a su madre de ir a la cocina.

La encontré de espaldas, sirviendo el té en la encimera.

—¿Azúcar? —consultó sin volverse.

—Sí, por favor —contesté, apartando un taburete.

Colocó las tazas sobre el desayunador y un plato con masitas. Lucky dormía sobre una manta en un rincón. Ella se sentó frente a mí con una sonrisa rígida. Respiré hondo para cargarme de energía e intenté sostenerme de los hilos que me unían a Cam para no sentirme un estorbo en esa familia.

—Supongo que ya lo sabes: me llamo Iris, y mi esposo, Reuben. Nuestra pequeña es Evie. —Asentí—. Cam nos contó que ustedes se conocieron en una fiesta.

—Sí. Casi me ahogué en una piscina y él me rescató.

—¡Qué peligroso! ¿Cómo ocurrió algo así?

—No estaba muy en mis cabales y me caí.

Cavaba mi propia fosa. Era inevitable: siempre que alguien pensaba que yo era un desastre, hacía todo lo posible para que confirmara su teoría.

Iris se acomodó un mechón de cabello rubio oscuro detrás de la oreja con otra sonrisa apretada.

—Cam también nos contó que no estudias, pero trabajas.

—Me despidieron hace poco.

—¡Vaya! ¿Y eso por qué?

—Hice un escándalo porque un hijo de… un… alguien hizo algo que no debía.

—¿De qué trabajabas? Cuando se lo pregunté a Cam, no me contestó.

—Cuidaba a una abuela.

—¡Ah! Eras una especie de enfermera.

Me encogí de hombros.

—Más bien le hacía compañía. —Sonreí al recordar a mi amada Daisy—. La abuela se desenvolvía bien sola. No quería que yo le limpiara el cu… el trasero.

Suspiró.

—¿Has pensado en estudiar o trabajar de alguna otra cosa?

Hice un gesto con los labios mientras mis ojos paseaban por

la taza de té y unas delicadas rodajas de limón que no había visto hasta entonces. No era un buen momento para que me recordaran a mi madre.

—No estoy pensando en estudiar, pero eventualmente tendré que ganar dinero.

—¿Qué planes tienes para el futuro? ¿Cuáles son tus metas?

—No suelo hacer planes, dejo que la vida transcurra.

—¿Y qué dicen tus padres de eso? ¿Vives con ellos? Siendo que la relación entre Cam y tú va en serio, algún día me gustaría conocerlos.

Me cansé de esa situación fingida y decidí ser honesta.

—Señora, no se preocupe: no voy a casarme con su hijo. No me interesan su dinero, su futura profesión, ni nada de lo que usted pueda estar imaginando.

—Yo no he dicho eso —aclaró ella, echando la espalda un poco atrás.

—No tengo familia. Solo una madre que, le aseguro, usted no quiere conocer. Ni siquiera yo querría. Tampoco será necesario: quién sabe si la relación de Cam y yo durará un año. Duerma en paz.

—¿Por qué dices eso? ¿Entonces no lo quieres? —Guardé silencio—. ¿Por qué sales con él si no estás enamorada? —Estiré las mangas del suéter y las apreté con los dedos contra la palma de mi mano—. Thea, ¡mi hijo dice que te ama! No me gustaría que le rompieras el corazón.

No resistí más la presión y me levanté para escapar.

—Será mejor que terminemos con esta conversación. Siento que usted es un oficial de policía, y yo, una delincuente.

—No fue mi intención. Evitaré hacerte preguntas. Solo dime si lo amas.

—No tengo por qué responder su interrogatorio.

Al girar para irme, me encontré con Cam.

—¿Qué ocurre? —preguntó, mirando a su madre.

—Estamos conversando.

—No parece.

Lo esquivé para ir a las escaleras y subí a la carrera. Alcancé a ponerme mi ropa y calzarme de nuevo antes de que él entrara en el dormitorio.

—Thea —dijo del otro lado de la cama mientras yo intentaba guardar el soutien en mi bolso—. ¿Qué ocurrió? ¿Estás bien? ¿Qué te dijo? Mi madre sostiene que solo estaban hablando y que, de repente, reaccionaste de mala manera. No le creo, dime qué pasó.

—Nada. Tiene razón.

—Vamos, no digas eso. Solo escuché el final, no puedo adivinar lo anterior. No te estaba preguntando nada descabellado, ¿por qué simplemente no le respondiste? Tiene que haber una razón, ¿algo que ella dijo te molestó?

Alcé la cabeza de golpe. Mirarlo fue una mala idea, mi corazón latió todavía más deprisa. Como una experta en condenarme a la hoguera, intenté hacerme la estúpida.

—¿De qué hablas?

—Te preguntó si me amabas.

—¡Por favor! ¿Qué importa?

—¡Claro que importa! Me la paso defendiendo nuestra relación. ¿Y tú no podías hacerlo por un momento?

—Te amo, lo sabes. ¿Por qué tengo que contárselo a ella?

—Quizás por lo mismo que has dicho: que me amas. Y porque también defiendes nuestra relación como hago yo.

—No tengo obligación de responder su interrogatorio.

—Es cierto. Pero no entiendo por qué no pudiste contestarle que me amas. Era una simple pregunta y solo tenías que decir una sola palabra: "sí".

Dejé escapar el aire de forma ruidosa.

—No toleraré este reclamo —pronuncié, intentando acomodar mis cosas con torpeza—. ¿Acaso te demuestro de alguna forma que no te amo?

—Tan solo debiste decírselo. —Guardé silencio. Cerré mi bolso—. ¿Qué haces?

—Me voy.

—No hemos terminado la conversación.

—No vas a retenerme.

—Quédate hasta que resolvamos este asunto.

—¡No quiero!

—Thea —dijo, y me sujetó de la muñeca. Para mí, funcionó como un símbolo de que estaba acorralada y reaccioné con irritación.

—¡Suéltame! —Aunque obedeció de inmediato, yo seguí gritando—. ¡No me toques! ¡No quiero que me toques!

—Está bien —replicó, enseñándome las manos, que estaban a una distancia prudente de cualquier parte de mi cuerpo. Bajó el tono a uno mucho más calmado—. Está bien… —repitió—. Déjame llevarte a la estación.

—No.

—Thea, te llevo a la estación —determinó. A continuación recogió las medicinas de la mesa de noche y me las ofreció—. Llévate los medicamentos.

—Me los compraré en la farmacia.

—No tienes una orden y estos ya están abiertos. Vamos, no seamos ridículos.

Nos sostuvimos la mirada por un instante. ¡Dios! ¡Lo amaba tanto!

Le arrebaté las medicinas de las manos y las abracé contra mi pecho. Era imposible que cupieran en mi bolso.

Recogió su abrigo del respaldo de la silla y salió de la habitación. Lo seguí. Por suerte, no volví a ver a su madre en el camino hasta el garaje. Subimos al automóvil y salimos de la casa.

Nos mantuvimos en silencio todo el viaje hasta la estación. Yo miraba por la ventanilla, con las piernas acurrucadas contra un costado, el codo apoyado en la puerta y el mentón sobre la mano. Todavía me dolía mucho la garganta y, por cómo me sentía, supuse que la fiebre estaba regresando.

Casi me arrojé del coche antes de que terminara de aparcar cuando llegamos. Descendí antes que él y me hice del micrófono y la guitarra. Introduje las medicinas en el estuche del instrumento mientras Cam extraía el parlante.

—Ey… —dijo, e intentó abrazarme.

Di un paso atrás, cabizbaja. Si lo miraba, mis defensas se irían por la alcantarilla.

—Pensaré en nuestra relación —dije.

—Por favor, no hagas esto. No desaparezcas.

—Te estoy avisando que lo pensaré.

Giré sobre los talones y me alejé deprisa.

Llorar en la estación se me estaba haciendo una costumbre.

35

Thea

Lo primero que hice al llegar a mi edificio fue ir al apartamento de mi vecino para devolverle el micrófono y el parlante. Lo segundo, enviar un mensaje a Ivy.

> Dime que todavía no te fuiste a trabajar. Necesito que hablemos. ¿Puedo pasar por tu casa un momento? ✓✓

Por suerte, contestó enseguida.

> Hoy llegué antes para hacer horas extras, pero

No quería robarle tiempo ni ocasionarle problemas. Sin embargo, mi consternación me llevó a ser egoísta y, en lugar de ir a mi apartamento, terminé aceptando su oferta.

Todavía era muy temprano y apenas había un par de clientes. En cuanto Ivy me vio, se aproximó para saludarme. Se detuvo porque le indiqué con la mano que lo hiciera.

—No te acerques. Estoy enferma.

—¿Qué tienes? —preguntó, preocupada.

—Nada serio, pero no quiero contagiarte. ¿Vamos al depósito?

Mi amiga comprendió mi urgencia. Giró la cabeza y se dirigió a su compañero:

—Saldré un momento, ¿puedes ocuparte?

Él le hizo un gesto con la mano en señal de que procediera con lo suyo.

Nos sentamos sobre unos cajones de plástico en los que solía haber botellas.

—Lo arruiné todo —dije, apoyando la frente en las manos. Descansaba los codos en las rodillas.

—¿A qué te refieres?

—A Cam.

—¿Lo engañaste?

Reí negando con la cabeza y me respaldé en la pared enmohecida.

—Sabes que no lo haría. —Suspiré, angustiada—. Ayer me llevó a su bella y armoniosa casa. No pude hablar con su hermanita, pero por lo que oí me pareció una niña muy dulce. Su padre fue amable conmigo, hasta me dio unas medicinas. Su madre preferiría que yo fuera una pesadilla. Por cómo me miró, supongo que le molesta mi sexualidad. Puede que sea bastante reprimida.

—¿Se comportó como una cretina?

Me encogí de hombros.

—A decir verdad, no. Si la comparamos con algunas personas que conocemos, es un ángel. Nada que no pueda soportar.

—¿Entonces?

Tragué con fuerza. Además de que me dolía la garganta por la enfermedad, también sentía una opresión en el pecho. Otra vez comencé a lagrimear.

—Me preguntó si amaba a su hijo y no pude contestar. Cam escuchó. Lógicamente, me cuestionó por qué no defendí nuestra relación dándole una respuesta. Tampoco me atreví a explicarle.

—¿Por qué no le contestaste a su madre? Nos conocemos desde niñas, sé que estás loca por ese chico y nunca tuviste problemas para ser sincera con quien sea —dijo, incrédula. No podía culparla, ni yo me lo creía.

Respiré hondo, mirando la nada.

—Porque cuando veo cómo es su vida me siento tan insignificante...

Hubo un instante en el que solo se oyó mi llanto.

—Thea, no digas eso —rogó mi amiga—. Eres una de las personas más grandiosas que conozco.

—Lo dices porque eres mi amiga. Vivo en una casa que se cae a pedazos con una drogadicta. Mi novio no puede visitarme porque nunca sé cuándo ella llevará a sus amigos y todo se volverá amenazante y peligroso. No estudio, no tengo dinero, me la paso en la estación de policía. Si no me aferrara a creencias espirituales, tendría que haberme arrojado debajo del tren porque mi vida es una mierda.

—¡No es una mierda!

—Todo me sale mal y no entiendo el motivo. Debí conservar el empleo con Daisy.

—¿Soportando el acoso de ese degenerado?

Temblé al tiempo que apoyaba la cabeza en la pared.

—Siempre defiendo mi filosofía de vida con orgullo. Mis convicciones son claras. Pero en la casa de Cam, con su familia... Todo me hace pensar que solo estoy engañándome. ¡Mi madre me avergüenza! Y termino avergonzándome de mí misma. No resisto reconocer que, en realidad, soy cobarde porque no me atrevo a modificar lo que debería. No quiero sentirme así. Quiero seguir siendo confiada, segura y poderosa. Le pediré un tiempo a Cam hasta recuperar mi autoestima.

Ivy negó con la cabeza.

—No creo que eso sea lo que quieras. Además, tu autoestima está intacta. ¡Ojalá yo la tuviera tan alta! —Hizo una pausa—. Amiga... No creo que seas cobarde, sino que te estás haciendo más valiente. Jamás me habías hablado así de tu madre, es como si estuvieras reconociendo por primera vez que no mereces vivir como ella te obliga, sino más bien como Cam. Y no me refiero al dinero, sino al amor y la paz. Para salir del bosque, es inevitable pasar por las espinas.

Fruncí el ceño en silencio; las lágrimas quedaron suspendidas.

—¿De dónde sacaste eso? —pregunté.

—¿Qué cosa?

—Lo de las espinas.

Se encogió de hombros.

—No sé, tan solo se me ocurrió. ¿Hay espinas en las salidas de los bosques?

Tuve un escalofrío. Sentí una presencia que no era de carne y hueso.

—A mi abuela le gustaban las historias de amor —expuse—. Lo último que leímos juntas antes de su muerte fue un libro que comienza con la leyenda de un pájaro que canta de la manera más sublime cuando se suicida en un espino. Es como si ella hubiera hablado a través de ti.

Ivy encogió las piernas.

—¡Ay, no! —exclamó—. No quiero saber nada con los muertos.

—Mi abuela era buena. Si su presencia está aquí, es para bien.

—No importa. ¿Has estado alguna vez en una sesión de espiritismo?

—¡No! —Reí, olvidándome de las lágrimas.

—Mejor. No quisiera que acabaras poseída. Oye, me invitaron a una fiesta en unos días. ¿Vamos juntas? Te haría bien despejarte un poco.

—Lo pensaré.

—¿Y qué harás con Cam?

—También lo pensaré.

La puerta se abrió de repente. Mi amiga saltó de la caja plástica al mismo tiempo que su jefe ingresaba al depósito.

—¿Qué haces, Ivy? ¿Por qué no estás trabajando? —preguntó y me señaló—. Sabes que no puedes traer personas aquí.

—Es mi culpa —intervine, poniéndome en pie—. Tenía una emergencia y, como Ivy es tan responsable, no quiso abandonarme.

—No me tomen del pelo, por favor —replicó. Era respetuoso para hablar, pero autoritario—. Te ruego que te vayas.

—Hablamos después —le dije a mi amiga, y salí antes de continuar oponiéndome a su jefe y terminar involucrándola en más problemas. ¿Por qué para nadie el alma era más importante que el dinero?

Ni siquiera buscar consuelo en mi amiga me salía bien. Al parecer, estaba destinada a crearle conflictos a la gente.

Fui a casa, me encerré en mi habitación y me metí en la cama. Permanecí allí todo el día, por momentos dormida y, por otros, triste y asustada. Solo me levanté para comer algo al mediodía y para ir al baño. No miré el móvil más que para apagar la alarma, que sonaba cada vez que debía tomar el antibiótico. Por suerte, después de una píldora más, ya no necesité el antifebril.

A la mañana siguiente, me sentí mejor. Encontré una llamada perdida de Cam y algunos mensajes.

> Thea, ¿podemos hablar? No me gusta que estemos distanciados.

> OK, supongo que no quieres atender o que estás descansando. Espero que te sientas mejor.

> Te extraño.

Aunque sabía que estaría en clases y no quería distraerlo una vez más, le respondí en ese mismo momento porque pensé que habría sido doloroso para él que no lo hiciera el día anterior. No fue a propósito; estaba triste y solo quería desaparecer. Todavía me sentía así, pero él no tenía la culpa. Merecía que, al menos, le diera alguna explicación.

> Hola. Lamento no haber respondido ayer, estuve durmiendo porque me sentía muy cansada. Espero que no te molestes si no contesto en estos días. Yo también te extraño, pero tengo mucho en qué pensar. ✓✓

Respondió en menos de cinco minutos. Imaginé que lo estaría haciendo debajo del pupitre.

Cam.
> Yo también pensé. Si te pusiste así por algo que dijo mi madre, necesito saber.

Thea.
> No responsabilices a tu madre. Es solo mi culpa. Te amo. Pero el amor no es suficiente. ✓✓

Cam.
> No digas eso. El amor es lo único importante, lo demás tiene solución.

Hice el móvil a un lado y volví a refugiarme entre las sábanas. Vi que la pantalla volvió a iluminarse, sin dudas por un mensaje de Cam, pero ya no lo recogí.

Los días siguientes, pensé mucho en mi vida, en mi pasado y en mi futuro. Extrañaba demasiado a mi abuela, y estaba tan perdida sobre lo que haría al día siguiente como sobre lo que estaría viviendo en cinco o diez años. Nunca me había molestado en hacer planes, tan solo me dejaba llevar por los impulsos del momento. Ni siquiera tenía claro si en serio estaba tan mal vivir al día. Dudaba de todo lo que siempre había considerado verdades indiscutibles. También de esas que me ayudaban a seguir viva, como el hecho de que nada moría en realidad y que todo se transformaba en energía.

Quité el visto en la aplicación de mensajería para que Cam no creyera que lo ignoraba habiendo leído sus mensajes, aunque así fuera. Estuve a punto de responderle varias veces, pero en ninguna me atreví. ¿Qué iba a decirle, si ni siquiera podía revelarle lo que más me preocupaba por esos días? Me sentía tan hipócrita como una infiel.

El fin de semana, en lugar de salir con él, me encontré con Ivy y sus amigos. Para entonces, había llegado a la conclusión de que mis ideas no estaban equivocadas, tan solo eran diferentes de las de la mayoría, por eso nunca serían bien vistas. Nada nuevo, y no es que alguna vez me hubiera importado. Si no hacían daño, ¿por qué debía cambiarlas? Solo había una cosa que realmente me lastimaba, la misma que podía lastimar a Cam si volvía a escribirle, pero todavía no me atrevía a lidiar con ella.

Él continuó intentando contactarme al menos una vez al día. En la mayoría de los mensajes manifestaba que me extrañaba, que me amaba y que deseaba que yo estuviera bien. Me daba mucha vergüenza contestarle. No me sentía digna de hacerlo hasta que hubiera resuelto mis asuntos personales, lo cual me podía llevar toda la eternidad.

La falta de respuesta lo llevó al hartazgo.

Cam.

Te pedí que por favor no desaparecieras. ¿Y qué haces? Ante el primer problema desapareces y me excluyes de lo que te ocurre. Aunque sufra, no seguiré pendiente de ti. Adiós, Thea. Escríbeme cuando quieras.

Quería escribirle todo el tiempo, pero no podía. Me sentía terrible porque, además de no poder resolver mi vida, siempre terminaba arruinando cualquier cosa buena que me sucediera, incluyendo mi relación con él. Admiraba la luz, pero siempre terminaba en la oscuridad.

Durante esos días miré mucho nuestras fotografías, las que habíamos subido a nuestras redes sociales y las que no. En ellas se evidenciaba cuán distintos éramos: él salía siempre con su porte de chico inglés, una sonrisa serena y una mirada bondadosa, mientras que yo solía aparecer sacando la lengua, haciendo *fuck you* o cualquier cosa un poco sucia. Solo en una o dos aparecía tan solo sonriendo.

Aunque todavía no había terminado el antibiótico, ya me sentía bien, por eso fui a cantarle a Daisy el día que había dispuesto para ello. Como no se asomó, insistí al siguiente. Lo mismo hice el viernes. Nunca obtuve resultados. Por lo menos, no apareció la policía. Tampoco me quedé mucho tiempo para ver si lo hacía; no quería tentar a la suerte.

Acababa de entrar a casa después de devolver el parlante y el micrófono a mi vecino cuando recibí una llamada del teléfono de la casa de la abuela. Atendí con la ilusión de que fuera ella.

—Hola, Thea. —Era la mucama—. Te escuché estos días. No hace falta que sigas viniendo, Daisy no está en casa y no volverá. Te llamo a escondidas, solo porque me pareció injusto que no te avisaran.

Sentí que se me helaba la sangre. Las piezas encajaron todas de golpe y me pregunté si acaso mi malestar físico y espiritual de esos días no se debería a un mal presagio.

—¿La internaron en un hogar? —pregunté, indignada. No entendía por qué algunas personas, aunque tuvieran los medios para respetar el deseo de los ancianos, tan solo se los quitaban de encima.

Lo único bueno de eso era que, quizás, pudiera ir a visitarla sin que su familia se enterara. Ya no dependería de cantar en la puerta de su casa, con el riesgo de que la policía me atrapara, ni de que Daisy consiguiera mi número para comunicarse conmigo, si acaso en algún momento la dejaban sola y podía llamarme. Mi cabeza comenzó a tejer ideas, de pronto me sentía menos triste y más entusiasmada.

—Creo que no entiendes. Estuvo ingresada en el hospital. Falleció esta mañana.

36

Thea

Me quedé estática, apretando el móvil. "No volverá", "estuvo ingresada en el hospital", "falleció esta mañana". Las frases se amontonaron en mi mente y tan solo pude sentir ira.

—Por favor, no mientas. ¿Te enviaron a deshacerte de mí?

—No sería tan cruel aunque me lo ordenaran. La familia cree que, después de que Fletcher te hizo arrestar, jamás volviste. Mientras tú cantaste estos días, ellos estaban en la oficina o en el hospital.

—¿Me "hizo arrestar"? —pregunté. Suspiró.

—Su familia es amiga de la esposa de un senador. El senador conoce al jefe de policía... Ya entiendes la cadena.

—No puede ser… Por favor, dime que no es cierto.

—Ojalá pudiera. Preguntó por ti hasta el último momento. Alcancé a contarle la verdad antes de que sufriera el accidente cerebro vascular.

—¿Dónde está ahora? Necesito verla, aunque sea su cuerpo.

—No lo sé. Solo sé que el funeral es mañana a las diez de la mañana.

Me dijo el lugar donde se desarrollarían la ceremonia y el entierro, y colgó.

Dejé caer el móvil sobre la mesa. Temblaba. Me senté intentando respirar. Se me hacía bastante difícil si la ausencia de Daisy me ahogaba.

Un centenar de recuerdos invadió mi mente. El día que nos conocimos, sus respuestas sabias, sus consejos. Pensé en el tiempo que nos habían robado, en cuántas conversaciones más podríamos haber tenido, en cuánto la necesitaba. Entonces, volví a sentir rabia.

Fui a mi habitación y me planté delante de la repisa que hacía de altar. Protesté mentalmente, enojada con las fuerzas que, por alguna razón, me despojaban de todo lo que me importaba, ya sea a causa del mundo exterior o porque yo me autodestruía. Me parecía tanto a mi madre que sentía terror de mí misma.

Observé el portarretratos con la fotografía de mi abuela, los amuletos, las velas, las cintas de colores con que los decoraba, la varilla del sahumerio acabado y sus cenizas. Intenté pensar que nuestros cuerpos se parecían a esos restos, que de nada servían porque el alma estaba en otro plano, pero no me sirvió como consuelo. Necesitaba el cuerpo de Daisy porque su alma no podía manifestarse sin él. No podía acariciarme, ni hablarme, ni demostrarme afecto.

Recordé el día que encontré a mi abuela inconsciente, el miedo que sentí cuando me confirmaron que había muerto, la desazón de hallarme sola y desamparada. Me vi a los dieciséis años, preparando el desayuno que antes hacía mi abuela, y cómo poco a poco la vida de mi madre se había ido por un barranco. Por uno mucho más empinado que el que solía recorrer desde que tenía menos edad que yo.

Para evitar destrozar todo, me arrojé sobre la cama y me oculté debajo del cobertor. Otra vez quería desaparecer. Sentía que la cadena de sucesos desafortunados nunca acabaría y odiaba sentirme triste.

No supe cuándo me quedé dormida, pero sí fui consciente de que, al despertar, la casa ya no estaba tranquila. Oí una carcajada de mamá seguida de las risas de otras personas, y sentí que estallaría.

Me levanté hecha una furia. La encontré con algunos hombres y mujeres en el suelo de la cocina, drogándose.

—Mamá —la llamé—. ¿Por qué los trajiste aquí? ¿Acaso ya no te queda decencia? ¡Respétame!

Giró la cabeza para mirarme. Se hallaba apoyada en una alacena; estaba tan ida que casi no podía moverse.

—Cariño, siéntate —me invitó con voz pausada.

—Vete a la mierda —contesté, y les pateé el papel de aluminio en el que todavía quedaba algo de heroína.

—¡Maldita! —bramó un hombre.

Ni siquiera me di la vuelta para ver si acababa de gritar porque les había desparramado la droga o por cualquier otro motivo.

Regresé a mi habitación, cerré la puerta con llave y le escribí a Ivy.

Thea.

¿Vamos a la fiesta? ✓✓

Ivy.

Me dijiste que no ibas.

Thea.

Me arrepentí. ✓✓

Ivy.

De acuerdo. Ven a mi casa. Como me dijiste que no querías ir, acordé con un amigo que me pasara a buscar en su automóvil. No sé si vendrá con más personas. No importa, nos apretamos y seguro entras. No iré sin ti.

Me coloqué un vestido muy corto y escotado de color celeste metalizado, zapatos de tacón y un abrigo gris con plumas negras que había hecho hacía poco. Los combiné con un delineado de ojos muy marcado, el cabello suelto peinado con una crema que lo hacía parecer un poco húmedo y alhajas grandes y pesadas de color plateado. Guardé el móvil, la tarjeta del transporte público, algo de dinero y mi identificación en los bolsillos, y salí de la casa esquivando las piernas de los drogadictos que todavía yacían en el suelo de la cocina.

Caminé hasta lo de mi amiga. Cuando llegué, ella ya estaba apoyada en el capot del auto de su amigo. Al lado había otro chico y una chica. No los conocía.

—¡Thea! —exclamó Ivy y se acercó para abrazarme. Me acarició el rostro—. ¿Qué ocurre? ¿Estuviste llorando? ¡No me digas que finalmente dejaste a Camden!

—Estoy bien —mentí, y miré a los demás—. Hola —les dije.

Las tres chicas subimos al auto en el asiento de atrás. Mientras todos hablaban, yo me abstraje mirando por la ventanilla. Reconocí que me hallaba muy nerviosa al descubrir que me estaba mordiendo la uña pintada de azul.

Daisy, pensé de pronto, sin ninguna lógica. *¿Por qué me hiciste esto? ¿Cómo se te ocurre morir? ¡Con todo lo que teníamos que hacer!*

—Thea… ¡Thea! —exclamó Ivy. Su voz me devolvió a la realidad. La miré sin darme cuenta de que estaba lagrimeando hasta que ella me lo hizo notar secándome el pómulo apenas húmedo—. ¿Has dejado a Cam? —insistió. Negué con la cabeza.

Estuve a punto de estallar, verbalizando por primera vez que Daisy había muerto, pero el conductor justo nos avisó que ya casi llegábamos. Iba tan distraída que ni siquiera me percaté de dónde estábamos. De hecho no tenía idea de dónde quedaba la casa a la que nos dirigíamos.

Ni bien entramos a la fiesta, me abalancé sobre las bebidas y me serví un trago fuerte.

—Hola —dijo un chico que llevaba puesta una sudadera del Manchester United.

—¿Cómo estás? —respondí.

—Bien, ¿y tú?

—Podría estar mejor.

—¿Me dejas ayudarte?

—¿Puedes resucitar a los muertos?

—¿Qué? —rio.

—Entonces no puedes ayudarme. Gracias de todos modos —repliqué, y me alejé.

Durante buena parte de la noche intenté apagar el dolor con lo que se hace en las fiestas: bailar, cantar, beber… Conversar era un lujo de pocos. Los chicos que se me acercaban, por lo general, estaban interesados en sexo, en cambio yo no. Nunca me habían atraído mucho las uniones casuales, y por más desesperada que estuviese, jamás engañaría a Cam.

Ivy desapareció con el conductor del automóvil. Busqué integrarme con otras chicas, pero todas se hallaban con desconocidos o acompañadas de sus amigas. Terminé sumándome a un grupo mixto, aunque supiera que a los varones de ese círculo solo les interesaba caerme en gracia para pasar la noche conmigo, como harían con las otras chicas que se habían puesto a conversar con ellos.

De pronto, apareció alguien cargando una bandeja. La depositó en medio de la mesita enana. Como yo estaba sentada en el suelo, los *brownies* quedaron justo a delante de mis ojos.

—¡A volvernos locos! —exclamó el chico, moviéndose como si bailara. Todos se sirvieron de inmediato, con expresiones de alegría.

Mi cuerpo se tensó a causa de mi batalla interior: por un lado, me moría por apagar el dolor, aunque sea durante un rato. Por el otro, sabía que ese no era el método para hacerlo. A los demás podía parecerles divertido porque no estaban en la misma situación que yo. En mi caso, lo mejor era resistir sin caer en la tentación.

—Apresúrate antes de que alguien se dé cuenta de que están aquí y te quedes sin tu parte —me incitó el chico que intentaba conquistarme desde que me había sentado en el círculo.

Pellizqué un trozo. El sabor de la marihuana mezclada con el chocolate me dio asco, pero aun así logré masticar y tragar una porción. Había fumado varias veces y consumido alguna que otra píldora. Una sola vez había esnifado una línea de cocaína; nunca ingerí sustancias en la comida.

El tiempo comenzó a transcurrir con normalidad. No me sentí diferente en lo inmediato. Tal vez había comido muy poco o la droga era de mala calidad.

Media hora después, comencé a reír. Me sentía más relajada, como si mi cuerpo no pesara. Me senté en el sofá en cuanto se hizo un lugar y comí unas migas que habían quedado en la bandeja; desde hacía un rato ya se había vaciado.

De pronto, fue como si un terremoto sacudiera la casa y me dejara en estado de permanente vértigo. Apreté los párpados. Los demás continuaban riendo. La música comenzó a parecerme por momentos lejana, por otros, estridente. Las primeras sensaciones habían sido agradables, pero estas me estaban asustando.

Eché la cabeza atrás y cerré los ojos. Perdí la noción por un instante y, cuando volví al momento presente, encontré que el chico que me había incitado a comer estaba acercándose para besarme.

—No, no, no —murmuré, anteponiendo las manos entre él y yo.

Me levanté como pude y di unos pasos erráticos. Parecía ebria aunque no lo estuviera. Miré alrededor: mi abrigo descansaba en el apoyabrazos del sofá. Tanteé los bolsillos con la poca cordura que me quedaba y recogí el móvil y las tarjetas, tanto la identificación como el plástico del transporte público. Hubiera sido más sencillo tan solo recoger el abrigo, pero no razonaba bien. Giré sobre los pies para huir. El movimiento me hizo sentir peor.

El chico me gritó algo que no alcancé a oír. Atravesé la habitación atestada de personas, presa de sensaciones alarmantes que jamás había experimentado. Logré llegar a un pasillo donde algunas parejas se besaban contra las paredes. Pasé en medio de ellas hasta una puerta que, supuse, era el baño.

La luz estaba encendida. Caí frente al retrete y apoyé los brazos en la tapa. Empujé la puerta con la rodilla para que se cerrara y bajé la cabeza. Creí que eso me ayudaría a sentirme mejor, pero fue al revés: estaba más mareada. Me costaba mover los brazos y las piernas, mi cuerpo flotaba como un globo de aire comprimido.

Un miedo irracional creció dentro de mí. Comencé a pensar que, por consumir ese *brownie* de marihuana, me había quedado paralítica. En alguna parte de mi cerebro, quería creer que era una idea irracional, pero en el área consciente no podía entenderlo. Estaba convencida de que iba a morir en ese baño o, al menos, de que jamás caminaría de nuevo.

Logré extraer el móvil del bolsillo y llamé a Ivy. No contestó. Debía de estar teniendo sexo con el chico que nos había llevado a la fiesta y tendría el teléfono en silencio.

Comencé a agitarme, convencida también de que no podía respirar. Creí que mis pulmones se detendrían en cualquier momento. Era como si los estuviera viendo internamente y supiera que les costaba hacer su trabajo.

El terror siguió creciendo. No quería morir en ese baño. Mucho menos terminar como mi madre: abusada por otra persona drogada sin siquiera darme cuenta, embarazada, teniendo un hijo de quién sabe quién.

La desesperación me llevó a marcar otro número. El único que podía salvarme de la oscuridad y llevarme a la luz.

37

Cam

Primero pensé que sonaba el despertador. Era época de exámenes, así que había estado estudiando mucho y valoraba cualquier instante que pudiera dormir.

Recogí el móvil con intención de aplazar la alarma diez minutos. Aunque tenía los ojos entrecerrados, alcancé a ver que no se trataba de eso. Casi al mismo tiempo recordé que era sábado. No tenía que ir a la universidad los fines de semana. Entonces, ¿por qué el móvil seguía vibrando?

Pestañeé para aclarar la vista: eran las tres de la madrugada y Thea me estaba llamando. Tenía que tratarse de un error o de una emergencia. Preferí creer que se trataría de lo primero, aunque eso me doliera.

Pronuncié un "hola" dubitativo. Solo oí música. Tal como sospechaba, se trataba de una equivocación: sin dudas el móvil se había aplastado en su bolso y la llamada se había disparado.

Estaba a punto de cortar cuando me pareció escuchar su voz. Sonó tan débil que no parecía ella.

—¿Thea? —pregunté.

—Ayúdame —contestó, angustiada.

Mi corazón se paralizó. Me senté en la cama de inmediato y apreté el móvil contra la oreja para oír mejor.

—¿Qué ocurre? ¿Dónde estás?

—En una fiesta.

—¿Qué pasó?

—Ayúdame, por favor.

Estiré el brazo y recogí mi pantalón mientras continuaba hablando.

—Dime dónde estás.

—En un baño. No lo sé.

—¿Necesitas que llame a la policía?

—¡No! Eso no —replicó con desesperación—. Lo siento. No debí. Perdón.

—Espera —ordené deprisa, presintiendo que iba a cortar la comunicación—. No cuelgues, por favor. Necesito tu ubicación.

—No quise…

—Dime dónde estás e iré por ti. No cortes, te lo ruego.

—Te enviaré la ubicación.

—Bien. Pero no te vayas. Quédate en la llamada mientras me la envías, me estoy vistiendo.

Mientras me calzaba, oí su respiración agitada y algunos quejidos que escapaban de su garganta.

—Listo —anunció mientras yo me subía el pantalón, sosteniendo el móvil entre la mejilla y el hombro.

Abrí la notificación. Estaba en Newham.

—Ya la tengo —le avisé—. Voy por ti. Dejaré la llamada activada, ¿de acuerdo? Thea, ¿estás ahí?

—Mhm…

—Bien.

Recogí al pasar la sudadera que había usado a la noche y salí colocándomela. No bastaría para soportar el frío en espacios abiertos, pero no podía perder tiempo buscando algo más.

Nunca conduje tan rápido entre un punto y otro de la ciudad. Tampoco me sentí jamás tan preocupado. No podía dejar de preguntarme qué le estaría pasando a Thea; tenía que ser algo muy serio por cómo la oía y para que me hubiera llamado a esa hora de la madrugada después de no haber respondido durante días.

Me di cuenta enseguida de dónde se desarrollaba la fiesta: en la única casa de la manzana con las luces encendidas. Además, se veía gente a través de las ventanas y de allí provenía la misma música que sonaba en mi móvil a lo lejos. No había dónde estacionar, así que puse el auto en la entrada del garaje de la vivienda de al lado y bajé muy rápido.

—Thea, estoy entrando —anuncié—. ¿Sigues ahí?

Le había preguntado varias veces si me escuchaba mientras conducía. En cada oportunidad ella había respondido con sonidos o monosílabos.

Abrí la puerta y entré como si fuera un invitado más. Había demasiada gente para los espacios pequeños de ese lugar. Subí las escaleras y busqué el baño. Golpeé a la puerta. Nadie respondió, así que abrí. Me llevé la sorpresa de encontrar a una chica sentada en el retrete.

—Lo siento —dije, y salí enseguida. No entendía por qué no me había advertido que el sitio estaba ocupado—. Thea, no estás en el sanitario —comenté en el teléfono. No contestó—. ¿Me oyes?

—Estoy en el baño —repitió.

—¿Arriba o abajo?

—Abajo.

Entonces no se hallaba en el baño principal, sino en el de servicio.

Bajé las escaleras y busqué dónde podía estar. Recorrí un pasillo en el que algunas parejas se besaban hasta llegar a una puerta. Tuve el presentimiento de que Thea se encontraba del otro lado, así que abrí sin golpear. Reconocí su tobillo, pero su cuerpo me impedía entrar.

—Soy yo —dije—. Necesito que te muevas.

—No puedo —sollozó.

No me dejó más remedio que empujar la puerta y apartarla de esa manera. Cerré, corté la llamada y me arrodillé junto a ella. Le alcé el rostro. Parecía un poco perdida pero, por sobre todas las cosas, aterrada. Estaba pálida y tenía los labios resecos.

—Voy a morir —dijo, temblando. Lagrimeaba.

—¿Por qué dices eso? ¿Qué pasó? —pregunté.

—No me dejes morir, por favor.

—Thea, ¿qué ocurre? —Le alcé un párpado para estudiar sus ojos. Fue como si un torbellino de información me sacudiera—. Necesito saber qué consumiste.

Ella bajó la cabeza, llorando. Se pasó una mano por los labios, arrastrando lo poco que le restaba de labial.

—No quiero morir —repitió y dejó caer el brazo como si pesara toneladas.

—Si no me dices qué consumiste, llamaré una ambulancia.

—¡No! —gritó con desesperación—. Por favor, no.

—¿Vas a decirme o pretendes que te ayude a ciegas? ¿Qué fue? ¿Alcohol, éxtasis, cocaína?

Tembló más, supuse que de miedo.

—*Brownie*.

—¿Qué contenía?

—Marihuana.

—¿Lo hiciste tú?

—No.

—¿Cuánto comiste?

—Una porción. Y bebí. Bebí tragos fuertes.

—¿Cuántos?

—No sé. Cuatro, tal vez.

—De acuerdo. Tranquila. —Encendí la linterna del móvil, le abrí el párpado una vez más y la iluminé para controlar el reflejo pupilar. Hice lo mismo con el otro ojo. Después le tomé el pulso. Por último, apoyé una mano en su pecho. Respiraba con agitación, emitía quejidos y, para colmo, la música sonaba a un volumen muy alto como para escuchar; era imposible sin un estetoscopio, por eso ni siquiera probé apoyar el oído—. Intenta hacer silencio por un momento —solicité. Concentrándome, pude sentir sus latidos contra mi palma. Tenía taquicardia.

—Cam, no me dejes morir, por favor —volvió a suplicar, temblando.

Le aparté el cabello de la frente, le alcé el rostro para que me mirara y le hablé con un tono sereno y claro.

—Hay un problema: no sabemos qué cantidad de droga contenía el *brownie* que comiste ni la calidad. Pero también tenemos buenas noticias: no existe un solo caso documentado de alguien que haya muerto por una sobredosis de marihuana. Lo que presentas es típico de un consumo excesivo de esa sustancia: ansiedad, pánico, latidos cardíacos rápidos, labios resecos, quizás alguna alucinación... En palabras simples, tan solo estás muy drogada. Tenemos que esperar a que pase.

—¿Cuánto tiempo?

Me encogí de hombros.

—No lo sé. Entre una y seis horas.

—¿Seis horas? Necesito que termine. Necesito que se detenga, por favor.

Le acaricié el pelo.

—No hay manera. Solo intenta relajarte.

—Cam...

—¿Sí?

—Estoy muy mareada, siento que la habitación se me viene encima. Creo que voy a vomitar.

—Mejor. Que se vaya, quítalo de adentro.

Abrí la tapa del retrete y sostuve su cabello hacia atrás hasta que el episodio terminó. Le limpié la boca con papel higiénico, lo arrojé al agua y jalé de la cadena. Volví a cerrar la tapa y cargué a Thea sobre mis piernas para abrazarla contra mi pecho.

—No me dejes —suplicó—. Por favor, no te vayas.

—Estoy aquí y aquí me quedaré.

—No me dejes morir.

—No lo haré.

Hicimos silencio. Poco después, me di cuenta de que ella se

adormeció por un momento. Con la cabeza apoyada en la puerta me pregunté por qué había vuelto a hacer eso. Mis sospechas acerca de la noche en que la había rescatado de la piscina crecieron hasta volverse una idea persistente. ¿Acaso siempre se drogaba y yo no me había dado cuenta? ¿Por qué se castigaba de esa manera?

Alguien golpeó a la puerta.

—¡Necesito usar el baño! —exclamó. Maldije para mis adentros, porque el pequeño escándalo despertó a Thea.

—No se puede, ve a otro lado —grité.

—Follen en otra parte —protestó. Aun así, se alejó.

—Cam… ¿Estás ahí? —susurró ella.

Bajé la cabeza y mis labios rozaron su cabello.

—Sí —contesté en voz baja, apartándole el flequillo.

—Voy a vomitar de nuevo.

La ayudé otra vez con eso. Cuando terminó, le ofrecí agua en un vaso que estaba en la mesada del lavabo para que se enjuagara la boca. Luego lo lavé y volví a llenarlo.

—Bebe un poco para prevenir la deshidratación y porque tus labios están muy resecos por efecto de la droga.

Me hizo caso.

Después de que jalé de la cadena, recuperamos nuestra posición durante otro rato. Tuvimos algo de paz hasta que una vez más golpearon a la puerta.

—¡Ocupado! —grité. Suspiré y puse los dedos debajo del mentón de Thea para alzarle la cabeza—. ¿Qué opinas si intentamos salir de aquí? ¿Crees que podamos llegar al auto?

—Lo intentaré —respondió. Se la notaba un poco más tranquila.

—Bien. ¿Trajiste abrigo? Ese vestido es de verano.

—No recuerdo dónde quedó.

—Bueno…

Me quité la sudadera y comencé a pasar la manga por su brazo.

—No… —susurró. Su mirada, por momentos, se perdía.

—No te preocupes, estaremos bien. —Le coloqué la sudadera aunque ella no quisiera. Guardé sus cosas en mis bolsillos y la sujeté por debajo de las axilas—. Me voy a levantar cargándote conmigo. Intenta mantenerte en pie. Si necesitas cerrar los ojos para no marearte, hazlo. Yo te sostendré. No importa si vomitas.

Sentir sus manos aferradas débilmente a mis hombros me estrujó el corazón. Estaba demasiado enojado por lo que había hecho, pero a la vez, una parte de mí no podía dejar de pensar en los motivos y en cuán vulnerable se veía desde que había enfermado y pasado una noche en mi casa. Era como conocer otro lado de Thea. Además de la admiración que me despertaba desde un principio, ahora también me conmovía.

La apreté contra mí y me levanté con ella. Permanecí un momento quieto, esperando su reacción ante el cambio de posición. Tan solo se agitó.

Fui moviéndome poco a poco hasta quedar a su lado y la abracé por la cintura. Ella mantuvo un brazo sobre mis hombros. Abrí la puerta y atravesamos el pasillo despacio. Un chico bastante fornido pasó junto a nosotros para entrar en el baño. En su camino me llevó por delante. Supuse que era el que estaba tan molesto antes. Como no quería problemas, hice de cuenta que no había notado su provocación y seguí adelante.

Logramos salir de la casa y llegar al auto. Ya no tenía la sudadera, tan solo la camiseta vieja que usaba para dormir, así que el frío me caló los huesos. No quería pensar en lo que estaría sintiendo Thea con sus piernas al descubierto.

Lo primero que hice después de poner el motor en marcha fue encender la calefacción. Luego le coloqué el cinturón de seguridad.

—Puede que la velocidad te haga sentir mareada. Tal vez sería mejor que cerraras los ojos.

—Mmm… —respondió en voz baja. Al menos, el pánico y la ansiedad habían cedido lugar a la disminución de las reacciones, otro efecto posible de las drogas.

Conduje lo más despacio que pude hacia el único lugar al que se me ocurrió que podíamos ir. Estacioné en la acera de enfrente, donde estaba permitido, y volví a mirar a Thea: parecía adormecida. Le acaricié la mano y me miró con los párpados caídos.

—Entraremos a un hotel. Necesito que actúes lo más normal posible para no involucrarnos en problemas.

—Lo haré —prometió.

Bajamos y cruzamos la calle del mismo modo que habíamos abandonado la fiesta. Cuando entramos al hotel y me detuve delante del mostrador, Thea se ocultó detrás de mí y me abrazó apoyando la cabeza en mi espalda.

Le pedí una habitación al recepcionista y le avisé que pagaría con la tarjeta electrónica que tenía en el móvil. En ese momento, me di cuenta de que mamá me había enviado un mensaje. Aproveché a responderle que todo estaba bien, pero que no regresaría, por lo menos, hasta el mediodía.

Una vez que recibí la tarjeta magnética que abría la habitación, volví a colocar a Thea en mi costado y fuimos al elevador. Al llegar al piso, transitamos el pasillo con lentitud. Ingresó al cuarto en silencio, un poco ausente, y se sentó sobre la cama con la mirada perdida.

Le aparté el cabello de la frente una vez más y observé sus ojos. El bello azul del iris continuaba rodeado de un tono rojizo.

—Sería bueno que nos ducháramos y que luego nos acostáramos a dormir. Necesitas despejarte para descansar mejor.

—Está bien —respondió. Tanta docilidad me resultó inverosímil, seguía sin parecer ella.

Fuimos al sanitario. Mientras yo abría el grifo, Thea se sentó sobre la tapa del retrete. La ayudé a quitarse la sudadera y me quité mi camiseta. Ahora que estábamos a solas y en paz, me sentía todavía más molesto. Quería preguntarle por qué hacía esas cosas, qué le pasaba por la cabeza cuando elegía hundirse en el caos o si acaso le parecía divertido terminar en la estación de policía o descompuesta en un baño de servicio. No era el momento. Lo importante era que superara la crisis, y luego…

Mis pensamientos se acallaron en cuanto se echó a llorar de una manera convulsiva, como nunca antes.

—¿Qué ocurre? —pregunté acariciándole el pelo; creí que otra vez se sentía mal o que sufría un nuevo ataque de pánico.

—Se ha ido —sollozó.

—¿Qué?

—Daisy. Murió esta mañana. Me lo dijo la mucama.

Me quedé azorado, víctima de un drástico cambio en mis emociones. De pronto, pasé de estar muy enojado a sentir la angustia de Thea como propia. Entonces ¿eso le ocurría? ¿Por eso se había drogado? ¿Así enfrentaba el dolor de la pérdida? Como sea, su tristeza me traspasó. Era tan profunda y honesta como todo en ella.

—Lo siento —murmuré y la abracé, haciendo que apoyara la cabeza en mi abdomen.

—No volveré a verla. No volveremos a reír o a leer juntas. Ella no volverá a acariciarme ni a darme consejos sabios. Está muerta. Muerta para siempre en este mundo —siguió llorando.

—Lo lamento tanto.

Continué abrazándola mientras se desahogaba, procurando mantener a raya el dolor que eso me producía. Verla así, tan indefensa, funcionaba como el polo opuesto del tsunami que siempre era. O se llevaba el mundo por delante, o el mundo se la llevaba a ella. Valoré que pudiera mostrarse así conmigo, supuse que no debía de ser fácil para ella.

Cuando sentí que se había calmado un poco, le sequé las lágrimas con los pulgares y la ayudé a quitarse el vestido. Abandoné mi pantalón en el suelo y nos metimos en la ducha.

El efecto de la droga mezclado con la angustia había dado lugar a una debilidad espantosa, que me llevó a cuestionarme todo lo que sabía de Thea hasta ese día. Se mantenía de pie en la bañera con la mirada perdida, sin intención de hacer algo más aparte de dejar caer las lágrimas y de permitir que yo me ocupara de ella.

Gruesas líneas negras surcaban sus mejillas y dos manchas cubrían la parte inferior de sus ojos. Me deshice del maquillaje corrido acariciándola y, cuando se echó a llorar una vez más, volví a abrazarla y la besé en la cabeza.

Permanecimos así otro rato, hasta que volvió a tranquilizarse. Aproveché ese instante para que saliéramos de la ducha. Nos secamos y le ofrecí una de las salidas de baño que estaban colgadas en la puerta para que se la pusiera en lugar de su ropa. Eso nos permitiría dormir más cómodos.

Nos acostamos y apagué la luz. Thea giró sobre sí misma, buscando mi contacto, y yo volví a abrazarla.

—Gracias. Te amo —susurró.

—Y yo a ti.

38

Thea

Lo primero que sentí al despertar, aun antes de abrir los ojos, fue el aroma delicioso de Cam. ¡Lo había extrañado tanto!

Pensé en los mensajes de él que nunca había contestado y en el modo en que lo había llamado la noche anterior. Recordé algo de lo que había ocurrido y sentí tanta vergüenza que hubiera escapado de la habitación sin dejar rastro.

No podía hacer eso, como una cruel malagradecida: tenía que afrontar el caos que había creado. No me atrevía a dar explicaciones, así que me propuse actuar como si nada hubiera ocurrido.

Me senté en la cama y miré a Cam, creyendo que aún dormía.

Para mi sorpresa, me estaba observando.

—Buen día —dije—. ¿Pudiste descansar?

—Un poco. Por suerte, tú sí lo hiciste.

Por sus palabras, supuse que había pasado bastante tiempo desde que habíamos llegado al hotel. Recordaba esa secuencia con un poco más de claridad que el resto.

—¿Qué hora es?

—Deben ser las ocho y media. Cuando miré la hora por última vez hace un rato, eran las ocho.

Asentí y le avisé que iba al baño. Oriné y me lavé la cara. Al mirarme al espejo, descubrí que me veía cansada y triste. Me peiné un poco con los dedos y me pellizqué las mejillas, como las mujeres de hacía siglos, a ver si algo de rubor disimulaba las emociones que se ponían de manifiesto en mi semblante.

Al regresar a la cama, encontré a Cam apoyado en el respaldo. Me ubiqué en la orilla y lo miré apretando los labios.

—Supongo que deberíamos irnos —dije.

—Primero me gustaría que conversáramos —respondió. Su tono sonó mucho más inflexible que de costumbre. Aun así, bajé la cabeza suspirando.

—No demos vueltas.

—Exactamente eso es lo que quiero: que hablemos sin reparos. Supuse que siempre lo hacías, pero cuando se trata de ciertas cuestiones, parece que no.

—Si te refieres a lo que pasó anoche…

—¡Por supuesto que me refiero a lo que pasó anoche! ¿Siempre lo haces? ¿Siempre te drogas y yo no me di cuenta?

—¡No! —exclamé, ofendida, alzando la mirada para que me creyera.

—Lo hiciste la vez que te rescaté de la piscina.

—Sí.

—También ayer.

—Solo esas dos veces desde que nos conocemos.

—¿Solías hacerlo antes? ¿Alguna vez fue una costumbre? ¿Eres una adicta en recuperación?

—No.

—Creo encontrar un patrón en tu conducta: solo te sientes tranquila en una cabaña en medio de la nada, en nuestro propio mundo ideal del amor o de viaje. Es decir, cuando escapamos. Solo quieres experimentar emociones positivas. Las veces que te sientes presionada, triste, desesperada o con cualquier otro sentimiento negativo, huyes. Jamás lo enfrentas. Lo haces cuando no contestas mis mensajes, cada vez que no te defiendes de una acusación injusta o cuando te drogas. Es lo mismo: lo importante para ti es escapar sin confrontar una realidad que te lastima o te hace sentir insegura.

—No entiendes —solté de mala manera. Soné tan parecida a mi madre que me asusté. Cam no se amedrentó.

—Entonces explícame.

—No quiero hablar de esto. Me voy —respondí, levantándome para buscar mis cosas, que habían quedado en el baño.

—Con esa actitud no haces más que demostrar la validez de mi teoría.

Hice un esfuerzo sobrehumano para volver a sentarme. Tal vez era mejor enfurecer que huir.

—¡No soy una drogadicta! —exclamé.

—¿Entonces por qué tuve que rescatarte de una piscina a punto de morir y de un baño de servicio anoche?

—Me sentía mal y estaba desesperada. No debí llamarte. Debí soportar las consecuencias de la mierda que había hecho sola.

—¿Desde cuándo te parece que escapar, de la manera que sea, es una solución a los problemas?

—Las cosas que me pasan no tienen solución.

—Entonces dime desde cuándo te parece que huir es la manera de soportar esa verdad.

—Desde siempre. ¡No lo sé! —grité.

—La manera de resolver los conflictos es afrontándolos. Si los evitas, no harás más que engañarte a ti misma. Cuando vuelvas a encontrarlos, solo te sentirás peor. ¿Qué habías consumido la noche de la piscina?

—Una píldora.

—¿Y antes, cuando no nos conocíamos?

—Algunos cigarros de marihuana, otras píldoras… Una sola vez esnifé cocaína. Nunca había consumido sustancias en la comida ni me atreví con las drogas inyectables.

—¡Así se empieza! El primer día no pasa nada. El segundo, tampoco. Pero con el tiempo, ese camino puede llevarte a un destino muy oscuro.

—¡Ya lo sé! —Exploté, llorando—. ¡Deja de hablar como si pudieras enseñarme! Sé mucho más de eso que tú, doctor. Soy yo la que lleva toda su vida conviviendo con una drogadicta, temiendo que su madre muera de una sobredosis cada vez que la encuentra tendida con la aguja todavía en la mano. Tú no tienes que encontrarte con los falsos amigos que ella trae a cualquier hora, ni encerrarte en tu habitación por miedo a que un día la heroína le pegue mal a alguno de ellos y te maltrate sin que puedas defenderte. No tienes idea de lo que significa que la única persona a la que le importas muera y que, a partir de ese momento, tu casa deje de sentirse un hogar y pases a ser una molestia. No sabes lo que se siente no poder dejar toda esa oscuridad porque no tienes a dónde ir y porque no puedes dejar sola a quien te dio la vida sabiendo que, si lo haces, acabará muerta más rápido. Para colmo, no puedes buscar ayuda porque, si lo haces, acabará presa o encerrada en un hospital psiquiátrico, y tu abuela se esforzó toda la vida para evitarlo. Ni siquiera imaginas lo que se siente ver que, desde que esa persona que amas muere, la otra solo se hunde en una piscina mucho más profunda que esa de la que me rescataste.

»¿Sabes por qué te llamé anoche? Lo hice porque estaba aterrada. Me asusté al pensar que podía terminar como mi madre: muerta por una sobredosis o abusada sexualmente, embarazada de alguien que ni siquiera conozco, teniendo una hija que un día se sintiera como yo. Te llamé porque confío en ti y me siento segura a tu lado. Vivo en uno de los barrios más pobres de Londres, Camden, hundida en esa realidad espantosa. Esa soy yo. Mereces que te ame alguien mejor.

—Espera.

—Estás ciego, tus padres tienen razón.

—¡Detente! —Hice silencio. Fue un acierto, porque estaba tan agitada y ahogada por las lágrimas que casi no podía respirar—. No me importa de dónde vengas. Si pienso en ello, es solo porque me gustaría que no sintieras miedo todo el tiempo, que tuvieras paz, la misma que encuentras cuando viajamos o nos encerramos en la cabaña. Solo hay una cosa que no puedo aceptar: no seré esa persona que siempre te rescate cuando ya estés hundida en la piscina.

Sentí que se me partía el corazón, pero también que alejarse de mí era lo mejor para Cam.

—Está bien —contesté, cabizbaja.

—¿Qué entendiste? —preguntó. Me encogí de hombros y me limpié la nariz de una pasada con la manga de la salida de baño.

—Estás terminando la relación.

—¡No! —exclamó él—. No estoy dejándote, Thea. Te amo, nunca te abandonaré. Solo estoy diciendo que tienes que llamarme antes. No lo hagas cuando ya estés en la oscuridad, hazlo cuando te tiente ir hacia allí. ¿Crees que puedas hacerlo? ¿Puedes contar conmigo para intentar afrontar la realidad en lugar de solo para escapar de ella o cuando la huida se te vaya de las manos?

—Lo único que he aprendido viendo a mi madre toda mi vida es a huir —sollocé.

—Pero tú no eres ella. Eres Thea, la diosa de quien provienen toda la luz y toda la oscuridad. La gran chica que hechiza a todos con su creatividad y su talento. Tan descarada y honesta que es imposible no admirarla o envidiarla, deseando ser como ella.

—Eso que dices es estúpido —murmuré, secándome las lágrimas con el dorso de la mano. Al menos me había arrancado una sonrisa.

—Es parte de la realidad que no puedes ver. También quiero que sepas que estoy muy celoso de todo el mundo, porque por una razón u otra, todos te miran. Me esfuerzo a diario para no ser el típico novio tóxico que te pregunta si anoche lo engañaste en esa fiesta en la que sin dudas la mitad de los chicos se quería ir a la cama contigo para que les rodees la cadera con esas piernas largas y hermosas que siempre dejas al descubierto.

Reí y lo miré sin alzar la cabeza.

—Nunca te engañaría. No me interesa el sexo casual. Ni siquiera puedo pensar en otra persona. No hay nadie que pueda amar más.

—¿Entonces por qué no defendiste nuestra relación delante de mi madre?

Me humedecí los labios, avergonzada de confesarle la verdad, pero también con el deseo de ser libre del peso de la mentira. Estaba agotada de guardar el secreto.

—Porque no siento que la merezca.

—Thea… Me diste clases magistrales de autoestima. ¿Por qué pensarías eso? ¿Qué es lo que define que dos personas sean tal para cual? ¿Que tengan el mismo nivel económico, los mismos estudios, los mismos intereses? ¡Me aburriría con una estudiante de Medicina! Prefiero que me hables de filosofía oriental y de música. Una de las cosas que pensé en nuestras primeras salidas es que amaba ver el mundo a través de tus ojos, porque siempre encuentras algo más profundo que los míos no distinguen. Eso es lo importante, lo demás son creencias sociales. Ahora entiendo tantas cosas… Incluso tu plantón de la primera cita. Quiero ir a tu casa.

—No —dije, con el corazón acelerado.

—Ya sé la verdad, ¿por qué continuarías impidiéndomelo?

—Me da vergüenza.

—A mí me avergonzaba que me vieras desnudo y aun así me desnudé.

—¿Por qué te avergonzaría eso? —pregunté con el ceño fruncido.

—Porque mis piernas son demasiado delgadas. —Volví a reír.

—No lo son.

—Lo son para mí.

—Pero tus piernas en realidad no son muy delgadas y, aunque lo fueran, no me harían daño. En cambio, mi madre sí es una drogadicta que puede caer con sus amigos en cualquier momento y transformar un lindo té de la tarde en una pesadilla.

—No me importa. Quiero ir a la batalla contigo, como espero que tú luches a mi lado y, la próxima vez, le digas a mi madre que eres mi novia, que nos vamos a casar algún día y que me amas.

Tragué con fuerza.

—Si le digo eso, no podrá dormir por una semana. Deberías ser más piadoso —bromeé. Él rio.

—Que mi padre le recete un sedante. De todos modos, tendrá que darle uno cuando se entere de lo que hice. Thea… tengo que contarte algo. Estos días que no me respondías los mensajes lo pasé muy mal.

—Lo siento. A veces no puedo evitar lastimar a las personas que amo. Cuando me dé cuenta de que no te respondo porque estoy huyendo, pensaré en todo lo que dijiste y no volveré a hacerlo.

—Eso espero. De todos modos, tu actitud me hizo enojar, y el enojo me dio fuerzas para hacer algo que también evitaba. —Hizo una pausa; sus ojos brillaron—. Me inscribí en el programa de Ruanda. Me dijeron que hay muchas probabilidades de que me acepten. Todavía no puedo creerlo.

Me cubrí los labios para no dejar escapar un grito. Sonreí como nunca pensé que podría volver a hacerlo y lo abracé.

—¡Estoy tan orgullosa de ti! Serás el doctor más lindo de África.

—Solo un voluntario.

—Pero que ya casi está en la mitad de su carrera y que ayudará a muchas personas con sus conocimientos y su cariño. ¡Qué emoción!

Puso las manos en mis hombros y luego en mi rostro. Nos miramos un instante en silencio.

—Dijiste que la abuela falleció ayer —murmuró. El abrupto cambio de tema me sacudió, devolviéndome a la tristeza y la incertidumbre que, de todos modos, nunca me habían abandonado del todo–. ¿Cuándo es el funeral?

–Hoy a las diez.

–Supongo que quieres ir.

Bajé la mirada. Mis ojos se humedecieron de golpe.

–Me odian. No puedo someterlos a mi presencia en el funeral de su pariente.

–¿Podemos dejar de pensar en los demás por un momento? ¿Qué te gustaría hacer a ti? ¿Quieres despedirte de la abuela o no?

Me mordí el labio y se me cayó una lágrima.

–Yo… Quisiera ir.

–Entonces vamos. Yo te llevo. Pasamos a buscar tu abrigo por la casa de la fiesta y de allí nos dirigimos al cementerio.

–No sé si sea prudente.

–¿Desde cuándo a Thea Jones le importa eso?

Volvimos a mirarnos en silencio un instante. Las palabras que no estábamos diciendo me dieron fuerzas y terminé asintiendo.

Nos vestimos y abandonamos el hotel para dirigirnos a la casa donde había dejado mi abrigo. Eran las nueve y media; teníamos que apresurarnos si, aunque sea, quería llegar al entierro.

Mientras Cam conducía, respondí los mensajes de Ivy. Me preguntaba si todavía estaba en la fiesta y luego si acaso me había ido con algún chico porque no podía encontrarme. También me había llamado. En el último escrito expresaba que sabía que no me iría con nadie porque Cam siempre estaría primero y que por favor le respondiera para que no entrara en pánico. Me apresuré a explicarle que había terminado la noche con él porque había creado un caos. No contestó. Supuse que estaría durmiendo. Rogaba que no hubiera ido a buscarme a mi casa o a la estación de policía.

Una vez que recuperamos mi abrigo, me lo coloqué mientras Cam aceleraba con la esperanza de llegar al cementerio a tiempo.

—Necesito papel y un bolígrafo —dije de pronto.

—No tengo bolígrafo, pero hay unos apuntes de la universidad en la gaveta y un labial que dejaste hace tiempo.

Abrí el compartimento y extraje todo. Corté un trozo de una página que no estaba ocupada y escribí: "Siempre contigo". Doblé el papel en dos y lo guardé en el bolsillo del abrigo.

Ver el cementerio me anudó el estómago. Estacionamos el automóvil, entramos y preguntamos por el entierro de Daisy Brown. Distinguí el tumulto desde lejos. Impedí que Cam siguiera avanzando colocando un brazo delante de su abdomen y preferí quedarme a unos metros, detrás de un enorme árbol. Había comenzado a lloviznar y hacía mucho frío.

Desde donde estábamos no alcanzábamos a oír casi nada de lo que decía el sacerdote. Josephine lloraba. Sophie y Fletcher estaban a su lado, junto con su esposo. Conocía a algunas personas más de haberlas visto en la casa alguna vez, pero la mayoría eran desconocidos.

Los familiares cercanos se aproximaron al cajón y depositaron una flor cada uno. Mientras Josephine lloraba en el hombro de Harrison, se aproximaron los enterradores. Entonces, corrí hacia ellos.

Las miradas se posaron sobre mí de inmediato. En mi carrera, el abrigo se desprendió y todos terminaron viendo con asombro mi vestido de fiesta brillante, muy corto y escotado. Me arrodillé en el césped mojado, apoyé sobre el cajón el papel que había escrito y tragué con fuerza sin poder evitar las lágrimas que brotaban de mis ojos. Lo solté temblando, antes de que los enterradores aflojaran las sogas y mi oportunidad de dejarlo allí desapareciera. Cuando lo liberé, se abrió y todos vieron que estaba escrito con labial rojo.

Sentí las manos de Cam sobre mis hombros. Me levanté y giré para refugiarme en su pecho. Me abrazó, me apretó contra su costado y nos alejamos como las almas cuando son atraídas por la fuerza de la luz.

39

Thea

LOS DÍAS SIGUIENTES FUERON MUY, MUY DUROS. AUN ASÍ, CADA VEZ QUE sentía la necesidad de huir de la angustia que me provocaba la realidad de la muerte, pensaba en las palabras de Cam y me quedaba en ella para hacer lo que fuera necesario: llorar, enojarme, ocultarme debajo del cobertor. Lo que sea que el proceso de duelo requiriera para salir de él sanamente.

Cuando envié a revelar la fotografía de Daisy y la puse junto a la de mi abuela en el altar, me di cuenta de que, por escapar, nunca había superado aquella muerte.

Mi corazón penaba por la partida de dos personas, no de una

sola, y desde hacía años se ocultaba en cualquier cosa que le permitiera ignorar ese vacío.

Con el transcurso de los días comencé a tomar conciencia de que lo que había visto en el cementerio no era pasajero, ni el cajón de una desconocida. Era la morada eterna de la vasija del alma de Daisy. Me pregunté en quién reencarnaría y si volvería a verla antes de que yo dejara de ser Thea y me transformara en quién sabe quién. Solo esperaba que a esa otra persona le tocara una vida menos dura, menos extrema. Me esforzaría para aprender lo máximo posible y evitarle a un ser que todavía no existía que tuviera que atravesar lo mismo que yo.

Aunque Cam me invitó a pasar Navidad en su casa, rechacé la oferta. Todavía no me sentía segura para volver a ver a sus padres. Tan solo me quedé en la mía, tocando algunas canciones viejas en la guitarra. Se me estaba terminando el dinero, pronto tendría que hacer algo para, al menos, comer y pagar las cuentas. Por el momento, solo se me ocurría volver al metro.

Para Año Nuevo fuimos solos a la cabaña y allí encontré algo de paz. Mientras Cam iba al cobertizo en busca de leña, me puse a lavar la vajilla que habíamos ensuciado durante la cena. Miré todo el tiempo por la ventana, admirando la nieve que cubría las copas de los árboles y el césped blanco. Podía sentir el calor en mi cuerpo gracias al fuego del hogar y a mi cárdigan celeste grisáceo. Cerré los ojos y sentí el aroma de la madera que recubría las paredes. Mis sentidos me confirmaban que, a pesar de la tristeza y el vacío, estaba viva, y mientras viviera tenía que disfrutar. Tenía que seguir siendo yo.

Cam entró y lo miré. Me pareció tan especial, tan hermoso, que sonreí a la vez que cerraba el grifo.

—Un día me casaré contigo, Camden Andrews —dije. Él me observó, sin entender el origen de la afirmación—. Piénsalo muy bien antes de aceptar, no sé si quieras ocupar la tumba junto a la mía. Mi alma querrá irse de fiesta todas las noches y no estoy segura de que puedas seguirle el ritmo.

Su risa llenó mi pecho de una hermosa admiración y de un amor profundo. Por primera vez imaginé algo de mi futuro en cinco o diez años, y me vi en esa cabaña, lavando los platos mientras él entraba la leña. Quería que esa escena se repitiera. Más allá de que se parecía a una vía de escape, era tan parte de la realidad como el dolor y la muerte.

—Me esforzaré —contestó. Dejó la leña en el suelo y señaló mi guitarra, que descansaba apoyada en un sofá—. ¿Por qué no me enseñas a tocar?

—Solo si tú me enseñas a operar a alguien de apendicitis —bromeé mientras me secaba las manos con un trapo de cocina.

—Eso, para mí, es más fácil que la música —replicó.

Se nos pasó la hora de Año Nuevo bebiendo vino e intentando que aprendiera a tocar un poco. Pasamos otras horas más teniendo sexo.

Cuando regresamos a la ciudad al día siguiente, por primera vez permití que me llevara hasta el condominio.

—Bueno, se terminó el misterio: aquí vive la Cenicienta —señalé—. Siempre compro en ese mercado de allí y converso con aquel mendigo que ves allá. Es mudo, o algo así, porque nunca contesta. Aquel otro que está cruzando la calle es mi vecino, solemos conversar también, a veces en la azotea del edificio. Los de la esquina son peligrosos, pero no molestan a los vecinos. Eso es todo por el momento, no veo ninguna otra cosa interesante para mostrarte.

—Yo sí tengo algo —aseguró. Extrajo el móvil del espacio del vehículo donde se encontraba, lo manipuló y me mostró la última fotografía que nos habíamos tomado en la cabaña, abrazados junto al fuego. En ella, los dos sonreíamos—. Esta es la chica que amo.

Reí pensando en que lo que acababa de hacer era una cursilería muy efectiva y le di un beso. Antes de separarnos, le acaricié las mejillas y nos miramos a los ojos. Estaba agradecida de que nos hubiéramos encontrado en esta vida.

El viernes siguiente, le pregunté a mi madre si pasaría el fin de semana en casa. Como me aseguró que no, esa noche le propuse a Cam que el sábado, en lugar de encontrarnos en la estación para ir a una cafetería, fuera a visitarme. Aceptó enseguida; era evidente que había estado esperando ese momento durante meses.

Limpié por la mañana para que la miseria en que vivía no pareciera tan terrible. Hasta puse un jarrón con flores en la mesa, como toda una dama. A último momento lo encontré demasiado común y terminé decorándolo con tela para que luciera más llamativo.

El sonido del timbre me anudó el estómago. Nadie de mi círculo entraba a casa excepto Ivy. Respiré hondo y dejé escapar el aire por la boca. Bajé a abrir con la lentitud de un caracol.

—Hola —dije.

—Hola —contestó él y alzó una bolsa de cartón bastante elegante—. Traje pasteles para el té.

—Excelente. No almorcé.

—¿Por qué? —preguntó, siguiéndome por las escaleras.

—Estuve limpiando y se me fue el tiempo.

Nos hicimos pequeños para que mi vecino Andrei pudiera bajar. Nos saludamos al pasar y cada uno siguió su camino.

Ver a Cam entrar en mi casa fue aun más impactante que

descubrir que anhelaba vivir de otra manera. No miró alrededor, su atención se concentró en el jarrón de la mesa.

—¿Lo hiciste tú? —preguntó. Asentí—. Es muy bonito.

Lo invité a sentarse a la mesa y puse a calentar el agua para el té. Ya había preparado las tazas en la encimera. No quería mirar si él estaba estudiando el entorno. De todos modos, no estaba tan nerviosa por su juicio sobre mi casa, sino por el riesgo de que mi madre no cumpliera y apareciera.

Cuando giré para llevar las tazas, lo encontré entretenido con el móvil. Al parecer, ni siquiera le importaba mirar alrededor.

—Ayer jugamos un partido con Harry y sus compañeros de la universidad —contó, y me mostró una fotografía—. Ganamos.

—¿Quién es el chico del extremo izquierdo? —consulté. Me llamó la atención que llevara una camiseta del Liverpool, como si hubiera jugado el partido con ellos, siendo que tenía un problema en las piernas y usaba muletas.

Cam miró la imagen un momento y contestó:

—Es nuestro arquero. No puede correr, pero es muy bueno en eso. También tenemos una buena defensa.

Sonreí. Por alguna misteriosa razón, ese aspecto tan simple de su equipo me hizo sentir más afecto por ese deporte que nunca me había interesado.

Después del té, lavé las tazas y Cam las secó, aunque le insistí para que no lo hiciera.

—Me muero por conocer tu dormitorio —confesó.

Dejé escapar el aire de manera ruidosa.

—Debí suponer que me pedirías ir al único lugar de la casa que no limpié, además de la habitación de mi madre. Te advierto que allí encontrarás el mismo caos que tengo en la cabeza y en mi vida.

—Entonces no podría asustarme —replicó. Me tomó de la mano para acercarme y me abrazó—. Además, el caos de tu cabeza me parece maravilloso —dijo y me besó en el lugar al que había hecho referencia.

Lo primero que hizo al entrar a mi habitación fue señalar la máquina de coser.

—Así que aquí es donde la magia sucede —dijo. Reí.

—Solo unos trucos simples —respondí.

Giró y se dirigió al estante donde tenía las fotos de mi abuela y de Daisy, entre otras cosas místicas. Sonrió y me miró sin emitir palabra. Supuse que debía de experimentar la misma ternura que yo cuando lo veía estudiar.

Me pidió ver mi guardarropa y mi cuaderno con canciones. Nos sentamos en el suelo para hojearlo y reímos con entusiasmo por la música que había compuesto inspirada en nuestra relación.

—*"Porque cuando te preocupas por alguien / a pesar de la distancia / nunca dices adiós"* —leyó en voz alta.

—La escribí mientras no te respondía los mensajes la última vez que discutimos —confesé, intentando cambiar de página.

—Ya entiendo esta parte, entonces: *"El amor no se mide en palabras / sino en silencios"*.

—Sí. Pero además me refería a que las personas, cuando no se aman, intentan llenar los huecos hablando todo el tiempo. Amar significa poder compartir el silencio sin que eso resulte incómodo y sea más bien un momento íntimo.

—Veamos cuánto podemos aguantar mirándonos en silencio —propuso y me tomó de la barbilla para alzarme la cabeza en busca de mis ojos.

Apreté los labios para ahogar la risa. Me di cuenta de que él también la estaba conteniendo. Pronto nuestras miradas comenzaron a gritar tantas cosas que me sentí muy excitada. Estallamos en carcajadas en un microsegundo.

Callé de golpe en cuanto me pareció escuchar un ruido en el comedor. Apreté el brazo de Cam para que hiciera silencio y me puse en alerta. Volví a escuchar ruidos. ¡No podía creerlo! Nunca le pedía nada a mi madre, ¿por qué tenía que incumplir lo único que necesitaba?

—Espera aquí —solicité, poniéndome de pie.

Abrí la puerta de la habitación y salí cerrándola tras de mí. Atravesé el pasillo hasta la cocina, que estaba en la misma habitación que el comedor. Salté del susto cuando, en lugar de hallar a mi madre, me encontré con dos hombres del tamaño de un armario.

—¿Qué están haciendo? —pregunté.

—Dice el Rey que se cansó de reclamarte la deuda por las buenas y que es hora de que le pagues por las malas.

—¿De qué hablan? ¡Salgan!

—Sabes bien de qué hablamos. ¿O te crees que la pasta es gratis?

Entendí tan rápido todo que, por un instante, mi corazón se paralizó para luego comenzar a latir muy rápido. Volteé con intención de regresar a la habitación. Lo primero que se me ocurrió fue encerrarme allí y telefonear a algún vecino peligroso para que intercediera. Llamar a la policía era imposible; si lo hacía, descubrirían las drogas de mi madre y las dos terminaríamos en un grave problema.

Solo alcancé a dar dos pasos. Uno de los hombres me sujetó del cabello y lo jaló para llevarme hacia él. Soporté el dolor con lágrimas en los ojos para no gritar. Si Cam oía y salía del dormitorio, podía acabar muy mal.

—Yo no les debo nada —intenté explicar en voz baja mientras sostenía mi cabello para que el tirón no fuera tan fuerte. El tipo continuaba arrastrándome hacia atrás—. Se equivocaron de apartamento. Tienen que salir ahora.

El otro rio. Demasiado fuerte, demasiado arriesgado para mí.

Todo empeoró cuando vi a Cam salir de la habitación.

—¡No! —grité, con la tonta esperanza de que fuera suficiente para detenerlo.

No hubo caso. Él atravesó el pasillo y se lanzó sobre el que me estaba jalando del cabello. El hombre me soltó con brutalidad. Caí con tanta fuerza que me golpeé la boca contra la mesa.

Me demandó un instante recuperarme. Cuando giré, divisé a Cam golpeando al sujeto y al otro asiéndolo del suéter. El embrollo fue indistinguible por un instante, hasta que uno de ellos consiguió empujarlo y él trastabilló.

Salté sobre la espalda del que lo había golpeado y comencé a rasguñarle el rostro. El tipo me golpeó en las rodillas. Le di un codazo en la cabeza y salté hacia atrás. Lo pateé en la espalda. El empujón lo arrojó sobre su amigo.

Aproveché ese instante de debilidad de nuestros atacantes para tomar a Cam de la mano y obligarlo a correr. Salimos al pasillo externo del piso y bajamos las escaleras deprisa. Intentó ir a su automóvil, pero yo se lo impedí y lo impulsé a seguir la carrera hasta una calle minúscula.

Nos detuvimos allí, agitados y temblorosos.

—¿Por qué no quisiste ir al auto? —preguntó.

—Si hubieran sabido que era tuyo, habrían conocido la matrícula y, con eso, tu dirección. No puedo permitir que intenten cobrarte a ti la deuda.

—¿Qué deuda?

—Mi madre… —murmuré. Casi no podía respirar.

—Tenemos que llamar a la policía.

—Es imposible. Si lo hiciera, las dos acabaríamos en problemas.

Me alzó la cabeza y pasó un pulgar por la comisura de mis labios.

—Te lastimaron, estás sangrando —dijo, buscando algo en el bolsillo.

—A ti te empujaron. ¿Estás bien? —sollocé—. Lo siento, Cam… —murmuré, y comencé a lagrimear.

—Tranquila —dijo, e intentó abrazarme. Lo aparté enseguida.

—No me toques —supliqué.

—¿De qué hablas? ¿Qué te ocurre?

—Esto no puede seguir.

—Por favor, Thea —protestó, e intentó llegar a mí con un pañuelo.

—¡Lo digo en serio! —grité, dando un paso atrás para alejarme con las manos interpuestas entre nosotros.

—Dijimos que pelearíamos juntos contra lo que sea. Por favor, no hagas esto de nuevo. ¿Hasta cuándo dejarás de responder mis mensajes esta vez?

Me eché a llorar con el mismo dolor desesperante que me había atravesado tantas veces en ese último tiempo.

—No es igual. No puedo…

—Tienes que tranquilizarte.

—No puedo exponerte a esto.

—Yo lo estoy eligiendo.

—¡No seas estúpido! Tengo que resolverlo. No puedo involucrarte en mi vida mientras siga siendo de esta manera.

—Quiero quedarme. Quiero pelear a tu lado.

—Y yo no quiero sentirme así. Lo siento, Cam. ¡Lo siento tanto!

Giré sobre los talones y comencé a caminar mientras seguía llorando a todo pulmón por esa callejuela húmeda y fría. Cam me sujetó del brazo. Me solté bruscamente y seguí alejándome.

—¡Thea, detente! —bramó—. No hagas esto. Te amo. Si continúas huyendo de nosotros, te juro que no volveré a escribirte hasta que tú vengas a buscarme.

Desaparecí sin responder.

40

Thea

Estuve muchas horas por la calle, caminando y luego congelándome en la estación de metro. Tenía el móvil conmigo, pero muchas otras cosas importantes para mí habían quedado en el apartamento, a merced de esos delincuentes.

Regresé cuando anochecía. El coche de Cam ya no estaba. Solo esperaba que no hubiera cometido la estupidez de regresar enseguida. Era imperioso que esos hombres se fueran antes de que él delatara que ese era su vehículo.

Subí las escaleras despacio. Al llegar al pasillo, encontré la puerta entornada. Al parecer, mi vecino del piso no estaba; de lo contrario, se habría dado cuenta y me habría llamado. Tuve la sensación horrible de que habían violado mi intimidad.

Aun antes de atravesar el umbral noté que el suelo estaba plagado de objetos. Habían abierto las alacenas y vaciado su contenido. Los platos, vasos y demás utensilios estaban esparcidos por doquier, ya sea enteros o en pedazos. El jarrón que yo había decorado se hallaba roto y desperdigado debajo de la mesa; las flores, aplastadas por un pisotón.

Corrí a mi dormitorio sin revisar el de mi madre. Mi guardarropa estaba abierto y más desvencijado que antes. Habían destrozado mi altar y se habían llevado mi guitarra. Por suerte habían dejado la máquina de coser intacta.

Revolví la ropa que estaba en el suelo en busca de lo único que me importaba, además del instrumento musical que ya no recuperaría. Encontré las fotografías de mi abuela y de Daisy arrugadas. Las estiré y las apoyé contra mi pecho con el alivio de, aunque sea, haberlas hallado.

Debajo de la cama encontré también el cuaderno donde escribía las letras y melodías de las canciones. Habían arrancado algunas páginas; otras todavía servían. Las reuní lo mejor que pude y metí entre ellas las fotografías. Me puse un abrigo y me fui cerrando la puerta de salida con llave.

A unas manzanas de casa llamé a Ivy y le pregunté si ya había salido de la cafetería. Me contó que había tenido el día libre y que lo estaba aprovechando para mirar una serie. Le pregunté si podía pasar la noche con ella. Aceptó enseguida.

—¿Ocurre algo? Te percibo extraña. ¿Estás llorando? —preguntó al teléfono mientras yo caminaba hacia su casa.

—Te cuento cuando llego.

Me recibió su madre. Lo primero que me preguntó fue qué me había ocurrido en el labio. En ese momento, me di cuenta de que no me había higienizado. Volví a ser consciente del dolor y este me recordó el momento terrible que había atravesado. Le puse como excusa que me había caído y que no había tenido tiempo de pasar por un baño. Me ofreció un desinfectante para heridas. Lo rechacé con un agradecimiento y me dirigí a la habitación de mi amiga.

Entré y cerré la puerta. Apoyé las palmas de las manos a la altura de la cadera y llevé mi cuerpo contra ellas. Ivy pausó la serie y se sentó en la cama para mirarme.

—¡Thea! ¿Qué ocurrió? ¿Por qué tienes el labio lastimado? —preguntó, preocupada.

Me acerqué y me senté en el suelo. Le expliqué lo que había sucedido deprisa y le conté que, finalmente, le había pedido un tiempo a Cam en la callejuela.

—¡Estás en peligro! —exclamó, asustada.

—No si pago la deuda —dije.

—¿Por qué utilizas la primera persona? Es tu madre quien debería pagarla.

—No lo hará. Tengo que conseguir dinero de alguna manera para que nos dejen en paz.

—No quiero entrometerme, pero ¿hasta cuándo seguirás renunciando a tu vida por tu madre? ¿Recuerdas cuando te ofrecieron esa beca en la escuela de música? Te querían ahí.

Negué con la cabeza.

—No podía internarme en una escuela; nunca hubiera resistido una formalidad como esa.

—¿Y si sí?

—No me digas eso, Ivy, por favor. No quiero pensar en las oportunidades que he desperdiciado.

—¿Como ser feliz con Cam?

—No puedo ser feliz con él si amarlo significa exponerlo al desastre que es mi vida. Tengo que resolver este asunto antes de que sea demasiado tarde.

—Eres consciente de que no se terminará con pagar esta deuda.

—¡Lo sé! Pero ¿cómo exponer a mi propia madre? Mi abuela la protegió toda la vida.

—Es lógico que lo hiciera: ¡era su hija! Tal vez se sentía culpable por su adicción. ¿Por qué te sentirías así tú? Es ella la que debería protegerte, no al revés.

Me pasé una mano por la frente mientras intentaba recuperar el ritmo normal de mi respiración.

—Por eso dejé a Cam. No puedo resolver mi relación con mi madre en un minuto. Los caminos siempre están cerrados: si la denuncio, acabará en prisión o en un hospital psiquiátrico. Si quisiera mudarme, debería vivir debajo de un puente y, además, soportar el cargo de conciencia si a ella le ocurriera algo grave.

—¿Tan grave como que dos maleantes entren en tu casa y te golpeen? Yo solo sé que, mientras tu madre debe de estar divirtiéndose por ahí, tú estás aquí, lastimada, llorando y temblando después de haber dejado al chico que amas y rompiéndote la cabeza para ver de dónde inventarás el dinero para pagar su deuda.

Dejé escapar el aire de golpe.

—Abrázame. Es lo único que necesito en este momento —supliqué.

Ella se arrodilló y me rodeó con sus brazos. Permanecí refugiada entre ellos un buen rato.

Antes de cenar con su familia, me enjuagué la boca que todavía sabía a sangre y me higienicé el labio. Me dolía más que antes. En unos días, quizás, sanaría. Mi alma nunca lo haría.

Dormí en la cama con ella esa noche. Me costó conciliar el sueño, miraba el móvil por si llegaba algún mensaje de Cam. Moría por escribirle. Necesitaba saber que estaba a salvo, que no había cometido una locura regresando a su auto antes de tiempo. Elegí pensar que me habría hecho caso, y así pude relajarme aunque sea por un rato.

Por la mañana, desayuné con mi amiga y la acompañé a la cafetería. Después, no me quedó más opción que regresar a mi casa.

Encontré a mamá en la cocina, reuniendo trozos de vajilla.

—¡Era hora de que aparecieras! —protesté.

—Te dije que no pasaría el fin de semana aquí. Creí que eso querías —contestó. Estaba bastante lúcida.

—Por tu culpa he tenido que dejar a la única persona que me daba algo de felicidad en este mundo de mierda que tú construiste para mí.

Frunció el ceño e hizo un gesto de desdén.

—Thea, ¿por qué siempre te enojas conmigo? ¿Necesitas algo para relajarte un poco?

—¿No te preguntas qué sucedió? —Señalé alrededor.

—Creo que tengo una idea.

—¿Y lo tomas con tanto desinterés? ¡Esos hombres me golpearon! ¡Golpearon a tu hija!

—¡Qué pena! ¿Te duele mucho?

—¡Vete a la mierda!

—¿Por qué dejaste a ese chico? —preguntó, ignorando mi molestia.

—Nunca dije que fuera un chico.

Se encogió de hombros, riendo.

—El Rey me lo dijo.

—¿De qué estás hablando?

—Hoy fui a ver al Rey para pedirle un poco de paciencia. Contestó: "el novio de tu hija ya les pagó a mis hombres ayer. Te ganaste la lotería". Me hice la que entendía, pero en realidad supongo que se habrá dado cuenta de mi cara de estúpida. ¡No tenía idea de que estabas de novia!

Comencé a temblar como si me hubieran sacudido. ¿Cómo Cam se había atrevido a regresar a mi casa y buscar a esos tipos? ¿Lo habrían obligado a pagar o lo habría hecho por voluntad propia? ¿De dónde habría conseguido el dinero? Muchas preguntas y ni una sola respuesta. Solo tenía cada vez más claro que no podía exponerlo a mi vida hasta que hubiera resuelto el problema que me hundía en un espiral sin salida.

—Espero que no se te haga costumbre —repliqué—. Para tu información, ya no tengo novio, así que si vuelves a endeudarte, no habrá quien pague por ti. Yo no lo haré más; no soy la abuela. Todavía recuerdo los préstamos que tenía que solicitar para que tú no terminaras como yo ayer o, peor, muerta en un descampado. A veces ni siquiera teníamos para comer porque todo su dinero se iba en tus deudas. Un día la golpearon. Ese día fue tan terrorífico como ayer. ¡Y tú tampoco estabas! Nunca pagas las consecuencias de tus actos.

—¡Basta! Me duele la cabeza —exclamó moviendo una mano, y se dio la vuelta para seguir recogiendo basura.

—Mamá… —susurré, quebrada—. Estoy llegando al límite. Por favor… No me obligues a hacerlo. No quiero…

—Cállate, Thea. Ayuda un poco. Hoy tengo el día libre, pero estoy cansada de trabajar toda la semana en la cafetería.

Por supuesto que no la ayudé a juntar ni una sola cosa. Me encerré en mi dormitorio, que daba más asco que nunca, y tragué mi ira a solas. Solo me consolaba que, al parecer, Cam estaba a salvo. Tenía que permanecer de esa manera. No podía seguir salpicándolo con mi mierda.

Los días comenzaron a transcurrir, tan similares a como eran antes de conocerlo que me asustaban. Era imposible salir del círculo en el que estaba involucrada. Sin embargo, había una gran diferencia: ya no me sentía cómoda ocultando la basura debajo de la alfombra. Hacía lo mismo de antes, pero con una sensación de incomodidad espantosa. Sabía que tenía algo que resolver, y ese "algo" me perseguía por todas partes, como un fantasma al acecho.

Jack volvió a atraparme en uno de mis intentos por obtener dinero en el metro. A decir verdad, dejé que me alcanzara; extrañaba sentirme a salvo. Toda una contradicción, dado que se suponía que me estaba arrestando.

Después de mucho tiempo, visité la estación de policía. Era de noche y acababan de pedir unas hamburguesas. Me convidaron papas fritas.

—¡Te extrañaba, Thea! —exclamó Richard, aferrándose a los barrotes de la celda. Jack estaba a su lado.

—Yo también, por eso regresé —bromeé, aunque en realidad hablara en serio—. Oigan… ¿Qué ocurre con una persona que consume drogas? —pregunté al pasar, como si el tema no fuera de mucha importancia. Sus rostros relajados se pusieron tensos de repente.

—Thea, no me digas que… —murmuró Richard.

—¡No! —exclamé, riendo para disimular—. Yo no consumo, sino una amiga. Quiero decir… Sé lo que ocurre en cuanto a su cuerpo y su mente, pero ¿qué es lo legal? ¿Hay manera de que no termine en prisión o en un hospital psiquiátrico?

—Bueno, depende de lo que haga. ¿Roba para conseguir dinero y comprar drogas?

—No lo sé —admití con dolor.

—¿La adicción la ha llevado a cometer otros delitos, aunque no sean el robo?

—Tal vez —susurré.

—Entonces puede que tenga algunos problemas. De todos modos, de conservar su secreto, no estarías ayudándola. ¿Quieres contarme más de ella?

—No puedo, lo siento —contesté—. Preferiría que me convidaras un poco de café.

—¡Eres la única a la que le gusta la porquería que sale de esa máquina! —bromeó Jack.

—Sería mi primera bebida caliente del día, así que… —confesé, encogiéndome de hombros.

Nunca les había contado eso, ni demostrado cuán importante era para mí pasar tiempo allí, aunque no lo motivara una situación agradable. Ellos me caían bien, y Richard era la persona más cercana a un padre que alguna vez había tenido. Ni siquiera Louie podía igualarlo, aunque también había sido bueno conmigo. Jamás me había atrevido a reconocer hasta ese momento cuánto necesitaba a otras figuras de autoridad más allá de mi abuela.

—¿Estás bien? —indagó Richard con su tono paternal de siempre—. Te noto muy extraña.

—Todo está bien —contesté—. ¿Me convidarás café o no?

—Jack, sírvele un vaso —ordenó. El oficial se aproximó a la máquina—. Oye, le hablé a mi hija de ti.

—¿De mí? ¿Me pusiste como ejemplo de lo que no tiene que hacer? —Reí.

—No. Le hablé de ti y de tu música. Tiene once años y a ella también le gusta cantar. Me dijo que quería escucharte. ¿Te parece bien si cantas algo, como solías hacer a veces, y te grabo para ella?

—Creí que les molestaba cuando cantaba en la celda, siempre me hacían callar.

Él rio. Jack me alcanzó el café y yo se lo agradecí mientras lo recogía.

—No quedaría muy bien que alguna persona entrara y una detenida estuviera cantando alegremente como si este no fuera un lugar serio.

Sonreí negando con la cabeza y apoyé el vaso en la fría y dura banca de concreto donde se suponía que debía de estar sentada.

—De acuerdo —dije—. Puedes filmar si quieres.

—Gracias.

—¿Me darás propina? —bromeé. Él rio.

—Claro que sí.

Jack se aferró a la verja para escuchar también mientras su jefe sostenía el móvil. Pensé que una canción mía sería un poco retorcida para una niña de once años y que, a la vez, debía ser fiel a mis emociones del momento, porque de eso se trataba el arte. Terminé buscando el audio de *Hurt*, de Christina Aguilera, y canté eso.

Cuando terminé, los dos aplaudieron. Aunque me sentía triste, sonreí y me senté a beber el café.

—Jack, llévala a su casa —ordenó Richard.

—¿Me dejarás irme tan rápido y hasta me asignarás un conductor? ¿Esa es la propina? —indagué—. ¡Esta banca es tan dura! Deberían pensar un poco en el culo de los detenidos.

—Te pagaré cada vez que evites decir una grosería —propuso mientras Jack abría la celda.

—¡Soy rica! —exclamé, levantándome para salir de la celda.

Pasar la noche en casa fue angustiante. Hubiera preferido quedarme en la estación de policía.

Extrañaba mi guitarra y a la Thea que podía tapar el sol con un dedo. Extrañaba muchas cosas, pero por sobre todo a Cam.

Después de lo que ocurrió, nunca terminé de ordenar mi dormitorio. Tan solo apilé la ropa a un costado y ni siquiera rearmé la repisa que hacía de altar. Me sentía ajena a ese lugar.

Cerrar los ojos e imaginarme en la cabaña me angustiaba mucho, pero al mismo tiempo me brindaba algo de paz. Algún día, podría vencer mis propias barreras y terminaría construyendo ese futuro que, durante unos pocos segundos, había soñado.

Desperté con la vibración del móvil. Miré la pantalla: se trataba de un número desconocido. Respondí un poco adormecida todavía.

—¿Thea Jones? —preguntó una voz de mujer.

—Ajá.

—¡Al fin puedo dar con usted! Mi nombre es Hallie Smith. Soy la abogada de la señora Daisy Brown. Quería informarle que está citada a la lectura de su testamento en mi estudio mañana a las diez de la mañana.

Pestañeé varias veces. Seguramente todavía dormía y estaba soñando todo eso. Era ridículo.

—Tiene que haber un error. Yo no soy parte de la familia —dije.

—¿Estoy hablando con Thea Jones?

—Sí. Pero yo…

—Entonces anote la dirección. Y, por favor, no olvide traer su identificación.

41

Thea

No había caso. Por más que me rompiera la cabeza pensando, no tenía idea de por qué me requerían en el bufete de una abogada para leer el testamento de Daisy. Dolía demasiado pensar en su ausencia física cuando, por esos días, me costaba tanto creer en las almas eternas y en las energías.

Mientras viajaba en el metro, me abstraje leyendo un libro acerca del existencialismo. Según el texto, esa corriente filosófica afirmaba que la muerte era el final de la vida y que, por lo tanto, el ser humano era arrojado al mundo solo, para atravesar lo absurdo de la existencia lleno de angustia y desesperación. Ante un escenario tan desolador, solo le quedaba su libertad. Sí: además de todo lo que ya era, me había convertido en una masoquista.

Cerré la aplicación de lectura y miré por la ventanilla. Tal vez Daisy me había dejado un mensaje o algún objeto importante para ella. Reí para mis adentros al imaginar que, quizás, me había heredado un ejemplar del *Kamasutra*.

Sin querer, mi mente viajó a otra parte: volví a preguntarme cómo y por qué Cam habría saldado la deuda de mi madre, si estaría bien y si me extrañaría tanto como yo a él. Quería devolverle el dinero, pero no tenía manera si no era llamándolo y, por el momento, era mejor no hacerlo. No quería regresar a su lado por cuánto lo necesitaba para tener que dejarlo de nuevo en cuanto el caos de mi personalidad y de mi vida arrasara con nosotros. No podía seguir yendo y viniendo, mucho menos exponerlo a riesgos. Me resultaba muy difícil salir del pozo en el que estaba sumergida. Sin embargo, también me había prometido que, tarde o temprano, lo lograría. Entonces, podría volver a buscarlo.

Por ir enfrascada en mis pensamientos, me pasé de la estación. Bajé en la siguiente y crucé el andén para esperar el metro de regreso. Corrí para llegar a horario. Aun así, arribé diez minutos tarde. Nunca podía llegar a horario a ningún sitio aunque me lo propusiera.

Un secretario me recibió y me condujo a una sala. Del otro lado de la puerta, había una mujer y un hombre sentados detrás de un escritorio. En algunas sillas dispuestas alrededor se hallaban Josephine, su esposo y su hija.

Sus miradas reprobatorias no pasaron desapercibidas. Pude adivinar que les molestaba que los hubiera hecho esperar; posiblemente creyeran que intentaba hacerme la importante. Tampoco parecían muy cómodos con que me hubiera puesto un pantalón ajustado con roturas en partes que, para ellos, debían permanecer ocultas, una camiseta negra con un peculiar dibujo rojo, un abrigo de una tela que imitaba el cuero y unas botas de combate combinadas con mis guantes. Seguro las alhajas notorias tampoco eran de su agrado, ni mi maquillaje.

—Lamento la tardanza. Me pasé de estación —expliqué.

—No hay problema. Soy Hallie Smith —se presentó la abogada, ofreciéndome su mano. La estreché—. ¿Podemos ver su identificación, por favor?

La extraje del bolsillo de mi abrigo y se la mostré. La observó junto con el hombre, quien realizó una anotación, y luego asintió como indicio de que ya podía guardarla.

En cuanto me senté, creí que me había transportado en el tiempo. La escena me recordó los bandos del colegio: por un lado, la familia de Daisy; por el otro, yo. En el medio, un pasillo que parecía un túnel existencialista.

—Ahora que todos los involucrados están presentes, daremos inicio a la lectura del testamento de la señora Daisy Brown —anunció la abogada.

Mientras abría una carpeta, acomodaba los papeles y pronunciaba algunas formalidades, comencé a sentirme muy angustiada. No quería estar allí. Deseaba volver al jardín de la casa de Daisy para tomar el té juntas, capturarla en una fotografía y conversar. Ansiaba volver a leer, reír, bailar y jugar al ajedrez con ella. Quería que siguiera viva de verdad, no solo en mi memoria.

Se me formó un nudo en la garganta al recordarla y comparar nuestro pasado maravilloso con esa realidad oscura y fría. Para no llorar, busqué una distracción. Miré alrededor: nunca había estado en el bufete de una abogada, ni siquiera en una oficina de tanta categoría. Me pareció un sitio muy sobrio y aburrido. El decorado de color verde pino con detalles dorados parecía salido de una fotografía del 1800.

La voz de la abogada resonó por un instante como un susurro lejano:

"A mi hija Josephine Brown, la suma completa existente en mis cuentas bancarias al día de la fecha y el contenido de mis cajas de seguridad, la titularidad de mi marca Amelie Lloyd sujeta a una condición que expondré en la cláusula 5.4, la propiedad de la calle…".

Fruncí el ceño preguntándome si el felino que me observaba desde un cuadro en la pared sería un leopardo o un guepardo. Tenía más bien pinta de guepardo. ¿Quién lo habría pintado? ¿Por qué estaría allí? Los trazos no parecían hechos por la mano de un profesional. Imaginé que, quizás, el autor fuera el padre de la abogada; el estilo no tenía el aspecto de pertenecerle a una persona joven. Comencé a conectar temas incompatibles en mi mente caótica y, de pronto, me encontré pensando en Cam una vez más. El lazo de unión entre la pintura y él había sido el hábitat del animal: África.

"A mi nieta Sophie Davies, la casa de la calle…".

Hacía frío. Mucho frío.

Daisy, ¿por qué te fuiste? ¿Por qué no esperaste hasta que encontrara la manera de volver a abrazarte?

"A mi yerno…".

Suspiré. De nuevo pensé que no quería estar allí. La persona que me importaba ya se había ido. La había perdido. ¿De qué me servía oír a quién le dejaba los objetos materiales que, sin la vida que ella les daba, no tenían valor?

"A mi nieta del corazón, Thea Jones...".

La mención de mi nombre me sacudió. Se me aceleró la respiración. Pude sentir la presencia de Daisy en alguna parte, y fue como si todo cobrara luz.

"Una caja con clave de seguridad que obra en poder de mi abogada, cuyo código de apertura solo la señorita Jones podrá dilucidar, y el puesto de directora creativa de mi empresa de indumentaria Amelie Lloyd con participación igualitaria en las ganancias que genere la compañía. La incorporación inmediata de la señorita Jones será un requisito obligatorio para que mi hija Josephine Brown acceda a la titularidad de la marca. Solo la señorita Jones podrá renunciar a esta oportunidad. De lo contrario, la compañía se venderá y su recaudación será destinada a obras de caridad".

No alcancé a comprender toda la información. Solo retuve la cuestión de la caja y el título "directora creativa".

—¡No puede ser! —protestó Sophie, y miró a su madre—. ¿Por qué la abuela nos hizo esto? ¿Acaso nos odiaba?

Yo no tenía ni la menor idea de qué hacía el director creativo de una marca de ropa, pero al parecer era algo bastante importante para que la nieta de Daisy reaccionara de ese modo irracional, interrumpiendo a la abogada.

—Tiene que haber una manera de evitar esta locura —continuó—. Tal vez podamos pagarle para que rechace esta oferta ridícula.

—No quiero tu dinero —sentencié con mi voz de trueno.

Todos me miraron. Josephine parecía resignada. Su esposo, preocupado. Sophie se había convertido en el guepardo del cuadro.

—Espero que no estés pensando en aceptar. ¡No tienes ni la menor idea de nuestro negocio! Cuando mi abuela redactó ese testamento, sin dudas desvariaba. ¡Nos llevarás a la ruina!

—Me temo que las transacciones económicas no están admitidas en las cláusulas del testamento —intervino la abogada—. Solo la señorita Jones puede decidir si acepta o no la propuesta; ofrecerle dinero para que la rechace sería coerción. —Suspiró—. Entiendo que pueden hacerlo a mis espaldas, pero sería la última voluntad de su madre, suegra y abuela la que no estarían respetando. Por otra parte, mi colega y yo certificamos que Daisy Brown se encontraba en pleno uso de sus facultades mentales cuando nos dictó este testamento. También lo asevera su médico personal en este certificado —indicó, mostrándonos un documento legalizado.

La expresión descompuesta de la familia de Daisy me recordó cuánto me aborrecían. No estaba pasando un buen momento; ni siquiera hubiera querido volver a verlos en ese bufete, así que solo deseaba irme.

—¿Hay algo más que deba escuchar? —consulté a la abogada.

—Sería correcto que se quedara hasta que terminemos la lectura del testamento.

—¡Qué pena!, nunca me caractericé por ser correcta —repliqué, poniéndome de pie—. ¿Puede darme la caja? Es lo único que me interesa.

—Tiene una semana para decidir si acepta el puesto de directora creativa. —Abrí la boca para contestar que no, pero ella me interrumpió—. No puede responder ahora. Tiene que ser en una semana. Así lo dispuso mi clienta.

Respiré hondo, pensando en qué bien se las había ingeniado Daisy para comandar la vida de todos desde otro plano, como su familia había hecho en el último tiempo con ella. Nunca dejaba de sorprenderme.

—De acuerdo. ¿Puedo llevarme la caja o eso también debo retirarlo en una semana?

–Puede llevarla ahora mismo. Firme aquí –consintió, entregándome un papel y un bolígrafo.

Lo leí por arriba mientras ella extraía la caja de un compartimento. En el documento se mencionaba que aceptaba llevármela y que la abogada ya me la había entregado.

Firmé muy rápido. Ella asentó la caja sobre el escritorio y yo la estudié con interés. Su color plateado relucía. Aunque era de metal, no parecía muy pesada.

–¿De verdad no le dejó la contraseña? –pregunté, observando el panel numérico donde se insertaba la clave de apertura. No tenía idea de qué dígitos podían habérsele ocurrido a Daisy.

–Tal como mencioné al leer el testamento, la señora no se la ha dejado a nadie. Mencionó que usted, y solo usted, podría descubrirla.

–¡Mierda! –susurré–. De acuerdo. Gracias. Que tengan buen día.

Recogí la caja y me retiré sin más. "Que tengan un buen día". ¡No podía ser más estúpida! Esas personas estaban escuchando la prueba más irrefutable de que su familiar había muerto y, si la querían aunque sea un poco, debían de sentirse tan o más angustiados que yo. No podía vencer la manía irrefrenable de demostrarle que yo era un desastre a cualquiera que lo creyera, así como había hecho con la madre de Cam.

Volví a estudiar la caja en el metro. Comencé a pensar cuál podía ser la contraseña. Intenté con la fecha de nacimiento de Daisy. Por supuesto, no se abrió. Desconocía las de su hija y su nieta, así que sería imposible intentar con ellas. Puse el número de su casa, su teléfono… No tenía sentido, puesto que cualquiera de su familia podría adivinar eso y ella había dicho que solo yo podría dilucidarla. Además, por la cantidad de espacios que se encendían en la pantalla al tocar el primer dígito, se necesitaban seis números. Habría sido más fácil que le dejara la información a la abogada bajo juramento de que no se la revelaría a nadie más que a mí. Me pregunté qué habría pasado por su mente cuando me había heredado ese enigma.

Al llegar a casa, deposité la caja sobre el mueble de la máquina de coser y me senté en la orilla de la cama para buscar en Google: "director creativo compañía de moda".

El rol de un director creativo en una empresa de moda es múltiple. Para empezar, es el encargado de diseñar las colecciones. Esto no significa que deba ser el mejor diseñador de la compañía, sino una persona con un gran sentido de la originalidad y buenas habilidades comunicativas. Es quien da a conocer a los demás su visión de la marca, sus valores heredados y lo que quiere lograr con ella. Innova al compás de los cambios sociales y culturales conservando a la vez las tradiciones empresariales.

Al tratarse de una de las posiciones creativas más altas en una casa de moda, inspira a los demás y transmite al equipo de diseño el concepto general para las colecciones. Este concepto definirá la marca. Por eso, el director creativo termina siendo el sinónimo de la casa, la cual confía en él para que la imagen que se transmite de ella al mundo esté en sus manos.

Debe hacer mucho más que supervisar los diseños y la confección de prendas: es el encargado de ejecutar y desarrollar la visión de toda la compañía; desde los valores y la misión hasta sus campañas. Todos los conceptos creativos están en sus manos.

Un director creativo podría equipararse metafóricamente con el director de una orquesta: debe ser capaz de sostener una mirada integral para que todos los aspectos creativos de la empresa funcionen como un conjunto.

¿Qué se necesita para ser director creativo de una casa de moda?

- Poseer gran creatividad y entusiasmo, fuerza y dinamismo.
- Tener la capacidad de realizar tareas múltiples.
- Comprender los valores y la herencia de la casa.
- Gozar de una visión completa de la marca y comprender a fondo su misión.
- Generar una visión convincente e innovadora de la marca.
- Ser capaz de idear la dirección creativa de la marca como un conjunto.
- Contar con buenas habilidades comunicativas para inspirar con su visión al equipo que lo rodea.

Aunque la descripción tenía bastante que ver conmigo y un puesto así parecía ser todo lo que amaba, me agoté de solo leerla. Además, no podía saltar de una máquina de coser a una compañía como impulsada por un resorte, existía una carrera universitaria para eso y gente que merecía el puesto mucho más que yo. Daisy no desvariaba cuando le había pedido a su abogada que redactara ese testamento, pero quizás sí se hallaba un poco ebria.

Los días siguientes, procuré ignorar el asunto. Seguí pensando cuál podía ser la clave numérica de apertura de la caja, pero hice a un lado la propuesta del trabajo en la compañía. Por un lado, no estaba ansiosa por ser parte del sistema. Por el otro, no quería saber nada con la familia de Daisy. Convertirme en una espina en su trasero podía ser divertido. Lo amargo sería soportar que intentaran deshacerse de mí a toda costa. Sus miradas reprobatorias me tenían sin cuidado. De lo que no tenía ganas era de atravesar otra situación como la que había acontecido con Fletcher. No lo había visto en el bufete. Por un instante, tuve la ilusión de que Sophie hubiera abierto los ojos y lo hubiera pateado de su vida. Era ingenuo siquiera imaginarlo. Por lo menos, Daisy lo había pateado de la herencia.

En ese tiempo, mi teléfono sonó varias veces, siempre desde números desconocidos. Intuyendo que podía tratarse de la familia de Daisy, no atendí.

Una tarde, cuando bajé para ir a comprar, me encontré con un automóvil de categoría estacionado en la puerta del condominio. Del vehículo descendió un hombre vestido con un traje y me abordó antes de que pudiera echarme a caminar.

—Buenas tardes. Thea Jones, ¿verdad? Mi nombre es Timothy Williams, soy abogado.

Miré a uno y otro lado de la calle, preguntándome cómo ese sujeto conocía mi rostro.

—¿Qué quiere? —pregunté de mala manera.

—Le traigo una propuesta de la familia Brown para sustituir la de la abuela.

Se me escapó una risa triste.

—¿Por qué no se van a la mierda? —contesté—. Dígale a la familia que se tranquilice: no aceptaré la oferta. ¡Ahora déjenme en paz antes de que me arrepienta! Si continúan intentando convencerme de que rechace la oferta, la aceptaré.

Me lancé a caminar hacia el mercado de la esquina, tal como tenía planeado antes de que ese abogado me interrumpiera.

—¡Es la mejor decisión! Necesito que firme este documento para asegurarnos de que no cambiará de opinión.

Giré sobre los talones sin acercarme y alcé las manos a la altura del pecho.

—¿Ve mis dedos? —pregunté. Él asintió.

Le hice *fuck you* con ambas manos a la vez que sonreía, volví a darle la espalda y seguí caminando. Por supuesto, no me volví y él no me siguió.

Al día siguiente, recibí una nueva llamada de la abogada de Daisy.

—Thea, necesito que te acerques a mi oficina para oficializar una respuesta.

—La respuesta es no —dije—. Ni siquiera he podido abrir la caja aún. Al parecer no era una "nieta del corazón" tan buena como Daisy creía.

—Me temo que no puedo aceptar un "no" por teléfono. Tendrás que acercarte para firmar un documento.

Presionada por las leyes, tuve que regresar al bufete.

En cuanto el secretario me hizo entrar al despacho de la abogada, estreché su mano y me senté. Señalé un cuadro con un león, similar al que había en la sala de reuniones.

—Al parecer a alguien le gusta pintar —comenté—. ¿Es su padre?

—¿Cómo lo supiste? —preguntó con interés. Me encogí de hombros.

—Intuición.

—Mi abuelo fundó este bufete hace muchos años. Era amigo de la madre de Daisy y, luego, su abogado. Es increíble que hayas intuido que las pinturas le pertenecían a mi padre. Ahora entiendo por qué mi clienta te propuso para el puesto de directora creativa.

Sonreí, intentando disimular cuánto me conmovía conocer más de la historia de Daisy aunque ella ya no estuviera presente en carne y hueso.

—Supongo que no tiene mucho tiempo —dije—. Ya le dije que no acepto el puesto. ¿Dónde firmo?

—Thea… ¿Sabes por qué Daisy incluyó en una cláusula que solo podías aceptar o rechazar su oferta después de una semana? Le advertí que era inusual hacer ese tipo de aclaraciones en estos documentos, pero ella insistió. Me explicó que eras muy impulsiva y que sin dudas lo primero que dirías sería "no", porque no te sentirías merecedora de lo que ella quería darte. Como las personas que padecen el síndrome del impostor.

La miré en silencio, con los labios apenas entreabiertos. ¿Síndrome del impostor? Nunca lo había pensado, pero por alguna razón, el concepto resonaba en mi interior.

—Yo…—balbuceé—. Ni siquiera tengo idea de lo que hace un

director creativo. Es decir, lo busqué en Google y más o menos entendí a qué se dedica, pero no sabría cómo llevar adelante sus tareas, cuál es el método. No puedo incorporarme a un lugar donde los dueños me odian y ocupar el puesto que debería obtener una persona muy preparada, con experiencia en empleos similares y conocimientos de moda que yo no tengo.

—Tal vez no los necesites. La familia de Daisy está más interesada en hacer dinero que ropa. Por eso ella me insistió para que hiciera todo lo que estuviera a mi alcance para convencerte de que aceptes. Las veces que nos reunimos, me suplicó que encontrara un modo de que pudiera comunicarse contigo; su familia no quería darle tu número. Lo busqué en internet, llamé a las compañías móviles… No hubo caso. Mientras que yo no podía encontrarte, ella te comparaba tanto con su madre que hasta llegué a creer que te había imaginado por una demencia senil incipiente o cualquier otra enfermedad mental producto de su edad.

—La línea no está a mi nombre, sino de mi abuela —expliqué—. Me compró mi primer móvil cuando yo todavía era menor de edad. Ella falleció, pero nunca cambié la titularidad.

—Lo sé. Removí cielo y tierra para encontrarte. Por supuesto, la familia no quería que te contactara. Solo me quedaba el recurso de solicitarle a un juez tus datos personales de un registro público. Como eso hubiera demorado mucho tiempo, Josephine terminó dándome tu número; le dije que solo podría leer el testamento cuando aparecieras y que las cuentas bancarias se paralizarían hasta entonces. Dependían de ti para seguir disponiendo de sus bienes. Lo hice por Daisy. Para ella era muy importante que tú aceptaras su herencia.

—Ya me llevé la caja, no quiero más. Entiendo lo que dice del síndrome del impostor y es cierto que puede que lo padezca, pero ni siquiera fui a la universidad.

—Supongo que sabes quién fundó la compañía. Ella tampoco asistió a la universidad. En su época, era difícil que una mujer pudiera hacerlo, y más una de su condición.

—No tengo idea de cuál era la condición de la madre de Daisy, pero sí de la mía: solo soy una chica nacida en Tower Hamlets que cose en su habitación.

—¿Sabes dónde nació Amelie, la madre de Daisy? —Hice silencio—. En Tower Hamlets.

—¡No puede ser! —exclamé.

—No desmereceré a las personas que estudian muy duro para convertirse en directores creativos de una casa de moda. Pero a veces no hace falta ir a la universidad para tener lo que se necesita para ocupar un puesto. ¡Mira lo que Amelie creó desde una máquina de coser instalada en su garaje! De todos modos, Daisy me dejó algo para ti como última instancia en caso de que dijeras que no.

Abrió una carpeta y me entregó un sobre. Lo miré de ambos lados: estaba sellado con laca. Solté el aire mientras lo abría. Extraje un papel doblado, similar al que yo le había dejado en su tumba. Adentro encontré unas pocas palabras escritas con su letra temblorosa de abuela:

Hazlo, maldita sea.

Me cubrí la boca para reír. Al mismo tiempo, sentí tristeza y muchos nervios, me temblaban las manos y tenía ganas de llorar.

Miré a Hallie sin alzar la cabeza.

—Si digo que sí, ¿qué tengo que hacer?

—Firmar un documento, presentarte el lunes en la reunión plenaria de la compañía, asumir tu puesto y crear.

Respiré hondo con el corazón latiendo a mil millas por segundo.

—Está bien. Sí.

42

Cam

—YA LO SABEN: LAS FUNCIONES DE LAS NEURONAS SON COMPLETAMENTE distintas a las de una célula hepática o de la corteza suprarrenal, y así sistemáticamente. Cada grupo se especializa en algo, porque una característica de los organismos pluricelulares es que cada célula cumple una función específica. En el caso de las neuronas...

Mientras el profesor hablaba, giré el cuaderno para continuar tomando apuntes. En ese momento, un papel amarillo cayó de entre las hojas y acabó en el suelo. Me agaché para recogerlo; era uno de los que utilizaba para escribir recordatorios. Sentí un dolor punzante en el pecho al encontrar que se trataba de un "te amo" y un corazón escritos con la caligrafía de Thea.

Me ausenté por completo de la clase mirándolo. Thea era tan especial, tan enorme, que nunca había extrañado a nadie como a ella. El amor que me despertaba todavía estaba vivo, por eso me dolía tanto cumplir con la promesa de no buscarla.

Ella tampoco había aparecido. Me preguntaba a diario si acaso ya me habría olvidado y si lo que sentía por mí había sido pasajero. Ese papel me demostraba que no, como cada recuerdo que albergaba de ella. Momentos en los que conversábamos, teníamos sexo o simplemente nos mirábamos. Cada caricia, cada palabra, cada silencio me habían demostrado que lo que teníamos era verdadero. No entendía por qué entonces había terminado de manera tan abrupta y cómo aguantaba Thea nuestra lejanía.

Comprendía sus motivos; si me hubiera hallado en su lugar, quizás habría hecho lo mismo. O no, porque solo Thea era tan generosa. Intenté serlo para ella. Si regresé a su casa después de lo que había ocurrido fue porque la amaba.

Aquella tarde, la vi alejarse por el callejón, pensando que me preocupaba su labio lastimado y que no llevara abrigo. Aun así, le juré que, si continuaba escapando de nosotros, no volvería a buscarla. Ella siguió su camino. Era terca y decidida, debí imaginar que nada la detendría.

Se había esforzado para que los delincuentes que habían ingresado a su domicilio no descubrieran mi auto y, con él, mi dirección. Juzgué que fue una decisión muy inteligente. Sin embargo, dejar la deuda impaga no lo era.

Aunque sentí miedo de involucrarme con personas violentas y peligrosas, regresé al edificio. La puerta de ingreso continuaba abierta. Subí las escaleras despacio, procurando adivinar si los hombres seguían en el apartamento. Algunos estruendos me indicaron que sí.

Me asomé por la puerta justo cuando rompían el jarrón que Thea había decorado.

—¿De cuánto es la deuda? —pregunté. Ellos me miraron.

—¡Maldito bastardo! —bramó el que yo había golpeado e intentó abalanzarse sobre mí.

—¿Quieren el dinero o no? —repliqué antes de que pudiera alcanzarme.

El otro lo retuvo tomándolo de la cazadora gastada. Murmuró una suma bastante onerosa, aunque no impagable.

—El setenta por ciento para el Rey y el resto para nosotros, por cómo nos maltrataron tu novia y tú.

—Hecho. Solo déjenla en paz. Les entregaré el dinero dentro de una hora, en la esquina de la estación Upton Park. No habrá más. Si no quieren volver a correr el riesgo de que alguien los atrape ingresando aquí a la fuerza, no les vendan más mercancía a las personas de este apartamento.

—¿Cómo sabemos que dices la verdad? —preguntó el otro.

—Del mismo modo que yo confiaré en que, si les pago, no regresarán. Ahora salgan.

—Vete primero —ordenó el que había dicho la cifra.

Aunque no me gustara la idea de dejar a esos tipos solos en la casa de Thea, preferí irme por temor a que una negativa de mi parte reavivara el problema. Además, si no me apresuraba a ir al banco, no haría a tiempo a cumplir con lo que les había prometido, y eso generaría represalias contra Thea.

Por las dudas, en lugar de usar mi auto, me moví en metro. Lo ignoré y lo dejé allí, estacionado en la manzana del condominio. Regresé a buscarlo recién después de que les había entregado el dinero.

Antes de irme, me pregunté si Thea ya habría regresado. Miré su casa desde afuera; el pasillo común era un espacio semicubierto, por lo tanto, la puerta y una ventana de su casa se veían desde la calle. Estaban entreabiertas. Ella todavía no había llegado; de lo contrario, las habría cerrado. Ojalá le informaran que ya no tendría que preocuparse por la deuda. Yo no podía decírselo. No volvería a buscarla, tendría que buscarme ella. De lo contrario, aunque doliera como nada en el mundo, me esforzaría para aceptar que nuestra relación había terminado.

Adiós a mis ahorros para Ruanda. La paz de Thea lo valía. Solo esperaba que su madre no volviera a romperla y que esos maleantes, al menos, fueran honestos en no regresar a molestarla si yo ya les había pagado.

Mientras el profesor seguía hablando, me pregunté si habrían cumplido. También si Thea sería capaz de luchar por nosotros y, principalmente, por sí misma. Hubiera deseado que me permitiera ayudarla como ella había hecho conmigo.

—Cam —dijo un compañero en voz baja. Oculté la nota en el cuaderno y lo miré de inmediato—. No hice a tiempo a copiar toda la diapositiva de la neuroglia. ¿Tú?

Me di cuenta de que se me había pasado por completo. Negué con la cabeza.

—Tendremos que copiarla de otra persona o buscar en libros —susurré.

Ese profesor no enviaba los archivos, como sí hacían otros. Lo había advertido desde el primer día: una vez le habían robado su trabajo y quería preservar su propiedad intelectual, entre otras cuestiones. Hablaba tanto que, por momentos, todos nos perdíamos. Para colmo, hacíamos lecturas muy complejas.

Después de la última clase, revisé el móvil. Siempre guardaba la esperanza de que Thea me escribiera. Tal como sucedía desde que nos habíamos distanciado, no encontré noticias de ella. Solo un pedido de mi madre para que comprara unos útiles para mi hermanita de paso que regresaba a casa y varias notificaciones de los grupos de mensajería de la universidad, de mis amigos y de la familia ampliada.

Estaba subiendo a mi auto cuando sonó el teléfono. Atendí aunque la llamada proviniera de un número desconocido.

—¿Camden Andrews? —preguntó una voz de mujer del otro lado.

—Sí. ¿Quién habla?

—Soy Phoebe, del centro de voluntariado. Te llamo para coordinar una reunión lo antes posible.

—Creí que ya había aprobado la entrevista y que me encontraba en la lista de espera.

—No se trata de eso.

—De acuerdo. Justo estaba saliendo de la universidad. ¿Está bien si paso ahora?

—¡Excelente! Te espero.

Volví a entrar y me dirigí a la oficina de extensión universitaria. Golpeé a la puerta e ingresé cuando la voz de Phoebe me lo permitió. Aunque la recordaba de nuestro primer encuentro, no la había reconocido en el teléfono.

—Pasa, Camden, siéntate —pidió—. Te llamé porque tengo novedades. Por lo general, renovamos los voluntarios cada inicio de año, no cuando ya está empezado. Pero uno de ellos renunció y está regresando a Londres en este momento. Quedan cinco meses por delante en ese puesto y necesitamos cubrirlo. Eres el siguiente en la lista. ¿Aceptas interrumpir el curso para ir a Ruanda o prefieres terminarlo y esperar otra oportunidad? Debo advertirte que, de elegir la segunda opción, tu nombre iría a parar al final de la lista. No es un castigo, sino una regla. Lo siento.

No esperaba esa noticia. Creí que, para obtener la oportunidad, pasaría al menos un año, cuando terminara la etapa pre-clínica y obtuviera mi título intermedio. Sin dudas muchos la habían rechazado, porque irse en el segundo trimestre sería desperdiciar lo que ya habían hecho en el primero. A mí no me importaba. Es decir, lamentaba el dinero que habían invertido mis padres en ese tiempo en vano, sin embargo, la experiencia que podía ganar siguiendo mi sueño era mucho más valiosa.

Sentí un nudo en el estómago. No solo tendría que alejarme durante meses de todo lo conocido sino, además, decírselo a mi familia. El impulso de subir al avión en ese preciso momento me daba ánimos de aceptar la oferta al instante, sin embargo, el temor a lo demás me mantenía serio y dubitativo.

—Tuve que invertir el dinero que estaba ahorrando para este proyecto en otra cosa.

—No hay problema. Todos los gastos están cubiertos.

—¿Necesitas una respuesta ahora?

—A más tardar mañana. Por supuesto que puedes consultarlo con tu familia.

Respiré hondo. Era impensado "consultarlo" con mi familia. Si lo hacía, la respuesta sería "no". Hubiera deseado que Thea estuviera a mi lado para impulsarme a hacer lo que quería, como era su costumbre. Ella no lo pensaría, tan solo se dejaría llevar por sus impulsos. Intenté imaginar qué me diría. Su incomparable voz invadió mi mente sentenciando un "hazlo, maldita sea".

—¿Cuándo partiría? —pregunté.

—La semana que viene. Es un poco urgente. No podemos enviarte antes porque tendrías que recibir un entrenamiento intensivo y darte un par de vacunas.

—De acuerdo —respondí, sin meditarlo más.

—¿Estás seguro?

—Sí. Lo haré.

Phoebe sonrió y me prometió que sería una experiencia que jamás olvidaría. Estuve en la oficina al menos una hora. Me explicó los pormenores del entrenamiento, detalles del viaje y los nombres de las personas que me recibirían. Acordamos que me presentaría en el hospital para comenzar el entrenamiento y darme las vacunas al día siguiente.

En cuanto subí a mi auto, sentí que no era yo. Es decir, seguía llamándome Camden, vivía en el mismo sitio, tenía la misma familia y amaba a la misma chica, pero la sola aceptación de ese viaje había cambiado algo dentro de mí. No solo me sentía en el camino correcto sino, además, libre y feliz.

Esa sensación me dio fuerzas para resistir todo lo que tendría que afrontar a partir de que llegara a casa. Mientras compraba los útiles escolares para mi hermanita, ni siquiera pensé en la discusión que se generaría con mis padres cuando les comunicara mi decisión. Parecía un niño que caminaba sobre las nubes o, mejor dicho, un adulto.

En casa, después de saludar a Evie y a Mary, me encerré en mi cuarto y llamé a Harry para contarle lo sucedido.

—¡No puede ser! —exclamó, feliz por mí, pero también

consternado–. ¿Ahora con quién iré al cine, quién será mi compañero de equipo de fútbol, quién me invitará a jugar a la PlayStation?

–Volveré a hacerlo cuando regrese –prometí–. Espero que, para dentro de unos meses, no me hayas cambiado por otro amigo.

–¿Estás loco? Nadie es mejor que tú en el *FIFA*.

Tuvimos que cortar porque mi hermanita golpeó a la puerta.

–¿Jugamos? –preguntó.

Sería una de las últimas veces que jugaría con ella en bastante tiempo, así que le dije que sí. Además, si suspendería la universidad por ese año, no tenía sentido que me encerrara a estudiar, ni siquiera que transcribiera los apuntes que le había pedido a un compañero sobre la diapositiva que no había hecho a tiempo a copiar en clase.

Nos sentamos en su habitación con unos ladrillos plásticos para armar y comenzamos a construir un castillo.

–¿Te vas a casar? –preguntó de la nada. Reí por esa suposición ilógica.

–¿A qué te refieres?

–¿Estás tan contento porque tu novia y tú se casarán?

Recordar a Thea y que seguía esperando que me escribiera volvió a doler. Sin embargo, impedí que eso opacara lo bien que me sentía desde que había decidido seguir mis sueños y salí enseguida de esa emoción dañina.

–No. Solo tuve un buen día.

–Yo también tuve un buen día. La maestra de Ciencias Naturales me felicitó. Dice que algún día seré una doctora como papá y como tú.

–No tienes la obligación de ser médica. Debes estudiar lo que quieras. ¿Qué te gustaría?

—Ser médica.

Suspiré. Mi padre tenía una manera muy efectiva de convencer a la gente de qué era lo mejor para sí misma. Creí que mi hermanita se había salvado de ello, pero al parecer estaba equivocado.

—Está bien —consentí—. Solo prométeme que permitirás que esa elección cambie si lo que deseas, en realidad, es otra cosa.

—Claro —aceptó ella, sonriente.

Cuando mis padres volvieron de trabajar, cenamos en familia. Una vez que terminamos, Evie se dirigió a la sala para terminar una tarea y papá se levantó para reunir la vajilla.

—Quiero contarles algo —dije antes de que se alejara. Él aguardó de pie junto a la mesa—. Hace un tiempo me inscribí en un programa especial de la universidad. Hoy me confirmaron que se hizo un lugar. Lo acepté.

—¿Qué clase de programa? ¿Es algo bueno? —interrogó mamá.

—Muy bueno. Es lo que siempre quise y algo que me brindará una experiencia extraordinaria.

—¿Podrías darnos más detalles? —solicitó mi padre.

Su tono me hizo sentir un niño de nuevo. Mi estómago se anudó por los nervios y bajé la cabeza. Tal como solía sucederme, dejé de mirarlo a los ojos al saber que iba a decepcionarlo.

—Estaré en Ruanda los próximos cinco meses.

Mamá rio. Resultaba evidente que creía que todavía no era seguro, sino tan solo una idea.

—¿Ruanda? ¡Es una locura! —exclamó.

—Me voy en una semana.

—Aguarda —pidió papá alzando una mano—. Camden, lo que estás diciendo es ridículo. Estás en el segundo trimestre, ¿desperdiciarás lo que hiciste hasta el momento este año?

—En parte, sí. Pero cuentan esta experiencia como parte de las prácticas, y eso es muy bueno.

—¿Cómo pueden aceptar a un alumno que está en mitad de la carrera?

—Como se trata de trabajo de voluntariado y realizaré intervenciones con supervisión y autorización de médicos graduados, no piden un porcentaje de asignaturas aprobadas.

—¡De ninguna manera! —prorrumpió mamá.

—No les estoy preguntando si puedo hacerlo. Dije que lo haré.

—¡No puedes abandonar tus estudios!

—Será solo por un tiempo. Además, en realidad estaré estudiando, solo que de otra manera.

—Sin dudas no tienes idea de los riesgos que conlleva ir a ese lugar —aseguró papá.

—Me advirtieron de ellos en la entrevista informativa.

—¿Crees que ser médico en contextos difíciles es valiente y divertido?

—No creo que sea divertido convivir con la desnutrición y las enfermedades.

—¡Entonces quédate en casa! —bramó ella.

—Lo siento, mamá. No me quedaré aquí a cumplir con sus expectativas. Esta vez, elijo llenar las mías.

—Es imposible que estés hablando en serio —insistió papá—. Nunca dijiste que quisieras hacer eso.

—¿Cómo hacerlo si me siento una basura cada vez que mis elecciones los decepcionan? ¿Por qué solo se sienten orgullosos de mí si hago exactamente lo que desean? ¿Acaso no pueden sentirse satisfechos de que su hijo quiera ser voluntario en Ruanda? Otros padres lo estarían.

—No le veo sentido a compararnos —protestó papá—. Ningún padre se sentiría tranquilo de que su hijo interrumpiera sus estudios para pasar cinco meses en un contexto tan peligroso.

—No estoy hablando de sentirse tranquilos, sino orgullosos. Pueden tener miedo, pero no es justo que se sientan defraudados. Lo siento… He intentado cumplir con sus mandatos todo este tiempo. No puedo seguir haciéndolo. Me iré en una semana, y nada de lo que digan o hagan podrá impedirlo.

Me retiré a mi habitación y cerré la puerta con llave.

A solas allí, solo deseé que Thea me abrazara. Cerré los ojos e imaginé que lo hacía. ¿Tenía que avisarle que me iba? Sin dudas. Pero no lo haría. Cumpliría con mi palabra de no buscarla hasta que ella se acercara.

Como necesitaba sentirla cerca, busqué su red social. Observé un instante las fotos en general, hacía mucho que no subía nada. Todo estaba tal como la última vez que nos habíamos encontrado.

Reforcé mi promesa de no comunicarme con ella dejando de seguirla. Para no flaquear en mi decisión de viajar, volví a imaginar su voz poderosa repitiendo las palabras que le había oído decir en la oficina de extensión universitaria.

Hazlo, maldita sea.

Hazlo.

43

Thea

Respiré hondo mientras me miraba al espejo que estaba del lado interno de la puerta del guardarropa. Ese día necesitaba tanto un abrazo de Cam que me puse una ropa que me hiciera sentir su amor y su apoyo. El vestido con el que había dormido por primera vez en su casa, ese dorado con cadenas, relucía como el sol. Lo había combinado con unas botas negras de tacón y me puse, además, un abrigo amarillo. Después de colocármelo, me acomodé el pelo; primero, las ondas que caían sobre mis hombros, y luego, el flequillo. Controlé las alhajas y el maquillaje. Todo me gustaba. Ser fiel a mí misma me ayudaba a sentirme segura.

Antes de salir, busqué las fotografías de mi abuela y de Daisy en el cuaderno de canciones, les imploré su protección y las guardé en mi pequeño bolso del color del vestido.

Viajé con los auriculares puestos, escuchando música para relajarme. Si bien no me importaba la familia de Daisy, no quería defraudarla a ella. Deseaba que, donde sea que se encontrara su alma, se sintiera orgullosa de mí. Lo mismo que siempre había ansiado respecto de mi abuela.

Llegué a la dirección que me dio la abogada un poco más tarde de la hora que debía. Al ingresar al edificio, encontré que había una serie de molinetes como los del metro para ingresar. También dos guardias de seguridad.

—Disculpe… —dijo uno al verme dudar.

—Hola —dije—. Soy la nueva directora creativa.

Pronunciar esas palabras en voz alta me sonó irreal. Si bien el hombre no me observó con rechazo, sí noté que le parecía un poco inverosímil. Supuse que no se debía a mi inseguridad, dado que, para el exterior, sonaba muy convincente. En cuanto a mi atuendo, no le encontraba nada de raro si iba a dedicarme al diseño; en el ambiente de la moda, abundaba la originalidad. Era posible que me viera demasiado joven.

—¿Ya le entregaron la credencial para ingresar? —consultó.

—No. Eso vine a buscar —repliqué, aunque no fuera cierto.

No tenía idea de que necesitara una habilitación para entrar. Aunque entendía que en una empresa tan grande tuvieran ciertos protocolos, supe de inmediato que me costaría mucho amigarme con ellos.

—Aguarde mientras me comunico con Recursos Humanos —solicitó, y descolgó el teléfono.

Miré la hora en el móvil: ya me había retrasado quince minutos. Si la reunión había comenzado sin mí, nadie se enteraría de que había aceptado el puesto y, quizás, perdiera la oportunidad de hacerlo. No se me había ocurrido preguntarle a la abogada qué ocurriría si no podía asistir o si lo hacía y no me permitían participar.

Hallie me informó que le avisaría a Josephine que había aceptado mi herencia completa. Josephine lo sabía, pero tal vez no se lo había comunicado a los demás a propósito. Por lo que le oí decir al guardia de seguridad en el teléfono, me dio la sensación de que estaban más cerca de echarme que de darme la bienvenida. Mi intuición pocas veces se equivocaba. Le hice caso y me dejé llevar por un impulso.

Fui hacia los molinetes de nuevo, apoyé las manos en dos pilares y pasé por arriba de una de las barras de metal dando un salto.

—¡Ey! —exclamó el otro guardia. El que estaba al teléfono colgó y los dos se echaron a correr tras de mí.

Subí las escaleras circulares vidriadas a toda prisa. En mi camino me crucé con algunos empleados que se hicieron a un lado para que no los atropellara. "Lo siento, llego tarde", les dije al pasar. La confusión de sus rostros evidenció cuán cerca se encontraban los guardias de seguridad. Huir en la estación de metro me había servido para entrenarme. Era mucho más sencillo escapar de ellos que de Jack o de cualquier otro oficial de policía.

En un descanso aproveché para mirar un cartel informativo de color negro con letras grises labradas, muy delicado. La sala de reuniones se encontraba en la tercera planta. Seguí corriendo sin mirar atrás.

Al llegar, fue imposible no reconocerla. Si bien había una parte cubierta por un panel negro, el resto estaba vidriado. Alcancé a ver que en el interior estaban Josephine, Harrison y Sophie.

Abrí la puerta sin golpear. Todos me miraron. Los rostros de la familia de Daisy se descompusieron, sobre todo el de Sophie. Los guardias de seguridad llegaron al fin.

—Disculpen —dijo el que había llamado por teléfono.

—Hola —saludé a todos, agitada, y seguí avanzando sin amedrentarme antes de que me capturaran—. Mi nombre es Thea Jones y soy la nueva directora creativa. No tengo mucha idea de qué es eso, pero digamos que estoy aquí para hacer ropa que a la gente le guste.

Me senté en el único espacio libre de la mesa, la cabecera contraria a la que ocupaba quien estaba exponiendo unos gráficos en una pizarra, casi sin aliento.

—¿Es eso cierto? —preguntó un hombre al resto.

—Fue una idea loca de mamá —respondió Josephine, sujetándose la frente con una mano.

—¿Llamamos a la policía? —consultó el otro guardia de seguridad.

—No podemos hacer eso.

—¡Mamá! —protestó Sophie. Los guardias estaban inmóviles.

Josephine miró a los ocupantes de la mesa.

—Mi madre dejó un testamento en el que solicitó la incorporación de Thea a la compañía en el puesto que está mencionando. Y como justo estaba vacante…

—Excepto que demostremos que el testamento es falso —intervino Sophie.

—Pero no lo es —volvió a interceder Josephine—. De modo que, para que este capricho de mi madre nos afecte lo menos posible, propongo que guiemos a Thea para que haga un buen trabajo.

Mi intuición volvió a gritar, esta vez para decirme que, en realidad, la palabra "guiar" implicaba para ella que me convirtiera en un títere, en parte del decorado ambicioso de su empresa.

Preferí guardar silencio: era cierto que tenía mucho que aprender. Además, no quería ponérmela en contra cuando estaba aceptando la voluntad de su madre, aunque fuera de mala gana. Procesé por dentro una serie de contestaciones que me hubiera gustado brindarle.

Los guardias de seguridad se retiraron haciendo un gesto como saludo y cerraron la puerta. Suspiré, procurando poner mis pensamientos en orden. Quizás no sabía de diseño de modas, pero sí de lo que quería la gente y de lo que había querido la madre de Daisy para su marca. Me esforcé para sentirme valiosa con ese pretexto. Estaba allí para hacerle honor a eso.

Después de un momento, la reunión continuó su curso. El treintañero que exponía datos en la pizarra volvió a hablar. Todas las miradas se trasladaron a él menos la de Sophie. Al parecer, yo le resultaba muy entretenida. Tanto como a mí las tazas que todos tenían sobre la mesa, entre papeles, bolígrafos y platos con bocaditos de pastelería.

Solo entendí que estaba exponiendo datos referidos a precios de telas y costos de producción en nombre del departamento comercial. Lo demás parecía chino para mí. Como me desesperaba no ser capaz de interpretar todo lo que decía, giré en el asiento y llamé a una chica que se encontraba de pie en un rincón de la habitación. Llevaba un uniforme de camisa blanca, pantalones y delantal negros; era evidente que tenía que dirigirme a ella en lugar de hacer las cosas por mi cuenta.

–Disculpa. ¿Tú sirves el té? –susurré. Aunque fui consciente de que algunas personas volvieron a mirarme, las ignoré. La chica asintió–. ¿Me preparas uno, por favor?

–Por supuesto. ¿De qué sabor?

–Verde.

—Enseguida. Mucha suerte en su primer día.

—Gracias —contesté, aliviada de poder sonreír al fin.

Quien estaba exponiendo carraspeó con la clara intención de hacerme sentir una irrespetuosa por distraerme. Me volví hacia él de brazos cruzados, con la espalda apoyada en el respaldo de la silla y una mirada desafiante.

—¿Necesitas un doctor? Mi novio... —Apreté los labios entre los dientes. *Se me escapó. ¡Te juro, Daisy, que se me escapó! Te prometí que me comportaría. Ya viste que lo venía haciendo bien. Lo haré mejor. Por ti, solo por ti.*

Sophie dejó escapar el aire de forma ruidosa. Su madre apoyó algunos dedos sobre la boca con un gesto de evidente preocupación. Harrison permaneció cabizbajo y meditabundo.

El hombre continuó hablando sin hacer eco de mi apreciación. Solo volví a abrir la boca para agradecerle el té a la camarera.

Logré permanecer en silencio por un rato aunque todo aquello se pareciera a un somnífero. ¿Por qué una directora creativa tenía que estar escuchando de asuntos de economía que no entendía en lugar de estar creando? ¿Acaso era un área que quienes querían dedicarse a esa profesión tenían que dominar? No lo mencionaba en ningún sitio de los que consulté.

—Disculpen —interrumpí cuando ya no aguantaba más. Todos me miraron otra vez—. Lo siento, de verdad no entiendo casi nada de lo que dicen. Me pregunto cuán relevante es que permanezca aquí.

—Entonces ¿a qué viniste? —preguntó Sophie de mala manera.

—Vine a decirles que, si quieren que esos números mejoren, hay que darle un giro a esto. Estuve analizando lo que hacían en los años 20 y lo que hacen ahora...

—Thea —intervino Josephine—. Conocemos esta marca desde sus cimientos. No creo que…

—Puede que conozcan su historia y sus vaivenes económicos, pero permítanme decirles que la idea original de Amelie la extraviaron en el camino. Estoy aquí para recuperarla, como Daisy quería. ¿Puedo irme a hacer eso en lugar de seguir perdiendo el tiempo escuchando datos que no entiendo?

—Hubiera sido bueno que me informaras previamente que sí querías ocupar el puesto. Te habría preparado un poco para que no llegaras aquí a ciegas —arguyó Josephine.

—Más bien creo que me habrías enviado otro abogado para que intente convencerme de que rechace la oferta.

—¿Hiciste eso? —interrogó Josephine mirando a su hija.

—Fue Fletcher —se excusó ella. Josephine suspiró.

—Tal vez sería bueno que la señorita Jones se presentara —intervino uno de los hombres de la mesa—. Es muy raro recibir a quien será el rostro visible de nuestra marca sin una bienvenida. Se te ve muy joven. ¿Podrías contarnos acerca de tu experiencia previa o por qué Daisy pidió expresamente que tú ocuparas el cargo mediante un testamento? Mi nombre es Arthur. Por si no lo sabes (supongo que no), varios de nosotros somos miembros del directorio y hasta hace veinte minutos no teníamos idea de tu incorporación, que es tan importante porque definirá nuestro destino durante quién sabe cuántos años.

—Vengo de una máquina de coser instalada en mi dormitorio —contesté con honestidad—. Nunca ocupé un puesto similar. No sé nada de números ni me interesan. Pero sí me importa que esta marca recupere sus valores fundacionales adaptados a la sociedad actual. No quiero despreciar el trabajo que hizo la persona que ocupaba mi puesto antes, quien debe saber de diseño y de aspectos técnicos mucho más que yo, ni el de ustedes al aprobar o dirigir sus colecciones, si es que lo hacían. Pero desde hace mucho tiempo la ropa que hacen es aburrida.

—Tenemos clase. Somos una marca clásica y distinguida —respondió Harrison.

Estaba tan involucrada en mis emociones respecto de lo que esa marca significaba para Daisy y había tanto contenido caótico en mi cabeza a causa de todo lo que había estado investigando ese fin de semana, que se me pasó por alto el matiz de su comentario. No entendí si era genuino o una especie de indirecta prejuiciosa. Elegí quedarme con la duda.

—Pues eso no es lo que Amelie planteó en un comienzo. Su irrupción en el mercado de los años 20 fue rebelde y disruptiva. No hacía vestidos clásicos: hacía ropa para mujeres atrevidas. En los años 60, la marca recuperó algo de su intención original con diseños innovadores de estilo *hippie*, pero se perdió en los 80. Desde entonces, solo hacen prendas para gente reprimida. O para contribuir con la represión femenina, quién sabe. Después de todo, la ropa es una expresión visible de un modelo deseable para la sociedad de una época. Esa época ya pasó, por eso la ropa de esta marca no se vende igual que antes. No entiendo casi nada de números, pero la frase "caída en ventas" que acaba de pronunciar el señor con carraspera delante de la pizarra no me suena nada bien. Eso tiene que decirles algo acerca de lo que hacen. Es información que debemos interpretar, un mensaje de la gente sobre lo que espera de la marca y lo que la marca, en cambio, le da.

Las miradas cambiaron. La mayoría de las expresiones se transformaron en una seguidilla de bocas entreabiertas. Hubo silencio hasta que Arthur, el caballero de unos sesenta años que me había pedido que me presentara, asintió con la cabeza y retomó el diálogo.

—Eres nuestra directora creativa por decreto, sin el voto afirmativo de ninguno de nosotros, así que es evidente que puedes hacer lo que te plazca dentro de esta empresa. Si no te interesa estar aquí, ve a donde te sientas productiva.

—Gracias —dije con alivio, y me levanté apoyando las manos en los descansos de la silla.

Cuando atravesé la puerta y desaparecí del alcance de la vista de los integrantes de la mesa, dejé escapar el aire. Sentía que una topadora me había pasado por encima. Me di cuenta de que no tenía idea de a dónde debía ir, así que bajé un tramo de la escalera hasta donde había visto una serie de escritorios en una habitación muy amplia e ingresé allí. Escogí una empleada al azar y me acerqué.

—Hola. Soy Thea, la nueva directora creativa.

—¿La… directora… creativa? —murmuró. Todas me observaron con evidente sorpresa. No parecían rechazarme. Más bien me dio la impresión de que no comprendían por qué me estaba dirigiendo a ellas. ¿Acaso no debía hacerlo? ¿Por qué no lo haría?

—Ajá. Y no tengo idea de dónde están mi espacio o el del equipo de diseño.

—Están en el cuarto piso. Su oficina es la número uno. En la dos trabaja el equipo de diseño. ¿Nadie se ofreció a hacerle una recorrida?

—No. Pero no importa, gracias. ¿Cómo te llamas?

—Mariah.

—Mucho gusto, Mariah. Nos vemos.

Ojalá hubiera entendido por qué todas esas miradas anonadadas me siguieron hasta que abandoné el lugar.

Abrí la puerta de la oficina uno. Encontré un ambiente frío y serio, similar al resto del edificio. Fruncí los labios pensando en cuánto tendría que trabajar en esa habitación para inspirarme en ella y me dirigí a la que tenía el número dos.

Ese lugar me gustó más. Era muy amplio y tenía una pared vidriada desde la que se veía el edificio de enfrente. Había mesas extensas, máquinas de coser y para remallar modernas, todo tipo de artículos de diseño y ordenadores. Si bien todo se hallaba bastante acomodado, se respiraba un aire distinto. La energía era más parecida a la mía, muy diferente a la que reinaba en la sala de reuniones. Sin dudas se debía a los diseñadores que estaban allí: una mujer de la edad de mi madre, otra de menos de treinta años y dos hombres jóvenes.

–Buenos días –dije–. Soy Thea Jones, la nueva directora creativa. Supongo que ustedes son el equipo de diseño.

–Sí, lo somos. No sabíamos que hoy se incorporaría la nueva directora creativa –contestó la mujer más grande.

–Hasta hace unos días, tampoco lo sabía yo –respondí con un tono humorístico–. ¿Podemos sentarnos en un círculo? Traeré sillas –propuse.

Según lo que había investigado, la directora creativa anterior era una persona de renombre en el ambiente, aunque yo no la conociera. Supuse que habrían trabajado para ella y que serían personas tan capaces como ella.

Poco a poco, los cuatro dejaron sus lugares y se aproximaron al centro. Alcancé a ubicar dos asientos antes de que reaccionaran y colocaran más. Una vez que nos sentamos, percibí en sus expresiones cuán extraño les parecía lo que les había solicitado.

–Traigo muchas ideas –comencé–. Ustedes serán la parte

más importante para que pueda concretarlas. Por eso, pensé que lo mejor sería escucharlos antes de contárselas. Es decir… Me gustaría conocer sus nombres, de dónde son, qué les gusta hacer además de diseñar indumentaria; lo que quieran compartir. Por supuesto, también me gustaría oír sus opiniones. Por favor, no digan lo que suponen que deberían, sino lo que realmente piensen sobre la ropa que estuvieron diseñando en este último tiempo y la que les gustaría hacer. Es cierto que, cuando trabajamos para una marca, debemos adaptarnos a su filosofía, pero me interesa más que en este momento se conecten con quiénes son ustedes, por qué estudiaron esta carrera o se dedicaron al diseño y qué les gustaría materializar en ese aspecto. Es mi primera vez como directora creativa y no he recibido información técnica sobre lo que hacemos, así que les ruego paciencia. Puedo ser un poco intensa a veces. Muchas veces, a decir verdad. Pero siempre será con buena intención. ¿Quién quiere empezar?

Los escuché con atención. Aunque no parecían del todo relajados con la situación, me sirvió para percibir que había historias de vida y de ilusiones muy interesantes allí. Si íbamos a funcionar como un equipo, la energía tenía que fluir de manera natural. Todos éramos creativos y nos unía un interés en común; podíamos hacerlo bien.

La conversación también me sirvió para hacerme una idea de que Sienna, la mujer de unos cuarenta años, estaba más arraigada a las formas tradicionales. Max, en cambio, expresó después de decir su nombre que era homosexual y que quería confeccionar prendas para personas no binarias, pero que la marca no se lo permitía.

—Bueno… Eso está a punto de cambiar —dije, y aproveché su deseo para expresar mis ideas.

Extraje las fotografías de Amelie y de Daisy, me puse de pie y las adherí a un panel con imanes, sobre unos diseños hechos a mano, muy artísticos y hermosos, pero aburridos.

—Estoy segura de que conocen a estas mujeres. Supongo que también les habrán contado la historia de esta marca. Tuve el privilegio de oírla de los labios de la hija de su creadora. Tengo demasiadas ideas en mi cabeza y están muy desordenadas. Escribiré algunas palabras en la pizarra mientras intento explicárselas.

Me moví a la pizarra blanca que estaba junto al panel imantado y destapé un marcador. Mientras les explicaba lo mismo que había dicho en la sala de reuniones, escribí: "rebelde", "disruptiva", "innovadora", "original", "actual".

—Si esta marca nació para ser rebelde y disruptiva, pero se olvidó de ello en el camino, tenemos que redefinir esos conceptos. Lo que se consideraba revolucionario en los años 20 no es lo mismo que ahora. Creo que, psicológicamente, para la gente que está más arraigada a las tradiciones, una marca "revolucionaria" significa "plural e inclusiva". —Agregué esas tres palabras en la pizarra después de dibujar una flecha desde "rebelde" y "disruptiva" —. ¿En qué colección tenemos que trabajar?

—Es una colección intermedia primavera-verano de solo veinte prendas. Las que llevamos a las Semanas de la Moda tienen alrededor de cien —explicó Sienna—. Se somete a evaluación final en doce días y se desfila en un mes y medio. Pero ya tenemos casi todos los prototipos hechos y aprobados. Estamos a punto de iniciar la confección artesanal de las prendas originales que irán a desfile.

—Gracias. Estaremos un poco ajustados con el tiempo, pero podemos lograrlo. Espero que no se molesten: vamos a cambiar esos bocetos.

—Eso es un poco difícil —argumentó ella—. Al haber pasado ya por una revisión, el área comercial encargó el material para la fase de producción y las diseñadoras de las fichas técnicas para los operadores están a punto de empezar. Creamos siguiendo una paleta de colores, texturas, patrones y estampados que están en tendencia después de hacer una investigación conceptual y visual exhaustiva. Si siguiéramos esta nueva línea, estaríamos cambiando el concepto, es decir, la base de la colección, con lo cual tendríamos que rehacer también el resto del proceso.

Entendí algunas palabras por intuición. Esperaba no equivocarme en mi interpretación.

—Podemos usar los mismos materiales, solo que de manera diferente. Entiendo que no sea el orden lógico, pero solo tendríamos que modificar el concepto y la estética visual, sin alterar lo demás. En cuanto a las fichas técnicas, podríamos pedírselas a las empleadas a medida que vayamos generando prendas nuevas para que no se atrasen tanto.

—No se trata solo del concepto y de la estética visual. Estaríamos cambiando los veinte prototipos sin aprobación del comité —insistió Sienna.

"Podrías adaptarte", me había dicho Daisy. Era un buen consejo para aplicar en esa situación.

—De acuerdo. Para que no se sientan presionados, lo someteremos a votación. ¿Quién quiere seguir el camino previo y esperar para iniciar uno nuevo? Por el otro lado, ¿quién desea iniciarse en el camino alternativo desde ahora, uno que hoy nos dará más trabajo, pero que, a la larga, también nos ofrecerá más satisfacciones?

Nadie contestó.

—¡Vamos! Espero sus opiniones. No los juzgaré por pensar

diferente, tan solo tendré más paciencia y esperaré para llevar adelante mi visión de la marca.

—Ya conoces la mía —dijo Sienna.

—Yo prefiero intentar el camino alternativo desde ahora —respondió Max.

—¿Hacerlo no nos traería problemas? —interrogó Adam.

—No puedo prometerles que no, siempre termino en problemas —contesté—. Pero me haré cargo de las consecuencias.

—En mi caso, no me resultará tan difícil crear diseños nuevos si puedo ser libre, así que podría hacerlos más rápido —opinó Violet.

—Aunque yo estoy más de acuerdo con la idea de Sienna, me acoplaré a lo que decida la mayoría —culminó Adam.

—Entonces, estamos de acuerdo en lanzarnos a la aventura. —Señalé la pizarra—. Estas serán nuestras palabras claves para rediseñar la colección, y estas mujeres, nuestro faro para desarrollarla. A lo largo de esta semana, dibujarán lo que sea que estas palabras les despierten. Yo no haré dibujos, porque pasarían vergüenza frente a los suyos, pero haré lo que pueda a mano y en la máquina.

—¿Te refieres a que trabajarás directamente con las telas? —preguntó Adam con tono incrédulo. Al parecer, esa tampoco era una práctica tan habitual de la directora creativa que me había precedido.

—Sí. Es lo que hago. Además de pensar mucho, ser demasiado honesta e involucrarme en problemas. Juntos construiremos la nueva era de Amelie Lloyd.

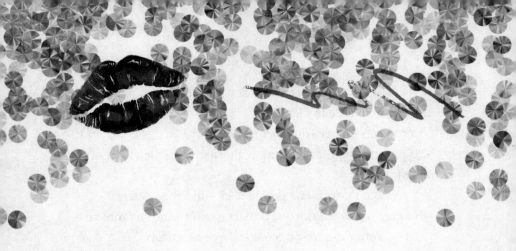

44

Thea

LOS DÍAS SIGUIENTES, TODO LO QUE OCUPÓ MI MENTE FUE LA COLECCIÓN. Imaginar una prenda y coserla en mi dormitorio no tenía comparación con lo que se necesitaba para dedicarse al diseño de indumentaria de manera profesional.

Nunca leí tanto sobre el tema como en esos días. Desde lo más básico que se podía encontrar en internet hasta libros y apuntes de cátedra que conseguí de algunas universidades. Casi no dormí por aprender y materializar ideas lo mejor posible. Por la prisa, no podía detenerme en los detalles como me hubiera gustado, pero las prendas que armaba servían para guiar al equipo en lo que estaba buscando.

Requería mucho tiempo y esfuerzo. Aun así, se sentía como si hubiera nacido para ello. Me apasionaba demasiado y, lo más importante, no se sentía como un trabajo. Tenía un objetivo, una meta. Y esa línea de llegada se transformó en un incentivo enorme.

Durante los primeros días creí que tendríamos que renunciar a la idea de trazar un nuevo camino para la marca tan rápido y que, por esa vez, debería quedarme con la colección que ya estaba en marcha. Nos costó encontrar el primer sustituto para uno de los diseños ya realizados. Por eso, cuando Max me entregó un boceto más de la decena que había hecho por esos días y me pareció extraordinario, sentí que todo era posible.

—¡Atención! Quiero que celebremos que ¡acabamos de encontrar el primer diseño de la nueva era de Amelie Lloyd!

Adherí con un imán al panel el dibujo de Max, cubriendo con él un vestido beige. Todos aplaudieron con expresiones de felicidad menos Sienna.

—Yo hice el vestido que acabas de reemplazar —expresó.

Me sentí muy mal. Había rechazado todas sus propuestas, porque ninguna cumplía con los conceptos que habíamos delineado y estaban arraigadas a lo tradicional. Sin embargo, no quería que eso le quitara las ganas de crear.

—Es precioso —admití—. Pero no es lo que estamos buscando en este momento. Sé que puedes hacer ropa mucho más hermosa. Sé libre.

—Estoy siendo libre, siempre me sentí así hasta ahora. Amelie Lloyd tiene un estilo clásico y distinguido que estamos a punto de perder.

—Pues no era así en sus orígenes. Era ropa transgresora. Tenemos que transgredir.

—Tú mandas y yo tengo que obedecer, pero no me parece correcto que desprecies nuestro trabajo anterior y que nos pidas que hagamos todo de nuevo, como si fuera sencillo.

—Ya sometimos eso a votación —le contestó Max.

—Soy la que tiene más antigüedad en este equipo y siempre me sentí muy cómoda. Dejó de ser así desde que nos sentamos en ronda como niños de kínder a "conectarnos con nuestro motivo para dedicarnos al diseño" —ironizó—. Sencillamente, no veo por qué tenemos que tirar a la basura lo que ya hicimos.

Permanecí un instante en silencio. Al principio pensé que, como yo era la inexperta, me había equivocado y ella tenía razón. En un instante recuperé la confianza en mí misma y comprendí que, le pesara a quien le pesara, Daisy me había elegido para recuperar un legado. Entendía lo que Sienna sentía, pero no podía olvidar mi misión. Allí, yo era la jefa, y en esa oportunidad tenía que actuar como tal, por más que fuera muy joven, que tuviera mucho que aprender y que no me gustara mandar, sino proponer.

—Disculpa, ¿desde hace cuánto trabajas aquí? —consulté.

—Desde hace dieciocho años.

—Eso nos lleva a comienzos de los dos mil —reflexioné en voz alta, hilvanando en mi mente la época con los diseños de aquel entonces—. ¿Y los demás? ¿Hace cuánto que trabajan aquí?

—Cinco años —dijo Max.

—Dos —añadió Adam.

—Tres —indicó Violet.

—Gracias. Por lo que conversamos el primer día, supongo que, desde que ingresaron a trabajar para esta marca, se adaptaron a su criterio de "estilo clásico y distinguido", aunque quizás quisieran hacer otra cosa. ¿Estoy en lo cierto? —Asintieron con la cabeza—.

Sienna, tus compañeros llevan cinco, tres y dos años adaptándose a criterios que no les permitían crear con libertad. ¿Por qué ahora no podrías adaptarte tú?

»Creo que el problema no es que tengamos que rehacer un trabajo, sino que democráticamente hayamos elegido la opción que a ti no te satisfacía y que te cuesta salir de la zona de confort. ¡No eres la única! Aunque no lo creas, yo también lo estoy haciendo. No tienes idea de cuánto me esfuerzo para ingresar cada mañana a este edificio apoyando una credencial en un lector, como una prisionera más de este sistema capitalista siniestro, y para no mandarte a la mierda por ironizar sobre una actividad que me pareció interesante y emotiva. Quizás lo hiciste para herirme, porque te sentiste lastimada cuando cubrí tu diseño con el de Max. Te pido disculpas por eso. Pero no permitiré que intentes comandar nuestro trabajo. Los lineamientos ya están pautados: síguelos o tendremos que conversar de otra manera.

Me di la vuelta y abandoné la habitación con una sensación de inseguridad espantosa. Odiaba confrontar con la gente, en especial cuando se trataba de un equipo en el que todos teníamos que colaborar.

Durante unas horas me quedé en mi oficina, leyendo acerca de cómo se confeccionaban las fichas técnicas. No tenía que hacerlas, pero aun así me pareció importante conocerlas a la perfección.

Me distraje cuando alguien golpeó a la puerta. Si algo le faltaba a mi día para oscurecerse más, era Josephine entrando ni bien dije "adelante".

—Thea… Te he citado en mi oficina varias veces durante estos días y en ninguna oportunidad has acudido. No puedes insertarte en una compañía sin escuchar a la dueña —señaló.

—Estoy muy ocupada —contesté.

—No pongas excusas. Decidí venir porque Sienna acudió a mí muy angustiada. Me contó que los obligaste a cambiar toda la colección que ya estaba definida. Nadie te autorizó a hacerlo. Tienes que dar marcha atrás con ese plan o me veré forzada a desautorizarte delante de los empleados.

Respiré hondo; sabía que ese momento llegaría, por eso no había acudido a su oficina a pesar de sus reiterados llamados.

—Entiendo que no me conoces y que crees que tu madre me delegó esta tarea solo para fastidiarte…

—No creo eso —me interrumpió—. Mamá y yo teníamos nuestras diferencias, pero ella amaba esta marca y jamás la arruinaría. Si nos obligó a incorporarte aquí, es por algo. Necesito descubrir ese motivo.

Tuve que esforzarme para que no se notara cuánto me había sorprendido su respuesta.

—Confía en mí y lo descubrirás —respondí.

—Quiero enseñarte.

—Y yo deseo aprender. Pero a mi manera.

Nos sostuvimos la mirada, intentando reconocer las nuevas características que se nos estaban revelando de la otra.

—Por favor, no seas osada —suplicó—. Los movimientos arriesgados pueden salir muy mal en los negocios.

—¿Por qué crees que tu abuela tuvo tanto éxito? Te aseguro que no fue por seguir una línea. Nadie le presta atención a lo que se mimetiza con los demás. Para llamar la atención, tienes que diferenciarte del resto.

—No podemos cambiar una colección en unas semanas, ni siquiera una intermedia de solo veinte prendas. Mucho menos dar un giro tan inesperado y brusco a nuestra marca.

—¡Claro que podemos! Las cosas no son como Sienna te contó. Lo sometí a votación y, de tus diseñadores, ella es la única que quiere mantener el estilo clásico de estas últimas décadas. Lleva aquí dieciocho años, es lógico que no conozca otra cosa. Los demás, en cambio, tienen perspectivas nuevas que han reprimido todo este tiempo. ¿Por qué no pueden retroalimentarse y aprender unos de otros? Como yo aprendí de tu madre y ella, de mí.

»Daisy me dijo que a ti no te interesaba la ropa; tenía claro que te importaba el dinero. Lo bueno es que, por la razón que sea, las dos queremos que esta empresa funcione, y para eso necesitamos tomar otro rumbo.

—¿Hiciste estudios de mercado, análisis de tendencias, comparaciones con la competencia? ¿Qué pruebas tienes de que tu plan resultará?

—Mi intuición y el pasado.

—Quizás sea suficiente para inspirarse, pero no para hacer negocios.

—Tus negocios crecerán en la medida que yo me inspire.

Suspiró, y en su actitud noté algo de resignación.

—Hagamos un acuerdo —propuso—. No me opondré a este experimento, pero necesito que sigas los pasos convenidos. Para empezar, el directorio no es un decorado. Nos consultarás tus decisiones antes de hacerlas públicas o siquiera transmitírselas al equipo.

—Eso me quitará libertad.

—Así son las cosas cuando dejas de coser en tu dormitorio y pasas a liderar la imagen de una marca con cien años en el mercado. A partir del desfile, tu nombre pasará a ser un sinónimo de nuestra casa de modas. Quiero que entiendas la magnitud de lo que estás haciendo.

—La entiendo —dije, aunque no fuera del todo cierto.

—Eso espero —culminó, y se retiró dejándome su voz como un murmullo en mi cabeza.

Tres días después, encontré que Sienna había renunciado. Perder a alguien con tanta experiencia y antigüedad en la empresa me apenó muchísimo, pero también me brindó la oportunidad de buscar una mirada nueva. Por eso en el anuncio que le entregué al área de Recursos Humanos pedí un diseñador o diseñadora recién recibido. La jefa del área me miró por sobre sus gafas de color rojo con incredulidad. Dudé por un instante si acaso no debía compensar la falta de Sienna con alguien de igual trayectoria, pero sostuve mi postura y en menos de una semana tenía tres candidatos preseleccionados para entrevistar.

El primero podía funcionar si dejaba de lado su preferencia por los colores naturales y se arriesgaba un poco más. Al segundo lo descarté desde que mencionó que había visto mi última colección y que le había parecido fabulosa. Resultaba evidente que conocía los nombres y los diseños de muchos directores creativos, pero no los míos, porque nunca se habían hecho públicos. No me servían las mentiras. Tan solo asentí enarcando las cejas, con el mentón apoyado en una mano. Aunque sintiera que estaba perdiendo mi valioso tiempo, esperé a que terminara de hablar de sí mismo y de mi trabajo previo como si fuera cierto.

La tercera me avisó que había llevado en su portfolio solo lo que se ajustara a la identidad de la marca.

—Muéstrame lo que no —solicité, devolviéndole la carpeta sin siquiera abrirla.

—P… Pero… —murmuró—. De acuerdo.

Extrajo el móvil, lo manipuló con dedos temblorosos y me lo

ofreció abierto en una cuenta de Instagram de un emprendimiento de venta de ropa.

Observé con atención los colores, las formas, la combinación de texturas... y le devolví el teléfono.

—Me interesa mucho lo que haces —dije—. Esta parte, no lo que se ajusta a la marca. Pero no me dejan decidir sola, así que presentaré tu nombre y tu trabajo al directorio, y si ellos aprueban tu incorporación, Recursos Humanos te contactará.

—¿De verdad? ¡Gracias! —Sonrió con ilusión—. ¿Necesita que se lo envíe como portfolio?

—¿Para qué perderías el tiempo con eso? —repliqué, encogiéndome de hombros—. Ya memoricé el nombre de tu cuenta. Espero que nos veamos pronto.

En cuanto salí de la oficina de la planta baja destinada a las entrevistas, miré la hora.

La reunión de esa semana estaba a punto de comenzar, quizás pudiera llegar a tiempo.

Corrí por las escaleras e ingresé a la sala de reuniones sin golpear. Por suerte, recién se estaban sentando.

—¡Bueno! Nuestra flamante directora creativa decidió regresar a una reunión que le parece aburrida —bromeó Arthur. Se notaba que tenía cierto liderazgo entre los directivos.

—¿Qué tal? —contesté—. Tengo algo que decirles. ¿Puedo comenzar yo, así luego me retiro a hacer algo más interesante?

Se miraron entre todos. Como nadie se opuso, él respondió:

—Claro.

Ocupé el lugar del lado de las exposiciones y le pedí al operador que conectara mi móvil a la pantalla. En ese momento, llegó un mensaje de Ivy.

—¿Ya estamos proyectando? —pregunté, girando la cabeza para corroborarlo. En efecto, el mensaje de mi amiga había aparecido por sobre la foto que tenía de fondo de pantalla, una de Cam y yo en la que él sonreía como el buen chico que era y yo sacaba la lengua como toda una maleducada—. Bueno, esa es mi mejor amiga —expliqué ante la imposibilidad de ocultar lo que había ocurrido. El rostro de Sophie evidenciaba disgusto. En cambio, me pareció que en otras personas había un matiz divertido. Ingresé a mi cuenta de Instagram y busqué la de la chica—. Seguro lo saben: una de las diseñadoras renunció y tuvimos que buscar un reemplazo en tiempo récord. Creo haber encontrado justo lo que busco. Ella es Lucy y crea estos diseños que me parecieron originales y novedosos. Tienen poder, encanto, son atractivos…

—¿Y qué sabemos de la carrera de Lucy? —indagó Harrison—. ¿Estudios, recomendaciones, experiencia previa, además de lo que parece ser un emprendimiento de venta directa?

—No me interesa. Me importa que aporte una visión nueva —contesté.

—Creímos que traerías una presentación formal de tu idea para reemplazar la colección intermedia —intervino Josephine—. Nos gustaría tener un adelanto de lo que estás trabajando.

—Prefiero que la vean completa para que entiendan la materialización del concepto.

—Nuestro público objetivo… —intervino Sophie.

—Sé cuál es nuestro público objetivo —la interrumpí—. Pero no creo que esas personas, en especial las mujeres, sigan siendo como ustedes piensan.

—Lo que creemos está basado en estudios de mercado que tú desconoces —replicó.

—Los conozco. Estuve leyendo todo lo que pude de sus documentos y de otras partes. De verdad creo que lo que estoy haciendo funcionará. ¿Puedo pedirles a los empleados de Recursos Humanos que contraten a Lucy para que comience de inmediato?

—¿Entiendes que nos pides que confiemos en ti a ciegas y que nuestro dinero se puede ir en ello? —preguntó otro hombre.

—Soy muy consciente. Confío en mi creatividad y en mi intuición lo suficiente como para prometerle que no perderá dinero. ¿Puedo contratarla o no?

—Que hagan un contrato por tres meses —resolvió Josephine—, después veremos.

—Mamá… —intervino Sophie.

—Gracias —dije.

Desconecté el móvil de la pantalla y abandoné la sala antes de que se arrepintiera.

45

Thea

Cuando las primeras fichas técnicas para producción llegaron, me quedé mirándolas durante un rato. No podía creer que un concepto que había salido de mi imaginación hubiera pasado por la mente de otras personas y se estuviera convirtiendo en un objeto real. Era como si el mundo de las ideas se concretara en el sensible con una energía renovadora y una fuerza peculiar. Nunca había sentido que estuviera haciendo algo más útil y apasionante que eso. Era arte puro.

Me dirigí a la habitación de diseño y le mostré los resultados al equipo.

—Son fantásticos, pero siento que aún les falta algo —confesé—. Las personas tienen que sentir que son protagonistas de su ropa, no solo usuarias.

—Existe la variedad de colores —replicó Violet.

—No es suficiente. Quiero que la gente también deje fluir su creatividad. Que los compradores sientan que lo que usan los representa, que los identifica y que es único e irrepetible, como ellos mismos.

—Para eso estamos haciendo más modelos unisex. No somos una marca de lujo que produce solo por encargo —contestó Max.

—Es difícil ofrecer muchas alternativas cuando se produce en serie —aportó Adam.

—Pero no imposible —dije—. Creo que tengo una solución. Confeccionaré los dos modelos que tengo en mente y alguno de ustedes los dibujará. ¿Cuento con ello?

—Yo lo hago —ofreció Lucy.

—Gracias. Por otro lado, no entiendo por qué en la ficha de etiquetas y tallas aparecen algunas cuyas medidas no coinciden con el rótulo. Además, todas son relativamente pequeñas.

—El área comercial y el sector de producción establecen en conjunto un límite de cantidad de tela que se puede utilizar por modelo. Además, la marca no se caracteriza por hacer ropa *plus size* —expresó Adam.

Medité un instante su respuesta para verificar que hubiera entendido bien. Supuse que sí: había varias tallas, pero no todas las posibles, simplemente porque no querían gastar más.

—Eso no respeta nuestra premisa de que sea una marca plural e inclusiva —dije—. Les indicaré a las diseñadoras que confeccionan fichas que agreguen medidas.

—Debe autorizarlo la división comercial —explicó Max.

Suspiré, molesta una vez más con la infinita cantidad de reglas y pasos que había que respetar. La burocracia era el peor impedimento para que fluyera la creatividad.

—De acuerdo. No se preocupen: sigan trabajando como hasta ahora —determiné—. Yo me ocuparé de resolver el asunto de las medidas y la cantidad de tela autorizada para usar por modelo.

De haber sido por mí, habría dado la orden a las diseñadoras de las fichas para que incluyeran las nuevas tallas y medidas sin consultar. Sin embargo, el acuerdo al que había llegado con Josephine me impedía tomarme esa libertad. Tendría que dirigirme al sector comercial y hacer el pedido, aunque no fuera formal. No perdería el tiempo preparando una fundamentación para que aprobaran o rechazaran mi solicitud en semanas, después de hacer estudios infinitos, cuando ya no me sirviera.

Estábamos atrasados con la presentación final y esto nos retrasaría más. Pero no podía permitir que una persona no binaria se sintiera representada con nuestra ropa y no una con medidas fuera de lo que la marca consideraba económicamente rentable.

Golpeé a la puerta de la oficina del gerente comercial. Su secretaria se abalanzó sobre mí.

—¿Sí? —consultó.

—Necesito hablar con el responsable del área —expliqué.

—Aguarde un momento, por favor —solicitó, colocando una mano entre ambas como señal de que me apartara.

Retrocedí, limitada una vez más por las normas, y esperé a que ella saliera de la oficina con una respuesta.

—Dice el gerente que está muy ocupado. Recién volvió de un viaje largo y tiene trabajo atrasado. Aun así, la recibirá.

—¿Para qué te envía a decirme todo eso? ¿Quiere un premio por aceptar escucharme? —pregunté, incapaz de tragarme las palabras. Me arrepentí enseguida cuando vi la mirada de confusión de la chica—. Está bien, gracias —dije, cambiando el tono, y me metí en la oficina.

Después de que cerré la puerta, alcé la cabeza hacia el escritorio. La mirada siniestra de Fletcher me tomó por sorpresa. Aunque sabía que colaboraba con ellos, no tenía idea de que fuera el jefe del sector comercial. Cuando Daisy mencionó que estaba ayudando a Sophie, creí que solo lo hacía en su casa como favor. No lo había visto en las dos reuniones en las que me había presentado. Tampoco me lo había cruzado antes en el edificio ni lo habían mencionado. Sin dudas, durante ese tiempo, había estado en el viaje del que me había advertido su secretaria.

Por un instante, me sentí pequeña frente a su oscuridad. Por suerte, una lucecita brotó de mi interior antes de que mi brillo se desvaneciera y fui capaz de sostener mi fortaleza.

—¡Thea! —exclamó—. Qué gusto volver a verte.

Resultaba evidente que estaba siendo irónico.

—Qué pena no poder decir lo mismo —contesté, con la honestidad que a él le faltaba—. Vine porque necesito una autorización. Las tallas que producimos...

—Siéntate. Cuéntame cómo vas —me interrumpió.

—Las tallas que producimos son insuficientes para abarcar la idea de inclusión que estamos trabajando. Necesito tu autorización para producir ropa de medidas más grandes —culminé, sin hacer caso de su pedido.

Rio mirando el escritorio y luego volvió a alzar la cabeza para fulminarme con los ojos.

—Tienes un espíritu entusiasta, pero ingenuo —respondió—. La respuesta simple es no.

—¿De verdad las marcas creen que unos centímetros más de tela los llevarán a la quiebra? —Sentí que me hervía la sangre—. Apuesto a que, gracias a esa inversión, ganarían el favor del público que necesita de esos centímetros como del que no, pero que tiene un mínimo de conciencia colectiva. Y si las demás marcas creen que eso los arruinará, mejor, así nos diferenciamos de ellas.

Suspiró.

—Tienes dos caminos para que te dé la oportunidad de probar tu teoría con dos prendas. La primera, presentando una petición formal que podría tardar en leer... mmm... un mes, quizás, o dos. Recién vuelvo de un viaje de negocios bastante largo y tengo mucho trabajo atrasado. La segunda, como dos buenos amigos; después de todo, siempre quise que lo fuéramos. Sé que nos deseamos. Si quieres, esta noche podríamos...

—¿Podríamos qué? —estallé—. ¿Cuándo me dejarás en paz? No sé qué tengo que hacer para que entiendas que no estoy interesada en succionar tu pene. Tengo uno mucho más grande y bonito que chupar. Si no lo estoy haciendo en este momento es porque estoy muy ocupada encaminando mi vida para que me vengas con estupideces. ¡Ahora entiendo por qué necesitas rebajar a las mujeres! No estás sentado en esta oficina por tus capacidades, sino gracias a nosotras, y eso te hace sentir pequeño e inseguro, porque eres un machista insoportable. ¿Sabes qué? Puedes meterte el permiso en el culo, a ver si así se te quitan las ganas de andar acosando mujeres. —Abrí la puerta y me fui gritándole—: ¡Imbécil!

Salí tan enceguecida que no me di cuenta de que Sophie estaba del otro lado hasta que colisioné con ella.

—¿Lo escuchaste? —pregunté, con el mismo ímpetu con que le había hablado a él.

—Sí… —susurró, temblando. Casi pude escuchar su corazón rompiéndose.

—¡Era hora! Espero que te deshagas de ese cretino de una vez. Estoy segura de que tu abuela ha puesto la verdad ante tus ojos; haz que valga la pena. Eres demasiado para él, no necesitas esa basura a tu lado.

Seguí mi camino hasta las escaleras bajo la atenta mirada de la secretaria, con una sensación de libertad que me desbordaba. Alcancé a bajar dos escalones cuando la chica me tomó del brazo y tuve que volverme.

—¡Gracias! —exclamó llorando—. Estaba a punto de renunciar. He callado todo este año porque necesito el empleo.

Me quedé boquiabierta un instante por lo inesperado de la confesión y el sufrimiento que me produjo. La abracé sin dudar, hermanándome en su dolor. Luego me separé y le sequé las mejillas con los pulgares.

—No eres tú la que tiene que irse —aseguré—. Espero que, ahora que su máscara cayó y que Sophie vio su verdadero rostro, algo cambie.

Ella asintió. Nos despedimos con un apretón de manos y una sonrisa.

De allí me dirigí a la planta donde trabajaban las diseñadoras que confeccionaban las fichas técnicas. Me aproximé a ellas y les solicité que agregaran las medidas que les dictaría en dos prendas. Si bien Fletcher era un maldito, me hizo reflexionar que, si no conocía tanto el negocio, no me convenía arriesgarme generando un gasto de confección mucho mayor al que estaba estipulado. Debía introducir las nuevas tallas poco a poco.

—¿El área comercial accedió a hacerlo? Normalmente, si lo hace, es Harrison, el gerente de producción, quien nos da este tipo de órdenes —musitó una de ellas, sorprendida.

—No necesito su autorización. Si alguien les pregunta por qué lo hicieron, échenme la culpa.

Haber hecho alusión a Cam delante de Fletcher me mantuvo pensando en él el resto del día, a pesar de dedicarme a otros asuntos. De a ratos miraba la foto nuestra que tenía como fondo de pantalla del móvil y sentía cosquillas en el estómago recordando varios momentos que vivimos juntos. También había dolor, el dolor de saber cuánto lo extrañaba.

Durante esos días había pasado mucho tiempo fuera de casa y eso me ayudaba a olvidar los problemas. Sin embargo, seguían allí, esperando para atacar cuando menos lo imaginara. Ser consciente de ello me impedía tan solo ir a la casa de Cam, gritarle que lo amaba y que quería que volviéramos. Para mí, no había dejado de ser mi novio. Quizás nunca dejara de verlo de esa manera, volviéramos o no, porque lo amaba y aunque no estuviéramos juntos físicamente, mi alma se había aferrado a la suya.

Esa noche, en casa, se me pasaron las doce confeccionando una de las prendas que tenía que llevarle a Lucy al día siguiente para que la dibujara.

A la una, oí la puerta del apartamento y las risas de mamá y de un hombre. Respiré hondo mientras me preparaba para otra madrugada incómoda y cerré mi dormitorio con llave. Regresé al suelo, donde había dejado la tabla y el martillo para terminar de colocar los cuarenta botones de clip que llevaba el pantalón de jean que estaba fabricando.

Volví a distraerme en el momento en que las risas se

transformaron en una discusión. Hubo ruido de vidrios; supuse que alguno de los dos le había arrojado algo al otro. Cerré los ojos, conteniendo el impulso de salir del dormitorio con intención de proteger a mi madre.

El miedo me venció cuando solo seguí oyendo la voz del tipo y no la de ella. Recogí el martillo y abrí despacio para no hacer ruido. Mis manos sudaban, estaban frías.

Desde el pasillo vi el cabello de Molly en el suelo. Mis pasos se aceleraron al ritmo de mi corazón.

—¡Sal de aquí ahora mismo! —le grité al sujeto, que en ese momento estaba sentado a horcajadas sobre el cuerpo inerte de mi madre.

En cuanto se levantó, el fuego de la ira se opacó con nuevo temor. Era un gigante de casi un metro noventa y la espalda de Hércules. Procuré mantenerme en posición de guerrera para demostrarle lo contrario de lo que sentía. Alcé el martillo para amenazarlo.

—¡Vete si no quieres que…!

Su empujón me silenció de repente. Me expulsó hacia atrás de forma tan brusca que mi espalda terminó colisionando con la encimera y mi cabeza, con la alacena. Caí al suelo, mareada y abatida. El martillo salió disparado sin rumbo. Cuando logré reaccionar, me di cuenta de que el tipo estaba sobre mí como hacía un momento se hallaba sobre mi madre.

—¡No! —grité, y apoyé las manos en su pecho para quitármelo de encima.

Aunque empujé con todas mis fuerzas, era demasiado pesado y no se movía. Se llevó una mano al pantalón y comenzó a tantearlo para abrir la cremallera.

Una energía desconocida se apoderó de mí y perdí la razón. Conseguí bajar un brazo y rodeé sus testículos con la mano. Los apreté tan fuerte que creí que estallarían. Gritó de dolor, y yo aproveché su debilidad para deslizarme por debajo de su cuerpo.

Recogí el martillo, regresé con él justo cuando se estaba levantando y le asesté un golpe en la cabeza. Cayó inconsciente. De inmediato un charco de sangre se extendió desde su cráneo, llenando las ranuras de las baldosas.

La herramienta resbaló de mi mano a la vez que daba algunos pasos atrás con las piernas temblorosas. Me costaba respirar. Comencé a llorar, ahogada en el miedo por lo que acababa de atravesar y en la idea de que había asesinado a una persona. *No puede ser,* pensé. *Por favor, que alguien me despierte. ¡Abuela, dime que es mentira! ¡Dime que esto no está pasando!*

Me arrojé junto a mi madre y comencé a sacudirla. Ella volvió en sí bastante rápido.

—¡Mamá! ¿Estás bien? —grité.

—¿Se llevó mi pasta? —preguntó, intentando incorporarse, y miró alrededor—. ¡Dime que no le permitiste llevarse mi heroína!

Bajé la cabeza, descompuesta. Me limpié la nariz con la manga del suéter y volví a temblar, como ausente. En ese momento, solo pude pensar que acababa de matar a alguien para que mi madre despertara preocupada porque le hubieran robado sus drogas.

Me levanté con dificultad, salí del apartamento y bajé las escaleras sujetándome del pasamano. Logré salir a la calle y corrí. Corrí tan rápido como mis piernas temblorosas me lo permitieron, llorando y suplicando para mis adentros que todo fuera una pesadilla.

En cuanto vi las luces de un coche de policía, me interpuse

en su camino y comencé a gritar que necesitaba que me llevaran con Richard.

—¿Qué ocurre? Por favor, cálmate —pidió el oficial, sujetándome de los hombros.

La agente que lo acompañaba se inclinó para mirarme a los ojos.

—Puedes confiar en nosotros. ¿Qué sucede?

—¡Quiero ir con Richard! —repetí—. Necesito a Richard.

—¿Quién es Richard? —interrogó el policía.

Les expliqué lo mejor que pude quién era y en que estación trabajaba. En ese momento, olvidé qué día era, por lo tanto, no sabía si estaría de guardia.

Conseguí que me llevaran a donde les pedía. Por suerte, Richard estaba allí y me recibió enseguida.

—Thea, ¿qué ocurre? —preguntó, preocupado, a la vez que me hacía sentar en su escritorio.

—Maté a alguien —dije, acongojada. Vi su mirada de completa confusión a través de mis lágrimas—. Estaba drogado e intentó abusar de mí. No quería hacerlo. ¡Juro que no quería!

—Tranquila. Tranquila, Thea —repitió, y descolgó el teléfono—. ¿Dónde está el cuerpo? Dime dónde sucedió el hecho.

Le di la dirección de mi casa sin pensar en nada, solo en lo que había ocasionado.

En menos de quince minutos, había dos oficiales femeninas y un equipo de paramédicos en la oficina, revisándome y haciéndome preguntas. Escuché que le decían a Richard que estaba en estado de *shock* y que lo más conveniente era llevarme al hospital.

—¡No! —grité—. No me iré de aquí. No quiero irme. Por favor, Richard, no permitas que me lleven. ¡No me abandones!

Pensé que, si tomaba mi caso un jefe que no me conociera, lo pasaría peor que si podía quedarme con él. En ese momento, no alcancé a razonar que esa era la estación de policía que me correspondía y que, si yo misma había confesado que era una asesina, no había mucho por hacer: terminaría en prisión hasta que un juez me sentara en la corte y determinara si había actuado producto de una emoción violenta.

Volví a desear que todo fuera una pesadilla. Quería estar en las oficinas de Amelie Lloyd, creando cosas bellas bajo la luz de la enorme pared de vidrio, y no allí, en completa oscuridad. Me pregunté por qué había dejado que la situación llegara tan lejos, por qué había aceptado perderlo todo para proteger a mi madre si ella nunca había hecho lo mismo por mí. Había desperdiciado mi derecho a vivir de acuerdo con mi edad, a mi novio y ahora también lo único que me quedaba: mi libertad.

Durante la media hora siguiente todo fue un caos. Los médicos intentaban convencerme de que fuera con ellos al hospital. Yo lloraba y suplicaba que me dejaran allí. Los oficiales iban y venían. Richard se ausentó por un rato hasta que finalmente regresó para poner orden.

—Yo me encargo. Salgan —ordenó. Todos obedecieron enseguida.

Se sentó frente a mí, del otro lado del escritorio, y me pidió que lo mirara.

—Lo siento… —sollocé con los dientes apretados.

—Thea, tranquila: me acaban de informar que el hombre no está muerto.

—¿Qué? —murmuré, agitada.

—No está muerto, solo drogado y herido. Cálmate.

Sentí que me habían desinflado. Recliné la espalda en el asiento y me cubrí la boca con una mano; tenía muchas ganas de vomitar.

—Creí que... —susurré—. Yo... —Respiré hondo, dando sacudidas—. Richard... —volví a llorar.

—¿Sí?

—Quiero denunciar a mi mamá —solté, quebrada de dolor.

—¿Por qué? —preguntó él, compasivo.

Me humedecí los labios y volví a respirar profundo para intentar verbalizar lo demás.

—Por tenencia y consumo de drogas. Por relacionarse con criminales. Por cometer negligencia conmigo cuando yo era menor de edad. Y por abusar psicológicamente de mí desde que yo era pequeña.

—De acuerdo. Escribiremos eso —susurró.

En lugar de abrir un archivo en el ordenador, se levantó, caminó hasta mí y me abrazó.

Me aferré a su cadera mientras él me acariciaba el pelo. Permanecí así hasta que, por lo menos, pude dejar de temblar como la niña que nunca había sido.

46

Thea

Después de que terminamos de redactar la denuncia, Richard llamó a los paramédicos. Les pidió que me ofrecieran alguna medicación para terminar más rápido con el estado de *shock* en el que me encontraba sin llevarme al hospital, entonces me ofrecieron un sedante.

A continuación me pidió que me acostara en la banca de la celda y me dio una manta para que me cubriera. Sin darme cuenta, me quedé dormida.

Desperté con unos golpecitos suaves en el hombro. Era Richard, que me llamaba para que abriera los ojos.

—Thea, nos vamos —dijo.

—¿A dónde? —pregunté, incorporándome—. ¿Me llevarán ante un juez por haber herido al hombre?

—No, tranquila. En cuanto volvió en sí, solo quería huir: tiene antecedentes por robo. Está esposado a la camilla, aguardando el alta médica para ser trasladado a la estación de policía —respondió él.

—¿Y mi madre?

—Permanecerá en observación hasta que una psiquiatra la evalúe y eleve un informe al juez que intervendrá en el caso. En cuanto a ti, tienes que descansar. Mi esposa nos pasará a buscar en un momento para que vayamos a mi casa. Terminó mi turno.

—¿A… tu… casa?

—Sí. ¿Tienes otro sitio al que prefieras ir? No me pareció lo más conveniente que regresaras sola a tu apartamento. Puede ser muy duro cuando todavía no terminas de recuperarte de lo que ocurrió en la madrugada y después de haber hecho una denuncia como la que hiciste. Nuestra mente nos juega malas pasadas y a veces podemos sentirnos culpables de lo que no lo somos. Lo que hiciste es la mejor manera de ayudar a tu madre.

»Mi esposa es psicóloga. Sabe de ti porque le he contado de tu música y algunas otras cosas. En cuanto la llamé y le expliqué lo sucedido, no dudó en ofrecerte un espacio para que te quedes con nosotros el tiempo que necesites. También desea ayudarte, al menos a superar el *shock* inicial por lo que pasó. ¿Quieres venir a casa con nosotros o prefieres que te llevemos a otra parte?

Pensé en Ivy y en Cam, pero no podía instalarme en lo de ninguno de los dos, aunque supiera que me aceptarían. Mi amiga tenía que trabajar y él debía estudiar. Además, era impensado llamarlo ante una nueva crisis si no habíamos retomado el vínculo y cuando no estaba segura de que los problemas se hubieran terminado con la denuncia. Tampoco me sentía en condiciones de enfrentar a sus padres y no tenía tanta confianza con otras amigas. Ir con Richard y su esposa era la mejor opción.

—Gracias —dije. Él sonrió con cariño.

En la puerta de la estación de policía, señaló un automóvil. Abrió la puerta de atrás para que subiera. Fui testigo del beso que se dio con su esposa, una mujer morena.

—¡Qué placer conocerte, Thea! Soy Grace —dijo.

—Lo mismo digo. Gracias por permitirme ir a su casa. Es cierto que hubiera sido muy difícil volver a la mía después de lo que pasó.

—No hay problema —contestó con una sonrisa serena, y puso en marcha el coche.

Me contó que su hija mayor era una fan mía y preguntó si en ese último tiempo había compuesto canciones nuevas.

—No he tenido tiempo ni de respirar —confesé—. No sé qué hora es, pero estoy segura de que, en este momento, debería estar en la oficina. Ni siquiera tengo mi móvil para avisar que hoy no podré cumplir.

—¿Estás trabajando? —consultó Richard con interés.

—Algo así —respondí.

—¿De qué?

—Hago ropa.

—¡Qué interesante! Es bueno que hayas conseguido un empleo de algo que te agrada.

En su casa conocí a su beba de dos años y a su hija de once, una morenita muy bella que me miraba como si de verdad fuera mi fan. No podía creer que alguien pudiera admirarme, además de Cam. Pensar en él me lastimaba. Necesitaba cada vez más que me abrazara y me hiciera sentir que todo estaría bien.

Desayuné con ellos. Eran una familia muy unida, parecida a la de Cam. Grace me acompañó a la habitación de huéspedes mientras Richard llevaba a su hija al colegio y a la pequeña a la guardería. Me prestó un camisón de ella para cuando quisiera acostarme y me preguntó si necesitaba avisarle a alguien que me encontraba allí.

—No tengo a quien darle explicaciones –respondí–. Solo tendría que avisarle a mi equipo que no iré hoy; no tengo fuerzas. Si me prestas el móvil, buscaré el número por internet.

—Por supuesto –dijo, cediéndomelo.

Escribí "oficinas Amelie Lloyd" en Google y me comuniqué.

—Hola, soy Thea Jones. Necesito hablar con Recursos Humanos o con Josephine.

La recepcionista me dejó un rato en la línea. Finalmente, retomó la conversación.

—Nadie llegó aún. Puede dejarme el mensaje.

—De acuerdo. Necesito que mi equipo sepa que hoy no podré ir y que deben seguir trabajando en lo que estábamos haciendo. Mañana les llevaré parte de lo que les prometí. ¿Podrás recordar todo?

—Lo estoy anotando, no se preocupe. ¿Algo más?

—Nada más. Gracias, hasta luego.

En cuanto cortamos y le devolví el móvil a Grace, me encontré con su mirada inquisitiva.

—¿Puedo hacerte una pregunta? –consultó–. ¿A qué te refieres con que haces ropa? Cuando lo mencionaste, te imaginé sentada en algún taller pequeño o en la casa de alguien. Sin embargo, acabas de buscar el número de una marca muy reconocida y hablaste como si…

—¿Como si fuera la jefa? –completé–. De alguna manera, lo soy.

—¿Entonces por qué no lo manifiestas?

—Porque me da igual —respondí, encogiéndome de hombros.

—Pero no es lo mismo. Lo que has alcanzado tiene mucho valor.

—Todavía no alcancé nada. Solo estoy ocupando el puesto que debería tener alguien con un título universitario y mucha experiencia, porque un ser de luz me lo delegó. No habré logrado nada hasta que demuestre que no se equivocó.

Hizo un gesto de comprensión con la cabeza.

—No desestimaré tu teoría de que ese trabajo te lo envió un "ser de luz", sin importar a quien te refieras con ese término. Pero sería bueno que reconocieras tus propias capacidades. Si no las tuvieras, dudo que ese "ser de luz" te hubiera dado ese puesto. —Sonrió—. Mi esposo estará contento de saber que ya no tendrá que recibirte en la estación de policía por cantar en el metro. Te extrañará, así que sería bueno que nos visitaras seguido. Cuando pasaban semanas que no te veía, comentaba: "es raro que Thea no haya aparecido. Solo espero que no le haya ocurrido algo malo".

Imaginar a Richard preocupado por mí gracias a la voz con que lo imitó su esposa me hizo reír. El frío que desde la madrugada ocupaba mi alma se fue sustituyendo por calidez. Grace mantuvo la sonrisa y apoyó una mano sobre la mía.

—Cuando quieras conversar, aquí estaré —ofreció.

—Gracias. De verdad les estoy muy agradecida.

—No hay por qué —aseguró, negando con la cabeza.

—Mi abuela biológica o mi abuela del corazón tienen que haberlos enviado a mi vida. Creo que, desde que se reunieron en otro plano de la existencia, todo fluye mejor para mí. Juntas tienen más poder.

—¿Podrías explicarme esa teoría? Si no estás muy cansada, claro.

—Lo estoy, pero si me quedo sola no podré dormir y comenzaré a pensar cosas feas. Así que la retendré aquí con conversación.

—Soy buena escuchando, de lo contrario, no podría ser psicóloga. Soy toda oídos.

Conversar con Grace me hizo bien. Comenzamos hablando de mis teorías sobre la vida y la muerte, pasando por varias escuelas filosóficas, y terminamos en un resumen de toda mi vida hasta la noche anterior.

—¿Qué es lo que temes de ir a buscar a tu novio? —preguntó.

—Que los problemas no se hayan terminado y no poder cumplir mi promesa de no volver a desaparecer. También haberlo lastimado y que ya no pueda perdonarme.

—En cuanto al problema principal que te alejó de él, por mi experiencia, me temo que tu madre pasará una larga temporada en un hospital psiquiátrico, así que ya no deberías tenerlo.

—¿Se recuperará?

—Seré honesta contigo: no es posible predecirlo. Depende de cuánto daño le haya hecho el consumo de sustancias hasta ahora y de otros factores físicos y psicológicos. Sin dudas los doctores que la traten podrán ser más precisos a su tiempo. Respecto de tu miedo a haber lastimado a tu novio y a que ya no pueda perdonarte, no lo sabrás hasta que no vuelvas a comunicarte.

Bajé la cabeza; tenía razón pero no me atrevía a intentarlo.

—Lo sé. Todavía no me siento segura. Cuando regrese por él, quiero que sea sin riesgos ni vaivenes emocionales tan dramáticos.

—Entiendo. Si me permites opinar, supongo que una terapia podría ayudarte con tu presente y tu pasado. Tengo amigas que te harían un lugar en sus agendas si se lo pidiera.

—Podría intentarlo, pero por ahora no tengo dinero.

—No te preocupes por eso. Cuando lo tengas, les pagarás. Por ahora, será una invitación mía.

—No, gracias. Richard y tú ya han hecho demasiado por mí.

—Por favor, si quieres hacer la terapia pero lo que te preocupa es que nosotros la pagaremos, no lo pienses. Tendrás tiempo de devolvernos todo eso y más.

Pestañeé varias veces a la vez que me mordía el labio. Confiaba en mi colección y en que podría obtener dinero gracias a ella.

—Solo lo aceptaré si es un préstamo —concedí.

—De acuerdo.

Esa tarde, Richard me informó que la policía ya había hecho su trabajo en mi casa y que no hacía falta dejar la escena intacta: teníamos permitido el ingreso. Aclaró que solo me lo informaba en caso de que necesitara algo de allí, pues no les parecía conveniente que me instalara en ese lugar por el momento. Tampoco yo hubiera querido volver.

Les pedí que me acompañaran. Tenía mucho miedo de regresar sola, pero necesitaba mi ropa y el pantalón que había estado confeccionando. Intentaría hacer la falda que me faltaba en la sala de diseño, así no tenía que trabajar en ese apartamento que me ahogaba con su oscuridad y su silencio.

Entrar allí me revolvió el estómago. Richard se dio cuenta, por eso se interpuso entre el lugar de los hechos y mis ojos. Me indicó que buscara lo que necesitara. Por suerte no había rastros de sangre; alguien la había limpiado. Recogí lo que más me importaba, incluyendo mi móvil y la caja que me había heredado Daisy, y abandoné el lugar para instalarme otra vez en su casa.

Esa misma noche, me comuniqué con Ivy y le conté lo que había ocurrido. Insistió para que fuera a su casa. Le contesté que me sentía cómoda en lo de Richard y que tenía mucho trabajo. A pesar de eso, quedamos en vernos el fin de semana.

Antes de que se fueran a la cama, le expliqué a Richard lo que estaba haciendo y le pedí prestados un martillo y una tabla de madera. Para no molestarlos con golpes mientras dormían, le pregunté si podía trabajar en el garaje. Me quedé hasta la madrugada insertando botones de clip. Luego fui a la habitación de huéspedes a hurtadillas para terminar los apliques móviles del pantalón.

Desayunar en familia se me haría una mala costumbre. No había pegado un ojo en toda la noche, pero había conseguido terminar mi prenda. Les mostré el resultado y cómo se podía crear de un solo pantalón, cambiando los apliques de lugar, una prenda diferente para cada comprador, y se quedaron fascinados. La niña me pidió que le hiciera uno para ella, pero con formas de animales. Le prometí que lo fabricaría en cuanto tuviera un momento.

Como todo un padre sustituto, Richard me llevó a la oficina antes de volver a tomar su turno en la estación de policía.

—Tendrás mucho éxito —vaticinó.

—Gracias —respondí—. Nos vemos después.

Ni bien pasé mi credencial por el lector del molinete, un guardia de seguridad me abordó.

—Disculpe. La señora Brown me pidió que le avisara que tiene que ir a la sala de reuniones.

No tenía ganas de otra reunión aburrida. Además, no tocaba una ese día. Temí que algo hubiera ocurrido y que mi colección pendiera de un hilo. Está bien, llevábamos retraso, pero ya casi estábamos terminando.

Cuando llegué, todos ya habían ocupado sus asientos. Me senté en el único libre, que solía ser la cabecera contraria a la de la pantalla y la pizarra.

–¿Estás bien? –me preguntó Josephine, frunciendo el ceño.

–Ayer tuve una mala noche, pero ya estoy mejor, gracias –contesté–. ¿Es necesario que esté aquí?

–Hoy sí.

Para empeorar mi día, entró Fletcher. Me llamó la atención que solo saludara a los hombres y mujeres del directorio, pero no a su novia ni a sus suegros. Quizás habían llegado juntos.

Josephine comenzó interrogándome por mi colección. No hizo referencia al estilo, sino a cuándo podría presentarla para la revisión.

–Terminaremos para la semana que viene –prometí.

–Eso espero, no podemos atrasar más la producción.

Continuaron hablando de algunos pormenores del desfile y de un *cocktail* que realizarían después. Debatieron un rato acerca de a quiénes iban a invitar leyendo la lista que había preparado el área de marketing y luego me pusieron al tanto acerca del orden de presentación. Por último, me entregaron una carpeta con las imágenes y medidas de los modelos para que pudiéramos adecuar la ropa a ellos antes de la primera prueba de vestuario.

Durante ese rato, me pareció que la expresión de Sophie era muy triste y la de Fletcher, tensa y disgustada. Mi intuición me dijo que estarían peleados. Lo comprobé cuando Josephine hizo un anuncio.

–Además, queremos informarles que Fletcher trabajará con nosotros un mes más. Luego, se desvinculará de Amelie Lloyd. Te deseamos mucha suerte en lo nuevo que emprendas, Fletcher –dijo, mirándolo con una sonrisa falsa. Él le devolvió lo mismo. Entonces, los cimientos sí se estaban moviendo. Era una buena señal–. Por último, en pantalla podrán observar los números finales del mes. Los porcentajes correspondientes se depositarán en sus cuentas bancarias a partir de mañana. Thea, tienes que pasar por Contaduría por este asunto.

—¿Voy a cobrar? —pregunté, mirando con asombro el número exorbitante que se mostraba en la pantalla—. Mi colección no está terminada.

—Te incorporaste a la compañía hace quince días. Recibirás el porcentaje correspondiente según lo que dispuso mi madre en su testamento y la cantidad de tiempo que trabajaste el mes pasado. El próximo podrás cobrar el porcentaje de ganancias completo. Yo no me ocupo de eso. Si tienes alguna duda al respecto, deberías preguntar en Administración y Legales.

Me quedé boquiabierta. Así cobrara el uno por ciento de esa cifra, era mucho más de lo que había recibido en cualquier mes de mi vida.

—Gracias —dije.

—Esperamos que nos presentes la colección cuanto antes. ¿Alguien tiene alguna pregunta o aviso? —Silencio—. En ese caso, nos vemos en la siguiente reunión.

Salí de la sala aguantándome las ganas de gritar de emoción. Si todo ese dinero estaría depositado al día siguiente en la cuenta bancaria que ellos me habían asignado, no tenía que volver al apartamento del condominio ni seguir invadiendo la casa de Richard. Podía irme a un hotel hasta encontrar un alquiler.

En Contaduría me preguntaron si tenía a alguien que se ocupara de mis impuestos. Como dije que no, se ofrecieron a hacerlo ellos hasta que encontrara la persona adecuada. Sophie dirigía ese sector, así que le di las gracias. Su sonrisa apretada fue la especie de acuerdo que necesitábamos. Quizás era su manera de pedirme disculpas por no haberme creído cuando me despidieron.

Jamás le perdonaría que me hubiera apartado de Daisy, pero estaba dispuesta a convivir en paz por su memoria.

Richard y Grace no me permitieron ir a un hotel, pero sí me ayudaron a buscar un apartamento de alquiler. El que conseguimos era tan bonito y luminoso que mi alma se llenó de esperanza.

Maldito capitalismo. Pero me había permitido alquilar el apartamento de mis sueños y pagar la terapia, así que hice las paces con él también.

Solo me faltaban las dos personas más importantes de mi vida: Cam y mi madre. Decidí empezar por ella.

Fui a visitarla al hospital donde estaba internada. Me insultó y me dijo que, por mi culpa, su vida estaba arruinada. Entendí que su reacción solo era producto de su enfermedad y la perdoné aunque todo lo que saliera de su boca fuera basura. A pesar de lo doloroso de la situación, tomé de ella lo que me servía: la convicción de que nunca quería terminar igual.

Esa noche no dormí por ultimar detalles para la colección que presentábamos al otro día. Quería que todo saliera a la perfección.

47

Thea

Hacía mucho que no me sentía tan nerviosa. Pocas cosas me excitaban tanto como lo que debía hacer ese día.

—¡Mucha suerte! —dijo Adam, sonriente.

—Aquí te esperamos para celebrar —añadió Violet, señalando las comidas y bebidas que poblaban las mesas donde, por lo general, trabajábamos.

Les agradecí y salí de la sala de diseño con Max. En la puerta nos encontramos con el ayudante que llevaba el perchero con ruedas donde teníamos nuestra colección cubierta por una tela negra.

Los tres entramos al elevador y, al salir, nos dirigimos a la sala de reuniones. El ayudante acomodó el perchero mientras yo le indicaba al operador que ya había enviado de manera ordenada los archivos que necesitábamos a través de la conexión segura de la empresa. Josephine me había explicado que, por el riesgo de filtraciones, los diseños no podían circular de otra manera.

Mientras todos se acomodaban, me tomé un instante para abstraerme del entorno y pedir protección a Daisy y a mi abuela. Estaba segura de que a ellas les habría gustado mi colección, porque la había hecho con todo el conocimiento, dedicación y amor de los que disponía. Las prendas que se ocultaban debajo de esa cubierta negra se sentían como mis hijas; tenía que volverme fuerte en caso de que las rechazaran. No tenía dudas de que, al menos, recibirían críticas.

—Estamos ansiosos por ver lo que han hecho —dijo Josephine.

Cuando comencé a hablar, ni siquiera la presencia de Fletcher logró intimidarme. Les mostré las prendas en vivo y en directo, señalando algunos detalles en las fichas que se proyectaban en la pantalla.

—Estos modelos presentan la particularidad de ofrecer más tallas de las habituales en la marca —expuse respecto de un pantalón de vestir y una blusa.

—Me temo que esa propuesta nunca fue autorizada —se entrometió Fletcher.

—Son solo estas dos prendas —defendí.

—Excede nuestro presupuesto —expuso Harrison, sin alzar la cabeza.

—No puedo concretar mi visión si no incluimos a las personas con medidas más grandes en la oferta —insistí—. ¿De verdad piensan perder la buena reputación que podríamos obtener por no invertir un poco más? Para ganar hay que arriesgar.

—Lo debatiremos más tarde. Por favor, continúa —solicitó Josephine a la vez que tomaba notas.

Respiré hondo para ayudarme a aceptar las limitaciones que se me imponían y seguí con la presentación.

—Estas prendas son las estrellas de la colección —anuncié. Max preparó el pantalón de jean y la falda—. Representan a cada consumidor en su peculiaridad. Fomentan la creatividad y le permiten al usuario expresarse de acuerdo con su identidad. Los apliques de este pantalón son removibles. Eso significa que la persona puede utilizar los que quiera donde quiera, o no usar ninguno y que el estampado sean los botones de clip. —Moví una flor negra de lugar para demostrarles cómo funcionaba y luego señalé la falda—. ¿De qué color es la falda? —Todos permanecieron en silencio—. ¡Vamos! Ayúdenme a no sentir que estoy en una exposición de la preparatoria —los incité.

—Negra —respondió Arthur.

—Hasta ahora —dije, y pasé una mano por la tela. Una línea de colores fundidos unos con otros se dibujó en ella—. La gamuza reversible permite que la persona la utilice en el color original o que haga tantas combinaciones como desee. Incluso puede convertirla en un objeto multicolor. Creamos ropa con infinidad de combinaciones posibles, por lo tanto, siempre parecerá nueva.

—La idea es que nuestros clientes renueven su guardarropa lo más rápido posible, no que sientan que una misma prenda es nueva eternamente —lanzó Fletcher—. Es la base de los negocios, Thea. ¿Por qué crees que los electrodomésticos de nuestras abuelas duraban toda la vida y los que compramos ahora, en cambio, apenas unos años?

—¿Por qué interrumpes todo el tiempo? —protestó Sophie—. Quiero escuchar. Por favor, continúa —solicitó, mirándome.

Me costó un momento retomar después de oírla defenderme. Si bien suponía que lo hacía solo para molestar a Fletcher, no podía negar que le estaba agradecida. Suspiré.

—Gracias. Eso es todo —dije.

Josephine se respaldó en la silla de la cabecera que siempre solía ocupar yo, llevándose un bolígrafo a los labios.

—¿Qué opinan? —consultó.

—Rompe abruptamente con nuestra línea —dijo uno de los miembros del directorio.

—Lo de la ropa con infinidad de combinaciones, a pesar de que los modelos sean más bien para adolescentes y se aparten de nuestro público objetivo, me parece original —comentó una mujer.

—Disculpen —intervine—. Son modelos pensados para abarcar otro público. Si solo nos quedáramos con las mujeres tradicionalistas, acabaríamos en la ruina.

—Creo que es un cambio demasiado abrupto respecto de lo que veníamos haciendo —concluyó Josephine—. Quizás podríamos combinar la mitad de la colección que ya estaba hecha con la mitad de esta, dado que no tenemos tiempo de diseñar nuevos modelos que se ajusten más a nuestro estilo previo.

—Eso no serviría —me opuse—. Uno de los conceptos de nuestra colección es que sea disruptiva. Si mezcláramos estos modelos con los otros, solo estaríamos presentando un conjunto híbrido de prendas. Lo peor que le pudo pasar a esta marca es volverse predecible. Mi idea es llamar la atención con un giro de ciento ochenta grados, que las personas asistan al desfile creyendo que verán una cosa y que se sorprendan cuando aparezca otra. Eso cumpliría con nuestro propósito de romper las reglas y, así, de volver a estar en boca de todos. Ponernos en el centro de la escena nos ayudará a captar la atención del consumidor.

—Excepto que nos destroce la crítica —masculló Fletcher—. Son diseños sin elegancia, del gusto de un público de clase media-baja. Trabajamos para otro *target*.

—Yo no creo lo mismo —opinó Arthur—. Sí coincido en que sería un giro abrupto e inesperado. ¿No es eso lo que Thea nos advirtió que haría desde un principio?

—Tú conoces bien a los críticos, ¿qué crees que dirían si vieran esto en la pasarela? —interrogó Josephine. Arthur respiró hondo.

—Es difícil predecirlo en este caso. Supongo que estarían sorprendidos. Si conseguimos darles a las prendas y al desfile la distinción suficiente, lo entenderán como lo que Thea quiere hacer: un giro disruptivo, y no como una caída en picada de nuestra imagen.

—Mientras deciden cómo hacer que mi colección se vea como desean, necesito pedirles algunos cambios acerca del desfile —aproveché a decir.

—Tenemos pautada otra reunión para esos detalles más adelante —respondió Josephine.

—No se trata de detalles. Es imposible que comencemos con la producción de las prendas definitivas para la pasarela si no hablamos de esto.

—¿A qué te refieres con "esto"? —interrogó Harrison.

—Necesito cambiar a la mitad de los modelos.

Josephine negó con la cabeza.

—Es imposible. Son figuras notables que cobran un caché acorde con nuestro presupuesto.

—Son todos parecidos: mujeres y varones blancos, altos, delgados, de rostro angular y pómulos demarcados. Necesito diversidad para que el desfile se ajuste a mi visión creativa representada en esta ropa.

—Hay una chica morena.

—¡Una entre diez! Les preparé una lista de requisitos. —Hice una seña al operador para que cambiara la diapositiva—. Como podrán leer, necesito: dos mujeres y dos varones hegemónicos, una persona andrógina, una modelo femenina *plus size*, un chico moreno, la chica morena, una asiática…

—¿No quieres también un perro? —me interrumpió Fletcher, riendo con sorna.

—No, gracias, para eso estás tú —repliqué.

—¿Podemos terminar con esta batalla verbal sin sentido? —protestó Josephine—. Thea, lo que pides es…

—Justo —la interrumpí.

Josephine dejó escapar el aire, preocupada.

—Si todos estamos de acuerdo en proceder con esta colección sin hacer cambios estructurales, sino solo ajustes, le pediré al departamento de imagen que busque nuevos modelos. ¿Quién vota por presentar esta colección completa? Yo me abstengo.

Me sorprendió encontrar apoyo en Arthur; se notaba que tenía una mirada muy exigente. Conté las manos levantadas: faltaba un voto para que fuera un veredicto afirmativo. Como Fletcher tenía la suya abajo, por supuesto, Sophie acabó levantándola.

—Muy bien. Entonces procederemos —determinó Josephine. Miré a Max, aguantando las ganas de gritar de alegría—. Hice algunas anotaciones sobre ajustes que deberíamos realizar. El directorio las revisará y se las haremos llegar en cuanto nos pongamos de acuerdo.

—Hay algo más —me apresuré a decir, presintiendo que estaba a punto de dar la reunión por terminada—. Necesito generar expectativa con una campaña publicitaria, al menos en las redes sociales.

—Thea, me estalla la cabeza; son demasiados cambios en un solo día. Por favor, háblalo con el departamento comercial. Ellos lo programarán con marketing, y marketing, con la agencia contratada. ¿Algo más referido a la colección? —Miró a todos en general. Nadie habló—. En ese caso, nos vemos pronto para los detalles del desfile, incluido el cambio de modelos.

Acepté su respuesta para no ponerla en mi contra, ahora que había conseguido que aprobara mi colección, pero era impensado que me presentara de nuevo en la oficina de Fletcher y le pidiera lo que necesitaba. Dialogar con él era imposible. Odiaba perder el tiempo e intentar convencerlo sin dudas lo sería: solo por venganza, jamás aceptaría. A cambio, intentaría rebajarme de nuevo.

Supuse que Josephine sabía que yo no acudiría a él; me había pedido que lo hiciera para sacarse de encima otra decisión estructural que ponía en riesgo sus intereses. El problema era que el cambio de imagen no sería posible sin publicidad y sin un giro en la presencia en redes. Tendría que idear un plan alternativo para conseguir mi objetivo sin Fletcher estorbando y sin enloquecer a Josephine.

Me propuse dejar de pensar por un rato y tan solo disfrutar la enorme meta que acabábamos de alcanzar. No veía la hora de celebrar con mi equipo; sin ellos, nada hubiera sido posible.

Una vez que la puerta del elevador se cerró, Max y yo comenzamos a gritar, tomando por sorpresa al ayudante que llevaba el perchero.

—¡Los dejaste boquiabiertos con los diseños ajustables! —dijo él.

—La próxima iremos más lejos: quiero crear ropa dinámica accesible para el público.

—¡Ya quiero verla!

En la sala de diseño, todos esperaban con ansiedad el resultado. Festejamos juntos que habíamos conseguido la aprobación total.

Esa tarde, se nos pasó la hora de salida conversando.

Cuando llegué a casa, estaba agotada, pero feliz como hacía mucho tiempo no me sentía. ¡Ojalá hubiera podido compartir ese momento con Cam!

Me pregunté qué estaría haciendo. Lo imaginé sentado frente al escritorio, concentrado en algún libro.

Cerré los ojos e intenté conectarme con él a pesar de la distancia. Aunque nuestros cuerpos no se hallaran próximos, sí lo estaban nuestras almas.

Te amo, le dije en mi cabeza.

Ojalá recibiera mi energía.

48

Cam

Te amo.

—Doctor. Doctor.

Abrí los ojos de inmediato ante el llamado. En mi cabeza, todavía resonaba la voz de Thea diciéndome "te amo". Lo más extraño era que se había colado de la nada en mi sueño sobre unos niños hutu jugando al fútbol.

—¿Sí? —dije a Aimee, una enfermera. Les había aclarado muchas veces a todos en el hospital que todavía no era médico, apenas un estudiante del tercer año de la carrera que estaba haciendo trabajo de voluntariado, pero había tan pocos profesionales calificados en ese país, y más en esa localidad, que les daba igual e insistían en llamarme de esa manera.

—Llegó una mujer con un trabajo de parto muy avanzado. El doctor Dubois está atendiendo otra emergencia y la doctora García se está ocupando de una fractura de cráneo.

—De acuerdo —respondí y me levanté del duro camastro donde procuraba descansar un rato. Miré el reloj de la pared al pasar: llevaba doce horas de guardia, y todavía me faltaba la otra mitad.

Salí de la habitación y comencé a hacerle las preguntas de rigor mientras caminábamos.

—¿Cuántas semanas de gestación?

—No lo sabe con exactitud. Por lo que noté en la revisión, supongo que está a término.

—¿Se hizo controles durante el embarazo?

—No.

—¿Determinaron el tamaño y la posición del feto, su frecuencia cardíaca, la presión sanguínea de la madre…?

—Todo normal.

Me metí en una sala y comencé a lavarme las manos.

—Tienes que estar preparada: si algo anda mal, corre a buscar a Dubois o a García. No estoy autorizado a hacer ciertas intervenciones.

—Todo saldrá bien —replicó con una sonrisa tranquilizadora mientras preparaba los guantes de látex para mí. Ojalá hubiera podido sentirme tan tranquilo como ella.

Entramos a la sala donde la mujer aguardaba en una camilla. Estaba sola.

—¿Habla inglés? —consulté a Aimee.

—Solo kiñaruanda —respondió. Era una de las lenguas más extendidas de las comunidades de Ruanda. En el tiempo que llevaba allí había aprendido algunas palabras básicas, pero la mayoría eran ininteligibles para mí.

—Traduce, por favor. Es importante que entienda lo que le digo. ¿Cómo se llama?

—Jacqueline.

—¿Por qué está sola?

—Me explicó que fue expulsada de su hogar cuando se dieron cuenta de que estaba embarazada sin un esposo.

Las diferencias culturales entre ese país y el mío jamás dejaban de sorprenderme. Sabía que, si quería ser un buen médico algún día, tenía que separar mis emociones personales de lo que les ocurría a los pacientes. Me resultaba muy difícil cuando una muchacha poco más grande que yo me miraba desde una camilla precaria con tanto miedo y dolor.

Me aproximé y le sonreí mientras apoyaba una mano en su hombro. A los miembros de algunas comunidades les molestaba que se los tocara, incluso cuando necesitaban una revisión. En ese momento, solo me preocupó transmitirle algo de tranquilidad y que se sintiera acompañada.

—¿Cómo estás, Jacqueline? —pregunté. La enfermera tradujo. La chica comenzó a llorar y a decir cosas que yo no entendía.

—Dice que le duele mucho, que por favor pare.

—Lo sé —contesté—. Nos ocuparemos de eso enseguida. Tendrás que esforzarte mucho, pero te prometo que el dolor se irá después de que des a luz. ¿Quieres conocer a tu bebé?

Fui hacia atrás y le avisé que iba a revisarla mientras la enfermera terminaba de traducir lo anterior. Esperé a que se callara para hacerlo. Como la chica no preguntó nada ni opuso resistencia, tan solo continuó llorando, procedí con mi tarea.

—Tiene casi diez centímetros de dilatación —le avisé a Aimee.

—Le dije que era un trabajo de parto avanzado.

—¿Alguien le explicó cómo pujar?

—Hice lo que pude.

—¿Vas a buscar al neonatólogo?

—Hoy no hay.

Respiré hondo y volví a dirigirme a la muchacha para que la enfermera tradujera. Intenté explicarle de forma simple lo que tenía que hacer, aunque en realidad fuera muy difícil, y más en las circunstancias en las que había llegado allí: sola, injustamente maltratada y con un dolor muy intenso que, quizás, ni siquiera alcanzaba a comprender.

—El dolor que sientes son contracciones; tu cuerpo está intentando expulsar al bebé. Él ya está listo para nacer, tienes que ayudarlo. Cuando sientas una contracción, debes hacer fuerza para que tu bebé salga. Hazlo con la parte baja de tu cuerpo, no con la superior, o podrías lastimarte. Nosotros te ayudaremos. ¿Estás lista?

La contracción llegó antes de que terminara de hablar. En lugar de pujar, ella comenzó a retorcerse y tuve que alejar la mano.

—Necesito que mantengas las piernas abiertas —solicité—. Puedo sentir la cabeza. Te avisaré cuándo pujar. Ahora.

Como comenzó a retorcerse de nuevo, le sostuve las piernas abiertas con las manos y le pedí a Aimee que le explicara una vez más cómo hacerlo. Aunque su llanto me conmovía, no había mucho que pudiera hacer para que no se sintiera tan asustada; para ella, yo no era más que otro desconocido. Solo podía colaborar haciendo bien mi trabajo.

—¡Así es! Jacqueline, lo estás haciendo muy bien. Continúa así.

Intenta sostener el pujo hasta el final de la cuenta. Aimee, ¿puedes contar para ella?

—No creo que sepa contar.

—No importa. Dile que intente sostenerlo hasta que te calles.

La primera vez no consiguió hacerlo, pero sí la segunda. La cabeza se asomó, entonces comencé a cuidar los tejidos de la madre direccionando al bebé para que naciera de la mejor manera posible. La cabeza terminó de salir entre los gritos de Jacqueline y la cuenta que llevaba Aimee. Como el cordón estaba enredado en el cuello del bebé, lo desenlacé y realicé algunas maniobras en busca de que hiciera la rotación correcta y, así, evitar que se lesionara alguna parte del cuerpo. Le pedí a Jacqueline que hiciera un pujo fuerte y largo para que terminara de expulsarlo.

Mientras la enfermera traducía, comencé a rezar en mi interior: esperaba que no se presentara una situación de último momento que arruinara el devenir del parto. La mayoría de las personas que llegaban al hospital casi no habían recibido educación formal, mucho menos atención sanitaria antes. Si nadie le había hecho una ecografía a esa mujer durante la gestación, cualquier problema podía aparecer. Por ejemplo, una placenta previa que provocara una hemorragia. Al menos, ya había descartado alguna malformación externa en el rostro del bebé o condiciones con signos visibles, como la hidrocefalia y el síndrome de Down.

—¡Ya está aquí! —exclamé, sonriente, en cuanto lo tomé y nada fuera de lo normal pasó. Sentí un gran alivio por ellos y por mí.

A primera vista supe que el niño estaba vivo: tenía buen color y se movía, aunque todavía no había llorado. Algunos bebés no lo hacían de inmediato. Lo alcé para que Jacqueline pudiera verlo. En lugar de ponerse feliz, se echó a llorar de nuevo.

Volví a respirar profundo, procurando mantener la calma. En ese momento, se oyó un jadeo y el bebé comenzó a llorar.

No encontré señales de alarma, así que lo apoyé en el pecho de su madre para que estuvieran contacto lo antes posible, lo cubrí con una manta y le informé que era un varón sano. Ella seguía llorando, pero al menos colocó una mano sobre el cuerpito de su hijo. Imaginaba el dolor que ese bebé representaría para ella, sin embargo, ahora ya estaba en este mundo y deseaba con todo mi corazón que los dos recibieran un trato más justo.

Mientras cuidábamos la expulsión de la placenta y Aimee se ocupaba de la madre, yo le realicé el examen físico al recién nacido. No había otra persona para hacerlo.

Casi nada allí era como lo había estudiado. Todo se hacía de forma más informal y precaria. No solo faltaban médicos y especialistas, sino también medicinas, y la mayoría de los protocolos que había memorizado de los libros de texto eran meros accesorios. Había que hacer lo que era necesario y punto, de la manera más rápida y efectiva posible a pesar de las falencias del sistema. Como traer una vida al mundo siendo un voluntario y hacer la primera revisión física de un ser humano sin tener aún el título de médico.

Escribí en la ficha que a las 10:30 p.m. había nacido un bebé de sexo masculino sano, al menos por los indicios que se habían presentado hasta el momento, de 46 centímetros de estatura y 2,500 kilogramos de peso. Sugerí que lo revisara un neonatólogo en cuanto hubiera uno disponible, y un obstetra, a la madre. Ojalá aparecieran antes de que Jacqueline abandonara el hospital. Si todo seguía dentro de la normalidad, se iría en unas horas. Tampoco sobraban las camas y había que hacer lugar lo antes posible.

Le hice una última revisión a la mujer y, al constatar que todo estaba en orden, también se lo informé.

—Vaya tranquilo, yo me ocupo del resto. Seguro lo necesitan en otra parte —dijo la enfermera.

Me acerqué a ella. Aunque sabía que la paciente no comprendía el idioma en que conversábamos, igual le hablé en voz baja.

—¿Qué ocurrirá una vez que se vaya del hospital? —pregunté. Ella se encogió de hombros.

—No lo sé. Quizás abandone al niño porque no puede mantenerlo o lo regale por ahí. Ese ya no es nuestro problema.

—Pero, Aimee… Deberíamos ayudarla, no podemos dejarla sola como hizo su familia. ¿Acaso no existe algún programa para casos como el suyo al que podamos derivarla?

—Sería imposible crear un programa para cada necesidad cuando hay tantas y tan graves. Mucha gente muere de hambre, el Estado jamás podría ocuparse de una madre soltera. Aquí, eso es un problema menor.

»Doctor, le daré un consejo: no intente cargar con los problemas de este país sobre sus hombros. No crea que puede transformarse en un salvador, solo terminará abatido y derrotado. De lo único que podemos ocuparnos es de lo que sucede dentro de este hospital. Ese es nuestro granito de arena.

La respuesta derribó cualquier fantasía que pudiera haber albergado por un momento. Lejos de sonarme fría o cruel, me pareció valerosa.

Aimee tenía razón: no podíamos cambiar el mundo, solo hacer lo posible para que fuera un poco mejor desde el sitio que nos tocaba ocupar a cada uno.

A cada instante me convencía más de que ir allí había sido la decisión correcta. Ni siquiera podía pensar en ocuparme algún día de la clínica de mi padre cuando había tanto más por hacer en otras partes. En el mundo existían lugares donde yo era realmente necesario, y nunca me había sentido en verdad apasionado por la medicina hasta que descubrí todo lo que podía hacer con ella en la vida real, más allá de la universidad.

Supuse que, cuando le agradecí, Aimee no entendió la magnitud de mi respuesta. Me despedí de Jacqueline y de su hijo, y salí intentando concentrarme en lo bueno a pesar de que todavía me doliera lo que no podíamos cambiar. Me costaba creer que acababa de ocuparme de un parto solo. La última vez, lo había hecho bajo la mirada atenta del obstetra.

En mi camino me crucé con otra enfermera que se aproximó corriendo.

—¡Doctor, tiene qué ayudarme! —dijo, intentando pronunciar mi idioma lo mejor posible, pues su lengua materna era el francés.

—¿Sí? —respondí, preparándome internamente para la próxima emergencia que ningún doctor calificado podía atender.

—Tenemos a un niño con peritonitis en la sala ocho. El padre se niega a firmar el consentimiento para la cirugía porque dice que el chamán de su aldea es el único que puede curarlo. Lo hemos intentado todo, ya no sabemos cómo convencerlo. ¡El niño está sufriendo!

—De acuerdo, vamos —intervine—. ¿Qué estudios le hicieron?

Mientras ella me explicaba a grandes rasgos los valores del análisis de sangre y el resultado de la radiografía, caminamos por el pasillo hasta la sala. En el interior encontré un matrimonio con el atuendo típico de alguna aldea de las afueras. La mujer estaba cabizbaja. El hombre le decía a un enfermero algo que yo no entendía, ya que hablaba en suajili, otra lengua de la región.

—Buenas noches —dije. Todos me miraron en silencio. Supuse que decirle que era un voluntario no ayudaría, así que lo omití. Como llevaba puesto un guardapolvo, supondrían que era médico—. Soy Camden Andrews. ¿Puedes traducir, por favor? —solicité al enfermero. Él asintió y le dijo la frase al hombre—. La situación de su hijo es grave y está sufriendo. Si no le practicamos una cirugía, morirá en el transcurso de la noche.

El hombre contestó en su idioma. No parecía furioso, pero sí enojado.

—Dice que de ninguna manera permitirá que abramos el cuerpo de su hijo, que el chamán de su aldea lo curará —explicó el enfermero—. Lleva diciendo eso desde que le solicitamos que firmara el permiso.

—Nosotros también podemos curarlo —afirmé. Si le decía que creer en el poder de los chamanes cuando la vida de su hijo estaba en peligro era demasiado arriesgado, solo se molestaría más.

—Dice que solo queremos robarle su humanidad —tradujo el enfermero.

—¿Qué tal si el chamán entra a la sala de operaciones y se asegura de que no hagamos eso? Podemos curarlo juntos.

—El cirujano jamás lo permitirá —aclaró la enfermera.

—Hay que adaptarse a las creencias de la gente —defendí, y miré al enfermero—. Díselo.

El hombre miró a su mujer. La mujer asintió. El sujeto dijo que sí. Era una de las pocas palabras que sabía en suajili.

—Ya entendí —dije al enfermero—. ¿En cuánto podría traer al chamán? —consulté.

—Dice que en siete horas. Están un poco lejos. Me explicó que acabaron aquí porque andaban de paso y un soldado los obligó a venir.

—¿Tenemos ese tiempo? —indagué, mirando a la enfermera.

—No lo creo. Además, el cirujano se va en dos horas.

—Le propongo algo: buscaremos a un chamán más cercano, uno de su misma religión. Solo dígame cuál es.

—¿Cómo haremos eso? —susurró la enfermera.

—No quiere. Solo confía en el de su aldea —dijo el enfermero.

—¡Por favor! Su hijo está en una camilla, sufriendo. Puede morir. Le ruego que ceda en esto. Buscaremos un chamán, le permitiremos entrar en el quirófano para que cure al niño junto con el médico y se asegure de que nadie le robe su humanidad. Se lo presentaremos antes para que pueda conversar y pedirle lo que necesite. ¿Podemos hacer este acuerdo?

Lo pensó un momento. Hubo silencio. Se rompió cuando volvió a hablar en su lengua.

—Dice que sí, pero que no cederá nada más —anunció el enfermero. Respiré, aliviado. Ahora tenía otro problema: dónde encontrar un chamán.

El enfermero logró obtener el dato de cuál era la religión del hombre. Le pedí que me acompañara a la sala de espera atestada de gente.

—Grita la pregunta de si hay alguien aquí de esa religión.

—¿Qué?

—Hazlo. No sé hablar suajili, de lo contrario, lo haría yo.

Suspiró y gritó la pregunta, tal como le había solicitado. Varios alzaron la mano. Nos acercamos uno por uno y les preguntamos si eran chamanes o si conocían alguno cercano. Al fin dimos con alguien que conocía uno de una aldea que estaba a un par de kilómetros.

Regresamos con el padre del niño y le pedimos que fuera a

buscarlo. Primero se negó. Finalmente, accedió quejándose. La madre continuaba callada y cabizbaja.

—Avísenme cuando el chamán esté aquí —solicité a los enfermeros mientras me dirigía a otra sala donde acababan de hacer entrar a una mujer que necesitaba una sutura. Se había cortado la mano con un cuchillo mientras cocinaba.

En una hora, el chamán estuvo en la sala, posicionando sus manos sobre el vientre del niño mientras recitaba unas palabras y quemaba unas hierbas en un recipiente curvo de barro. El padre firmó el consentimiento para la cirugía y el niño al fin fue llevado al quirófano en compañía del hombre. Fui con ellos para explicarle la situación al cirujano. Tal como la enfermera había advertido, primero se negó a que un desconocido ingresara al quirófano. Finalmente, accedió siempre que permaneciera del otro lado del vidrio.

Recién pude regresar al camastro para descansar otro rato en la madrugada. Cerré los ojos y coloqué el antebrazo sobre los párpados para evitar la luz, que nunca se apagaba. En ese momento, recordé el sueño que había tenido hacía unas horas y cómo se había colado en él la voz de Thea. ¿Acaso sería cierto? ¿Me amaría todavía, como yo a ella? Si me había escrito en ese tiempo, jamás me enteraría, porque había tenido que colocarle un chip de Ruanda al móvil. Fue el único modo de que funcionara para comunicarme con mi familia.

Imaginé qué estaría haciendo en ese momento. Tal vez había ido a alguna fiesta. Solo deseaba que no estuviera pasando la noche en la estación de policía y que no hubiera vuelto a tocar sustancias dañinas.

Sonreí al recordar su voz incomparable, sus reacciones inesperadas, su personalidad única… Pensé en cuánto le hubiera gustado conocer las culturas que yo estaba conociendo y en cuán bien le hubiera sentado estudiar todas esas filosofías.

En caso de que el sueño fuera real en alguna dimensión, como quizás podía creer Thea, pronuncié una respuesta para mis adentros:

Yo también te amo.

49

Thea

ME SENTÉ, COMO CADA NOCHE DESPUÉS DE QUE REGRESABA DE TRABAJAR, CON una copa de vino blanco dulce y la caja que me había heredado Daisy, a ver si con un poco de alcohol en la sangre mi imaginación volaba más lejos y descubría de una vez por todas la clave para abrirla.

Tomé el anotador donde escribía posibles combinaciones que luego ingresaba en el panel numérico y el bolígrafo. Tan solo necesitaba seis cifras, pero podía alternarlas de manera infinita.

Revisé mis notas: no se me ocurrían más números, y menos algunos que solo ella y yo conociéramos. Entonces pensé en transformar palabras en cifras.

Intenté con "Daisy". Como la "d" era la cuarta letra del alfabeto, le coloqué como equivalente "4". Y así sucesivamente. El problema era que la "s" y la "y" equivalían a números dobles, y la clave final superaba los seis dígitos. Además, ¿quién no pensaría en "Daisy" si tenía que abrir la caja? No era algo que solo ella y yo conociéramos.

Pensé en su amado. Mi corazón latió con fuerza. Por alguna razón sobrenatural, tenía la intuición de que ese era el camino para hallar la combinación correcta. ¡Y el nombre tenía seis letras! Escribí:

G = 7
E = 5
O = 15
R = 18
G = 7
E = 5

Apoyé el extremo del lápiz sobre mis labios. Me sobraban dos números. Pensé en cómo podía reducir las cifras. Lo hice como en numerología, una creencia de la que yo le había hablado a Daisy en algún momento, incluso jugamos una vez a determinar su número a partir de su fecha de nacimiento.

O: 1 + 5 = 6
R: 1 + 8 = 9

De ese modo, obtuve: 756975. Seis números.

Comencé a digitarlos con una emoción especial. Si me había equivocado, esta vez me sentiría muy defraudada. Mi intuición me enviaba señales de todos los colores diciéndome de que estaba en lo correcto.

Cuando escuché el *clac* que anunciaba la apertura, casi grité de felicidad. Me había costado semanas descifrar la clave; que acabara de resultar se sentía como haber encontrado un gran tesoro. Sin dudas, lo que había allí dentro lo era.

Abrí la caja despacio, saboreando el momento del mismo modo que bebía un sorbo de vino. Apoyé la copa sobre la mesa. En un pantallazo general vi varios paquetes atados con hilo. En uno había fotografías. En los demás, cartas, *tickets* de compras y tarjetas de lugares, como hoteles y restaurantes.

Comencé por las fotografías. Deshice el nudo y las recorrí una por una. Eran imágenes de Daisy con su madre y con quien supuse que sería George. Incluso hallé una de ella en los años 60, abrazada a ese hombre. Por la gente que se veía detrás, sentada en un parque, parecía un encuentro *hippie*. Estaba vestida como yo, solo que con ropa de su época: una minifalda muy corta, una blusa en pico que dejaba su vientre al descubierto y botas altas. Además, llevaba alhajas y una vincha en el cabello suelto.

Daisy siempre me había parecido muy hermosa, pero verla en plenitud me despertó una sensación única. Podía reconocer la inmensa felicidad que ella experimentaba en esos momentos a través de su mirada, y supe que nunca había sido más dichosa que cuando se encontraba con su madre o con su amor verdadero.

Mi corazón se estrujó cuando hallé una foto de Amelie en Grecia, casi en el mismo sitio donde Cam me había tomado una en la misma posición. Incluso el sol se veía detrás, al igual que en la mía. Sentí un escalofrío y muchas ganas de llorar. Tuve la certeza de que algún lazo invisible nos unía sin una explicación racional.

Recogí el primer paquete de cartas. Cada uno contaba con una nota que, supuse, eran años. El que tenía en la mano decía: "1986-1990".

Abrí el primer sobre, uno con el membrete de un hotel de París. A partir de ese momento, no pude parar de leer.

Querida Daisy, soy George. Ojalá me recuerdes. Nos conocimos hace años en un festival de rock y fuimos más que amigos por un tiempo. A veces, pareciera que fue ayer.

Espero que no tomes a mal mi atrevimiento de enviarte esta nota a través del conserje. Te vi anoche en el lobby del hotel y no pude resistirme. Un amigo en común me contó que tu esposo no te acompañó en este viaje, entonces averigüé en qué habitación te alojas para dejarte este mensaje. Yo estoy en la 326.

Me pregunto si aceptarías que nos encontráramos para ponernos al tanto de nuestras vidas. Siempre te recuerdo con mucho cariño. El tiempo que duró nuestra relación fue muy especial para mí.

Un afectuoso saludo,
George.

Querido George, claro que te recuerdo. Acepto encontrarnos para conversar un rato. ¿Te parece bien esta tarde a las siete en el bar del hotel?

Mi querida Daisy, ¡disfruté tanto nuestro encuentro! Extrañaba tu risa, tus observaciones agudas, tu perspicacia. ¿Me permites invitarte a cenar esta noche, antes de que regreses a Londres mañana por la mañana?

Vayamos a cenar, querido George. Quedo a la espera de la dirección del restaurante y el horario. No estaré en todo el día, pero puedes dejarle el mensaje al conserje o pasar una nota por debajo de mi puerta.

Fouquet's
99 Avenue des Champs-Élysées
6 p.m.

Gracias. Allí estaré.

¡Daisy, mi amor! He despertado a tu lado una vez más y todavía no puedo creerlo. Poder sentir el aroma dulce de tu cabello, la textura de tu piel aterciopelada, el sonido pausado de tu respiración... No me había dado cuenta de cuán infeliz era sin tu presencia hasta ahora que volví a tus brazos.

En este momento debes estar en un avión, de regreso a tu hogar. Mi corazón está destrozado por el miedo a no verte más.

Birmingham no está tan lejos de Londres. No sé si tú sentirás lo mismo, pero creo que la vida nos ha regalado una segunda oportunidad y no podemos desperdiciarla, como hicimos con la primera. Siento que nos pertenecemos, que mi existencia no tiene el mismo sentido si no estoy a tu lado.

Nunca es tarde para recomenzar. Te lo ruego, amor mío. Crea una casilla de correos a la que pueda enviarte cartas sin el riesgo de que tu esposo las encuentre. Luego quémalas o guárdalas en una caja de seguridad bancaria, si quieres. Yo ya tengo unas que utilizo por asuntos laborales. Transcribiré los datos para ti al pie de esta carta.

Podemos encontrarnos. Viajaré a Londres cuantas veces me

resulte posible solo con el fin de pasar algunas horas a tu lado. Piénsalo. Ojalá aceptes y me perdones por haber sido un cobarde hace años.

Con amor,

George.

¡Amado mío! Yo también fui una cobarde. Pero ya no lo seré. Claro que contrataré la casilla de correos y la caja de seguridad bancaria: no podría quemar lo que tú me escribas, lo atesoraré como a lo más preciado. Te enviaré los datos en cuanto los tenga. Ya estoy ansiosa por leer de nuevo tus palabras, y más aún por volver a verte. Me siento muy angustiada. No quiero estar aquí. Extraño tu afecto, tu calidez, tu manera de hacerme sentir amada. Prométeme que pronto volveremos a vernos.

Con amor,

Daisy.

¡Daisy, querida mía! Gracias por enviarme los datos de tu casilla de correos. He memorizado y quemado esa carta para que nadie pueda encontrarla nunca.

Eres única y especial, y pronto volveremos a vernos, te lo prometo.

¿Cómo te sienta que llegue a Londres el 16 de agosto por la mañana y me vaya el 17 por la tarde? ¿Crees que podrías arreglarlo?

Ojalá aceptes.

¡George de mi alma! Quisiera tanto poder decirte que sí, pero mi esposo jamás permitiría que pase la noche fuera de casa. No sabría qué excusa ponerle. Tú puedes mentir con cuestiones del trabajo, pero ¿yo? Dependo de él y de su voluntad en ese sentido.

¿Qué te parece si le digo que el 16 iré a tomar el té con unas amigas? Dispondríamos de toda la tarde. El domingo será más difícil que pueda escapar de la familia.

Gracias. Te amo.

Será como puedas, amor mío. Nos encontraremos en agosto. ¡No veo la hora de que llegue ese día! Ven por mí a la estación. Te esperaré allí todo el tiempo que sea necesario.

¡Mi querido! Ya estoy llorando por tu partida. Por favor, dime que volveremos a vernos pronto. Te extrañaré como a nada en este mundo.

¡Daisy, cariño! Fui tan feliz otra vez a tu lado. Todavía me parece sentir tus piernas entrelazadas con las mías, la calidez de tus entrañas devorando mi razón. Necesito más de ti, más de nosotros. Claro que pronto volveremos a vernos. Te extraño como un loco. Te amo.

Seguí leyendo. Cartas y cartas en las que se confesaban durante años su amor y su deseo, su pasión y su delirio.

Por favor, Daisy. Tienes que dejarlo. El tiempo vuela y siento que lo estamos desperdiciando.

No lo entiendes, no es tan sencillo. Ya te expliqué que no puedo separarme de él por mi hija. Moriría sin ella, así como muero sin nosotros. Pero, al menos, esta es una muerte que, de a ratos, me ofrece algo de vida. En cambio, si no volviera a ver a Josephine, el árbol que es mi ser se marchitaría.

Lo entiendo, pero ¡hasta cuándo nos someteremos a los deseos ajenos? ¿Hasta cuándo seguiremos siendo cobardes?

Tú lo hiciste primero. Yo te amaba y estaba dispuesta a defender nuestra relación a como diera lugar, pero elegiste los mandatos. Te mudaste y te casaste con otra. ¿Qué pretendías que hiciera? ¿Esperarte hasta que hacerlo también me marchitara? Por favor, George, comprende. No seas egoísta.

Te comprendo y lo que menos quiero es perderte. Esperaré todo lo que sea necesario.

Gracias. Te amo y solo quiero estar a tu lado. Pero también la amo a Josephine y sé que, si le pidiera el divorcio a Finley, él utilizaría todo su poder y sus influencias para apartarme de mi hija.
Te amo. Nos vemos pronto.

En el paquete que tenía la nota con los años más recientes encontré la última carta de George. La tinta se hallaba desvanecida en algunas partes, supuse que el papel se habría mojado con lágrimas de Daisy. Me pregunté quién le habría devuelto las cartas que ella le había enviado a él. Eso no me lo había contado. Tal vez habían sido su esposa o sus hijos cuando abrieron su caja de seguridad bancaria tras su fallecimiento, o ella tenía los datos y las había recuperado. Jamás me enteraría de cómo y por qué las tenía consigo.

¡Estoy tan feliz de que tu hija ya sea mayor de edad y de que vayas a pedirle el divorcio a tu esposo! Josephine no te odiará, ya verás. Luchar por tus deseos es el mejor ejemplo que le puedes dar como mujer

a tu hija. Seremos felices, mi vida. El tiempo no existe para el amor verdadero.

Me eché a llorar como si me hubieran arrancado el alma. Me pareció muy injusto que George muriera sin que él y Daisy pudieran, finalmente, concretar su deseo de vivir juntos.

Fue imposible no pensar en Cam. Al igual que George a Daisy, me había pedido que luchara por nuestra relación como hacía él, pero yo había sido cobarde. Lo amaba y quería estar a su lado. ¿Hasta cuándo seguiría posponiendo mis deseos por el miedo a ser como mi madre? ¿Por qué seguíamos desperdiciando valioso y preciado tiempo de vida que jamás recuperaríamos?

Debajo de la carta se hallaba el recordatorio del funeral. Y eso era todo. Ese era el final.

No podía permitir que me ocurriera lo mismo.

50

Thea

ERA UN VIERNES LLUVIOSO Y FRÍO. GRIS, COMO LA MAYORÍA DE LOS DÍAS EN Londres. Había amanecido con bruma que luego se disipó. Extrañaba el sol veraniego, mirar el cielo y sentirme una con el universo.

Mis pensamientos místicos terminaron en cuanto la secretaria del hospital psiquiátrico regresó y asentó una carpeta color café sobre el mostrador. Dejé de mirar por la ventana, llevándome en las retinas el suave vaivén de las hojas de los árboles mecidas por la lluvia.

—Esta es la historia clínica —explicó, señalando la cubierta—. También encontrará aquí la derivación al centro psiquiátrico privado que escogió y la copia de la autorización del juez.

—Gracias —respondí, apoyando las manos sobre la carpeta para hacerme con ella.

En ese momento, comencé a oír la voz de mi madre. Gritaba pidiendo que la liberaran y que la dejaran en paz. Llegó a mi lado luchando contra dos enfermeros que la escoltaban inmovilizando sus brazos. Tenía puesto un chaleco de fuerza. En cuando me vio, se puso furiosa.

—¡Todo es tu culpa! —bramó—. ¡Maldito sea el día en que naciste! ¡Me has arruinado la vida desde que supe que estaba embarazada de ti!

Los enfermeros continuaron arrastrándola en dirección a la salida. La ambulancia esperaba en la puerta.

Al mirar una vez más a la secretaria para saludarla antes de retirarme, me encontré con su mirada compasiva.

—No se angustie —sugirió—; sin dudas su madre no siente eso respecto de usted. Lo que dice es un producto de su trastorno.

Sonreí con resignación mientras apretaba la carpeta contra mi pecho.

—O quizás sea lo que siempre sintió, pero las drogas la ayudaban a callarlo. Puede que mi abuela la haya obligado a tenerme. Tal vez creía que mi madre era de esta manera por su culpa y quería redimirse criándome. Si yo salía bien, ella dormiría en paz al demostrarse a sí misma que podía hacer un buen trabajo como madre. Llegué a esa hipótesis en terapia. Por alguna razón, siento que es cierta. Además, me permite seguir amando a mi abuela y perdonar a mi madre. Gracias por todo, que tenga buen día.

Subí al taxi que me esperaba en la puerta para ir detrás de la ambulancia. Ahora que tenía dinero, había decidido internar a mi madre en el mejor lugar que pude encontrar. Por lo que me habían explicado el juez y la psiquiatra, era improbable que alguna vez saliera de la internación. Su condición constituía un peligro para sí misma y para los demás.

Abrí la carpeta y releí el diagnóstico: "Adicción a sustancias psicoactivas. Trastorno bipolar". Apreté los labios y miré hacia adelante. No tenía idea de qué había aparecido primero: si el trastorno bipolar no tratado había generado la adicción, o la adicción había dejado como resultado el trastorno bipolar. En el estado en que mi madre se encontraba, daba igual. No tenía retorno; debía acostumbrarme a que por siempre la vería en una residencia para personas con problemas mentales, insultándome o llorando, según los vaivenes emocionales violentos que padecía, antes camuflados por la heroína.

Cuando llegamos a la nueva clínica, esperé a unos metros que los enfermeros la bajaran de la ambulancia y a que la ingresaran. De ese modo, evité que me viera y que volviera a gritarme. Me acerqué a la recepción tras verlos desaparecer por un pasillo.

Hice los trámites de ingreso y recibí a cambio el mismo folleto informativo que ya me habían dado cuando había ido allí a averiguar. En él figuraban los días y horarios de visita, el currículum abreviado de los médicos que lo dirigían y las comodidades que ofrecían: habitaciones individuales, jardín interno y externo, sala de entretenimientos y talleres, entre otros servicios.

De allí me dirigí al consultorio de Edith, mi terapeuta. Por supuesto, la había escogido porque tenía más de sesenta años y me recordaba a mi abuela.

–¿Cómo estás? –preguntó del otro lado del escritorio.

–No muy bien –confesé–. Acabo de mudar a mi madre de hospital. Volvió a gritarme que le arruiné la vida y todas esas cosas que siempre dice desde que la denuncié.

—¿Y cómo te sientes al respecto?

Me encogí de hombros.

—Duele, pero estoy acostumbrada. Aunque no me gritara, me maltrató antes de muchas maneras. Hay otra cosa que me preocupa más.

—¿Quieres hablar de ello?

—Sí, claro, para eso vengo. —Respiré hondo—. Tengo miedo de ser como ella. No me refiero a lo mismo de antes, es decir, a convertirme en una adicta, sino a padecer el mismo trastorno bipolar.

—¿Por qué piensas eso? —indagó con el ceño fruncido.

—Yo también tengo momentos en los que me siento demasiado excitada y activa, y otros en los que quisiera desaparecer. Mi mente es un caos, me tienta lo prohibido… y es una condición que puede heredarse.

Sus ojos entrecerrados hablaron antes que su boca.

—¿Me parece a mí o estuviste buscando en Google?

Reí, bajando la mirada.

—Un poco —confesé.

Dejó escapar el aire de forma ruidosa, contribuyendo más con mi tentación de seguir riendo.

—Thea, lo que describiste no es más que una persona común y silvestre. Si no experimentaras emociones, serías una psicópata.

—¿Y mis expresiones exageradas?

—¿A qué te refieres?

—Digo las cosas tal y como se me vienen a la cabeza.

—Eres honesta y transparente.

—Me gusta transgredir los límites.

—Como a todos. ¿Por qué crees que los municipios se hacen ricos gracias a las multas?

—Hago todo de manera muy exagerada y grandilocuente.

—Porque eres una persona pasional que desborda de energía.

—Tengo un grave problema para seguir las reglas.

—Eres original y creativa. Y, ¡vamos! Las dos sabemos que, cuando te conviene, te las ingenias para adaptarte a las normas.

Suspiré de nuevo, agotada por el enfrentamiento. Era imposible ganarle, siempre tenía un argumento.

—¿De verdad no crees que pueda padecer el mismo trastorno que mi madre? —pregunté, resignada.

—¿Quieres saber qué pienso? —contestó.

—También vengo para eso —dije.

Edith apoyó las manos con los dedos entrelazados sobre el escritorio.

—Creo que sigues buscando excusas para no hacer lo que deseas.

—Siempre hice lo que quise, nadie pudo detenerme nunca.

—Excepto tú misma —replicó, alzando el dedo índice.

Se produjo un instante de silencio. Tragué con fuerza y volví a bajar la cabeza.

—Me rindo. Tú eres la experta. Si dices que no estoy loca, no estoy loca. Después de todo, es tu matrícula la que está en juego, no la mía. No tengo una.

Se echó a reír.

—¿Entonces? En la sesión pasada me dijiste que las cartas de Daisy te habían hecho pensar en tu relación con Cam. Que lo extrañabas más que nunca, que le enviarías un mensaje para encontrarse y mil cosas "exageradas y grandilocuentes" más. ¿Lo hiciste? —Me quedé en silencio—. ¿Lo hiciste? —repitió, mirándome por sobre sus gafas de marco oscuro.

—No. Pero lo haré hoy.

—Excelente. Ojalá que la próxima sesión se trate de un encuentro sexual furioso.

Después de otro rato más removiendo mierda de mi pasado y su impacto en mi presente, salí del consultorio y respiré el aire limpio que había dejado la mañana de lluvia.

Miré la hora en el móvil: tenía que ir a la oficina. Todos sabían que los viernes llegaba más tarde, sin embargo, estábamos trabajando mucho en el desfile y tenía que ocuparme de eso el mayor tiempo posible.

La voz de Edith resonó en mi mente: "excusas". Tenía razón; era hora de dejarlas atrás y atreverme a fluir con Cam.

Pensé en cómo retomar nuestra relación. Si yo era "exagerada y grandilocuente", no podía tan solo enviarle un mensaje por el móvil. Además, siendo "original y creativa", no iba a repetirme dejándole una nota debajo de la puerta.

Volví a mirar la hora. Conocía su itinerario: en cuarenta minutos terminaba las clases de la mañana y tenía tiempo libre para el almuerzo. Se me ocurrió ir a la universidad, averiguar dónde se hallaban los estudiantes de tercer año de Medicina en ese momento y esperarlo allí.

Pedí un taxi y fui hasta el edificio. Me llevé la sorpresa de que, para entrar, se necesitaba una tarjeta como en las oficinas de la empresa. ¿Qué manía tenía la gente con la seguridad?

—Disculpa, no puedo encontrar mi tarjeta —dije a una chica que justo estaba entrando—. ¿Te molestaría…?

—Claro —contestó antes de que terminara la frase, y pasó su tarjeta por mí.

Le sonreí como agradecimiento y me alejé antes de que se diera cuenta de que no tenía la menor idea de hacia dónde ir.

Detuve a otro estudiante en un pasillo y le pregunté si sabía dónde podía encontrar a los estudiantes de tercer año de Medicina. Contestó que no tenía idea, porque era su primer año y solo conocía a sus compañeros. Me despedí del novato agradeciéndole de todos modos y le hice la misma pregunta a otro. Por suerte, supo informarme.

Llegué a la puerta del aula siguiendo algunos carteles. Consulté la hora de nuevo: faltaban diez minutos para que terminara la clase.

Recién entonces sentí que mi estómago se cerraba, producto de los nervios mezclados con una emoción genuina y pura. Apreté las manos al percibir que, en cualquier momento, comenzaría a temblar; nunca había sentido tanta ilusión de reencontrarme con alguien.

Cuando la puerta se abrió, comencé a contener mi deseo de abalanzarme sobre Cam y abrazarlo ni bien lo viera aparecer. Eso era lo que me nacía hacer, sin embargo, debía respetar sus tiempos así como él había respetado los míos. Además, no podía arrojarme a sus brazos delante de sus compañeros, obligándolo a evidenciar algo que, quizás, deseaba mantener en su intimidad.

Mis emociones empezaron a aplacarse cuando vi que terminaban de salir los últimos estudiantes y él no había aparecido. Era muy extraño, jamás se perdería una clase, excepto que hubiera ocurrido algo importante o que me hubieran indicado mal el aula. Consideré que eso era lo más probable, así que ideé otro plan.

Me dirigí al comedor y lo busqué con la mirada. Como no lo encontré, hice una recorrida con intención de hallar a cualquier estudiante que hubiera visto salir por esa puerta. Encontré a uno en una mesa; me resultó fácil reconocerlo porque había llamado mi atención en el pasillo. Me agradaba su estilo: tenía el cabello y la barba de color rubio rojizo, una camisa a cuadros haciendo juego, jeans y una gorra de lana negra.

—Disculpa —dije. Alzó la cabeza y me miró en lugar de a su sándwich de atún—. ¿Cómo estás? ¿Por casualidad acabas de salir de una asignatura de tercer año de Medicina?

—Sí. ¿Nos conocemos? —Por su acento, deduje que sería escocés. Descarté la opción de que me hubieran indicado mal.

—No. Pero me preguntaba si conoces a Camden Andrews.

—Sí, hemos hecho un par de trabajos juntos.

—¿No cursa contigo los viernes?

—Lo hacía antes, pero ya no.

Sentí mucho miedo y angustia. Se me cortó la respiración. Si le había ocurrido algo malo, como al amante de Daisy, moriría.

—¿Ya... no? —repetí.

—Se fue como voluntario a Ruanda por unos meses, así que perdió el año. Sé que está usando un número de móvil local; parece que el de aquí no estaba funcionando. Yo no lo tengo, pero puedo intentar conseguirlo para ti si lo necesitas.

Experimenté muchos sentimientos al mismo tiempo: alivio, admiración, orgullo... Se me escaparon en una sonrisa. No quería su número. Quería que tuviera la experiencia más extraordinaria de su vida, una para la que necesitaba estar solo, como yo con las mías.

—No, está bien, gracias —contesté—. Buen provecho.

Regresé a un taxi sin Cam, aunque con una sensación muy distinta. Me inundaba la felicidad de saber que él estaba recorriendo el camino que siempre había anhelado, como yo uno que ni siquiera había soñado. Solo esperaba que, cuando regresara, el mío y el suyo volvieran a encontrarse. Lo intentaría con todas mis fuerzas, porque nunca había querido tanto algo en toda mi vida.

51

Thea

Desperté de golpe, sintiendo escalofríos.

No era un sueño, lo sabía, aunque si se lo hubiera contado a mi terapeuta, ella habría insistido en que sí. En algunos libros lo llamaban "viaje astral"; en otros, "experiencia extracorporal". No era la primera vez que me sucedía, pero sí la única en varios años.

La última había sido a mis catorce o quince. Por aquel entonces, había visto personas que, según mi parecer, estaban muertas. Me costó salir de ese trance. En cuanto lo logré, hui a la habitación de mi abuela para que me socorriera.

Esta vez, nada fue atemorizante. Vi mi forma física, pero en realidad se trataba de mi alma. Estaba en la cabaña de los abuelos de Cam, mirando por la ventana, aguardando su regreso.

No era casualidad que mi energía se hubiera trasladado allí. Me esperaba un día desafiante.

Me dirigí a la oficina como todas las semanas. Esa mañana terminamos de realizar algunos arreglos para el desfile y por la tarde hicimos la última prueba de vestuario. Le seguían dos ensayos.

Salí una hora antes de lo acostumbrado para alcanzar a hacer todo lo que tenía planeado. Primero pasé por la que había sido mi casa para terminar de empacar algunas pertenencias de mi madre. Reuní lo que, a mi parecer, era más preciado para ella y lo separé para llevárselo a la residencia. Puse el resto en cajas para acopiar. Alcancé a cerrarlas justo cuando pasó el camión que las llevaría al depósito de alquiler.

Salí del edificio llevándome conmigo la caja para mi madre. Fui a la esquina, donde sabía que podía encontrar a Jim.

—¡Ey! ¿Cómo estás? —pregunté, aunque supiera que no respondería—. ¿Estás pasando las noches en algún refugio? De todos modos, hace frío aquí aun cuando es de día. Tu ropa está mojada, enfermarás si continúas en el exterior cada vez que llueve. ¿Qué dices si te presto un lugar donde vivir? —Alzó la cabeza de golpe—. Puedes llevar a otros amigos que estén en situación de calle también, pero no quiero problemas. Ante la primera queja que reciba de ustedes, llamaré a la policía. ¿Está claro? —Negó con la cabeza—. ¡Ah, no te preocupes! Sé que eres una buena persona, confío en ti. —Volvió a moverla de un lado al otro como un niño—. Jim... ¿Está bien si te llamo Jim? Nunca me has dicho tu nombre. ¿Por qué no quieres vivir en un apartamento? No tienes que estar en la calle. Tampoco tendrás que pagarme. ¿Confías en mí como yo en ti?

Permaneció en su eterno silencio, mirándome mientras hacía un gesto con la boca. Al fin se levantó y recogió su manta, una bolsa y una caja que estaba a su espalda. Me sorprendió ver en ella a un cachorro color café claro.

—¡Ay, qué lindo! —exclamé—. ¿Desde cuándo tienes un perro? ¿Le pusiste un nombre?

Por supuesto, tampoco respondió.

Me acompañó hasta el condominio. Justo en ese momento, Albie salía. Le presenté a Jim y le avisé que ocuparía mi apartamento. Albie me preguntó dónde me había mudado. Solo le contesté "al centro". No quería que cualquiera de ellos supiera dónde encontrarme, así hubiéramos sido buenos vecinos.

Le mostré la casa a Jim y le dije que podía dormir en mi cuarto o en el de mi madre. Si bien continuaba en silencio, en sus ojos noté curiosidad, agradecimiento y algo de miedo.

—Mi madre no volverá a vivir aquí. Tampoco yo. Tú cuidarás de este lugar —expliqué, entendiendo la intriga que le producía esa situación inédita—. Oye, nunca te lo he preguntado para no ser entrometida, pero de verdad me interesa saber por qué no hablas, cómo te llamas... conocer algo de ti.

Hizo un gesto con la mano. Entendí que se refería a escribir.

No tenía papel, pero recordé que había un cartón blanco en la alacena para cubrir un mueble corroído. Me hice con él y se lo ofrecí junto con un lápiz delineador que llevaba en mi bolso.

Escribió solo algunas palabras con letra de niño: "Hugo", "quince", "papá", "cuchillo", "escape", "calle". Lo miré después de leer y él abrió la boca. Entonces, pude ver su lengua muy corta.

Se me heló la sangre. Las palabras se unieron en mi mente con un hilo invisible y sentí mucho dolor.

—¿Entonces te llamas Hugo? Tu padre te cortó la lengua a los quince años, entonces escapaste y comenzaste a vivir en las calles —resumí. Asintió—. Lo siento mucho.

Aunque se encogió de hombros como si nada de eso importara ya, igual lo abracé. Por alguna razón, ya no tenía dudas de que tenía algún tipo de retraso mental. Pensé que, quizás, eso había sido lo que su padre no podía aceptar y por lo cual lo había lastimado. Tal vez, hacía mucho tiempo, había hablado demasiado, y quien debía amarlo lo había mutilado. Jamás entendería cómo podía existir gente tan cruel.

Lo dejé al cuidado de la casa. No quería que alguien la usurpara, tampoco deshacerme de ella. Después de todo, mi abuela había vivido allí, y muchos recuerdos me unían a ese sitio lleno de dolor, pero también de su energía.

Me dirigí en taxi a mi apartamento. Cuando entré, por fin sentí que volvía a respirar; fue como pasar de la completa oscuridad a la luz de una mañana veraniega. Dejé la caja que era para mi madre y volví a salir; le había pedido al taxista que aguardara por mí.

Miré la hora en el móvil mientras nos trasladábamos: justo a tiempo. Había calculado todo para llegar a la casa de Cam cuando sus padres ya estuvieran allí. Conocía sus horarios gracias a él.

Al bajar me puse muy nerviosa. El taxista se fue antes de que me atreviera a tocar el timbre. Respiré hondo y acerqué mi mano despacio. Lo apreté muy rápido antes de arrepentirme.

Tardaron tanto en aparecer que, por un instante, creí que no se encontraban en la vivienda. Su madre me tomó por sorpresa cuando abrió la puerta sin preguntar quién se hallaba del otro lado. Sus ojos evidenciaron que tampoco esperaba encontrarme allí.

—Hola —dije.

—Hola. Cam no está aquí.

—Lo sé. No vine a hablar con él, sino con ustedes. ¿Está su esposo en casa? ¿Puedo pasar?

No hacía falta tener poderes para percibir que su asombro creció. Era tan grande que le demandó un momento responder.

—Claro —dijo finalmente, y me franqueó la entrada.

Me metí en la casa con la sensación de que, a mi espalda, me miraba de arriba abajo, como solía hacer. Tal vez mis botas de tacón, mi jean estampado roto y mi abrigo largo multicolor le llamaban la atención. Estaban hechos para eso, así que no me molestó.

Me detuve delante de las escaleras mientras oía que cerraba la puerta. Recordé la primera mañana que las había bajado, el aroma del desayuno que preparaba Cam proviniendo de la cocina, su voz y su bondad. El eco de su mirada me provocó cosquillas en el estómago y un destello de la primera vez que hicimos el amor me sonrojó las mejillas.

—Thea.

La voz de Iris me devolvió a la realidad. Giré sobre los talones y sonreí, intentando fingir que no estaba pensando en su hijo y yo teniendo sexo.

La seguí a la sala. Reuben se hallaba en el sofá en el que alguna vez lo había imaginado mirando televisión.

Se sorprendió tanto como su esposa al verme. Su posición relajada cambió de inmediato: bajó los pies de la mesita e irguió la espalda.

—Thea… —murmuró—. ¿Cómo está tu garganta?

Me hizo reír.

—Bien, gracias a usted —contesté.

—Me alegra eso. Supongo que lo sabes: Cam…

—Lo sabe —intervino Iris—. Dijo que quiere hablar con nosotros. ¿Preparo té?

—No hace falta, gracias. Solo será un momento —respondí.

Ella se sentó junto a su marido mientras él apagaba el televisor. Me ubiqué frente a ellos, del otro lado de la mesita, y respiré hondo apretándome los dedos de una mano con la otra.

—Bueno… Solo quiero que sepan que siempre me importó una mierda lo que piense la gente. —Apreté los labios—. Finjan que no han oído la grosería. No era así como tenía planeado comenzar esta conversación. Lo que quiero decir en realidad es que no me importa lo que ustedes piensen de mí o de la relación que Cam y yo tenemos. Sin embargo, ustedes son muy importantes para él, entonces, también lo son para mí.

»Quiero que sepan que lo amo. Lo amo mucho. Es el mejor chico que he conocido. Tan inteligente, generoso y valiente… Nuestra relación es una de las mejores cosas que me han pasado en la vida, y no la soltaré con tanta facilidad. Por eso, también quiero advertirles que, cuando él regrese, intentaré recomponer lo nuestro. Lo intentaré con todo lo que tengo, que es mucho y de toda clase. Solo me detendré si él me dice que ya no quiere saber nada de mí. Así que, aunque no les agrade, si Cam me sigue amando, esta es la nuera que les espera. Sería bueno que intentáramos llevarnos bien por él.

»Les prometo que no soy tan desastrosa como parece. Ya resolví el mayor problema que tenía, estoy yendo a terapia y creo que poseo cualidades que a su hijo le hacen bien, aunque a veces pueda ser un poco extravagante. Ah, y además conseguí lo que se podría considerar un buen trabajo. Yo no lo veo así, pero es esa clase de actividades que a la sociedad le gustan porque con ellas se puede hacer mucho dinero. Y no es la prostitución —bromeé. Apreté los labios de nuevo al sentir que había metido la pata una vez más—. Olviden que dije eso último, por favor.

—Está bien —intervino Reuben—. Nos dimos cuenta de que lo que Cam y tú tenían iba en serio hace mucho. Estábamos trabajando para aceptar que sus decisiones no tienen por qué ser las nuestras, y aunque no podemos negar que eres un misterio para nosotros, no experimentamos ningún sentimiento en tu contra. Esto no es *Romeo y Julieta;* no nos opondremos a su relación ni nada similar.

—Creo que su viaje a Ruanda aceleró ese proceso de aceptación. Solo esperamos que sea feliz —acotó Iris—. Discúlpame por lo que me oíste decir la mañana que te encontramos con Cam. Me extralimité. No quiero que pienses que siempre soy así.

Tragué con fuerza, incapaz de creer lo que oía. Sentí que el tiempo se detuvo por un instante; una energía profunda nos unió por un momento.

—Gracias —susurré.

—Entonces, Thea, ¿a qué te dedicas? —consultó Reuben.

—Hago ropa —respondí, bastante más tranquila. Lo más difícil ya había pasado, y había resultado mucho mejor de lo que esperaba.

—Cam nos contó que lo hacías. ¿Decidiste iniciar un emprendimiento?

—A decir verdad, no. Soy la directora creativa de una marca bastante reconocida. De hecho, el suéter que Iris lleva puesto es nuestro. No es de mi colección, por supuesto, sino de hace dos años. Me parece ropa muy aburrida. —Me mordí la lengua y miré a la madre de Cam—. No quise decir que usted lo sea porque la use. Eh... Lo siento, mejor ignoren eso también —supliqué.

Por ocuparme de pensar en lo que podían tomar a mal de lo que yo decía, no me di cuenta de que la mirada de Iris se había convertido en una mezcla de confusión y asombro.

—Es un suéter de Amelie Lloyd —contestó.

—Ajá.

—¿Estás diciendo que tú eres la directora creativa de esa marca?

—Sí, por decreto. —Reí—. Presentamos mi colección en una semana. Espero que todo salga bien o tendré que renunciar. Sería el único modo en que podrían deshacerse de mí. Pero yo no sería capaz de seguir adelante si le fallara a una persona tan importante para mí.

—¿A quién te refieres?

—A Daisy, la abuela que cuidaba. Ella me dio ese puesto.

—¿Tú cuidabas a Daisy?

Su confusión se trasladó a mí.

—¿Por qué hablas como si la conocieras? —pregunté.

—Son mis clientes. Llevo su cuenta en la agencia de marketing para la que trabajo desde hace años.

Fue como si un rayo de luz me atravesara y, de pronto, todas las piezas del rompecabezas encajaran en un juego mágico, el juego del destino. Sentí que la energía fluía de nuevo; tenía que existir una razón más allá de la realidad sensible por la que confluíamos todos en un mismo punto.

—¡Qué espectacular coincidencia! —exclamó Reuben—. Y qué bueno que hayas conseguido ese puesto, Thea.

—Sí… —dije, un poco ausente.

—Nunca te mencionaron. Suena injusto o, al menos, extraño —comentó ella.

—No viniendo de Fletcher —reconocí—. Iris, ¿ustedes manejan las redes sociales de la marca y las campañas publicitarias?

—La marca propone ideas y la empresa para la que trabajo las concreta.

Asentí, dejando escapar el aire despacio.

—Me había resignado a que no podría hacer la campaña que deseaba, pero me parece que juntas podríamos cambiar eso. Tú podrías ayudarme.

—No entiendo —confesó ella. Respiré hondo, esforzándome para ordenar la enorme cantidad de ideas que fluían por mi mente como una catarata.

—Necesito generar una campaña de intriga antes del desfile. Una muy distinta de las que venían haciendo hasta ahora. Si yo te transmitiera mis ideas, ¿podrías llevarlas a la acción?

—Me temo que no es tan fácil. No es el área de diseño la que se comunica conmigo, sino marketing bajo las órdenes del sector comercial.

—Lo sé. Pero Fletcher jamás aprobaría mi pedido. Por otra parte, Josephine está sobrepasada y se negó a hablar del tema. Tendríamos que pasar por sobre las órdenes de él.

—No puedo hacerlo. Perdería mi trabajo si Fletcher se quejara.

—Me haré cargo de eso.

—¿Cómo sé que lo que dices es cierto? No es que desconfíe de tu palabra, pero sigue resultándome muy extraño que jamás te hayan mencionado. La incorporación de una nueva directora creativa suele ser un asunto que aparece en las revistas de moda, páginas de internet y hasta en los medios masivos de comunicación, si la marca es muy famosa.

—¿Quieres ver mis registros del gobierno o mi cuenta bancaria? Así podrías comprobar que recibo un porcentaje de sus ganancias. No estoy contratada; por lo que Daisy dejó escrito en su testamento, soy una especie de heredera y socia que debe ocupar ese puesto.

—No hace falta. No quiero decir que no te crea, es solo una observación. —Suspiró; se notaba que se sentía entre el deseo y las obligaciones—. Hagamos esto: muéstrame tus ideas. Si me convencen, las ejecutaré aunque corra riesgos. Utilizaré el presupuesto que ya habilitaron para la campaña original, solo reemplazaré la comunicación. Será una manera de colaborar también con mi hijo y de disculparme contigo por lo que pensé alguna vez. Como tú mencionaste: si nosotros le importamos a él, te importamos a ti. Entonces, si a él le importas tú, sería injusto que no sintiéramos lo mismo.

Permanecí un instante en silencio; esa mujer no tenía idea de cuánto necesitaba que ella confiara en mí. Jamás creí que entablar una relación con los padres de Cam sería tan fácil si solo bajaba la guardia y era sincera.

—Gracias —respondí—. ¿Podrías darme un correo al que enviarte mi propuesta?

—Claro.

Se levantó, se dirigió a un mueble y regresó con una tarjeta personal. La guardé en el bolsillo con el móvil. En ese momento, la hermanita de Cam apareció preguntando si la comida ya estaba lista. Calló en cuanto me vio.

—Evie, acércate —le pidió su madre. La niña obedeció. Era tan parecida a Cam que no pude ocultar la ternura que me despertó—. ¿Sabes quién es ella? —preguntó, señalándome.

—Claro. Es Thea, la novia de Cam. Tiene una fotografía con ella en su habitación con un papel que dice "te amo" y un corazón. —Me hizo reír, avergonzada aun cuando creía que nada podía hacerme sentir así—. Me encanta tu pelo.

—Gracias —respondí—. Y a mí el tuyo.

—Y este brazalete. —Tocó una de los tantos que llevaba puestos. Era dorado y tenía forma de trenza.

—Te lo regalo —dije, quitándomelo.

—¡Gracias! —exclamó ella, entusiasmada.

—Evie, no —solicitó su madre. La miré.

—¿No quieres que lo tenga? —consulté, interrumpiendo mis movimientos.

—No es de buena educación que acepte algo que le pertenece a otra persona solo porque le gusta y se lo ofrecen.

—¡Ah! —exclamé, y me encogí de hombros antes de continuar quitándomelo—. No hay problema, tengo muchos. Los hago yo.

Se lo entregué a la niña y ella se lo puso enseguida con una alegría transparente y genuina.

—¿Te quedas a cenar? —preguntó.

—No lo creo.

—No hay problema. Puedes quedarte si Evie te invita —acotó Reuben, apoyando un brazo sobre los hombros de su esposa.

—No, gracias. Tengo que trabajar hasta tarde —dije, y me levanté.

Mientras la niña se acercaba a su padre y me saludaba con la mano, Iris se puso de pie y me escoltó a la salida.

Bajé un escalón y me di la vuelta para mirarla. Apoyé una mano en el marco de la puerta, bajé la cabeza a la vez que me humedecía los labios y volví a buscar sus ojos.

—Por favor, no le digan a Cam que estuve aquí ni permitan que lo haga su hija.

—¿Por qué no? —consultó con el ceño fruncido.

—Está viviendo *su* momento. No sería justo que yo interfiriera de alguna manera.

—Estoy segura de que le haría bien saber de ti.

—No aún.

Nos contemplamos un instante en silencio.

—Está bien, respetaré tu decisión aunque no esté de acuerdo —aceptó finalmente. Entonces, sí había aprendido la lección. No tuve dudas de que su alma había evolucionado mucho en esta vida—. Espero tus ideas.

Asentí con una sonrisa y terminé de bajar frente a ella. Cuando giré para caminar por la acera, todavía me miraba.

Ya estaba oscuro y bastante fresco. Sin embargo, sentí que un torrente de luz cálida manaba de mi interior. Miré el cielo y pensé en la palabra "gracias". Se la dediqué a quien sea que la escuchara: Dios, el universo, mis abuelas… No importaba. Todos éramos uno.

52

Thea

No podía distraerme. Tenía que terminar mi presentación para Iris y seguir trabajando en el desfile. Sin embargo, mi nueva guitarra me pedía que la tocara y por primera vez en mucho tiempo, tenía ganas de componer una canción. Curiosamente, no se me ocurrían versos oscuros o tristes, sino una letra llena de amor y de luz.

Enfócate, pensé. *No puedes hacer tantas cosas al mismo tiempo.*

Fue inútil. Cuando la inspiración aparecía, no había más opción que dejarla fluir.

Me senté en el suelo de la sala, tomé entre los brazos mi preciosa beba roja y la afiné. Toqué algunos acordes. Escribí la letra que se me ocurrió en el teléfono para no perder el tiempo buscando papel y lápiz.

D   Dsus4
I imagine us
      D
Full of light
        Dsus2
No more blue
       D   Dsus4 D Dsus2
Now white
 	
D   Dsus4
I know we are
          D
Dreaming out loud
           Dsus2
The day we meet again
          D   Dsus4 D Dsus2
We'll finally shine
 	
        G
Like the wind or the stars
Paradise is reachable
Something we can touch
 	
           D   A
I'm waiting for you to come back
  G
To discover ourselves one more time
      D   A
Your soul undressed itself
         G
So amazing is your truth
           A
That outshines the sad past
	D Dsus4
	Nos imagino
	      D
	Llenos de luz
	        Dsus2
	No más azul / no más tristeza
	       D Dsus4 D Dsus2
	Ahora blanco
	
	D Dsus4
	Sé que estamos
	         D
	Soñando en voz alta
	          Dsus2
	El día que nos reencontremos
	         D Dsus4 D Dsus2
	Finalmente brillaremos
	
	        G
	Como el viento o las estrellas
	El paraíso es alcanzable
	Algo que podemos tocar
	
	        D A
	Estoy esperando que regreses
	  G
	Para descubrirnos una vez más
	    D A
	Tu alma se desnudó
	              G
	Tan asombrosa es tu verdad
	        A
	Que eclipsa el triste pasado

G *Let the future come* D *Yes, my love… Let the future come* *Dsus4 D Dsus2 D*	G Deja que el futuro venga D Sí, mi amor… Deja que el futuro venga Dsus4 D Dsus2 D

Por hacer una parte de la canción y terminar mi presentación para Iris, no dormí en toda la noche. Se la envié a las seis de la mañana junto con mi número de teléfono, antes de darme una ducha y desayunar para ir a la oficina.

Como estábamos muy atrasados, no miré el móvil hasta que se hizo la hora de irnos. Josephine no quería que nuestros diseños salieran del edificio antes de tiempo, ni como ilustración ni como prenda. Sin embargo, desobedecí la regla para terminar de hacer mis pantalones versátiles en casa, así adelantábamos algo de trabajo.

Quedamos con Ivy que me ayudaría a colocar botones de clip cuando se liberara de la cafetería. Sin embargo, mis planes cambiaron ante un mensaje de Iris.

> Hola, Thea. Estuve analizando tu idea. Entiendo que tenemos muy poco tiempo para ejecutar lo que se me ocurrió a partir de ella. ¿Crees que podríamos reunirnos ahora?

Entonces… ¿Ella aprobaba mi propuesta, aun a pesar de Fletcher? Le avisé a Ivy que no fuera a mi apartamento y me dirigí a lo de Cam.

Iris y yo nos sentamos en el desayunador con su notebook.

—Si bien me cuesta un poco entender todas estas cuestiones de género que se han puesto sobre el tapete en el último tiempo, creo que tu idea es magnífica. Novedosa y actual, el vuelco que la marca necesita —dijo—. Nunca había visto ropa como esta, y mira que he visto mucha. Es… única. Como tú.

Me cubrí la boca para reír de la emoción.

—Gracias. Ahora muéstrame lo tuyo.

Abrió un archivo.

—Disculpa la desorganización. Por lo general, cuento con más tiempo para preparar una muestra para mis clientes.

—Si esto te parece descuidado, no querrás ver mis apuntes —bromeé ante los cuadrados perfectos que se mostraban en la pantalla.

—Así quedarían las publicaciones de las redes sociales de la marca para generar intriga. Una por día hasta el desfile. Entonces, las inundaremos de lo nuevo.

Me acerqué para analizarlas mejor. La simpleza de las piezas me transmitió a la vez su complejidad. No eran más que cuadrados de colores sólidos fuertes, uno distinto para cada día, con una frase y el logo de la marca. La primera imagen era amarilla y contaba con la leyenda: "Prepárate para redefinir tu verano". La segunda era roja: "Dile 'hola' a lo nuevo". Y así seis más, incluyendo las que tenían forma larga para historias en lugar de cuadrada.

Me mordí el labio, sonriendo.

—El concepto de diversidad y el llamado de atención están en los colores —analicé en voz alta, señalando la pantalla—. Luego transformaste los adjetivos que te di en frases: disruptiva, original, novedosa… Es una campaña perfecta. ¡Ya quiero ver las reacciones de las personas!

—Para la próxima, deberíamos hacer videos; están de moda. ¿Subimos la primera ahora?

Tragué con fuerza.

—No lo sé. Tú conoces mejor el horario en el que conseguiríamos más vistas.

—Ante un contenido tan distinto de lo que veníamos publicando, creo que podemos subirlo a cualquier hora. Si te fijas, las placas del último año…

—Utilizan colores pasteles tenues, tipografías delicadas y un estilo *vintage* elegante. Lo sé, las analicé antes de aceptar el puesto. Estas, en cambio, son fuertes, pesadas y con un estilo joven. Todo lo contrario de lo que venían mostrando. ¿Estás segura de que quieres hacerlo?

—¿Lo preguntas por Fletcher? —Asentí—. Dijiste que te ocuparías de eso.

—Lo haré.

—Entonces está bien. Thea: analicé lo que me enviaste de manera minuciosa y crítica, buscando sus puntos débiles antes que lo positivo. No encontré algo que realmente me impida creer que tendrás éxito. Prepárate, creo que te has olvidado de un adjetivo: esto será "explosivo". ¿Estás lista para eso?

—Estoy lista para que Daisy vuelva a ver brillar la creación de su madre. Entonces, si estás convencida, ¡hagámoslo!

Abrió un programa del ordenador que yo desconocía, hizo un par de *clics* y en menos de lo que esperaba, la publicación ya era visible en las redes sociales de la marca.

Comenzaron a llegar "me gusta" y comentarios enseguida. Iris estuvo a punto de abrirlos, pero la detuve tomándola de la muñeca.

—Prefiero no enterarme o me pondré muy nerviosa —confesé.

Me miró con ternura.

—Hablé con Cam hoy —soltó de repente—. Dice que extraña mucho a Lucky.

—Sí, ama al perro —respondí, riendo.

—Sería bueno decirle que estás aquí.

—Me prometiste que...

—Cumpliré. Pero me duele tener que ocultarle algo tan importante para él.

—Es por su bien.

—También me duele impedirle hablar del tema con libertad a mi hija.

—Depende de cómo se lo pidas. Es una niña; si le dices que se trata de una sorpresa para Cam con tono de felicidad, cumplirá sin que le suene dramático.

—¿De eso se trata? ¿De una sorpresa?

Suspiré, encogiéndome de hombros.

—No lo sé. Depende de cómo lo tome Cam.

—¿Y si te doy su número de Ruanda? No está usando el de aquí porque casi no funcionaba.

—No lo quiero. Es su momento, no voy a robármelo. Estoy segura de que no me necesita ahí. Él sabe que lo amo, estará bien.

—¿Y tú estás bien?

—Sí. Será todavía mejor cuando podamos compartir nuestros logros, pero estoy perfecta. Por cierto, les haré llegar una invitación para el desfile del sábado. Ojalá puedan asistir.

—Lo haremos con gusto.

—Y ante cualquier acción de Fletcher, diles que yo te di la orden. No quiero que esto se transforme en un problema para ti.

—Sabiendo que eres intocable, lo haré. De todos modos, asumo los riesgos. Aunque mis superiores se enojen conmigo por las protestas de Fletcher, cuando vean lo bien que te fue, dejarán de molestarme.

—¿Nunca una felicitación, eh?

—Así son los jefes.

—Por eso no me agradan.

—Es curioso, porque tú eres una ahora.

—Yo no me siento así. Prefiero esto. Me odiaría y estoy bien amándome. —Me levanté del taburete y recogí mi abrigo del que se hallaba al lado—. No quiero robarte más tiempo. Por favor, si ves que las reacciones a la campaña son muy negativas, avísame. No quiero ponerme nerviosa, pero tampoco pasar por estúpida.

—Eso no ocurrirá, pero si así fuera, te avisaré. Por cierto, puedo gestionar también el anuncio de tu incorporación a la marca como directora creativa. Es injusto e inusual que no se haya hecho.

—No hace falta, no necesito ningún tipo de crédito.

—Pero son tus ideas, ¡tus creaciones!

—Lo mencionarán en el desfile, supongo, para no hacerse cargo de lo que creen que será un desastre.

Me observó con compasión, pero también con una extraña confianza. En ese momento, me recordó mucho a su hijo, y lo extrañé más que antes.

—Cuando triunfes, tendrán que guardarse sus creencias en el bolsillo —afirmó, mirándome como solían hacerlo las madres—. Me gustaría que vinieras a nuestra casa con más tiempo cuando pase el desfile y estés menos ocupada. Te esperamos cuando quieras.

Le prometí que lo haría, le di las gracias una vez más y me fui.

A la mañana siguiente, ni bien entré al edificio, uno de los guardias de seguridad me indicó que Josephine había pedido hablar conmigo de inmediato.

Acudí a su oficina, adivinando de qué se trataba.

—Fletcher me dijo que la empresa de marketing que contratamos hace años lanzó anoche una campaña que el sector comercial nunca autorizó. Cuando llamamos a nuestra agente, ella nos explicó que le había llegado un correo electrónico desde una dirección nuestra solicitando el cambio urgente de imagen. Ni siquiera necesité que Fletcher me dijera a quién le pertenecía esa cuenta desde la que se impartió esa información. Lo que no termino de entender es por qué ella obedeció sin pedirnos una reunión para verificar la información. ¿Y si se trataba de una cuenta falsa o de una intrusión?

—Te lo hubiera consultado, pero me dijiste que estabas saturada de trabajo y que lo hablara con Fletcher. Las dos sabemos muy bien por qué jamás volveré a dirigirle la palabra a ese cretino —contesté.

—¡No puedes dar una orden tan importante por tu cuenta! Los cambios de imagen corporativa deben ser aprobados por el directorio.

—Entonces no me hubieras dicho que no tenías tiempo para hablarlo.

—Tienes que entender que esta marca no te pertenece, que estamos aterrados de que nos lleves a la ruina.

—¿"Estamos" o estás?

Suspiró, pasándose una mano por el pelo. Nunca la había visto tan nerviosa.

—¡Eres imposible! —bramó.

Me acerqué y apoyé las manos sobre el escritorio de manera ruidosa.

—Relájate un momento. Confía en mí. ¿Puedes intentarlo? Te prometo que, si fracaso, yo misma me iré sin que tengas que pedírmelo.

—Si fallas, podríamos caer en picado.

—Se levantarán. Es una colección de apenas veinte prendas, no creo que eso les impida retroceder de ser necesario. Estoy convencida de que no tendrán que hacerlo. Déjame ser y te prometo que no fallaré.

Nos sostuvimos la mirada un momento. Respirábamos con agitación. Su silencio fue una especie de respuesta.

—Vete, estoy muy ocupada —solicitó.

—Gracias —dije y me retiré, como toda buena oponente cuando gana una batalla.

En mi oficina, no resistí la tentación de entrar a las redes sociales de la marca y espiar. La cantidad de "me gusta" había aumentado respecto de las últimas publicaciones y, entre los comentarios que miré al azar, divisé algunos signos de interrogación entre preguntas aleatorias sobre disponibilidad de algunas prendas viejas en las tiendas que vendían nuestra marca y una solicitud de cambio de un jean comprado por internet que llegó con la cremallera fallada.

Me respaldé en el asiento, aliviada. Las personas no parecían prestar mucha atención a la nueva imagen de la marca. Supuse que lo difícil sería convencer a los críticos y a los dueños de las tiendas que elegían vender nuestra marca.

Para preservar mi salud mental, decidí no volver a espiar y dedicarme solo a lo que tenía que hacer. Por esa razón, los días siguientes, apenas tuve tiempo para respirar.

Me ocupé de gestionar por mi cuenta las invitaciones para la familia de Cam, Richard con su esposa y sus hijas, mi psicóloga y para Ivy, temiendo que Fletcher se interpusiera de alguna manera para que no les llegaran, así como había intentado frenar la campaña publicitaria.

Lo que aprendí en ese tiempo fue muy valioso. Desde cuestiones básicas, como el orden de un desfile de modas, hasta la distribución de las butacas. La primera fila estaba reservada para figuras destacadas y críticos de renombre. La segunda, para los representantes de las tiendas y personas que quisiéramos. Guardé unos lugares allí para mis invitados. Los periodistas iban en un sector aparte, desde el que se podía tomar buenas fotografías y hacer filmaciones.

El sábado, estaba tan cansada de haber dormido poco y mal durante la semana, que apenas tuve fuerzas para ponerme el vestido dorado que usaba cada vez que necesitaba sentirme cerca de Cam y maquillarme. Como no tenía muchas ganas de peinarme, me dejé el cabello suelto. Tampoco había tenido tiempo de acudir al salón de belleza, así que me arreglé por mi cuenta las uñas y me corté un poco el flequillo. No quedó del todo bien, pero tampoco pésimo; podía pasar por un corte irregular a propósito. Solo me importaba que todo saliera bien.

Antes de salir de casa, cerré los ojos mientras apretaba fuerte las fotografías de Daisy y de mi abuela, y les supliqué que me protegieran. Si alguna fuerza del bien estaba rondando, necesitaba que descendiera sobre esa pasarela e iluminara mi colección para que la gente la recibiera de buena manera. Como lo que debía ser: una renovación, un torbellino colorido que les diera vida a las personas.

Me encontré con Ivy en la puerta del edificio. Ella me ayudó a llevar en cajas algunos detalles que había escogido a último momento e intentó tranquilizarme con ejercicios de respiración.

Llegamos al hotel en el que se realizaba el desfile y entramos por la puerta de servicio. Me ayudó a llevar las cajas hasta el enorme camerino y se ofreció a quedarse a mi lado para lo que necesitara.

—¿Estás segura? Te invité para que disfrutaras del espectáculo, no para trabajar.

—¿Para qué existen las amigas? —respondió, golpeándome con su cuerpo, y reímos.

En ese momento, Max apareció con el resto del equipo. Cada uno tenía una tarea asignada para que todo saliera bien detrás de escena. Aun así, fue una suerte que Ivy permaneciera a mi lado, porque necesité más de una cosa mientras me movía de un lado a otro controlando que todo estuviera en orden.

Poco a poco, comencé a oír las voces de las personas que se sentaban en las butacas del otro lado del cortinado bordó, y mi estado de nerviosismo se acrecentó.

Acomodaba unas flores que debían llevar los modelos en una mesa cuando la voz de Sophie me sobresaltó.

—Thea, ¿qué haces? —preguntó—. Deja que un empleado se ocupe de eso.

—No puedo —respondí.

—Estamos a punto de empezar. Deberías venir a…

—Prefiero estar aquí.

—Como quieras —desistió, y se retiró.

Claro que prefería quedarme donde pudiera asegurarme de que Fletcher no arruinara la presentación. Le quedaban unos pocos días en la compañía; tuve la intuición de que no había asistido. Ojalá fuera así; no necesitaba su mala energía contaminando el ambiente.

Abrí un poco el cortinado y espié del otro lado. Ver a tantas personas en la sala enorme, sentadas en espera del desfile, me anudó el estómago. La sensación empeoró cuando la locutora les dio la bienvenida a los asistentes y las voces se acallaron. Por suerte, Ivy apoyó una mano sobre mi hombro y eso me devolvió a la realidad.

La modelo andrógina se plantó detrás de mí, en espera para salir. Ella inauguraba el desfile; yo lo había pedido así para que representara el espíritu libre de mi colección. Era increíblemente bella; su altura y su mirada profunda me hicieron sentir que estaba frente a alguien muy elevado, de otro planeta. Mi ropa le quedaba espectacular. Era la persona ideal para provocar el impacto que deseaba y dejar a todos con la boca abierta.

Nothing Breaks Like a Heart, de Mark Ronson y Miley Cyrus, inundó el ambiente. Sonreí, intentando recuperar mi seguridad y mi alegría, y me moví de lugar para que la modelo pudiera pasar.

En cuanto salió, oí las exclamaciones. Los demás modelos se pusieron en la fila para salir también. Cerré los ojos y me cubrí la boca. Ivy me sacudió.

–¡Despierta! –gritó–. Esto está pasando. ¡Es real!

En cuanto la modelo regresó, intenté adivinar qué había visto afuera a través de su mirada, pero estaba tan apresurada para hacer el cambio de vestuario que ni siquiera volvió a reparar en mí.

A partir de ese momento, todo transcurrió tan rápido que el tiempo pareció volar. Me ocupé de un millón de cosas en la media hora que se extendió el desfile: entregué las flores a los modelos, reparé un botón que se había salido, revolví el desorden para encontrar un zapato que se había extraviado.

–Es tu turno –dijo un organizador, tocándome la espalda mientras guardaba en una caja una hebilla de brillantes plateados que correspondía al vestido azul de fiesta que acababa de desfilar.

Giré de golpe.

—¿Mi qué? —pregunté.

—Apresúrate, tienes que salir en quince segundos para el final.

—¿Te refieres a que salga a la pasarela? —consulté para cerciorarme, señalando el cortinado—. Nadie me dijo que tendría que hacer eso. No puedo, ni siquiera estoy bien peinada y hasta se me desvaneció el maquillaje.

—Cinco segundos.

—¡Mierda! —exclamé.

Ivy me empujó para que lo siguiera. De todos modos, iba a hacerlo. ¿Acaso tenía opción?

Me lanzaron a la pasarela como a una jaula llena de leones. Las luces me enceguecieron por un momento. Percibí que los modelos me rodeaban. *Save Your Tears,* de The Weeknd, sonaba muy fuerte. Oí primero los aplausos de quienes me rodeaban; luego estallaron los de la multitud. Entre gritos y exclamaciones, los modelos me impulsaron a caminar mientras la locutora pronunciaba un claro y feliz: "Colección intermedia de verano de Thea Jones para Amelie Lloyd".

¡Guau! Esa era yo. Y toda esa gente que poco a poco comenzaba a ver en el salón se había puesto de pie para aplaudir lo que yo había creado.

Recordé las palabras de Daisy: "La vida no tiene por qué ser bella solo en tu mente".

Reí con tanta alegría que no cabía en mí. Mi corazón se llenó de amor. Me sentí atravesada por un rayo de luz. Entonces, fui verdaderamente libre.

Las poses irreverentes que había hecho durante toda mi vida para las fotografías que poblaban mis redes sociales quedaron opacadas por todas las locuras que se me ocurrieron hacer en ese momento. No sé de dónde salieron, tan solo me sentí plena y afloraron de mí como caían gotas desde el cielo en una noche de tormenta. Solo que, en mi interior, era pleno día, y esa luz se extendía por todas partes.

Podía brotar agua de las rocas. Existía una manera de ser feliz.

53

Thea

FUE UN FIN DE SEMANA DE LOCOS. EL SÁBADO, DESPUÉS DEL DESFILE, TUVE que asistir a un *cocktail* con críticos y periodistas. El domingo solo me restaron fuerzas para echarme a dormir. El lunes, fui la primera en sentarme en la sala de reuniones. Nunca había deseado tanto asistir a una en mi vida.

Recién esa mañana pude responder algunos mensajes de felicitaciones de los padres de Cam, Richard, Grace, mi psicóloga… Todos habían estado en el desfile y les había parecido asombroso.

Continuaba contestando pendientes cuando todos ingresaron. Guardé el móvil enseguida. Me saludaron con cortesía. La camarera entró al final y me preguntó qué quería beber antes que a los demás. Le pedí que solo me sirviera agua. Fletcher ya no estaba. En su lugar había asistido el muchacho que había visto la primera vez que había entrado allí.

Josephine comenzó a hablar mientras el operador encendía la pantalla.

—Tenemos los primeros datos de la repercusión del desfile del sábado —anunció—. Nuestras redes sociales crecieron exponencialmente después del evento. Los comentarios populares son muy positivos. Los críticos especializados, por su parte, han sido bastante benevolentes con nosotros a pesar de que consideran que esta colección es un poco desprolija. Todos están sorprendidos, por supuesto, y sugieren algunos riesgos que podríamos estar asumiendo. No han descubierto América, ¿cierto? —dijo con una sonrisa. Todos asintieron. Me quedé helada cuando, en la pantalla, aparecieron revistas y páginas de internet en las que yo me encontraba en la pasarela, entre los modelos. En una fotografía me habían capturado en primer plano, como si mi rostro fuera importante. El titular expresaba: "¿Quién es Thea Jones, la joven diseñadora que revolucionó Amelie Lloyd?"—. Thea, ¿tus redes sociales son públicas? —consultó Josephine. Todas las miradas se trasladaron a mi boca abierta; no podía dejar de observar la pantalla—. Thea…

—Sí —contesté, absorta en lo que veía.

—Quizás quieras hacerlas privadas y crear unas nuevas como figura pública, ahora que eres famosa.

—No tengo nada que ocultar —respondí, encogiéndome de hombros.

—El departamento de marketing me informó hace cinco

minutos que recibieron una llamada de la revista *Vogue*. Quieren entrevistarte. ¿Entiendes la magnitud de eso?

—No lo sé —confesé, azorada.

—Sería bueno que fueras poniéndote a tono, ya que eres la imagen de nuestra marca en los medios. Por otra parte, la preventa aumentó un sesenta por ciento respecto de la última colección que presentamos. Lo más solicitado son las prendas versátiles que creaste. Felicitaciones.

Me humedecí los labios, intentando ocultar que me temblaban las piernas. Era como si me hubieran introducido en la boca de un animal enorme y estuviera masticándome. Temí que tanta información me devorase. Para no perder el control, me concentré en lo último que había oído: un sobrio pero honesto "felicitaciones". Hasta la idea de que los jefes jamás felicitaban se derrumbaba, y no sabía cómo reaccionar ante eso.

Recordé las palabras de la madre de Cam: "Cuando triunfes, tendrán que guardarse sus creencias en el bolsillo". A decir verdad, no sentí que hubiera ganado una especie de estandarte por mi logro, sino que había cumplido una misión y que acababa de iniciar un camino que ansiaba seguir recorriendo aunque no tuviera claro hasta dónde podía llevarme.

—Gracias —respondí—. Nada hubiera sido posible sin mi equipo y sin que ustedes confiaran en mí.

—Gracias a ti por insistir en que abriéramos nuestras mentes —respondió Arthur—. Estamos muy contentos con los resultados inmediatos de tu primera colección. Esperamos que sigan aumentando a largo plazo. Y no sé los demás, pero ¡yo ya quiero ver lo próximo con lo que nos sorprendes! Quizás te estés aburriendo aquí y prefieras ir a crear.

—Estoy bien —respondí, riendo.

—Entonces hablemos de números —propuso Josephine.

Era apasionante entender de qué se trataba todo aquello que, la primera vez que había estado allí, no lograba captar ni por casualidad.

En cuanto la reunión terminó, me dirigí a mi oficina. Ordené un montón de comida para compartir con mi equipo, le pedí a una secretaria que nos la subiera cuando llegara y esperé ese momento para ir a celebrar con ellos. Mientras tanto, le conté lo ocurrido a Ivy en un audio.

Cuando salí del edificio por la tarde, todavía sentía que volaba. Me dirigí a una tienda, compré una botella de champaña fría y pedí un taxi para ir a lo de Cam. Era lunes, al otro día todos teníamos que respetar horarios. Sin embargo, me pareció más importante ser yo misma y celebrar.

Toqué el timbre. Iris abrió enseguida.

—¡Estamos de fiesta, familia! —grité con los brazos extendidos, sujetando la botella.

Me metí en su casa antes de que pudiera reaccionar. Nadie entendía lo que ocurría. Tampoco Evie, pero me vio tan feliz que ella también se echó a reír.

Cuando les conté lo que había sucedido, se pusieron tan felices como yo. Del modo en que se ponen los padres con los logros de sus hijos. En parte, tampoco lo habría conseguido si no hubiera sido por la ayuda de Iris.

Me invitaron a cenar y, por primera vez, acepté. Me contaron mucho acerca de lo que Cam les transmitía en sus videollamadas y fuimos entrando en confianza hasta que terminé preguntándoles cuestiones que siempre me interesaban de las personas. Por ejemplo, cómo eran en su infancia y cómo se había desarrollado su historia de amor. Reímos mucho con sus anécdotas de juventud y con algunas cosas locas que le pasaban a Reuben en la clínica. Me mostraron una fotografía de ellos tres en el desfile. Verlos ahí me hizo sentir todavía más acompañada.

Me ofrecí a ayudarlos a lavar la vajilla, pero Evie me pidió que cantáramos con un juego que tenía en la PlayStation para el que había que utilizar un micrófono de plástico color de rosa. Iris me dijo que, si quería, fuera con la niña. Si no, que hiciera cualquier otra cosa menos lavar con ellos.

Por supuesto, terminé cantando y bailando con Evie. Era imposible resistirme a eso.

–¡Cantas muy bien! –exclamó Reuben, observándonos desde la abertura que comunicaba la recepción con la sala.

–Cam mencionó que ella componía canciones –le recordó Iris, apoyándose en su hombro.

–¿Lo hizo? –preguntó él con el ceño fruncido.

No pude contestar porque otra vez me tocaba mi turno en el juego.

Entre tantas cosas, se nos hizo muy tarde. Iris acompañó a Evie a su habitación mientras Reuben se quedó para preguntarme detalles de cómo hacía mi trabajo.

Cuando Iris regresó, él se fue al baño. Yo aproveché para anunciarle que me iba.

–¿Por qué no te quedas a dormir? –ofreció.

–No lo creo, caí de sorpresa y ya los invadí durante un rato largo.

–Es tarde, me da miedo que te vayas en taxi sola a esta hora. Puedes usar la habitación de Cam. Siento tanto vacío cuando entro ahí y no lo veo…

Acepté solo porque me moría por volver a sentir el aroma de sus sábanas.

En su cuarto vi nuestra fotografía colgada donde estaban las demás. Le había adherido el corazón que yo había ocultado en su cuaderno de apuntes; me alegró que lo hubiera hallado. Acaricié sus libros, su silla, su escritorio... Lo extrañaba tanto que, si cerraba los ojos, podía sentirlo a mi lado.

Tuve un sueño profundo y reparador en el que nos reencontrábamos.

Por la mañana, desperté con el aroma del desayuno. Me vestí, bajé las escaleras y encontré que la familia ya estaba preparándose para empezar el día.

—¡Thea! —exclamó Reuben con alegría mientras llenaba de té la taza de su hija—. ¿Descansaste bien?

—Muy bien, gracias —respondí.

—Siéntate —ofreció Iris, señalando un taburete.

Pronto todos estuvimos sentados frente al desayunador repleto de vasos, tazas y platos.

Por un instante, mientras ellos conversaban, sentí la calidez de una familia. Una que no era estrictamente mía, pero que se sentía como si lo fuera. Así como sucedía cuando iba a la casa de Richard. Eran personas cálidas, reconfortantes, que quería tener en mi vida.

Durante los meses siguientes, seguí visitándolos. Dividía mi tiempo libre entre mis amigos, los padres de Cam, la casa de Richard y mis canciones. A veces visitaba a mamá y nunca faltaba a la sesión con mi terapeuta.

Muchos desafíos laborales se presentaron después del desfile. Por ejemplo, la propuesta de hacer algunos viajes. Salir en revistas y páginas de internet se transformó en una costumbre. Nadie podía creer que en mis redes sociales podían encontrar videos en los que yo cantaba en el metro ni la historia que me había llevado a ser la directora creativa de Amelie Lloyd.

Por precaución, finalmente transformé mi cuenta personal en privada y creé una profesional. No quería exponer a otras personas, incluidos Ivy y Cam. Si bien no me había convertido en una persona famosa, como había mencionado Josephine, era conocida en el ambiente de la moda. Mi historia se replicaba en los medios especializados y algo de mí resultaba muy atractivo para las personas, por eso tenía muchos más seguidores de los que alguna vez hubiera imaginado.

Entrar en el mundo de la moda me llevó a conocer a críticos, periodistas y otros diseñadores. Era un universo fascinante en el que, a pesar de las grandes diferencias que tenía con ellos, me sentía incluida. La mayoría provenía de la alta sociedad y no de un barrio, como yo. Sin embargo, casi todos nos vestíamos de manera peculiar y ya no era la única que albergaba un caos de ideas en la cabeza. Unos pocos me miraban con recelo y me hacían el vacío. Otros, en cambio, manifestaban admiración por mi trabajo, como yo por el suyo. Hacíamos más que ropa: eran piezas de arte.

Cuando vi mis creaciones en las vidrieras por primera vez, entendí que jamás dejaría de ser mirada, porque yo no seguía la ola, sino que creaba las tendencias. Por eso siempre me había sentido cómoda con las miradas ajenas, aunque a veces establecieran juicios negativos sobre mi forma de ser, actuar o vestir.

El día que Iris me dijo que Cam regresaba la semana siguiente, supe que la espera había llegado a su fin.

—Quiero pedirte un favor —le dije. Estábamos solas, compartiendo

un té en la cocina–. Sé que se deben morir por ver a Cam, pero...
¿puedo recogerlo yo en el aeropuerto?

—Claro que sí. Por alguna razón, sospecho que él se muere más por verte a ti que a nosotros —bromeó.

—¡No es cierto! —exclamé, riendo.

—Las dos sabemos que sí —aseguró.

Me conformaba con que tan solo quisiera volver a hablarme.

54

Cam

Llegué al precario apartamento que compartía con otros dos voluntarios, arrojé la mochila sobre la cama y la miré con un deseo inmenso de arrojarme sobre ella y dormir durante una semana. Sin embargo, aunque mi cuerpo pedía un descanso, mi corazón no quería despedirse de Ruanda. O más bien de las emociones que estar allí me despertaba. Quería instalarme en cualquier parte donde me sintiera conectado conmigo mismo y con el mundo.

Me senté delante de la mesa que hacía de escritorio, apoyé mi móvil sobre algunos libros y llamé por video al móvil de mi madre. En cuanto Evie respondió, se me dibujó una sonrisa.

—¡Preciosa! —exclamé.

—¡Hola! —respondió ella. Estaba jugando con un brazalete dorado en forma de trenza. Fruncí el ceño y me aproximé al móvil para verlo de cerca. No parecía de ella—. ¿Te gusta? —preguntó, mostrándomelo a la cámara.

—Sí, es muy lindo. ¿Dónde lo obtuviste? —Rio como si hubiera hecho una travesura.

—Fue un regalo de una amiga —explicó—. Con ella siempre gano el juego de canto. En cambio, contigo siempre perdía.

—*Auch*, eso dolió —bromeé. Evie rio.

—Dame eso —protestó mamá por atrás, y se hizo con el teléfono—. ¡Hijo! ¿Cómo estás? No veo la hora de verte. Aquí… —Miró hacia adelante, como si estuviera con alguien, y luego volvió a mí—. *Todos* te extrañamos mucho.

Me pareció extraño que destacara el "todos".

—¿Los abuelos están de visita? —consulté, creyendo que se hallaba con ellos.

—No. Vendrán el fin de semana siguiente. Queremos abrazarte, besarte y llenarte de mimos.

—¡Mamá! —reí, apoyando las manos en la cabeza—. Es una suerte que me encuentre solo y que nadie esté oyendo esta conversación. —Bajé los brazos y puse los codos sobre la mesa—. Quería avisarte que estoy bien. Me iré a dormir, las últimas veinticuatro horas fueron terribles. Cuéntale a papá que llegó una mujer con una enfermedad rara. Tenía todo el cuerpo hinchado, cubierto de manchas rojas, y había empezado a convulsionar. Entró en paro en la sala de urgencias. No sé cómo logramos estabilizarla. Para colmo, nos habíamos quedado sin corticoides. Tuvimos que solicitar unas ampollas a un hospital de otro pueblo. Fue un poco difícil, pero está con vida. Los doctores sospechan que tiene una infección vírica. El infectólogo no llega hasta el lunes. Para entonces, me habré ido.

—Lo importante es que esté bien —concluyó mamá—. Intentaré contarle a tu padre lo que me has dicho; no te enojes si me confundo alguna parte.

—¿Por ejemplo, los corticoides con el paracetamol? —bromeé.

—Podría ser —contestó ella.

—No hay problema. Bueno, voy a dormir. Nos vemos el sábado en el aeropuerto.

—Disfruta tus últimos días allí. Cuídate mucho. Te amamos.

—Y yo a ustedes.

Mis últimos días en Ruanda fueron tan demandantes como los primeros. La diferencia era que ya estaba acostumbrado, y el miedo inicial se había transformado en decisión. Ahora sabía mucho mejor qué hacer ante cada situación y, así, cada caso se transformaba en un desafío.

Extrañaría mucho la acción. No sé cómo me las ingeniaría para pasar de correr de un sitio a otro, resolviendo todo tipo de problemas, a sentarme en un escritorio, rodeado de libros y de teorías en lugar de personas reales con afecciones verdaderas. Por lo menos, ahora sabía que ya no quería especializarme en cirugía, como creía en un principio y para lo cual había cursado la mitad del tercer año. Cuando reiniciara mis estudios el trimestre entrante, cambiaría mi bachillerato a emergentología. Después de todo, aunque lo hubiera ocultado bajo toneladas de represión, disfrutaba la adrenalina. Había quedado demostrado cuando me había enamorado de Thea.

Tener casi todo el tiempo ocupado me restaba oportunidades para pensar en lo que había dejado en Londres, incluida ella. A medida que el día de regresar se acercaba, sentí que poco a poco mi pasado iba recobrando fuerza. Mientras el personal del hospital me despedía con palabras de agradecimiento, me distraje cuestionándome si Thea todavía pensaría en mí, como yo en ella, y si sería posible retomar nuestra relación cuando la habíamos suspendido en un punto muy sensible, pendiendo de un hilo.

También me asaltó el miedo: no había sabido de ella en meses, ¿y si le había ocurrido algo? Si el peligro o la oscuridad la habían devorado, jamás me lo perdonaría. Quizás debí incumplir mi promesa y ponerme en contacto antes. Tal vez debí dejar de lado el orgullo una vez más y hacerle caso a mi corazón, que solo quería sentirla cerca.

No quería abandonar lo que Ruanda representaba para mí, pero la noche anterior a mi partida, ansiaba estar en el avión cuanto antes. Lo primero que haría al llegar, después de abrazar con fuerza a mi familia, sería averiguar algo de Thea.

Comencé en ese momento, buscando por primera vez su red social en meses. Internet solía andar lento y mal. Mientras los resultados de la búsqueda se cargaban, se me anudó el estómago; temí enterarme de que estaba en una relación con otra persona a través de sus fotografías.

Para mi sorpresa, encontré que la cuenta ya no era pública. Su imagen de perfil había cambiado, ahora utilizaba una en escala de grises con un toque artístico. No me extrañó que tuviera características llamativas.

Sin el recurso de la tecnología, pensé en ir a su barrio o a la cafetería en la que trabajaba su amiga cuando estuviera en Londres. Encontraría el modo de asegurarme de que se hallaba bien sin llamarla; eso sería romper la promesa que me había hecho a mí mismo. Ojalá que, alguna vez, al fin decidiera venir a buscarme.

A pesar de que estaba ansioso, pude dormir un rato durante el vuelo.

Desperté por la mañana, con la luz del sol en mi rostro entrando por una ventanilla. Me acomodé en el asiento para evitarla sin tener que pedirle al pasajero que bajara la cortina y para deshacer la contractura que me provocaba el espacio minúsculo que había para acomodar las piernas.

La señora que viajaba a mi lado sonrió. Tenía puesta una blusa peculiar, que por alguna razón inexplicable me recordó a Thea. Sin dudas estaba tan obsesionado con volver a saber de ella que me parecía percibirla en todas partes, o su energía, como le hubiera gustado llamarlo a ella.

En cuanto el avión aterrizó y autorizaron el desembarque, me apresuré lo máximo posible; no veía la hora de reencontrarme con mi familia. Imaginaba a mis padres y a mi hermanita en la zona de arribos, esperándome, y el fuerte abrazo que nos daríamos.

Después de hacer los trámites de migraciones, recogí el equipaje, pasé por la aduana y atravesé la puerta que me devolvía a mis afectos.

Supe que algo muy extraño ocurría en cuanto divisé un par de botas de tacón con apliques raros, las piernas más hermosas y largas del mundo al descubierto gracias a una falda muy corta negra con bordes irregulares, una blusa ajustada colorida con un cierre desprendido a la altura del escote y un cartel delante del rostro escrito con labial rojo: "Hola, marinero. Aquí está tu Sirenita". Las uñas largas, rojas con un decorado de piedritas transparentes. Sortijas, brazaletes, un par de colgantes que pendían sobre la raya de los pechos.

Mi corazón se aceleró de una manera que bien podía haber necesitado un bloqueador beta para evitar la taquicardia.

—Thea… —murmuré, dando un paso hacia ella.

Dejó caer los brazos con el cartel y entonces vi su hermoso rostro. Su presencia removió en mí emociones muy intensas. Me pareció más bella que nunca, luminosa.

—Hola —dijo, sonriente. Me miraba como si quien acabara de descender del avión fuera un dios del Olimpo. Ella, para mí, lo era; estaba seguro de que mis ojos la contemplaban de la misma manera.

—¿Qué haces aquí? —pregunté, anonadado—. Mis padres…

—Ellos estuvieron de acuerdo en que viniera en su lugar —explicó.

Mi estado de confusión aumentó.

—¿Mis padres qué? —balbuceé.

—Es una larga historia —contestó. Tomó aire mientras hurgaba dentro del pequeño bolso que colgaba en su costado y extrajo el móvil—. ¿A dónde te llevo? ¿A tu casa o a la mía para ponernos al día? Debes estar muy cansado, tal vez sea mejor que…

—A la tuya —decidí sin dudar.

Abrió una aplicación de taxis. Me di cuenta de que le temblaban los dedos porque el teléfono se movía. Apoyé una mano sobre la pantalla con intención de tranquilizarla. Ella alzó la cabeza de inmediato.

—Cam… Te ves tan sexy con esa ropa de hacer un safari y la piel tostada; siempre fuiste tan blanquito —soltó. Se me escapó una carcajada por lo inesperado del comentario. Nunca dejaría de sorprenderme—. Lo siento. Eso no es lo que se suponía que debía decir, pero…

—No importa. Tú también te ves muy sexy —contesté. Tragó con fuerza.

—Gracias. Es un alivio no ser la única ardiendo aquí.

Volví a reír. Era curioso, porque si bien los dos nos moríamos de ganas del otro, ni siquiera nos habíamos besado o abrazado.

Sabíamos sin necesidad de decirlo que había mucho que aclarar antes de involucrarnos en una relación de nuevo. Lo haríamos si cedíamos ante nuestros deseos.

Salimos juntos de la terminal para buscar el vehículo que Thea había solicitado a través del móvil. Me indicó cuál era con la mano, acomodamos la maleta en el baúl y subimos. Tuve que apoyar mi mochila entre nosotros. No hacía falta decirle al conductor a dónde íbamos, la aplicación ya se lo había informado.

—¿Y bien? —preguntó ella—. ¿Cómo estás?

—Confundido —respondí con sinceridad. Ella se mordió el labio.

—Me refiero a cómo te sientes después de haber cumplido un sueño.

—Increíble. Lo que aprendí en ese lugar no tiene precio.

—Cuéntamelo todo —pidió sonriente; su mirada teñida otra vez de la misma admiración que yo sentía por ella.

Mientras viajábamos le conté cuándo me habían llamado para hacer el voluntariado, cómo habían sido mis primeros días en Ruanda y algunos de los casos más relevantes que había tratado junto con los médicos que guiaron mis prácticas. También varias de las cosas que hice solo y los problemas que enfrentábamos. Me apasioné explicándole las distintas culturas con las que había convivido y ella me pidió que le dijera algunas palabras en las lenguas con las que había interactuado.

—No creo que entiendas la magnitud de lo que has hecho —dijo—. En los meses que estuviste allí, ¡salvaste la vida de tantas personas! Imagina las que podrías salvar en todos los años que vendrán.

—Aunque estoy agotado, disfruté la adrenalina. Por eso decidí que ya no seré cirujano. Me dedicaré a las emergencias. Es un área muy amplia: podemos recibir a un paciente con un politraumatismo como a alguien con una crisis psiquiátrica. Es más sacrificado por las guardias, a veces la tensión es insoportable y no podemos estabilizar a todas las personas, muchas fallecen en el intento. Pero la sensación que obtienes cuando lo logras es asombrosa. Quiero hacer eso por el resto de mi vida.

Nos miramos un instante. Supuse que ella contenía el deseo de besarnos, así como lo hacía yo. Habría cedido ante el anhelo si no hubiera sido porque el taxista nos anunció, molesto, que ya habíamos llegado. Ni siquiera nos habíamos dado cuenta de que el automóvil se había detenido.

No me percaté de dónde estábamos hasta que nos hallamos en la acerca de un bonito barrio céntrico. Thea se aproximó a las escaleras de ingreso a un bello edificio de tres plantas con ladrillos a la vista rojos y una puerta de color verde musgo.

–¿Te mudaste? –pregunté, como si no fuera obvio. Ella tan solo sonrió mientras continuaba manipulando las llaves.

Me ayudó a llevar la maleta por las escaleras hasta la primera planta. Solo había dos puertas en el pasillo, lo cual significaba que tan solo había allí dos viviendas. Al ingresar, me quedé atónito por la cantidad de luz que entraba por el enorme ventanal de la sala. A la derecha había unos sillones de color crema, una alfombra mullida blanca, una mesita de vidrio y madera negra. Una hermosa guitarra roja y brillante descansaba en el suelo, apoyada en el cuerpo del sofá más grande. El comedor estaba de frente a la puerta, contaba con una mesa larga del mismo material que la de la sala. Lo separaba de la cocina un desayunador que se hallaba a la izquierda.

–Guau, es precioso –dije–. Supongo que tú también tienes mucho para contar.

–Podría decirse que sí. ¿Preparo té o está bien si bebemos cerveza?

–Supongo que la cerveza me vendrá mejor para entender qué está ocurriendo –respondí. Ella rio.

Dejó el bolso sobre el sofá, donde yo también abandoné la mochila, y la seguí a la cocina. No pude evitar contemplar sus piernas largas mientras ella buscaba las botellas en la heladera, ni su cintura mientras las destapaba usando el borde de la encimera.

Me entregó una botella y se apoyó en el borde para beber de la otra. También bebí, desesperado por apagar la sed que ella me provocaba. Por un instante, olvidé que nuestra relación se había interrumpido; pensé que llevábamos juntos toda la vida y que quería morir a su lado.

–¿Vas a contarme cómo terminaste aquí? –pregunté.

–Sí. Pero necesito mi ordenador para que lo veas.

Fuimos a la mesa del comedor, encendió la notebook y entonces me contó la historia más asombrosa que había oído en toda mi vida.

De repente, estaba viendo fotografías de fichas técnicas de moda, de un desfile y de Thea en páginas de internet y en revistas.

–¡Esa es una entrevista de *Vogue*! –exclamé.

–Así es –replicó ella.

Otra fotografía del desfile apareció. Señalé una blusa.

–¿Esta la creaste tú? –pregunté.

–Con mi equipo de diseño, sí.

Era la que llevaba la mujer en el avión.

–Thea… Creo que tú tampoco terminas de entender la magnitud de lo que has logrado –reflexioné–. Siento que alguna vez fuiste un punto tan lleno de energía que de pronto estalló, como el Big Bang. Entonces, tu luz se irradió por todas partes. La lleva cada persona que usa la ropa que salió de tu cabeza, está en cada escaparate donde se exhibe una de tus prendas.

Sonrió, bajando la cabeza.

—Es increíble, ¿verdad? —contestó—. Lo siento tal como lo describiste: es como si un pedacito de mí estuviera en cada rincón donde hay una creación mía.

—Estoy tan orgulloso de ti.

—Y yo de ti.

Me acarició la mejilla y, aunque yo no tenía mucha idea de todas esas cuestiones energéticas que ella siempre describía, sí sentí que algo muy fuerte y poderoso fluía entre nosotros. Respiramos de manera profunda mientras nos contemplábamos y nos fuimos acercando poco a poco, hasta que el sonido de mi móvil nos devolvió a la realidad y tomamos conciencia de que todavía no habíamos hablado de nuestra relación.

Lo extraje del bolsillo para mirar quién llamaba. Se trataba de Harry. Lo silencié y le escribí un mensaje para decirle que había llegado bien y que lo llamaba más tarde.

—Es extraño, mi madre no me ha escrito para saber si el avión ya aterrizó —reflexioné en voz alta.

—Ya le avisé yo —contestó Thea.

—Siento que hay una parte de la historia que me estoy perdiendo. De verdad necesito conocerla.

—Claro.

Me contó la parte oscura del cuento. Toda explosión tenía una, por más que sus resultados produjeran vida.

Cuando relató la secuencia en la que creyó que había matado a un hombre, sentí que necesitaba retroceder en el tiempo e intervenir de cualquier manera para que ella no tuviera que sufrir todo eso.

—Thea, lamento tanto que hayas estado en esa situación —susurré.

—Lo sé. Por suerte, ya pasó. No sé cómo hiciste para pagar la deuda de mi madre, pero quiero agradecértelo. Fue de gran ayuda.

—¿Dónde está tu madre ahora?

—En un hospital psiquiátrico.

Me contó cuánto la habían ayudado Richard y su esposa, y que desde ese momento los visitaba como si fueran una familia para ella. Lo mismo ocurría con mis padres y mi hermanita: en su camino para preparar un futuro bueno para nosotros, había decidido entablar un vínculo con ellos. El destino había colaborado: mi madre manejaba la cuenta de marketing de Amelie Lloyd en la agencia que la empleaba y el trabajo las había unido.

Mucho encajó: el brazalete que tenía mi hermanita, la amiga que la hacía ganar el juego de canto, el "*todos* te extrañamos" que había dicho mi madre. Entonces, cuando había mirado del otro lado del móvil, ella estaba presente.

—¿Vas a comer con ellos como si nada, juegas con mi hermana y te acuestas en mi cama? —pregunté.

—Sí —contestó con naturalidad—. Ah, y estoy estudiando oficialmente francés —culminó—. Cada tanto tendré que viajar a París para evaluar tendencias y relacionarme con otros diseñadores con intención de fortalecer la marca, y es bueno conocer el idioma. Seguro hay mucho más que no te he contado. Es mucha información, supongo que surgirá con el tiempo.

De pronto, me sentí muy extraño. No tenía dudas de que la amaba tanto como para soñar un futuro a su lado, pero los cambios eran tan grandes, repentinos y profundos que me desestabilizaron.

—No te preocupes —dije, respaldándome en la silla. De alguna manera, interpuse una barrera imaginaria entre nosotros sin buscarlo—. Creo que el vuelo y la cerveza me están afectando; me dio sueño. ¿Te molesta si me voy a casa y continuamos con la conversación otro día?

—En absoluto. Pediré un taxi para ti.

Thea no me hizo preguntas. Sin embargo, supuse que interpretó que algo de lo que ella había dicho me había molestado. No pude aclararle que no. Estaba en *shock*.

Me ayudó a bajar la maleta por las escaleras y me acompañó hasta la puerta del edificio. Nos despedimos con una sonrisa y un movimiento de manos.

Percibí miedo en sus ojos, pero no tuve fuerzas para aplacarlo. En el taxi, mientras me dirigía a casa, reconocí que yo también estaba muy asustado.

Nada era como lo había conocido, y todo había cambiado a mis espaldas. Incluso yo mismo.

55

Cam

Mamá abrió la puerta antes de que hiciera sonar el timbre. Como le había avisado que estaba yendo mientras viajaba en el taxi, no me extrañó que se encontrara espiando del otro lado de la ventana, ansiosa por nuestro reencuentro.

—¡Hijo! —exclamó con lágrimas en los ojos, y me abrazó con fuerza. Lucky se puso a saltar como loco contra mis piernas.

Dejé caer la mochila al suelo y respondí apretándole la cintura. La había extrañado tanto que no podía ponerlo en palabras.

Evie bajó corriendo las escaleras mientras yo acariciaba al perro. Me di cuenta de que llevaba puesto el brazalete de Thea. Se colgó tan rápido de mi cuello que no tuve tiempo de detenerme a pensar en eso y la alcé para terminar de entrar a la casa.

Mi padre se sumó al abrazo de mi hermanita. Él se ocupó de entrar la maleta mientras que mamá recogía la mochila y cerraba la puerta.

Evie comenzó a preguntar qué le había llevado de regalo.

—Un elefante —respondí en broma.

—No creo que quepa en la maleta —manifestó mamá.

Como justo era la hora del almuerzo, comimos enseguida. Hicimos una larga sobremesa; las experiencias que había vivido en Ruanda eran ricas e interminables. Les entregué los regalos que, en realidad, había comprado en el aeropuerto. No había estado precisamente en una zona turística como para llevarles algo local, más allá de algunas artesanías. En ese momento me di cuenta de que había olvidado entregarle a Thea las suyas aunque, cuando las guardé para ella, no tenía claro si volveríamos a vernos.

A las tres, mamá llevó a Evie a un cumpleaños. Ya había comenzado las vacaciones de verano.

Mi padre aprovechó para preguntarme detalles de las enfermedades raras que había visto. Como solíamos utilizar vocabulario técnico, evitábamos aburrir a mi madre con eso.

—Fue tal como te dije: allí no tenía que ser el mejor de la clase, sino el mejor voluntario para las situaciones que se presentaban —concluí, esperanzado de que entendiera que volver a exigirme como lo hacía antes de mi partida sería en vano.

Apoyó una mano en mi antebrazo con una sonrisa.

—Así es. Pero para ser el mejor doctor en la vida real, tienes que saber, y el conocimiento se obtiene de las clases, los congresos y los libros. Estoy seguro de que fuiste el mejor voluntario médico que podías ser en Ruanda porque te has esforzado mucho durante estos años. Estaba encima de tus estudios porque no te veía del todo involucrado en tu carrera. Jamás hablaste de ella como lo haces ahora.

—Nunca terminé de sentir que me perteneciera.

—¿Por qué no me lo dijiste?

—Una parte de mí no quería defraudarte y la otra no estaba segura de que quisiera hacer otra cosa. Ahora sé con seguridad que esto es lo que quiero para el resto de mi vida, solo que no de la misma manera que tú. Prefiero especializarme en emergencias. Espero que eso no sea un problema.

—En absoluto. No planeo retirarme en los próximos años, así que, para cuando lo haga, quizás te hayas cansado de las guardias interminables y prefieras la tranquilidad del consultorio. ¿Quién sabe? Solo tendré que aprender a vivir con el corazón en la boca cada vez que escojas ejercer tu profesión en otra parte del mundo cuando te gradúes. Supongo que no te irás a sitios cómodos, sino adonde los recursos falten y tus manos sean a veces lo único que las personas tengan para sanar.

»Cuando nos comunicaste que te ibas al voluntariado dijiste que un padre debía estar orgulloso de que su hijo eligiera vivir a su manera. En el momento, mi temor no me permitió decirte que lo estaba. No tengas dudas de cuánto te admiramos tu madre y yo.

Nos fundimos en un abrazo que nos emocionó a los dos.

Cuando mamá regresó, yo ya estaba en mi habitación, sentado sobre la cama, a punto de quitarme el calzado deportivo. Golpeó a la puerta. Para mi sorpresa, no entró hasta que le di permiso.

—Hola —dijo con una sonrisa, y se metió como a hurtadillas—. Vine a preguntarte si necesitas algo.

—Estoy bien. Gracias, mamá. —Creí que se retiraría después de desearme un buen descanso, pero continuó inmóvil. Apretó los labios con una mirada entusiasta. Su silenciosa presencia me produjo una gran intriga–. ¿Hay algo más?

—Quiero decirte algo. —Guardó silencio un instante, aumentando mi curiosidad–. No sé si Thea te lo contó, pero hemos pasado tiempo juntas.

—Sí, me lo dijo —admití con un sabor agridulce. Me dolía no terminar de congeniar con esa idea.

—No voy a negar que es una chica muy peculiar… Pero también tan inteligente y creativa, espontánea y llamativa.

—Lo es —admití sin dudar, aunque todavía no terminara de entender lo que mi madre pretendía.

—Solo quiero que sepas que, si estás enamorado de ella, es bienvenida.

Permanecí un instante en silencio, con los labios entreabiertos.

—Gracias —dije. Mamá sonrió.

—Que descanses.

Una vez que cerró la puerta, me quedé quieto, mirando el guardarropa. No resistí más la presión de mis propios debates internos y recogí el móvil para enviarle un mensaje a Harry.

Cam.

Estoy exhausto, pero necesito que nos encontremos.
¿Tienes un momento para reunirnos en Hyde Park?

Harry.

Estoy siempre listo, y más para un amigo que viene de ser Superman.

Les avisé a mis padres que salía para encontrarme con un amigo y fui al garaje en busca de mi auto. Hacía tanto que no conducía que la velocidad me impactó.

Cuando llegué al parque, Harry ya estaba esperándome. Nos dimos un abrazo. Al mismo tiempo, se puso a vociferar sobre mi nueva apariencia y me pidió que le contara todo.

Nos sentamos en una banca. Después de resumir lo que había vivido en Ruanda, comencé con la parte de la historia que me había llevado a pedirle un encuentro inmediato. Reproduje lo que me había contado Thea sobre su trabajo y la nueva situación con la que me había encontrado al llegar a Londres.

—¿Conoces a Dr. Strange? —pregunté.

—¿Qué es esa pregunta? —replicó, ofendido. Por supuesto que lo conocía; uno de nuestros pasatiempos, además del fútbol y los videojuegos, eran los superhéroes.

—Siento que estoy en el multiverso. En algún punto del viaje, el avión se introdujo por una especie de agujero negro y, cuando aterrizó, bajé en otra dimensión. Me parece que estoy en una realidad alternativa en la que Thea vive en un apartamento precioso, es la directora creativa de una marca importante y sale en la revista *Vogue*. Uno en el que mi padre acepta lo que yo quiera hacer de mi vida y mi madre admira a Thea. ¿Entiendes lo impactante que es todo eso, el nivel de asombro que implica?

Se encogió de hombros.

—Casi como si tu hijo te dijera de un día para el otro que se va a hacer trabajo de voluntariado a un rincón del mundo que te suena hostil y peligroso.

—No es para tanto, la gente alberga muchas fantasías acerca de lo que desconoce.

—Como sea. Para que te quedes tranquilo, mi vida todavía apesta, así que estás en el mismo universo de siempre.

Me hizo reír.

—Tu vida no apesta —intenté consolarlo.

—Dime una cosa: ¿te sientes el mismo chico que se fue hace cinco meses? —Permanecí en silencio, observándolo. Tenía razón. No hice a tiempo a decírselo—. ¿Lo ves? ¿Por qué entonces pretenderías que los demás lo fueran? Supongo que, en realidad, los cambios que has encontrado no te disgustan, solo representan un desafío para tu seguridad.

»Siempre supiste cómo era Thea y lo que era capaz de generar en las personas; de hecho lo provocó en ti de tal manera que, cuando la conociste, no podías quitarla de tu cabeza. Siempre tuviste en claro que era una gran chica. El problema es que ahora eso salta a la vista: lo sabe todo el mundo, y te asusta no estar a su altura. Eres una buena persona, jamás harías lo que otros idiotas: bajarla para sentir que están en la misma línea. ¿Recuerdas lo que nos dijo el taxista la noche que la viste por primera vez? "Si una mujer se cree demasiado para ti, simplemente le haces saber que no lo es". ¡Tú no eres así!, ni Thea lo permitiría. Entonces, más vale pregúntate por qué no ves que tú también eres un gran chico a tu manera y que mereces estar con ella.

¿Qué se hacía cuando uno se quedaba sin palabras? Nunca pensé que oiría una reflexión tan significativa de boca de Harry. Acababa de comprobar que, en efecto, me hallaba en una realidad alternativa o, sencillamente, él también había cambiado. En la universidad me enseñaban a creer solo en lo que podía comprobar con la experiencia, así que descarté la primera opción. Tenía que tratarse de lo segundo: mi amigo ahora daba consejos sabios y maduros.

—Tienes razón. Gracias —contesté.

Hablar con Harry me ayudó a comprender lo que me ocurría, y eso me hizo tanto bien que mi humor mejoró. Mientras caminábamos por el parque en dirección a donde había estacionado el automóvil, nos cruzamos con una chica que llevaba puestos los pantalones versátiles que había diseñado Thea. El orgullo me desbordó y decidí hablarle antes de que creyera que no podía parar de mirarla porque era una especie de loco.

—Esos pantalones los creó mi novia —le dije.

—Sí, claro —contestó ella.

—Te lo juro.

Siguió su camino y nosotros, el nuestro.

Estaba tan cansado que me dormí muy temprano y al otro día desperté muy tarde. Pasé el domingo en familia.

El lunes, mis padres se fueron a trabajar y mi hermanita, a lo de una amiga.

Conversé un rato con Mary sobre mi viaje. Ella me contó que su hija había conseguido una beca universitaria y que estaba muy contenta por eso. La felicité y le hice algunas preguntas sobre la carrera que había escogido.

Antes del mediodía, le envié un mensaje a mamá para informarle que no volvería para cenar y fui al auto.

Conduje hasta lo de mis abuelos paternos sin avisarles que me dirigía a su casa. Llegué justo a tiempo antes de que se fueran a lo de unos amigos.

—¡Mi nietito! —exclamó ella, acariciándome la cara—. ¡Mira cómo te has quemado! ¿Acaso no utilizabas protector solar?

—Sí, abuela —respondí—. Sucede que en África el sol afecta distinto. No quería interrumpir su salida, solo será un momento.

—¡Olvídalo! —exclamó mi abuelo—. ¿Condujiste todo el camino hasta aquí solo por un momento? Preferimos quedarnos contigo. Ni se te ocurra que te permitiremos irte hasta mañana.

—Tengo que volver a casa.

—¿Almorzaste? —consultó mi abuela.

—Un sándwich en la carretera. No te preocupes, no tengo hambre.

Entramos a la casa y nos sentamos en la sala. Aunque le había dicho a mi abuela que no quería más comida, ella igual calentó algo que les había quedado de su almuerzo y me lo sirvió junto con un vaso de zumo de manzana.

—¡Qué bueno que hayas venido a visitarnos! —exclamó con alegría—. ¿Por qué no nos cuentas de tu viaje?

Pasamos un largo rato conversando. Mientras bebíamos el té de la tarde, me atreví a preguntarles algo que había deseado mucho antes de regresar a Londres.

—¿Les molesta si me mudo a la cabaña que solían prestarme para los fines de semana? Está en un sitio apartado, pero no tan lejos de la ciudad como para que sea problemático ir allí a diario.

—Es tuya —respondió mi abuelo—. Lo sentimos así desde que te entregamos la llave.

Como rechacé la invitación a cenar, llenaron el asiento trasero de mi auto de víveres para el camino y objetos que podía necesitar si quería mudarme.

Llegué a la puerta del edificio de Thea a las siete de la tarde. Respiré hondo, subí la escalera e hice sonar el timbre. No hubo respuesta.

—¿Cam?

Su voz a mi espalda me invitó a darme la vuelta. Mi corazón volvió a latir muy rápido, prisionero del encanto de su cuerpo y de su magia.

—Hola —dije—. Me preguntaba si tú me has extrañado como yo a ti.

—Más de lo que puedas imaginar.

—¿Por qué no me escribiste? Si tenías contacto con mis padres, ellos podrían haberte dado mi número de Ruanda.

—Era tu momento, me pareció justo que lo vivieras sin ataduras. Tenías que ser libre.

—Después de lo que ocurrió antes de distanciarnos, estuve muy preocupado por ti.

—Nunca lo pensé desde ese punto de vista. Lo siento.

—No, yo lo lamento. Debí llamarte de todas maneras, sin importar lo que te hubiera dicho en el callejón. —Bajé la escalera mirándola a los ojos hasta que quedamos muy cerca. Tragué con fuerza. Tenerla frente a mí me producía emociones muy intensas—. Te amo, Thea. Y estoy completamente enceguecido por tu brillo. Me mudaré a la cabaña. ¿Quieres vivir conmigo?

Ella sonrió con los ojos húmedos.

—Mi alma ha estado allí todo este tiempo, es justo que mi cuerpo se le una. Sí, quiero. ¡Claro que quiero!

Soltó las bolsas de supermercado que cargaba hasta ese momento, me rodeó por la nuca con los brazos y yo le apreté la cintura para estrecharla contra mi pecho. Nos besamos de manera descontrolada, como si no conociéramos la calma y el tiempo no hubiera pasado. Del mismo modo, subimos a su apartamento.

Hicimos el amor con la fuerza del viento.

—Brilla para mí, Thea —le dije apartándole el pelo de la frente—. Enciéndete.

—Tú me iluminas —susurró, y se le escapó una lágrima que escurrí con un beso en su mejilla.

—Más bien creo que nos iluminamos el uno al otro.

Epílogo

Thea

Seis meses después.

—¡THEA! —GRITÓ CAM DESDE LA PUERTA DE LA CABAÑA—. ESTÁ HELANDO Y llueve a cántaros, ¿qué haces ahí?

—Ya voy —respondí, removiendo unos leños—. Ve adentro y cierra la puerta antes de que se pierda el calor. Además, recién sales de la ducha. ¿Quieres pescar una neumonía?

—Aquí soy yo el que habla de enfermedades —protestó en broma. Reí—. ¿Qué haces?

–¿No lo oyes?

–¿Qué cosa?

–Nada, entra.

–Tienes un minuto antes de que vaya a por ti, te tome de la cintura y hagamos el amor sobre esos leños bajo la lluvia –me amenazó.

–¿Cuánto tiempo dijiste que tenía que dejar pasar? –pregunté. La idea de tener sexo salvaje me agradaba. Lástima que hiciera tanto frío.

Cam rio y cerró la puerta.

Volví a oír el sonido. Creí saber al fin de dónde provenía, así que aparté un leño más y allí lo encontré: un pequeño gatito de color blanco y negro, con los ojos más verdes que había visto nunca, maullaba asustado.

–¡Oh! –exclamé–. Ven. Ven aquí, bebé.

Logré sujetarlo del lomo, lo arrastré hacia mí, lo tomé entre los brazos y corrí con él a la cabaña. Los dos estábamos empapados.

–¿Y eso? –preguntó Cam mientras yo cerraba la puerta.

–Lo oí maullar mientras te duchabas. Estaba entre los leños. No tiene collar ni logro detectar algún implante. Supongo que no tiene dueño. Su madre debe haberlo tenido en algún campo vecino y él se extravió. Pobrecito… ¿Podemos quedárnoslo?

–Sí, ¿por qué no? –respondió.

Me arrodillé y lo deposité junto al fuego para que entrara en calor. Mi cabello rozaba el suelo, humedeciendo la madera. No quería pensar en cómo la dejaría a la altura de mis rodillas.

Muy pronto, Cam me cubrió con una manta y me abrazó por la espalda, brindándome la calidez que necesitaba. Tocó al gatito con la punta del dedo sin soltarme.

–Dicen que, cuando un gato viene a tu casa, trae un mensaje .

—¿Un mensaje de quién? —se interesó él.

—No lo sé. Pero aportan protección y transmutan la energía.

Sabía que Cam no creía en esas teorías, pero respetaba que yo lo hiciera. Le gustaban los animales, y eso era suficiente para resolver esa situación a pesar de nuestras enormes diferencias.

—¿Cómo le pondrás? —preguntó.

—¿Quieres que escojamos el nombre juntos? Si no, le pondré lo primero que se me cruce por la mente.

—Hazlo —contestó riendo.

—Sirio.

—¿Qué es eso?

—Es la estrella más brillante vista desde la Tierra. Los sabios dicen que algunas almas provienen de allí.

—Ah… ¿entonces venimos de Sirio? Arrojo a la basura la teoría de la evolución y la genética y tan solo escribo en mi próximo examen que venimos de ahí —bromeó.

—No —contesté, riendo—. Responde lo que tus profesores quieran. Pero tú puedes creer que en Sirio la gente no tiene la forma humana que conoces, que somos energía y que después de que termina tu trabajo, que es custodiar la sanidad de nuestro cuerpo físico y mental para habitar la Tierra, dejas esa energía en manos del universo espiritual.

—No suena tan mal. Eso significa que podré amarte en esta vida, y en otra, y en otra más, sin importar a donde vayamos.

Giré la cabeza para besarlo.

—Así será.

Me soltó para sentarse en el suelo, a mi lado, y continuó acariciando al gatito conmigo.

—Thea… Estuve guardando algo que quería darte mañana

después del desfile, pero creo que mejor te lo daré ahora. Después de todo, cualquier momento es bueno, ¿no? Además, siempre dices que debemos disfrutar los logros del otro sin robarnos esos instantes personales. Me preguntaba si darte esto podría entenderse como un intento de opacar tu nueva colección. Tuve un serio dilema conmigo mismo respecto de si sería la ocasión adecuada. Quería que fuera en un día especial para ti, pero si te lo diera después del desfile...

Me eché a reír con ganas.

—Termina con el palabrerío —dije—. Hasta el gato se está durmiendo y aun no le di leche tibia.

—Aguarda.

Regresó con un papel y un bolígrafo. Volvió a sentarse junto a mí y escribió algo sin que yo viera.

—¿Qué haces? —pregunté, intrigada.

—Dijiste que cuando un gato aparecía en una casa, traía un mensaje. Estoy haciendo que cumpla esa teoría.

Apoyó el papel sobre el lomo del gatito, que se había enroscado sobre sí mismo, y lo soltó despacio. Como me moría de curiosidad, a diferencia de él, yo me apresuré a recogerlo y lo abrí rápido para leerlo.

Ya conocía su letra indescifrable de futuro médico, así que no me dio trabajo entender lo que había escrito.

¿Quieres ser mi prometida?

Volví a reír con tanta felicidad que mis mejillas se encendieron a pesar del agua y del frío.

Cuando alcé la mirada, encontré que sostenía una sortija

plateada, con pequeñas incrustaciones transparentes y una piedra delicada en el medio.

—Para siempre, donde sea que estemos —respondí, y lo abracé.

La manta resbaló de mis hombros y acabó en el suelo. Sirvió para cubrirlo mientras hacíamos el amor junto al fuego.

Desde que vivíamos juntos, habíamos atravesado todo tipo de situaciones. Cam me conocía herida cada vez que veía a mi madre y ella me insultaba, malhumorada cuando algo me salía mal en la oficina, triste cuando en terapia removía escombros de mi pasado. Entonces, me hacía masajes y me abrazaba, y así, mi ánimo mejoraba.

Yo lo conocía agotado por estudiar sin descanso, preocupado cuando se sentía presionado por los exámenes, abatido si no podía aliviar el sufrimiento de la gente. Siempre había creído que para ser médico había que tener una cuota de frialdad y racionalidad bastante elevada. Pero él no era así, y si las prácticas en un hospital del centro de Londres lo afectaban, no quería imaginar lo que habría vivido en Ruanda. En esos momentos, le preparaba un té o lo distraía hablándole de teorías filosóficas mientras lo acariciaba. Sabía que, de esa manera, todo mejoraba también para él.

Teníamos algunas discusiones, como todo el mundo. Él era muy ordenado, en cambio yo, terriblemente desordenada. Cam odiaba perder las cosas, lo cual para mí era moneda corriente. No le gustaba llegar tarde a ningún sitio; yo casi siempre lo retrasaba. Él seguía siendo bastante tímido, en cambio yo no podía vivir sin recibir la atención de la gente. Esas diferencias nos convertían en opuestos complementarios, sin embargo, también generaban roces a veces.

De todos modos, nada era tan difícil. La mayoría de nuestros días estaban llenos de bromas, risas y logros compartidos, individuales y como pareja.

Podíamos pagar a alguien para que hiciera reparaciones y la limpieza, pero por elección propia lo hacíamos nosotros mismos. Era divertido rompernos la cabeza para descubrir cómo hacer funcionar una máquina para cortar el césped que no encendía y jugar a ver quién barría mejor el suelo. Él tenía la capacidad de salvar vidas, y yo, de crear cosas bellas de la nada misma, pero no teníamos idea de cómo conectar dos cables. Si no hubiera sido por los videos de YouTube y por nuestra persistencia, habríamos tenido que contratar a alguien o comprar cosas nuevas.

Entre los dos íbamos aprendiendo, y esas pequeñas vivencias cotidianas nos servían para despejarnos y nos conectaban más con nosotros mismos. Eran tan nuestras como saber que nuestra cabaña siempre olía a sahumerio y que en nuestra biblioteca se mezclaban títulos tan dispares como *Anatomía* y *Metafísica*, cuadernos de canciones y apuntes de cátedra.

Ese sábado, era mi primera presentación en la Semana de la Moda, y estaba tan nerviosa que me llevaba el viento.

—Thea, es tarde —dijo Cam del otro lado de la puerta del baño de nuestra habitación—. No puedo conducir tan rápido.

—Ya termino —aseguré.

—¿Tenemos que llegar tarde a todas partes? ¡Es tu propio desfile! Te lo ruego.

Abrí la puerta de par en par.

—Tú no tienes que maquillarte, por eso no lo entiendes —protesté con el lápiz delineador en la mano.

—¿Por qué no les pides a los estilistas del desfile que se ocupen de ti como de los modelos?

—¡¿Estás loco?! Para empezar, me dijo Sophie que los reporteros ya estarán allí cuando yo llegue, por lo cual será imposible escapar de las cámaras y las preguntas —expliqué y continué maquillándome—. Además, no quiero que los estilistas pierdan el tiempo conmigo, prefiero que se ocupen de los modelos.

—¿Habrá periodistas en la entrada? ¿Entonces tú tienes que ingresar por un lugar y yo por otro?

—Solo si no quieres salir en cámara. Yo tengo que hacerlo.

Suspiró.

—Lo pensaré mientras conduzco —concluyó—. Voy encendiendo el auto. No tardes.

Logré terminar antes de que regresara para insistir con que llegaríamos tarde y la misma perorata de siempre. Era muy tierno cuando hacía eso, aunque a veces se molestara en serio.

Antes de salir de la cabaña, recogí las fotografías de mi abuela y de Daisy, les imploré protección, les agradecí y las guardé en mi bolso. A continuación, me despedí de nuestro gatito y corrí al auto.

—Mis padres llegarán antes que nosotros —reflexionó Cam mientras conducía.

—¡Mejor! Le escribiré a tu madre para que defienda con uñas y dientes tu asiento si alguien quiere ocuparlo.

—¿La gente hace eso en los desfiles de categoría?

—La mala educación existe en todas partes.

Llegamos tan justos con el tiempo que no hubo siquiera oportunidad para que Cam decidiera si quería aparecer o no frente a las cámaras. Cuando dejamos nuestro automóvil en manos de un acomodador, ya teníamos a los periodistas encima.

—¿Cómo te preparaste para tu primera Semana de la Moda?

—alcancé a oír de boca de una mujer que me colocó el micrófono de modo que casi acabé tragándomelo.

—Me di un baño, me peiné, me maquillé… —bromeé. La mujer rio.

—Thea, ¿qué puedes decirnos de esta nueva colección de Amelie Lloyd? —lanzó un hombre.

—Lo mejor es que la ropa hable por sí misma. Yo solo podría mencionar adjetivos que no son más que formas sin contenido. ¿Tienes tu invitación?

—Sí, por supuesto.

—Entonces verás la colección; luego me dices qué te pareció. No me mates con la reseña, eh. Recuerda que mi alma de artista es muy sensible.

—Thea, ¿cómo te sientes al haber pasado de cantar en el metro a ser una de las diseñadoras más populares del momento? —preguntó otra mujer—. Se rumorea que algunas cantantes famosas ya están pidiendo que Amelie Lloyd las vista con diseños tuyos para sus nuevos lanzamientos.

No podía revelar una palabra de esa información confidencial de la marca, así que tomé un atajo.

—¡Me siento feliz! —exclamé, y estiré la mano para mostrarles mi sortija—. Estoy prometida con mi doctor. ¿Ven a este chico que está aquí? —pregunté, apoyando una mano en el pecho de Cam. Su expresión evidenció que lo había tomado por sorpresa. Aun así, me abrazó por la cintura y se hizo cargo de ser quien era: el prometido de una diseñadora reconocida. Nos miramos con admiración—. Es el mejor médico del Reino Unido —dije con seguridad.

—No aún —aclaró él con timidez.

—No importa. Recuérdenlo para pedirle un turno cuando se gradúe. Ahora, si me disculpan, estamos llegando tarde y tengo que ocuparme del desfile. Gracias por sus preguntas. Nos vemos después.

Logramos entrar al hotel. Después de saludar a un par de personas, me las ingenié para llevar a Cam a un rincón donde nadie pudiera vernos.

—Perdóname por lo de recién —le dije—. No podía revelar lo de las cantantes. No tengo idea de cómo obtuvieron esa información. Me tomaron por sorpresa, por eso les contesté lo primero que se me cruzó por la mente. No debí exponerte sabiendo que querías pasar lo más desapercibido posible.

—¿Acaso yo protesté? —preguntó.

—No, pero quizás no lo hagas para no arruinarme la noche.

—Thea, tranquila —pidió con voz calmada, apoyando las manos sobre mis hombros. Comenzó a masajearme como hacía en casa, solo que sin ponerse detrás de mí—. Estás muy tensa. No hay problema. Seguro ya me hiciste de muchos pacientes que me esperarán tres años hasta que pueda atenderlos —bromeó, y así logró su cometido de hacerme reír.

—Gracias —susurré, mirándolo a los ojos.

—Todo estará bien —aseguró.

Como mi peinado y mi maquillaje siempre acababan destruidos después de todo, lo abracé sin preocuparme por ellos. Cam me rodeó la cintura y me dio un beso en la cabeza. Oír su corazón golpeando con fuerza en su pecho me transmitió la calma que necesitaba.

Claro que todo marcharía bien. El destino nos había reunido por alguna razón que descubriríamos en el último suspiro. Por ahora, estábamos en este mundo para completar nuestras metas y las de otros, para potenciarnos y transitar juntos el camino de la existencia.

Nos encontraríamos vida tras vida, cuerpo tras cuerpo, en cualquier lugar y tiempo. La muerte era solo un mito. Algún día, nos transformaríamos en los recuerdos de alguien y seríamos felices para siempre, convertidos en luz.

Playlist de

Thea

Love In The Dark, Leroy Sanchez
Wrecking Ball, Miley Cyrus
Nothing Breaks Like a Heart, Mark Ronson & Miley Cyrus
Angels Like You, Miley Cyrus
Prisoner, Miley Cyrus ft. Dua Lipa
Never Be Me, Miley Cyrus
Hurt, Christina Aguilera
Je te laisserai des mots, Patrick Watson
Friendships (Lost My Love), Pascal Letoublon & Leony
Runaway, AURORA
Impossible, James Arthur
You And Me, Lifehouse
Flashlight, Jessie J
Halo, Beyoncé
Only Love Can Hurt Like This, Paloma Faith
Save Your Tears, The Weeknd
Love Again, Dua Lipa
Til It Happens To You, Lady Gaga

Personaliza las canciones compuestas por Thea

Siguiendo los acordes de cada canción compuesta por Thea,
crea tu propia melodía para cantarlas y/o tocarlas
y compártelas con el *hashtag*
#CreandoConThea

¡QUEREMOS SABER QUÉ TE PARECIÓ LA NOVELA!

Nos puedes escribir a vrya@vreditoras.com
con el título de este libro en el asunto.

Encuéntranos en

 facebook.com/VRYA México

 instagram.com/vryamexico

 twitter.com/vreditorasya

COMPARTE
tu experiencia con
este libro con el hashtag
#thea